Adriano Todaro

Uno sporco Anello

ZeroBook
2022

Titolo originario: *Uno sporco Anello* / di Adriano Todaro

Questo libro è stato edito da **ZeroBook**: www.zerobook.it.

: Prima edizione: Gennaio 2022

ISBN 978-88-6711-206-7

Controllo qualità **ZeroBook**: se trovi un errore, segnalacelo!

Email: zerobook@girodivite.it

Storia e personaggi sono frutto di invenzione narrativa dell'autore. Qualsiasi riferimento a personaggi e luoghi realmente esistenti o esistiti è da considerarsi puramente casuale. Pur tuttavia, molte vicende narrate in questo libro hanno attinenza con la cronaca politica e sociale non solo del nostro Paese. Come avviene spesso, infatti, la realtà supera di molto la fantasia.

Grafica: ZeroBook

La foto di copertina è tratta da *Informail – Agenda del giornalista*

A che serve essere vivi,
se non c'è il coraggio di lottare?

Giuseppe Fava

Personaggi principali in ordine di apparizione

Antonino Anzà, generale

Licio Gelli, "venerabile" della P2

Francesco Giansante, colonnello

Herbert Kappler, boia delle Fosse Ardeatine e responsabile del rastrellamento del Quadraro

Enrico Mino, generale dei carabinieri

Carmine (Mino) Pecorelli, chiacchierato e controverso giornalista

Livio Frattesi, giornalista di "nera"

Massimo Valle, giornalista *Asn*

Sergio Gatti, direttore dell'agenzia *Asn*

Italo Covacich, fotoreporter *Asn*

Mauro Giacoboni, funzionario del ministero degli Esteri

Maria Attani, giornalista di *Libera Gazzetta*

Alessio Bonocore, capo redazione milanese *Asn*

Ivana, moglie di Italo Covacich

Edoardo Rughi, giornalista de *il manifesto*

Giancarlo Riberti, fotoreporter de *il manifesto*

Marisa Colonna, giornalista di *Lifestyle Magazine*

Zlatan Mohamedovic, ex architetto bosgnacco

Leyla Petrović, moglie di Zlatan

Todor Jovanović, maggiore serbo

Qellim Laci, tenente polizia albanese

Bledi Shkodra, cugino di Zlatan

Azim, l'uomo che ha venduto un rene

Cukel Begu, contadino albanese

Likana, figlia di Cukel

Nestore Campanella, capitano UNPROFOR, investigatore privato

Sandra, moglie di Massimo Valle

Dorina, madre di Maria Attani

Giovanni Attani, padre di Maria

Francesco, figlio di Massimo Valle

Angelina, "badante" romena di Francesco

Aldo Nunziante, nuovo responsabile agenzia *Asn* di Milano

Stefania Ravaioli, stagista dell'agenzia *Asn*

Anna Soffici, magistrata

Biagio Varriale, vice ispettore Digos

Atif, informatore di Massimo Valle

Slator, criminale kosovaro

Dejka, amica di Likana

Enrico Scalia, detto Henry, investigatore privato

Bitil ed Erëzak Koroveshi, fratelli albanesi, criminali

Otello Colasanti, boss di Ostia

Ilario Riccirelli, detto "broccolo", venditore ambulante

Luca Siviero, commissario capo Questura

Claudio Tarquini, nuovo responsabile nazionale *Asn*

Gianna Gamberini, una pentita che sa molto

Giovanni Rottesi, professore universitario

Adalberto Titta, ex Rsi, componente dell'Anello

Tarcisio Belletti, portiere stabile

Johanna, "badante" di Mauro Giacoboni

Constantin, marito di Angelina

PROLOGO

Roma, agosto 1977

Fa molto caldo, a Roma, la mattina del 12 agosto 1977. Ci sono già 29 gradi, ma il generale Antonino Anzà non pensa al caldo e al 64% di umidità percepita mentre si sta facendo la barba. Fra poco si recherà al ministero della Difesa dove avrà riunioni con alcuni ufficiali e funzionari del ministero. Il generale non pensa al caldo, ma alla sua probabile nomina di capo di Stato Maggiore dell'esercito oppure Comandante generale dell'arma dei carabinieri.

Una carriera, la sua, importante dopo essere stato comandante della Divisione granatieri di Sardegna, sottocapo di Stato Maggiore dell'Esercito, comandante del più prestigioso Corpo d'Armata, il terzo, quello di stanza a Milano. Anzà ha 61 anni e può ritenersi soddisfatto della carriera fatta. Dopo essere stato al ministero, era tornato a casa, nel primo pomeriggio, in via Ciro Menotti, 4 al quartiere delle Vittorie. Aveva pranzato da solo, in quanto la moglie Renata e i quattro figli erano fuori. Poi era uscito di nuovo e aveva acquistato cibo per la serata seguente, sabato. Per quella sera aveva invitato il figlio maggiore e la sua fidanzata a cena.

Attorno alle 18 di quel caldo venerdì, alcuni inquilini dello stabile di via Ciro Menotti, 4, sentono una detonazione. Quando arrivano gli investigatori, accompagnati dal sostituto procuratore della Repubblica, Domenico Sica, trovano il corpo del generale nel suo studio, ai piedi della scrivania. Il cuore trapassato da un colpo di pistola calibro

7,62. L'arma si trova sul ripiano della scrivania. Suicidio. Almeno così si affrettano a dichiarare gli investigatori.

Secondo *l'Unità* di domenica 14 agosto, «*L'autopsia, effettuata ieri a medicina legale, ha confermato che la morte è stata pressoché istantanea e che il proiettile era stato esploso a distanza ravvicinata. Dato lo stretto riserbo che circonda l'episodio, non è stato possibile stabilire ancora se siano stati effettuati la prova del guanto di paraffina e l'esame delle impronte digitali sul calcio dell'arma*».

La notizia - tenuta in un primo tempo segreta al punto che non risulta nei registri dell'Istituto di medicina legale, l'autopsia della salma - viene resa nota solo nella tarda mattinata di sabato 13 agosto con un comunicato del ministero della Difesa nel quale s'informa che l'alto ufficiale è deceduto per un «*incidente d'arma da fuoco*». Ma è stato suicidio oppure incidente? Comunque sia, in un caso o nell'altro, la pistola avrebbe dovuto stare accanto al cadavere e non sopra la scrivania. E poi, che motivo avrebbe avuto il generale per attuare un gesto così grave? Le testimonianze dei colleghi e funzionari che per ultimi l'hanno visto, raccontano che Anzà era calmo e sereno. D'altronde, per lui, si prospettava un avanzamento di carriera, quindi non c'erano motivi per suicidarsi.

Nei mesi che precedono il "suicidio" del generale, ci sono stati "movimenti" nelle alte cariche militari. Era necessario riformare i Servizi segreti ed erano in scadenza i posti di capo di Stato Maggiore della Difesa e dell'Esercito. Antonino Anzà è uno dei favoriti. Fra l'altro è uno dei pochi militari distante dai tentativi di golpe di quegli anni. È ben visto da comunisti e socialisti e anche la sinistra democristiana sarebbe stata favorevole alla sua nomina. Ha un solo neo il generale: non è iscritto alla P2 di Licio Gelli.

Qualche giorno prima del "suicidio" di Anzà, si era suicidato, a Messina, un suo collaboratore, il colonnello Francesco Giansante. Un caso? Il 14 agosto i giornali escono con la notizia del "suicidio" di Anzà e con quello avvenuto qualche giorno prima a Messina. Ci sono numerose interrogazioni parlamentari che i quotidiani riportano il 15 di agosto. Il 16 non escono per il Ferragosto. Quando ritornano in edicola, il 17, le pagine di tutti i quotidiani sono pieni dell'incredibile fuga dall'ospedale di Herbert Kappler, il boia delle Ardeatine e la storia di Anzà viene retrocessa alle pagine interne per poi sparire, dopo qualche giorno, completamente.

Kappler fugge e il generale dei carabinieri Enrico Mino, offre le sue dimissioni che vengono respinte dal governo Andreotti. Mino non risulta iscritto alla P2, ma si sa che è buon amico di Licio Gelli e del controverso e ambiguo giornalista Carmine Pecorelli, direttore di OP, *Osservatorio politico*. Due mesi dopo la fuga di Kappler e la morte del generale Anzà, il generale Mino mentre era in volo con un elicottero sul monte Covello, vicino a Catanzaro, precipita e muore. Ancora un caso? Due anni dopo questi episodi, il 20 marzo 1979, anche Carmine Pecorelli detto Mino, è freddato con quattro colpi di pistola dopo essere uscito dalla redazione. Per la fuga di Kappler, l'unico che "pagherà" sarà il ministro dc Vito Lattanzio, costretto alle dimissioni. Dopo qualche giorno, però, viene nominato ministro della Marina mercantile.

Prima parte

Cap. 1 – Destinazione Sarajevo

Milano, gennaio 1993 - Asn (Agenzia stampa nazionale)

La partenza è fissata per il 2 gennaio. Mi avevano comunicato la notizia da Roma, qualche giorno prima, con una telefonata da parte del direttore dell'agenzia di stampa presso cui lavoro da diversi anni, la *Asn* (Agenzia stampa nazionale). L'agenzia ha un ufficio di corrispondenza a Milano, in piazza Cavour, nel Palazzo dell'informazione, così come ha uffici di corrispondenza un po' in tutte le città principali italiane e all'estero. Il direttore era stato di poche parole: lascia tutto quello che stai facendo e, con un fotografo, recati a Sarajevo per documentare l'assedio di quella città che dura ormai dal 5 aprile 1992.

Poche parole perché i dettagli me li avrebbe forniti il capo della sede di Milano, Bonocore. Che, essendo di poche parole e sull'orlo del pensionamento, non mi aveva detto molto. Avrei dovuto andare a Roma e da lì, assieme a un fotografo, spostarmi a Trieste. Poi, con un'auto noleggiata, avremmo dovuto cercare di arrivare nella città martoriata dai bombardamenti serbi. L'appuntamento con il fotografo è alle 11 presso l'Ufficio accreditamento per giornalisti, al ministero degli Affari Riservati e della Cooperazione Internazionale, in piazzale della Farnesina.

Tutto qua. Ho due giorni per prepararmi ed è la mia prima missione all'estero. Ho 36 anni e non so neppure perché abbiano scelto me. Non faccio l'inviato di guerra. Scrivo un po' di tutto come avviene nelle agenzie di stampa, dalla politica agli omicidi, dalle conferenze stampa alle lotte sindacali. Probabilmente erano a corto d'inviati anche perché, di solito, gli inviati lavorano nella sede centrale di Roma. Non sono sposato, non ho famiglie da mantenere, legami duraturi, quindi posso partire. E il 2 gennaio, infatti, parto da Linate per Roma.

Parto presto. L'aereo è alle 7. Alle 8,10 sono a Fiumicino. È strano questo incarico che ho ricevuto. Certo mi fa piacere, ma non riesco a capire perché quella scelta su di me. Rimugino queste cose e mentre faccio colazione al bar dell'aeroporto, decido di telefonare a Livio Frattesi, un giornalista romano, grande specialista di "nera" che lavora nella mia agenzia. Con lui c'eravamo conosciuti a Milano.

Era venuto a Milano, di "rinforzo", per seguire la vicenda di un duplice omicidio avvenuto il 15 settembre 1990 a Bresso e, assieme, c'eravamo trovati bene. Il 15 settembre è un sabato. Alle 15 Piero Carpita, 46 anni, portinaio, aveva appena staccato dal lavoro. Come era sua abitudine, prima di tornare a casa dalla moglie Maria e dalle figlie Emanuela e Simona, era passato a salutare gli amici in un bar poco distante, un locale a fianco a quello di un barbiere: il barbiere di fiducia di Franco Coco Trovato, uno dei boss di 'ndrangheta che in Lombardia ha gestito il traffico di droga nel quartiere milanese della Comasina e gli affari dell'organizzazione criminale a Lecco.

A contendersi la piazza di spaccio nel quartiere milanese, non c'era solo la 'ndrangheta dei Flachi e Trovato, ma anche il clan di camorra di Salvatore Batti.

Tutto si svolse in pochi secondi: nello stesso momento che Trovato esce dal barbiere, esce anche Piero Carpita dal bar e, in quell'istante, passa in sella alla sua bicicletta Luigi Recalcati, 70 anni, pensionato. Il fuoco incrociato delle due bande malavitose, colpiranno a morte i due innocenti.

Sono le 8,30, un orario per un giornalista difficile perché magari è stato di turno tutta notte alla sala stampa della questura romana. Decido ugualmente di telefonare.

– Pronto, Frattesi?

– Sono io. Chi mi vuole?

– Sono Massimo Valle. Ti ricordi di me, lavoro all'*Asn* di Milano. Ci siamo cono...

– ... come no. Come stai?

La voce di Frattesi non è una voce addormentata e questo mi risolleva un po'.

– Bene. Mi spiace disturbarti a quest'ora, ma ho bisogno di parlarti. Sono a Roma e debbo andare a Sarajevo per l'agenzia. Alle 11 debbo essere alla Farnesina per gli accrediti. So di chiederti molto, ma non potremmo vederci? Anche per poco.

– Oggi sono in "corta" e debbo assolvere solo a problemi familiari, fare la spesa, portare mia moglie al cinema nel pomeriggio, cose così. Vediamo un po'... Facciamo che ci vediamo alle 10 davanti alla Farnesina. Tu per le 10 da Fiumicino dovresti farcela. Ti va bene?

– Benissimo. Non chiedo di meglio. A presto, allora.

– Ciao.

E poi dicono che i romani sono indolenti! Questo è in "corta" e trova il tempo per venire a parlare con me. La "corta" per i giornalisti è sacra perché è la giornata che hanno libera. In pratica, per ogni settimana di lavoro, tranne che nel periodo di ferie, il giornalista ha una giornata libera. Termino, in fretta, la colazione al bar dell'aeroporto, esco e prendo un taxi. Per arrivare in piazza della Farnesina, si passa vicino alla Magliana vecchia, la Pisana, Montespaccato, si tocca il quartiere di Primavalle, via Mario Fani, famosa per quello che è avvenuto il 16 marzo 1978 e, infine, siamo in piazzale della Farnesina. Il taxista era stato categorico: «*Dottò ce dovremmo mettere mezz'ora, ma non garantisco niente, con 'sto traffico... Anvedì un po' se posso fa 'sta vita tutti i giorni per 'ste quattro piotte che me porto a casa*». Guida e parla in continuazione, guida e impreca con le auto vicine che, a sentire lui, non hanno diritto di stare lì perché i loro proprietari non sono capaci di guidare: «*Fallo passà quello, che je stà a scòce l'insalata... Ma guarda un po' 'sto figlio de mignotta... E quello? Ma dove vai? Ma come l'hai presa la patente co' i punti del Mulino Bianco? E datte 'na mossa!*».

Di tempo ce ne mettiamo molto di più: un'ora e, secondo il tassista, siamo stati anche fortunati. Comunque sono in orario. Metto ai miei piedi il borsone e attendo Frattesi sotto la grande sfera di Arnaldo Pomodoro.

Il palazzo della Farnesina è immenso, una costruzione tipica degli Anni '30, tutta in travertino.

Alle spalle una cornice verde, quella di Monte Mario. Non l'ho mai visitato, ma la guida che ho consultato prima di partire m'informa che all'arredamento e allestimento interno, hanno lavorato diversi artisti importanti come Toti Scialoja, Pietro Cascella e tanti altri. La guida dice anche che, all'interno, ci sono ben sette chilometri di corridoi.

Frattesi lo vedo arrivare dal piazzale. Non molto alto, è piuttosto pienotto e ha un modo di camminare che sembra ondeggiare. Ci abbracciamo e subito parte a parlare.

– Allora come stai? Sono appena sceso dal bus 628. Andiamo dall'altra parte della piazza che ci prendiamo un caffè.

– Di cosa volevi parlarmi? Sei in partenza per la Jugoslavia?

Ci sediamo a un tavolino. Lui prende un caffè, io un succo di arancia.

– Vedi Frattesi, mi è sembrato strano che abbiano scelto proprio me per andare a seguire i bombardamenti di Sarajevo. Abbiamo fior d'inviati con esperienza, perché proprio io? Tu fai parte del Comitato di redazione e qualcosa dovresti sapere.

– Beh Massimo, non è che so molto. Al Comitato di redazione non è che raccontano tutto. A mio parere non fare inutile dietrologia. L'agenzia ti offre questa possibilità, questa visibilità, approfittane e non crearti problemi. Probabilmente il direttore vorrà valorizzare maggiormente i giovani.

– A proposito del direttore. A quanto si sussurra, il nostro, sembra in procinto di lasciare.

– Sì, queste sono le voci. E quando si cominciano a sentire queste voci, significa che qualcosa di vero c'è. A me dispiace perché Sergio Gatti è un grande giornalista. In dieci anni che sta all'*Asn*, l'ha fatta diventare la più importante agenzia, non solo italiana. Se lascia è perché non ha più riferimenti politici.

– Gatti è democristiano.

– Sì, certo. Ma non incasellarlo nel partito. Quando è arrivato, è stato messo lì dalla Dc, ma lui non si è lasciato irretire da quel partito. È sempre stato autonomo dalle camarille politiche. Ha frequentato più la redazione piuttosto che i Palazzi del potere. Ora, però, con Tangentopoli, la Dc è stata affossata così come altri partiti e Gatti se ne deve andare perché gli equilibri sono cambiati. Ha fatto un grande lavoro e, ripeto, è stato ed è un grande giornalista.

Discutiamo ancora un po' dell'agenzia, di chi potrebbe sostituire Gatti in un prossimo futuro. Poi domando che tipo è Italo Covacich, il fotoreporter che partirà con me.

– Ottimo elemento, una garanzia. Prima di tutto perché è triestino e conosce la lingua e poi perché non è la prima volta che va in quelle zone. Si è fatto vari conflitti e, non ultimo, quello del Kosovo durante la guerra dello scorso anno. Con lui vai sul sicuro. Te lo ripeto: una garanzia, serio e competente.

Oramai è ora di andare. Ci alziamo. Frattesi insiste per pagare. Poi ci salutiamo. Un abbraccio forte e le ultime raccomandazioni da parte sua per la mia incolumità.

Entro alla Farnesina e subito, di fronte, c'è un gabbiotto con una ragazza e un uomo in borghese dall'aspetto poliziesco. Spiego loro dove devo andare, mi fanno compilare un foglio. Mi rilasciano un PASS da mettere al collo e mi fanno depositare il borsone-zaino. Poi mi fanno passare dal *Metal Detector* e mi indicano il secondo piano.

Preferisco salire le scale invece che utilizzare l'ascensore. Così ho tempo di guardarmi attorno. Le scale sono larghe con i gradini comodi. Alle pareti, altissime, dipinti di pregio.

È tutto molto maestoso. Al secondo piano c'è l'abituale brusìo che c'è sempre quando si assembrano i giornalisti. Essi si riconoscono, si salutano, parlano fra loro, insomma, il solito casino giornalistico. Io rivedo un collega della redazione milanese de *La Stampa* che ha l'ufficio di corrispondenza due piani sopra la nostra agenzia. Si chiama Enrico Giovine. Ci salutiamo e cominciamo a cazzeggiare un po' del più e del meno.

Dopo circa cinque minuti, si apre una porta e una signora in divisa, di non so quale arma, ci chiama uno a uno. Entriamo in una grande sala. Sto molto attento a quando chiama Italo Covacich, il nostro fotografo. È alto e massiccio con una folta barba nera. Avrà una quarantina d'anni. Appena entro, vado da lui e mi presento. Mi stringe calorosamente la mano. Ci sediamo sulle sedie che portano i nostri nomi con un cartello, appaiati. Saremo una quindicina di persone. Di fronte a noi un lungo tavolo con diverse persone già sedute. Sono tutti in divisa a esclusione di uno. Alle nostre spalle un grande tavolone con sopra bicchieri, bottiglie, cibo. Quello che si offre negli incontri ufficiali, dopo il *briefing*, cioè la riunione, ma che successivamente alla guerra del Golfo del 1990-1991, è diventato per tutti i mezzi di comunicazione di massa, *briefing*. A fianco del tavolone del cibo, diversi scatoloni.

– Signori possiamo cominciare. Sono il colonnello Arcangeli e vi do il benvenuto. Accanto a me ci sono i rappresentanti delle varie Armi che hanno avuto e hanno esperienza in territorio jugoslavo. E c'è anche un funzionario del ministero degli Esteri, il dottor Mauro Giacoboni, a cui cedo la parola e che vi illustrerà i rapporti che avrete durante la vostra missione.

Giacoboni avrà attorno ai 65 anni. Alto, con baffetti tagliati corti così come i capelli. Tiene il mento sollevato come se guardasse tutti dall'alto in basso; uno sguardo penetrante, inquietante, nello stesso tempo scaltro e indagatore. Il volto magro, occhi chiari e incavati senza la protezione delle ciglia.

– Egregi signori, non la faccio troppo lunga per non tediarvi. Voi domani partirete per un territorio molto pericoloso. C'è una guerra che dura da diverso tempo dove si sono scontrate le diverse etnie tenute assieme fin quando c'era il regime di Tito. Con la sua caduta, la Jugoslavia si è dissolta e sono venuti alla luce i dissidi fra le diverse etnie. Noi italiani, con le forze alleate, stiamo tentando di riportare la pace in quei territori, lavoriamo incessantemente, cooperando con le altre forze europee, affinché su tutto il territorio ritorni la pace e la convivenza pacifica fra i vari gruppi etnici...

– Scusi se l'interrompo...

Non ho fatto in tempo a trattenerlo che Italo già è in

piedi per il suo intervento. La faccia del dottor Giacoboni è accigliata e la bocca si è come ristretta.

– ... Sono il fotografo dell'agenzia *Asn*, mi chiamo Italo Covacich. Sono stato varie volte in quella che lei chiama Jugoslavia e non mi sembra affatto che le forze militari riescano a riportare la pace come sostiene lei. Anzi, molte volte sono proprio le forze armate, tutte, anche le italiane, che fanno differenza fra le varie etnie fomentando, di conseguenza, la ribellione, con ordini quanto mai inutili.

– So benissimo chi è lei e conosco il suo valore e la sua abnegazione nel fare informazione, per informare gli italiani di quanto avviene in quel Paese. Mi faccia, però, finire. Insisto e sottolineo che noi italiani siamo là per riportare la pace...

– ... e pensate di riportarla con i militari che fanno contrabbando?

– Quando questo è avvenuto siamo subito intervenuti per bloccare i traffici...

– ... solo dopo che l'hanno denunciato i giornali.

– Ecco, appunto. Proprio perché crediamo nel grande ruolo che l'informazione può svolgere, siamo qui a chiedervi di lavorare di concerto. Se scoprirete qualcosa di anomalo, fatelo sapere al nostro comando e saremo inflessibili a colpire chi si comporta in modo non conforme alle nostre direttive.

Italo Covacich si risiede e mormora: «*Stronzo! Se vengo a sapere qualcosa, col cazzo che glielo vado a raccontare. Così mettono tutto a tacere e si salvano come sempre. Se vengo a sapere qualcosa la pubblico subito*».

Il cosiddetto *briefing* va avanti con diverse domande pratiche cui rispondono alcuni che stanno dietro al tavolo della presidenza. In caso di bisogno - affermano - è necessario avvisare immediatamente la UNPROFOR (la Forza di protezione delle Nazioni Unite composta da 39 Paesi) con qualsiasi mezzo, dal telefonino all'andare di persona negli uffici della UNPROFOR. Poi ci comunicano che ci verrà distribuito un kit di sopravvivenza contenente bendaggi sterili, un dispositivo di rianimazione, guanti e grembiule, salviette disinfettanti e bendaggi a fionda, una fascia elastica, gallette e un litro d'acqua. Il tutto in una borsa di cm. 25x15.

A quel punto si sono fatte le 14 e la riunione si chiude. Solito spostamento di sedie e "assalto" ai viveri. Italo parla con diversi altri colleghi e lo vedo inalberarsi. Guardo anche Giacoboni mentre s'infila in bocca una pasta e non smette di guardare il fotografo. Ne approfitto per andargli vicino.

– Dottor Giacoboni sono il giornalista dell'*Asn*, Massimo Valle, e volevo domandarle come pensate di debellare la criminalità organizzata, soprattutto nel Kosovo, se i loro capi sono gli stessi che stanno alla guida dei partiti politici?

– Lei, è la prima volta che si reca nella ex Jugoslavia?

– Sì, ma le informazioni le abbiamo e sappiamo, per certo, che in Kosovo mafiosi e politici sono una sola cosa. E con la nascita dell'Uck, il cosiddetto esercito di liberazione del Kosovo, le cose sono peggiorate.

– Non sia così *tranchant*, perentorio. La realtà jugoslava è sfaccettata, non è univoca. Quando arriverà a Sarajevo, se riuscirà a entrare, vedrà una situazione molto strana. Si ricordi che le colpe non sono mai solo di chi sembra colpevole.

– E lei non sottovaluti il potere deduttivo della nostra intelligenza. Poi non ha risposto alla mia domanda.

– Non ho nulla da dire. Noi stiamo lavorando per fermare la guerra, affinché una volta libero il Kosovo, e non solo, possa guardare a Occidente...

– ... e se non volesse guardare a Occidente?

– Lo dovrà fare per forza.

– Con le buone o con le cattive, vero?

– Voi giornalisti continuate a non capire nulla. C'è in gioco ben più della vostra carriera o dei vostri successi professionali. Qua c'è in gioco la libertà dell'Occidente. E ho un'altra cosa da dirle. Dica al suo fotografo che vi state recando in una zona molto pericolosa. Bisogna stare attenti e guardarsi sempre le spalle.

– Cosa vuole dirmi?

– Nulla. Ora ho molto da fare. Le auguro una buona giornata e buon viaggio domani. Arrivederci.

Giacoboni lascia il tavolo dei "viveri", attraversa la sala ed esce da una porticina situata alle spalle del grande tavolone dove erano seduti i vari generali.

Bevo un bicchiere di acqua e addento un toast. Covacich è in piena discussione e mi sembra proprio che non stia parlando di cose fatue. Mi avvicino. Appena mi vede lascia perdere la discussione e mi viene incontro.

– Dai sediamoci lì almeno stiamo tranquilli. Ho visto che parlavi con quello stronzo di Giacoboni?

– Sì. In realtà ho parlato io, lui ha detto poco. Però una cosa alla fine l'ha detta ed era rivolta a te, ma comprendeva anche me. Ci ha consigliato, considerato che andiamo in una zona per nulla pacifica, di guardarci le spalle.

– Stronzo due volte. Minaccia, oltretutto. Dovrebbero darci tutto l'aiuto possibile e invece ci trattano come accattoni. Diamo fastidio perché fotografiamo le cose che non vorrebbero che i lettori vedessero, scriviamo di cose che sarebbe meglio non far sapere agli italiani. Noi siamo, non dimentichiamocelo mai, "Italiani brava gente" e, quindi, non è possibile pensare e scrivere che i militari italiani possano vio-

lentare, fare contrabbando, trafficare con mafiosi e non, invece ...

– ... ma sono tutti così i militari?

– No. Lo scorso anno mi sono trovato in situazioni difficili e, se me la sono cavata, è solo grazie all'impegno dei militari italiani. Ma Giacoboni non è un militare. È un civile.
Uno di quelli che stanno nelle retrovie a tramare, a com-
plottare mentre gli altri ci rimettono la vita, in prima linea.
Comunque, basta. Dobbiamo organizzarci per domani.
Ah! A proposito. Abbiamo un'ospite fino a Zagabria. È una
giornalista della *Libera Gazzetta* del Cantone Ticino. Le diamo un passaggio. Poi noi proseguiamo per Sarajevo e lei si
ferma. Si chiama Maria Attani, vieni che te la presento.

Ci alziamo e ritorniamo verso il tavolo dove, in circolo,
sono ancora assembrati molti giornalisti. Italo la chiama e
ci presentiamo. Avrà una quarantina di anni. Non molto
alta, sguardo deciso, capelli molto corti, mori. Alle dita non
porta nessuna fede, ma non significa nulla. Nel nostro ambiente, poi, a causa anche degli orari che facciamo, della
vita che conduciamo, non sono troppe le famiglie che funzionano. C'è una percentuale altissima di coppie separate
fra i giornalisti.

– Beh, ragazzi. Allora siamo intesi. Domattina massima puntualità. Ci vediamo all'aeroporto. Tu, Maria puoi or-
ganizzarti come meglio credi. Con Massimo, invece, passiamo dall'agenzia.

L'appuntamento è per l'indomani, alle 8,30 all'aeroporto.
Maria ha prenotato una stanza in un albergo vicino alla
stazione Termini. Io, invece, come mi dirà in seguito Italo,
in un albergo relativamente vicino alla Fontana di Trevi, in
piazza della Pilotta. In pratica, vicino alla sede centrale del-
l'*Asn*.

Pigliamo un taxi e arriviamo in agenzia, situata a metà strada fra Fontana di Trevi e il Quirinale. Al secondo piano ci sta l'amministrazione dove ritiriamo i soldi, soprattutto marchi tedeschi. Poi passiamo dal direttore, Sergio Gatti. La segretaria saluta calorosamente il fotografo e ci annuncia. Dopo meno di dieci minuti, Gatti ci fa entrare nel suo ufficio, piuttosto spazioso, ma arredato in modo minimale: una scrivania piuttosto grande, in un angolo una pianta sempre verde, qualche quadro, una libreria che occupa tutta una parete. Una grande vetrata dà su piazza Scanderbeg. È strano, ma è la prima volta che faccio caso al nome della piazza. Giorgio Castriota, detto Scanderbeg, è il famoso patriota albanese che si batté per l'autodeterminazione dell'Albania contro i turchi. E io, oggi, sto partendo proprio per quei luoghi.

Con Gatti ci siamo conosciuti quando, varie volte, è capitato a Milano. Ma non abbiamo mai avuto contatti diretti. Il direttore dell'*Asn* è un signore tutto bianco di capelli, magro, 65 anni. Non ci sono convenevoli, ci fa sedere e inizia subito guardandomi negli occhi.

– Allora Valle, sarai curioso di sapere perché proprio tu sei stato scelto per la Jugoslavia.

– Sì, certo. In effetti me lo sono domandato, ma non ho trovato una risposta e anche Bonacore a questa domanda non ha risposto o non ha voluto rispondermi.

– Avevo avvertito Bonacore che preferivo dirtelo direttamente, a voce. Ho fatto questa scelta perché credo molto nei giovani e mi sembra giusto valorizzare anche le redazioni periferiche e non sempre, necessariamente, quella romana. Abbiamo magnifici inviati, certo, ma, per non essere superati dalla concorrenza, dobbiamo investire maggiormente sui giovani, non fossilizzarci sempre sulle solite persone.

– Ti ringrazio e spero di essere all'altezza della tua fiducia.

– Lo sarai, non preoccuparti. Con te poi viene Italo Covacich che è un po' riduttivo qualificarlo come "fotografo". Italo ha l'esperienza giusta, è stato in molti teatri di guerra, sa sempre come muoversi. Quello su cui insisto è che dovete sempre stare attenti, avere cura della vostra vita. Non c'è nessuno scoop che vale la vostra vita. State sempre in contatto con gli uffici preposti del ministero degli Esteri...

Il fotoreporter fa una risatina sommessa. Poi interviene in modo deciso.

– Scusa la mia interruzione, direttore. Ma quando ho a che fare con certi personaggi, come Giacoboni, mi prudono le mani...

– ... Giacoboni è un funzionario degli Esteri. Dobbiamo necessariamente tenerne conto anche se non ci piace. Noi abbiamo un impegno preciso. Descrivere quello che sta avvenendo a Sarajevo. Questo è il nostro obiettivo, non altro. Facciamo bene il nostro lavoro e anche Giacoboni non avrà nulla da ridire. Comunque sia, sappiate che il giornalista deve essere sempre critico di ciò che accade sotto i propri occhi. Quindi da voi mi aspetto una cronaca asciutta, ma veritiera. Voglio sapere come vivono le persone dopo anni di bombardamenti, voglio conoscere la loro quotidianità, non la grande politica. Voglio essere informato su cosa sperano quelle persone che non hanno più casa, né scuole per i loro bambini, come sono i rapporti con le altre minoranze etniche. Senza inventare nulla per fare scoop che non servono e a me, personalmente, non piacciono troppo. Ricordatevi che la storia del giornalismo è piena di falsi scoop. A questo proposito permettetemi di rammentarvi che nel 1898, ci fu una guerra Usa nei confronti della Spagna per prendersi Cuba. Tutti attendevano la guerra, ma questa non scoppiava. Il proprietario del *New York Journal*, William Randolph Hearst, per battere sul tempo il concorrente *World* di Joseph Pulitzer inviò a Cuba un fotografo e disegnatore famoso a quel tempo, Frederic Remington, con il compito di analizzare la situazione sull'isola caraibica. Dopo un po' Remington, onestamente, telegrafò a Hearst: «*È tutto quieto. Non c'è agitazione qui. La guerra non ci sarà. Desidererei rientrare*». Hearst subito rispose: «*Pregola restare. Lei fornisca i disegni. Io fornirò la guerra*». Capito il grande potere degli editori di quel tempo?

– Beh, anche ora gli editori hanno grande potere.

Gatti mi guarda intensamente e forse non si aspettava questa interruzione.

– Non credere, caro Valle, che sia proprio così. La tecnologia avanza inesorabilmente e fra pochi anni i grandi editori non ci saranno più, non ci saranno i grandi giornali, solo poche testate. I giornali si faranno con poche persone e molte professionalità, purtroppo, verranno meno come quella del nostro Covacich. Certo si faranno ancora fotografie, ma non ci sarà più specializzazione. Tutti faranno fotografie, ma non tutti saranno fotoreporter, non tutti avranno il senso dell'inquadratura, pochi sapranno cogliere e catturare gli istanti più significativi di un determinato momento di cui sono testimoni. Non è un caso, infatti, che i fotoreporter siano essi stessi giornalisti iscritti all'Ordine.

– Quando la mia professione non esisterà più, spero di essere in pensione. Ora si comincia a utilizzare, prevalentemente, il digitale per le foto e debbo riconoscere che è molto comodo, Io, però, continuo a usare l'analogico perché con il digitale c'è il rischio d'innamorarti dei tecnicismi e perdere di vista l'immagine mentre la fotografia analogica, quella con il rullino, sviluppa particolari capacità tecniche e sensibilità. Insegna a valutare prima di scattare.

– Te lo auguro Covacich, di andare in pensione, ma...

In quel mentre suona il telefono. Gatti risponde e dice alla segretaria d'informare l'interlocutore che è in riunione e di telefonare più tardi.

– Il solito ministro. I politici mi fanno perdere un sacco di tempo. Sono convinti che tutto gli sia dovuto e pensano che i giornali siano tutti ai loro piedi... In ogni caso, non voglio tediarvi oltre perché avrete da fare. A proposito a che ora partite, domani?

– Alle 9,15 e dovremmo essere a Trieste per le 10,30.

– Bene. Prima di lasciarvi, però, voglio aggiungere un'altra cosa sul vostro lavoro perché voglio essere il più chiaro possibile. Quando dicevo che voglio da voi una cronaca asciutta ma veritiera, significa che non m'interessa il "bello scrivere", m'interessano i fatti, quello che sta avvenendo realmente, non un esercizio letterario. La differenza sta tutta qui. Guardate che le guerre sono state seguite anche da grandi scrittori, ma non erano cronisti. Erano, appunto, scrittori, anche grandi scrittori, non giornalisti. A quanto sembra Hemingway si scordava anche d'inviare le notizie al suo giornale. Scrisse, però, un grande libro dopo la guerra di Spagna, "Omaggio alla Catalogna". Un po' quello che è capitato a un altro grande della scrittura, Curzio Malaparte. Lui seguì, come giornalista, la Seconda guerra mondiale e sembra fosse suo il miglior reportage in assoluto. A un certo punto descrive il ghiaccio che si sta sciogliendo a primavera sul lago, davanti a Leningrado alla fine dell'assedio. Nel ghiaccio sono rimaste impresse, scrive, *«una linea di belle facce umane, una teoria di maschere di vetro come una icona bizantina»*. Sono le facce dei soldati uccisi: i corpi sono stati portati via dalla corrente al primo disgelo, ma i volti sono rimasti disegnati nel ghiaccio e formano quella galleria sconvolgente. «*Mi guardavano serenamente - continua Malaparte - e sembrava persino che cercassero di frugarmi con quegli occhi*». Probabilmente quelle facce non sono mai state disegnate su quei ghiacci, ma con quella storia Malaparte ha scritto una delle pagine più abbaglianti del giornalismo di guerra. C'è chi ha fatto grande il giornalismo con le balle, e chi ha fatto del grande giornalismo puro e semplice, raccontando la verità. È forse questa la differenza fra giornalismo e letteratura. E da voi mi aspetto giornalismo, cronaca. Non letteratura. Scrivete in modo semplice perché i lettori, anche quelli che non hanno una laurea, hanno diritto di comprendere, attraverso le vostre corrispondenze, quello che sta avvenendo nella ex Jugoslavia. Un giornalista che si fa comprendere da tutti è un grande giornalista. Gli altri, quelli che si atteggiano a intellettuali, che scrivono cose astruse, non saranno mai grandi giornalisti, ma solo mezzecalzette. E ricordatevi, sempre, che Eschilo, il grande drammaturgo, diceva che la verità è la prima vittima della guerra. Io, invece, voglio leggere cronache veritiere di questa guerra.

Poi si alza, allunga una mano e schiaccia un pulsante. Subito si materializza la segretaria con una scatoletta che consegna a Gatti.

– Parlavo di tecnologia prima, ed ecco qui un marchingegno per comunicare. Si tratta di un telefonino appena commercializzato. Si chiama Nokia 2110. Ha un'antenna estraibile e i tecnici mi dicono mirabilie. Pensate che può mantenere in memoria fino a 99 contatti e costa 1.250.000 lire. Di più non so e se avete bisogno di ragguagli rivolgetevi ai nostri tecnici. Non c'è altro.

Gatti ci congeda con una vigorosa stretta di mano e con uno sguardo carico di aspettative.

Scendiamo in strada. Ormai è quasi sera. Italo mi chiede se voglio andare a casa sua a cenare. Lui abita nel quartiere San Lorenzo assieme alla moglie e al figlio di sette anni. Declino l'invito dicendo che sono piuttosto stanco e preferisco andare in albergo. Ci salutiamo in piazza Fontana di Trevi. L'appuntamento è per domattina a Fiumicino.

Il viaggio per Trieste è tranquillo. L'aereo è mezzo vuoto, ci sono parecchi colleghi che il giorno prima erano alla Farnesina, ma non tutti. Con Maria ci sediamo vicini mentre Italo da un'altra parte, è intento a sistemare obiettivi e rullini. L'ora e mezza di viaggio la passo così, chiacchierando con la giornalista della *Libera Gazzetta* anch'essa al suo debutto come inviata di guerra. Mi racconta un po' di sé e, naturalmente, vengo a sapere che è separata. Ha una figlia piccola che vive con i genitori di lei. Dice anche di essere preoccupata per l'incarico che ha avuto dal suo giornale, preoccupata per i pericoli cui va incontro. «*Comunque non posso lamentarmi – esclama – ho scelto io questo incarico. Avrei potuto dire di no e il giornale avrebbe mandato un altro o un'altra giornalista. Non posso lamentarmi anche se la preoccupazione resta*».

Guardo fuori dal finestrino dell'aereo. Sotto di noi il mare Adriatico. Anch'io sono preoccupato perché non so cosa mi attende una volta arrivato a Sarajevo. Anch'io avrei potuto dire di no e invece... È ambizione la nostra? Cosa ci spinge a far fallire le famiglie pur di continuare a fare questo mestiere? Un vecchio giornalista che ho conosciuto quando ho iniziato la professione, mi disse una frase che spesso rammento: «*Ricordati che questo non è un mestiere come tanti altri. Deve esserci passione. Non è come andare in ufficio alle 9 e uscire alle 17. È un servizio pubblico che fai alla collettività. E questo servizio lo devi fare con umiltà, non con arrogan-*

za. E nei confronti del potere, da chiunque esso sia rappresentato, devi mostrare dignità. Solo così sarai un bravo giornalista».

Già, umiltà e dignità. Merce rara ormai nelle redazioni e non solo. L'aveva capito anche un uomo di cultura come don Lorenzo Milani. Secondo il sacerdote, il fine di un giornale dovrebbe essere quello d'informare e, invece, dice Milani, i giornali cercano solo d'influenzare in una direzione. Quella del potere. E c'è un'altra frase, pronunciata da George Orwell, l'autore dei famosi "1984" e "La fattoria degli animali", che mi ha fatto sempre pensare: «*La vera libertà di stampa è dire alla gente ciò che la gente non vorrebbe sentirsi dire*».

Penso a tutto questo e penso che mi sto allontanando dall'Italia, da un Paese in crisi dove ormai i partiti sono screditati, con un debito pubblico altissimo, con quattro Regioni in mano a mafia e camorra.

Le stragi restano impunite mentre giornali e Tv tendono sempre più a omologare il pensiero dei cittadini tra colpi di coda del craxismo e l'avvento del berlusconismo.

Ora, sotto di noi non c'è più il mare e la hostess sta preparandosi per annunciare che fra poco atterreremo all'aeroporto dei Ronchi dei Legionari, quello di Trieste che in realtà è in provincia di Gorizia. Poi ci aspetta un Paese in guerra, a pochi chilometri dall'Italia, un Paese ormai distrutto dall'odio etnico dopo tanti anni di convivenza pacifica.

– Allora ragazzi, da questo momento farete quello che vi dico. Da qui a Zagabria ci sono circa 250 chilometri, ma non si possono fare previsioni di quanto tempo ci vorrà. Comunque sia, se dovesse capitare qualcosa, non fate gesti avventati. Fate, ripeto, quello che faccio io. La prima cosa appena atterrati, è andare alla Hertz a ritirare l'auto prenotata. Poi prenderemo la strada per Zagabria. Tu, Maria ti siederai dietro, io guido e, per ora, Massimo mi starà al fianco.

Italo era intervenuto in modo deciso, da "capo gita", soltanto che la nostra non è una gita di piacere. Una volta assolte le formalità burocratiche e ritirati i bagagli, andiamo alla Hertz. L'auto prenotata da Roma è una Volkswagen 1,8 Vento. La riconsegneremo a Banja Luka. Da lì, poi, con mezzi di fortuna cercheremo di arrivare a Sarajevo.

Abbiamo sistemato gli zaini e siamo pronti per partire. Italo si rivolge alla persona che ci ha accompagnato a prendere l'auto nel piazzale della Hertz e chiede dove possiamo trovare un supermercato. È a due chilometri dall'aeroporto in direzione di Zagabria. Maria Attani chiede se non è possibile mangiare qualcosa prima di partire e, in realtà, anch'io sento il bisogno di mettere qualcosa nello stomaco. Italo ci rassicura.

– Certo. Prima andiamo al supermercato a fare provviste e vediamo se lì vicino c'è qualche bar. Dobbiamo fare provviste non tanto per noi quanto per gli altri, persone che dobbiamo tenere buone.

I due chilometri si fanno velocemente. Il supermercato c'è ed è anche piuttosto grande, un iper. Prendiamo due carrelli. Uno lo "guida" Maria, l'altro io. Italo guarda negli scaffali e riempie i carrelli. Prima di tutto andiamo nel reparto alcolici e mettiamo nel carrello 5 bottiglie di cognac. Poi acquistiamo diversi chili di spaghetti, salsa già pronta con olive, alla siciliana, con le melanzane, al pesto. Infine, due confezioni da 12 bottiglie d'acqua. Paghiamo e andiamo a sistemare la merce nell'auto. Dentro all'iper c'è una tavola calda, così rientriamo per mangiare.

Non c'è molta gente perché non è ancora mezzogiorno. Domando a Maria cosa beve, ma lei risponde di attendere e si dirige velocemente nelle corsie del supermercato. Poco dopo ritorna con in mano una bottiglia di spumante per festeggiare, dice, il nostro incontro e affinché tutto possa andare bene. Io ho ordinato una pasta asciutta, Maria un risotto con gamberi e Italo una bistecca.

Ci sediamo, apriamo lo spumante e facciamo subito un brindisi. Italo legge l'etichetta. L'espressione ironica.

– Humm, è un brut! Ti trattano bene alla *Gazzetta della Libertà* quei ticinesi di merda.

– Non prendermi in giro. I soldi in Svizzera ci sono solo nei caveu delle banche. Comunque non è malaccio questo brut.

Cominciamo a mangiare e io domando a Maria quali sono gli obiettivi che le hanno dato al giornale.

– Nessun obiettivo preciso. Debbo andare a Zagabria e prendere contatto con il settimanale indipendente, *Danas*, appoggiarmi a loro e cercare di capire cosa sta succedendo in questo momento perché le notizie sono frammentarie. Zagabria aspira a essere la capitale della Croazia facendo così insorgere problemi con i serbi e non solo.

– La guerra è iniziata come conflitto interno e in poco tempo si è estesa a tutto il territorio dell'ex Jugoslavia. L'Europa ha sottovalutato o, forse, non ha capito o voluto capire la gravità del conflitto. Eppure si sapeva, era risaputo che la Bosnia non avrebbe mai accettato la spartizione del suo territorio.

Italo continua a mangiare e ascolta attentamente, poi interviene.

– La guerra è dipesa anche da cause esterne oltre che interne. A mio parere, voi che scrivete, non dovete perdere di vista il crollo del Muro di Berlino, la rigida divisione tra Est e Ovest, la crisi dei Paesi comunisti...

– ... nonché il crollo del regìme comunista dopo la morte di Tito.

– Certo, Massimo. Senza Tito si sfalda tutto e c'è anche il crollo economico e nascono tanti nazionalismi contrapposti. Nei confronti di questo conflitto, all'inizio, c'era un'indifferenza generale un po' perché la politica internazionale aveva sottovalutato quello che stava avvenendo nei Balcani e un po' per la disattenzione dei mass-media. Questa guerra avviene dopo la guerra del Golfo, dopo il crollo del comunismo, un conflitto, questo dei Balcani, sempre sottovalutato, trascurato da quasi tutti gli organi d'informazione. Notizie da pagine interne dei giornali e flash alla fine dei *Tg*. Quando ha suscitato interesse negli organi di informazione e, di conseguenza, nella pubblica opinione? Quando sono iniziate le stragi etniche, quando è iniziato l'assedio di Sarajevo, quando questi episodi hanno finalmente vinto la pigrizia del sistema mediatico.

Maria ascolta poi c'interrompe.

– Sarà. Comunque è dura interpretare e spiegare ai lettori cosa sta avvenendo. È tutto così incasinato che non si capisce chi siano i "buoni" e i "cattivi".

Italo alza contemporaneamente i palmi delle mani come se stesse per arrendersi.

– Maria, senti me. Togliti dalla testa di capire chi sono i "buoni" o i "cattivi" in questa guerra. Questa è una guerra senza eroi, diversa dalle altre. In Vietnam o in America centrale sapevamo bene chi fossero i "buoni" o i "cattivi". Ma qui no. Non ci sono buoni. E sai perché? Perché, come già qualcuno ha spiegato – prima che scoppiasse la guerra – il tuo vicino di casa, musulmano, la sera veniva a casa tua, croato, a farsi una partita alle carte. Con la guerra, il croato tentava di uccidere il vicino musulmano e il serbo tutti e due. Le guerre sono sempre immorali, oscene, ma questa lo è ancora di più perché si ammazzano anche gli amici fraterni, i parenti acquisiti... forza, ora dobbiamo andare.

Maria fa segno di attendere. Solleva la bottiglia di brut, fa notare che c'è ancora del vino e propone un brindisi finale.

– Prima di partire brindiamo alla riuscita della nostra missione. Voglio ringraziarvi per il passaggio che mi date e mi piacerebbe tanto, quando tutto sarà terminato, poterci rivedere e bere, senza più preoccupazioni, una bottiglia di brut. In quell'occasione, porterò del vero champagne.

Il viaggio in auto è monotono. Ormai siamo in territorio jugoslavo e viaggiamo da ore. Pioviggina. Il panorama è grigio, plumbeo. Ogni tanto attraversiamo qualche paese. Case con il tetto sventrato da qualche granata, le mura sbrecciate, fango nelle strade, qualche raro carretto da contadino e qualche scheletro di capannone industriale abbandonato. Un panorama molto triste dove si percepisce il pericolo, la guerra.

Sono a fianco di Italo che guida mentre io comincio a prendere qualche appunto sul notes in previsione del primo pezzo che scriverò. Maria sta dietro a Italo e anch'essa scrive. Viaggiamo così per qualche tempo, all'improvviso, un'imprecazione da parte di Italo.

– Caz... C'è un posto di blocco!

Alzo la testa dal notes e, in lontananza, vedo un assembramento che non riesco a definire con esattezza. Italo rallenta ma non si ferma.

– Maria, spostati dalla parte opposta del sedile, fai finta di dormire, di stare male, fai la faccia sofferente e mettiti la giacca a vento. Massimo, tieni le mani bene in vista sul cruscotto e sorridi. Nessun gesto improvviso. Parlo solo io.

Intanto ci siamo avvicinati e adesso vedo molto bene quella massa che prima non distinguevo. È un camion messo di traverso sulla strada; dalla parte anteriore c'è giusto un passaggio per far passare, a stento, un'auto. Attorno tanti militari, tutti armati. Ci fermiamo un po' distanti dal camion e subito s'avvicina un miliziano. Imbraccia l'AK-47, il famoso Kalašnikov, il volto è coperto dal "mefisto", indossa una tuta nera. Italo abbassa il vetro del finestrino e, sporgendo la testa fuori, comincia a parlare con il militare.

– Amico, salve. Prijatelju, zdravo.

Italo parla una sorta di croato, mischiando parole italiane.

– Novinari, siamo giornalisti italiani. Talijani. Mi smo novinari.

– Ah, novinari. Talijani. Spaghetti. Gdje ideš?

– Zagabria. Andiamo a Zagabria.

Il miliziano si abbassa con il corpo per ispezionare l'interno della macchina. Io sorrido mentre Maria oltre alla giacca a vento si è messa in testa un berretto di lana e finge di dormire con le labbra tirate, sofferenti. L'interpretazione della malata le viene benissimo.

– Malatta? Bolesni?

– Da. Vomitato. Povratiti.

– Jeli previše?

– No mangiato. Ne. Cose da donne... Ženske stvari.

Il miliziano si fa una risata e gira attorno all'auto. Ci guarda attentamente e intanto osserva meglio Maria. Italo cerca di distrarlo.

– Noi permesso UNPROFOR. Dopustite UNPROFOR.

Così dicendo alza la "bavaglia" che ha al collo e fa vedere al miliziano il cartellino rilasciato dall'organismo internazionale.

– UNPROFOR odlazi. Makni se uskoro.

Non ho capito bene, ma dal tono e dalla faccia di Italo, il miliziano non sembra amare troppo l'UNPROFOR. Italo esce dall'auto e invita il miliziano ad andare con lui. Apre il portellone del bagagliaio, rovista fra gli zaini ed esce brandendo due bottiglie di cognac che mette in mano al miliziano.

– Prendere, regalo. Uzmi, poklon. Da?

Poi infila di nuovo la testa nel bagagliaio e sortisce con alcuni pacchi di pasta.

– Uzmi. Spaghetti buoni. Dobri špageti.

Il miliziano deve aver gradito il regalo perché alza in alto le bottiglie per farle vedere ai suoi compagni e si dirige verso loro. Italo chiude il portellone, si siede al posto di guida e attendiamo, immobili, il permesso di passare. I militari si passano il cognac e i pacchetti della pasta. Non hanno per nulla fretta. Poi, finalmente, quello che sembra il capo, fa segno con il braccio che possiamo passare.

Molto lentamente, Italo mette in moto e ci avviciniamo al camion. Senza nessuna fretta i militari si spostano e noi passiamo per il varco aperto, sotto il loro sguardo. Guardano Maria e ridono e dicono qualcosa che noi ci guardiamo bene dal rispondere o dal fermarci a chiedere cosa abbiano detto.

Ce l'abbiamo fatta. Facciamo un sospiro di sollievo e riprendiamo il viaggio verso Zagabria. Continua a piovere, c'è fango dappertutto. Il blocco del check point ci ha fatto perdere tempo e siamo molto in ritardo sulla nostra tabella di marcia.

Potremmo aumentare la velocità, ma è pericoloso: ogni tanto qualche vacca, improvvisamente, attraversa la strada, devi stare molto attento. Maria si toglie il cappello di lana e la giacca a vento e ride. Ride nervosamente. Io mi accorgo di essere ancora con entrambe le mani sul cruscotto. Le ritiro, mi rilasso.

- Ero tutto anchilosato. Non ne potevo più. Per fortuna che il cognac ha fatto il miracolo.

- Sì è andata bene e speriamo di non trovare più blocchi sino a Zagabria. Quando ti fermano non sai mai cosa può succedere. Se hanno la luna storta possono arrestarti e pestarti senza che nessuno lo venga a sapere. A Maria potrebbero fare altro.

- Ma come ti è venuto in mente di dire che avevo le mestruazioni?

- Mi è sembrata l'unica cosa possibile per distogliere la loro attenzione su di te.

- Il fatto è che le mestruazioni le ho per davvero!

Ci facciamo una risata. Noto che Italo è teso e guarda spesso lo specchietto retrovisore.

- Italo guido io, così ti rilassi un po'.

Accosta la macchina e ci scambiamo la guida. Italo può finalmente rilassarsi.

Distende le gambe e poggia la testa sul poggiatesta. Dopo un po' vedo, con la coda dell'occhio, che ogni tanto chiude le palpebre. Poi, dopo pochissimo tempo, le chiude completamente. Guido con attenzione a velocità moderata e, intanto, chiacchiero sottovoce con Maria, così da non disturbare Italo. Conversiamo sulla nostra situazione e su quello che, nei prossimi giorni, potrebbe capitarci, a cosa troveremo.

- Riuscirete a entrare a Sarajevo?

- Sinceramente non lo so. Faccio molto affidamento su Italo che ha più esperienza. Lasceremo l'auto a Banja Luka. Da quel momento non c'è più nulla di definito. Non so se riusciremo a entrare a Sarajevo e non so neppure con quale mezzo arriveremo.

– Il ministero degli Esteri non vi ha prospettato alcuna possibilità? Un aiuto?

– Macché. Solo il consiglio di guardarci le spalle. Che è come dire arrangiatevi se non peggio.

In lontananza, vedo un'insegna della benzina Gulf e decido di fermarmi, così da non rimanere a secco. Chiedo il pieno. Al litro, carissima, costa 3 marchi tedeschi, 2.250 lire. Italo si è risvegliato, si guarda attorno attonito e domanda dove siamo.

– Fra poco siamo a Zagabria. Abbiamo superato Novo Mesto.

– Il mio albergo è vicino piazza Ban Jelacic. Mi hanno detto che è in una via pedonale, nel centro storico. Si chiama Hotel Osmijeh.

Italo prende una cartina viaria dal portaoggetti della macchina, la guarda un po', guarda l'orologio che ha al polso e poi propone di fermarci, se c'è posto in albergo, a Zagabria.

– Ormai è tardi e non conviene proseguire oltre, anche perché è estremamente pericoloso viaggiare di notte. Che ne dici Massimo?

– Per me va bene. Se c'è posto stiamo nell'albergo di Maria. In caso contrario cercheremo un'altra soluzione, un altro albergo.

La strada, dopo aver superato Novo Mesto, non è tutta asfaltata. All'improvviso ci sono lunghi pezzi ghiaiosi. Questo ci fa perdere tempo prezioso cosicché per arrivare nei pressi di Zagabria, ci vogliono ancora più di due ore. Poco dopo l'ingresso in città, superato il dormitorio per studenti Stjepan Radić, percorriamo la Slavonska avenija, deviamo a sinistra e siamo nei pressi dell'albergo. In giro, poca gente che cammina frettolosamente.

Resto in macchina mentre Maria e Italo si dirigono all'entrata dell'albergo che una volta doveva essere stato un albergo di lusso.

Dopo circa dieci minuti, Italo ritorna da me. Ci sono le camere? Italo si fa una risata.

– Più che le camere, una camera.

– Come una camera?

– Coraggio Massimo. Stanotte avrai il privilegio di fare un'ammucchiata. Due uomini e una donna. Non ti sorride l'idea?

– Come? Significa che dobbiamo dormire assieme? Tutti assieme?

– Eh sì, caro mio. Sono le gioie degli inviati di guerra. C'è una sola camera con un letto e...

– ... tutti in un letto?

– Calma. C'è un letto vero per Maria. Poi metteranno due brandine per noi. Prendere o lasciare.

– Tu cos'hai fatto?

– Ho preso.

Arriva anche Maria e cominciamo a scaricare i bagagli. Secondo la padrona dell'albergo, in macchina è meglio lasciare il meno possibile.

In quella che una volta era la hall, c'è solo un tavolino con una sedia dove è seduta la padrona, una donna grassa e sorridente. Alle sue spalle un pannello con una serie di viti che sorreggono le chiavi delle camere. Una sola camera è però utilizzabile: la nostra. Le altre, sono sprangate e disastrate dai bombardamenti subìti.

La donna parla in continuazione e io non capisco nulla. Italo, invece, sembra attento e poi ci fa sapere che l'hotel è stato fondato nel 1827, un hotel di lusso, molto importante. Purtroppo, la guerra ha rovinato tutto e ora è quello che si vede.

La nostra comune camera è al secondo piano. La stanza ha una dotazione minima di servizi. Un treppiede di ferro che regge un catino, letto e lampada sul comodino. Mentre portiamo i bagagli in camera, due donne portano le brandine. Fra noi, i bagagli, le brandine non c'è più spazio. Così io e Italo scendiamo in quella che una volta era la hall di lusso. Ci sediamo sulle uniche due poltrone che ci sono. Quella dove si siede Italo è tutta storta, sghimbescia. Decidiamo che l'indomani mattina partiremo attorno alle 6,30. L'auto la dobbiamo lasciare a Banja Luka che dista da Zagabria circa 200 chilometri. Ci vorrà parecchio perché dovremo passare anche diverse frontiere. Zagabria, infatti, è in Croazia, Banja Luka, come del resto Sarajevo in Bosnia-Herzegovina.

– Da Banja Luka a Sarajevo c'è il treno.

– Sì, certo. Ma non sempre funziona. Prenderemo un pullman che però non arriva a Sarajevo. Si ferma a una decina di chilometri dalla città. A quel punto dovremo cercare in qualche modo di entrare in città per vie secondarie, non battute dalle milizie.

La padrona dell'albergo reclama la nostra attenzione e con gesti e parole ci chiede se dobbiamo mangiare. No, in albergo non c'è, ovviamente, ristorante e neppure, l'indomani, la possibilità di fare la prima colazione. Ma se all'uscita dell'albergo, percorriamo la stessa strada che abbiamo percorso con la macchina, a circa 500 metri da qui c'è un ristorante. «Dobar restoran», dice in croato. Ristorante buono. Italo annuisce. Poi, rivolgendosi a me, m'informa che non andremo proprio in quel ristorante. Ci porterà lui a mangiare così, dice, assaggerete le famose polpette.

– L'ultima volta che sono venuto a Zagabria, le ho mangiate nel ristorante che vi porterò, non lontano da qui. Erano proprio buone. Ora, però, andiamo da Maria perché non vorrei averle dato l'impressione di averla abbandonata, considerato che dobbiamo passare la notte assieme.

Ridiamo mentre risaliamo le scale. La nostra camera, la numero 5, ha la porta chiusa. Bussiamo, ma senza risultato. Poi, in fondo al lungo corridoio, vediamo spuntare Maria avvolta in un accappatoio azzurro. È andata a farsi la doccia.

Apre la camera ed entriamo. La stanza è diventata, con le due brandine, minuscola. Non c'è bagno in camera, c'informa Maria. Bisogna andare in fondo al corridoio e sia la porta del bagno che quella della doccia sono sprovviste di chiave.

Prendo il mio zaino e lo metto sulla brandina che ho scelto per dormire. Dalla parte della mia testa c'è un piccolo armadio già occupato, giustamente, dalle cose di Maria. Dall'altra parte della stanza, fra la porta d'ingresso e il letto di Maria, c'è la brandina di Italo.

– A bellaaa! Con chi voi dormì stanotte? Puoi scegliere fra un romano che ti farà felice oppure con un milanese arrapato con la capoccia piena di nebbia?

– Con un romano, ovvio. Ma prima telefoniamo a tua moglie, così, tanto per avvisarla.

– Caz... Mi sono dimenticato di telefonare. Dammi il telefonino, così lo collaudiamo.

Prendo il Nokia e lo passo a Italo che esce e poco dopo si sente parlare.

– Maria devi avere pazienza per stanotte. A vestirci faremo a turno. Anzi, comincia tu a vestirti perché dopo andiamo a mangiare. Io, intanto, vado a farmi una doccia.

Quando torna Italo, avvisalo tu che sono andato a lavarmi.

Prendo le mie cose per la doccia e mi dirigo per il lungo corridoio. Italo non si vede, ma lo sento parlare. Sembra stia parlando con il figlio da come si esprime.

Definirla doccia è un azzardo. È praticamente un tubo fissato alla parete. Alla fine del tubo c'è un piccolo cestello bucato dove dovrebbe uscire l'acqua. Dovrebbe perché all'inizio, aperto il rubinetto, non esce nulla. Dopo una serie di rimbrotti e rumori strani, finalmente, esce un filo d'acqua. Poi il getto dell'acqua aumenta. La temperatura dell'acqua è tiepida. Eppure è un piacere enorme sentire l'acqua scorrere sulle spalle, sulla testa, sul collo indolenzito da tante ore di auto. Non ci si può chiudere, ma non m'importa. Il piacere di una doccia, di una quasi doccia, vale la pena anche con la porta aperta.

Ritorno in camera. Maria, vestita di tutto punto, è seduta sul suo letto, Italo sulla brandina è a piedi scalzi e attende il mio ritorno per andare a lavarsi.

– Tutto bene a casa?

– Sì. Mio figlio mi ha comunicato che s'è fidanzato. Anvedi un po'! A sette anni se fatto la fidanzata. Si chiama Aurora.

– Come si chiama tuo figlio? A quando le nozze?

– Presto e siete già invitati. Non prendete altri impegni. Marco, si chiama Marco.

Maria ride e rilancia:

– Gliel'hai detto a tua moglie che stanotte devi dormire con me?

– Lassa perdere. Voi fa' rompere un matrimonio? Che qua manco sappiamo se riusciamo a dormì stanotte e non certo per quello che state pensando. Mo vado a lavarmi e poi annamo a magnà. A magnare i Ćevapčići!

Italo esce dalla stanza. Io termino di vestirmi e mentre attendiamo il suo rientro, parliamo.

– Conosci la famiglia di Italo?

– No, conosco solo lui. So che ha un figlio di sette anni. A Roma mi aveva invitato a casa sua, ma ero stanco e ho declinato l'invito. So solo che la moglie si chiama Ivana.

– Tu?

– Io cosa?

– Sei sposato, hai una ragazza. Oltre che lavorare, che fai?

– No, non sono sposato e per ora non vedo all'orizzonte, contrariamente al figlio di Italo, un matrimonio. Non ho una fidanzata, una ragazza fissa. Diciamo che mi barcameno, mi guardo attorno. Se tu non fossi già impegnata con Italo, sposerei te.

Ridiamo e cazzeggiamo per un po'. Maria torna poi seria e mi parla della figlia, Marina si chiama. Ha 10 anni. Non la vede troppo, perché lei abita in un paese nei pressi di Lugano, mentre la piccola e i suoi genitori abitano a Milano. Due anni fa il matrimonio si è frantumato. Il marito, Enrico, è dirigente di una casa farmaceutica, sempre in giro per il mondo a fare affari. Così i rapporti, con il tempo, si sono affievoliti. E dopo una decina di anni fra convivenza e matrimonio hanno deciso di separarsi. Gli pesa molto non stare più spesso con Marina e, da tempo, sta pensando di trasferirsi a Milano, anche a costo di cambiare professione.

– Amo molto il mio lavoro. Ho sempre desiderato fare quello che faccio. Nello stesso tempo, però, sento il bisogno di stare con mia figlia. Quando tornerò in Svizzera dovrò prendere una decisione.

Italo è rientrato dalla doccia. Ha i pantaloni infilati ma

è a torso nudo e scalzo. Si asciuga, mette una camicia pulita e un maglione e dice di essere pronto.

– Contenti di essere rimasti soli, eh! Spero che il tempo sia stato sufficiente e spero che Milano non abbia fatto brutta figura.

Maria gli butta una scarpa. Lui ride rumorosamente. Italo ha una fisicità molto pronunciata e tutto quello che compie è rumoroso. Ormai siamo pronti e usciamo. Italo ci conduce verso la basilica che, dopo una serie di viuzze, la vediamo al centro di una piazza, piazza Kaptol. La cattedrale è neogotica, maestosa. Peccato, visto l'orario, che è chiusa. Italo c'informa che all'interno della navata, ci possono stare più di 5 mila persone. Sta nella parte alta di Zagabria e le guglie si vedono da tutta la città. Dopo un po', ci dirigiamo verso il ristorante. Si chiama Veliki medvjed e sta in via Tkalčićeva ulica.

Quando arriva il cameriere, Italo ordina tre birre e tre porzioni di Ćevapčići che, ci spiega, sono polpette dalla forma oblunga ripieni di carne mista di agnello e manzo cotte alla griglia, e salamelle di carne di vario tipo, dal cervo al maiale.

Non c'è molta gente, anzi il ristorante è pressoché vuoto. Negli sguardi dei pochi commensali, sgomento e apprensione. È tutto molto malinconico, una tristezza portata dalla intollerabile guerra.

– Da quello che mi risulta, Zagabria è sempre stata una città molto viva, anche culturalmente. È così, Italo?

Maria risponde immediatamente, prima di Italo.

– Guardate che ho studiato, prima di partire e, quindi, permettetemi di fare bella figura. Poi Italo, semmai, mi correggerà. Dunque, sì, Zagabria era una città viva, piena di musei, una università fondata nel 1874, una città culturalmente aperta dove convivevano croati, serbi, bosniaci, sloveni, rom e altre etnie minori. Durante la seconda guerra mondiale, dal 1941 al 1945, Zagabria fu la capitale dello Stato Indipendente di Croazia. A capo ci stava Ante Pavelić, leader degli Ustascia...

Praticamente un fascista, aggiungo, io. Anche Italo, però interviene e precisa che questo personaggio era alleato con l'esercito italiano, quello fascista e che gli Ustascia si erano macchiati di gravissimi crimini e avevano un filo diretto con il nostro generale Mario Roatta.

– È vero quello che dite. Significa che anche voi avete studiato. C'è da aggiungere che Ante Pavelić iniziò la pulizia etnica contro serbi, ebrei, rom. Con la liberazione, al termine della seconda guerra mondiale, Zagabria entrò nella Repubblica Socialista Federale, divenendo la capitale della Repubblica Socialista di Croazia. È avvenuta una cosa particolare che spiega anche quello che sta avvenendo oggi e anche le foibe. Germania, Italia e anche l'Ungheria si erano spartite la Jugoslavia. L'Istria era stata concessa all'Italia. I fascisti italiani vietarono di parlare in sloveno e croato e chiusero scuole, banche, aziende. I nomi slavi furono italianizzati e perfino il Vaticano decise che le messe non si dovevano più celebrare in sloveno, ma in italiano e sostituì i vescovi slavi con quelli italiani.

– La guerra è una cosa terribile. Distrugge anime e corpi, cultura e desideri, speranze e passioni. C'è solo, con la guerra, sangue e disperazione. Famiglie disgregate, città devastate così come oggi è Zagabria e tante altre città dove ci sono guerre. E noi dobbiamo documentare questo sfacelo sperando che sia di monito per il futuro anche se io comincio a non crederci più.

– Vedi Massimo, chi fa il nostro lavoro dovrebbe essere corazzato, dovrebbe avere una corazza che lo preservi dalle crisi interiori. Ma quando vedi, sdraiato per terra, un bambino colpito da un proiettile che gli ha portato via mezza faccia, non c'è corazza che tenga, diventiamo tutti deboli e paurosi perché non si può reggere guardando quello strazio. Ogni volta che vedevo un bambino in quelle condizioni, io pensavo al mio di bambino, al suo pianto perché voleva la Nutella. La Nutella, capite! Anch'io, come te, a volte penso che quello che facciamo è tutto inutile perché le guerre continueranno a esserci e i bambini a morire. Eppure dobbiamo farlo sapere quello che avviene.

– Ragazzi, non lasciamoci prendere da sentimenti negativi. Noi continueremo a fare il nostro lavoro, a documentare quello che avviene perché è così, perché è il nostro lavoro, perché dobbiamo far conoscere cosa avviene in guerra. Non è nostro compito risolvere i problemi del mondo, ma è nostro compito informare. E poi stasera non voglio essere triste. Sono contenta che stiamo assieme, che vi ho conosciuto. Anzi, sapete cosa vi dico? Ho deciso che mi risposo e mi risposo con tutti e due.

Ci facciamo una risata. Italo fa segno al cameriere e ordina un dolce tipico accompagnato da una specialità del luogo. Il maraschino, preparato con le ciliegie marasche.

È un momento particolare quello che stiamo vivendo in questi istanti. Guardo Maria e Italo mentre brindiamo e mi sembra di averli sempre conosciuti, di essere loro amico. Italo pesca da uno dei suoi tasconi del giubbotto una macchina fotografica e comincia a fotografarci. Poi mettiamo Maria in mezzo a noi e con l'autoscatto scattiamo diverse foto, con i bicchieri in mano e le espressioni un po' alticce. Maria dice che per salutarci non potevamo scegliere momento migliore.

– Anzi, ragazzi. Domattina svegliatemi che voglio salutarvi e augurarvi buona fortuna. Intanto, per ora, vi dico solo arrivederci perché dobbiamo assolutamente vederci quando rientreremo in Italia. Dobbiamo proprio organizzare una rimpatriata.

Il tono della voce, però, è triste come se in quel momento fosse passato per la testa di Maria un brutto presagio. Più che un arrivederci sembra un addio e, per Maria, fu davvero un addio. Lo sapemmo dopo qualche mese. Maria venne uccisa da un cecchino bosniaco mentre con il giubbotto con stampigliato "PRESS", bene in vista, stava attraversando una strada. Uno dei tanti giornalisti uccisi per raccontare quello che stava avvenendo nell'ex Jugoslavia. Sua figlia Marina, non la rivedrà mai più. Ed essa non berrà, assieme a noi, quella famosa bottiglia brut.

I 200 chilometri che distano da Zagabria a Banja Luka non terminano mai. Per arrivarci dobbiamo percorrere un tratto dell'autostrada che va da Zagabria a Belgrado. Lì restiamo bloccati da una fila di auto, furgoni, camion, tutti in coda per Belgrado, tutti bloccati. Autisti e passeggeri sono scesi dai rispettivi mezzi, mangiano, bevono birra, giocano, su tavolini improvvisati, a carte. Italo scatta qualche foto.

Nessuno ci sa dire perché siamo bloccati. Sopra i furgoni e le auto, c'è legato di tutto: ci sono materassi, frigoriferi, tavoli, letti, divani. Ogni spazio all'interno dei propri mezzi è occupato. Dai finestrini intravvedo cappotti, piatti, bicchieri, televisori. Sembra di essere dentro il capolavoro di John Ford, "Furore".

Soltanto che quel film è del 1940. Noi, invece, siamo nel 1993.

Finalmente riusciamo a imboccare una diramazione che va verso Banja Luka, in Bosnia-Herzegovina. Il grosso della coda, invece, continua la lenta marcia verso Belgrado. In questa guerra ci sono tantissimi mercenari: i bosniaci hanno avuto l'aiuto degli arabi, i serbi hanno assoldato russi e ceceni. Italiani, spagnoli, tedeschi stanno con i croati. È difficile raccapezzarci. È proprio vero che qui non ci sono "buoni e cattivi". La follia della guerra ha fatto diventare tutti cattivi, ha mischiato torti e ragioni, ha fatto ricomparire simboli terribili del passato come le divise degli Ustascia che portano sul risvolto della divisa la croce uncinata dei nazisti. L'estremismo islamico è perfettamente speculare ai cetnici serbi e agli Ustascia croati. E, soprattutto, l'odio. Un odio feroce fomentato dai tanti leader delle varie fazioni che, spesso, erano criminali. È il caso del capo della polizia di Sarajevo. Prima della guerra era un trafficante di droga.

Continua a piovigginare. Dietro ai finestrini appannati della Volkswagen vedo il solito panorama grigio e triste.

È stata una nottata, quella appena trascorsa, piena di risvegli precoci e di frammenti di sogni sconclusionati, il tutto accompagnato da una grande sete, risultato della cena e dei numerosi bicchierini del liquido preparato con le ciliegie marasche. Quando mi svegliavo e guardavo i miei compagni di stanza, nel chiarore che penetrava dalla finestra senza tende, vedevo Italo agitarsi, voltarsi e rivoltarsi forse per trovare la posizione migliore.

L'unica che dormiva serena, almeno così mi sembrava da quello che potevo vedere, era Maria, coperta sino al naso, girata su un fianco.

Italo guida silenziosamente e non parla, immerso in chissà quali pensieri. Prima di arrivare a Banja Luka troviamo altri due posti di blocco. Nel primo ci sono i militari croati; nel secondo, a ridosso dell'entrata in città, i bosniaci. Anche qui Italo fa la solita pantomima, cognac e spaghetti che i militari, indipendentemente dalla loro etnia, dimostrano di gradire. Banja Luka è il maggior centro serbo in Bosnia-Herzegovina, quella chiamata Republika Srpska.

Gli uffici della Hertz sono vicini alla stazione ferroviaria, in un grande piazzale dove ci sta anche il terminale dei pullman.

C'è molta confusione in giro, soprattutto carretti, biciclette, pedoni, poche le auto. Ormai sono circa le 11 e 30. Ci abbiamo messo cinque ore per percorrere 200 chilometri! Mentre Italo sbriga alla Hertz la burocrazia per la riconsegna dell'auto, io raggiungo una panchina del piazzale e comincio a dettare l'articolo che ho preparato.

In realtà non funziona proprio come la racconto. Il telefonino, gioiello della tecnica, mentre detto l'articolo a Roma, spesso s'inceppa, la linea si perde, ci sono rumori strani. Mi richiamano loro e, alla fine, dopo che è passata almeno una mezz'ora, riesco, di nuovo, a dettare il pezzo, il primo pezzo dalla terra jugoslava.

Nell'articolo scrivo tutto, cosa ho trovato e i posti di blocco delle forze paramilitari.

Scrivo che non si vedono militari della UNPROFOR, dei paesi senza vita, delle città con il coprifuoco, della poca gente che si trova nelle strade. Dopo un po', Italo mi raggiunge. Ha riconsegnato l'auto e ha lasciato alla Hertz i nostri bagagli.

Cerchiamo un posto dove mangiare qualcosa e lo troviamo all'interno della stazione. Un bar dove ci fanno un paio di panini con quello che loro chiamano šunka, cioè prosciutto. Sa di tutto, ma non di prosciutto. In realtà non abbiamo fame. Piuttosto beviamo. Italo una birra, io un bicchiere di latte di capra, caldo. Questo, effettivamente buono.

– Allora, Massimo, mi sono informato alla Hertz. C'è un pullman che parte alle 14. Destinazione Sarajevo, ma non arriva in città. Per sicurezza, come ti dicevo, si ferma a una decina di chilometri dalla città. Quindi partiamo con il pullman e poi cerchiamo di arrivarci a piedi. Tu hai già trasmesso il pezzo?

– Sì. Ho appena dettato. Tu, piuttosto, con le foto come farai?

– Roma mi ha chiesto foto da Sarajevo. Una volta arrivati, vedrò il da farsi. Dovrò cercare qualcuno per lo sviluppo. Certo, non penso proprio che abbiano, a Sarajevo, la telefoto per trasmettere. Vedremo.

Cap. 2 – L'odore della paura

Sarajevo – febbraio 1993

Ormai siamo nella città jugoslava assediata dai serbi da un mese. Abbiamo cercato di sistemarci il meglio possibile e abbiamo cominciato a capire qualcosa di più di questa guerra. Abbiamo lasciato l'Italia in preda a Tangentopoli con una economia che va a rotoli. Abbiamo una moneta debolissima con speculatori internazionali che l'affondano sempre più. I risparmiatori vendono i Bot e non ne sottoscrivono di nuovi, mentre il governo di Giuliano Amato ha convinto i sindacati a tagliare le pensioni e modificare i meccanismi salariali.

Ci hanno comunicato che domani mattina ci farà visita Mauro Giacoboni, il funzionario degli Esteri che abbiamo conosciuto a Roma prima di partire per la Jugoslavia. L'incontro avverrà in quella che è la sede fissa dei giornalisti, l'Holiday Inn, il quartiere generale di tutti gli inviati accreditati. L'incontro è fissato per le 10 e riguarda, ovviamente, i giornalisti italiani. Che cosa vorrà, da noi, Giacoboni? Anche Italo è dubbioso ed esprime il desiderio di non partecipare.

– Sarebbe una sgarberia inutile, tanto più che la nostra presenza potrebbe essere da pungolo alle sue risposte.

– Tu credi? Credi che un personaggio simile si preoccupi delle nostre domande?

– No. Non sono così sprovveduto. Ma credo che domani abbiamo la possibilità di domandare che ruolo stia svolgendo il nostro Paese in questa guerra. La possibilità di chiedere il perché del comportamento dell'UNPROFOR, perché le milizie possono scorrazzare senza che nessuno li fermi, perché la gente di Sarajevo continua a morire a opera dei cecchini e perché i 39 Paesi che compongono la UNPROFOR non fanno nulla nei confronti dei cecchini che sparano dalle colline sopra Sarajevo.

– No, non sei sprovveduto, ma illuso sì. Cosa vuoi che ti risponda? Che tutto va bene e di più non possono fare e bla bla bla...

– ... comunque io partecipo.

– Massì, ci sarò anch'io. Tanto per quel che m'importa.

L'indomani mattina, nella hall dell'albergo, fin dalle 7,30 c'è una certa agitazione. Intanto sono arrivati i militari dell'UNPROFOR a "bonificare" i locali, poi altri militari si sono disposti attorno all'edificio. Chi entra nell'albergo, deve dimostrare il perché e i fornitori – che comunque non esistono perché non c'è nulla da "fornire" all'albergo – sino a mezzogiorno non possono entrare. Una situazione surreale. Gli unici a non scomporsi sono gli inviati americani e il neozelandese con l'aggiunta di due australiani. Loro, imperterriti, continuano a giocare interminabili partite a carte e a bere, fin dalla mattina presto.

Alle 6, non siamo stati svegliati dai soliti colpi di mortaio sparati dalle colline in mano ai serbi. Neppure i cecchini, al solito orario delle 6, hanno sparato. Oggi fanno festa, probabilmente. Scendo, con Italo, nella hall. Beviamo il solito caffè imbevibile, ma caldo e parliamo con due giornalisti del *manifesto*. Anche loro sono curiosi di conoscere cosa avrà mai da dire un inviato del ministero degli Esteri.

Poi, alla spicciolata, arrivano gli altri. Alla fine, seduti davanti a un tavolone, per ora vuoto, siamo una decina. Ci sono i rappresentati di quasi tutte le testate nazionali.

Attorno alle 9,40 c'è una certa concitazione. I militari

UNPROFOR si agitano e i loro graduati escono dall'albergo. Dopo una decina di minuti, si sente uno sbattere di portiere ed entrano nella hall alcuni militari e civili. Uno di questi è il nostro Giacoboni. Prendono posto dietro il lungo tavolo, appositamente preparato; qualcuno parla all'orecchio del vicino. L'unico silenzioso, ma con gli occhi che vagano per tutta la stanza è Giacoboni. Indossa un abito civile, grigio, con cravatta e sopra ha messo un giubbotto dell'UNPROFOR. Ora si alza, lentamente, e si sfila il giubbotto che subito è raccolto da un militare. Poi si risiede. Nella disposizione delle posizioni è al centro del tavolo, quindi è lui il personaggio più importante. Alla sua destra e alla sua sinistra due militari con le mostrine italiane. Il chiacchiericcio dei giornalisti si spegne. Si può cominciare. Il tutto mi sembra organizzato da una regìa invisibile ma, nello stesso tempo, molto presente che non ha lasciato nulla al caso.

Un militare distribuisce una cartellina verde a tutti i giornalisti italiani presenti. Dentro ci sono pochi fogli. In uno sono elencate le norme di comportamento per i giornalisti in zone di guerra, un altro i "grandi" successi della coalizione internazionale, in particolare da parte dei militari italiani, un altro ancora gli sforzi che stanno facendo gli investigatori per cercare di consegnare alla giustizia internazionale i criminali di guerra. Tutta fuffa. Cose dette e ripetute innumerevoli volte.

Italo, con il sorriso sornione si è seduto distante da me. Ha le spalle appoggiate al muro, le lunghe gambe allungate e guarda, con ironia, il tavolo della presidenza. La cartellina verde è rimasta intonsa; non l'ha neppure aperta.

Vicino a me, i colleghi del *manifesto* e poi, sparpagliati per la sala, tutti gli altri.

Apre le "danze" Giacoboni. Non si alza in piedi e presenta solo il colonnello Amos Guarnieri. Lo fa come uno che è costretto a farlo parlare, ma si capisce benissimo che è scoglionato da tutta quella manfrina e vorrebbe arrivare, subito, al dunque. E lo vorremmo anche noi. Il colonnello parte con un pistolotto sulle cause della guerra jugoslava. Ci mette dieci minuti per spiegare, male, perché si stanno scannando tra loro questi jugoslavi. Poi è la volta di un altro militare, il generale Fulvio Creanzio. La relazione del generale è meno improvvisata e più ricca di particolari, ma non per questo meno noiosa di quella del colonnello. Quando il generale termina l'intervento e si risiede, ci guardiamo in faccia fra noi con un grosso punto interrogativo. Osservo Italo che allarga le braccia come per dire: cosa t'avevo detto?

Ora è il turno del personaggio più importante, Mauro Giacoboni. Questa volta si alza in piedi e comincia, spargendo un po' di miele su tutti noi, a raccontare come la nostra professione sia molto importante per informare i cittadini che hanno bisogno di sapere, di conoscere, quello che avviene in «questa martoriata terra». Si esprime proprio così. Quello che mi impressiona maggiormente di lui, sono gli occhi. Due fessure che continuano a vagare da una parte all'altra della sala, si soffermano su alcuni di noi, sui giornalisti americani che, impassibili, continuano a tracannare birra e a giocare a carte. Poi spiega il perché di quel «briefing», perché il ministero, dice, vuole avere un rapporto diretto con tutti voi, perché il ministero vuole farvi sapere che c'è ed è sempre disponibile per cercare di risolvere i problemi che possono frenare la vostra «missione», ossia la «missione d'informare». «Per noi – continua Giacoboni – siete la punta avanzata del nostro Paese, siete gli ambasciatori della nostra civiltà. Noi abbiamo bisogno di voi, delle vostre cronache. Che debbono essere veritiere, oneste, equidistanti fra le *parti in causa. Noi abbiamo bisogno, in Italia, di essere al corrente di cosa avviene qui. Per questo chiedo cronache oneste. Questo è un Paese pericoloso e voi lo sapete bene».* Poi va avanti per una decina di minuti. Tutta retorica sulla *«missione»* dei giornalisti e tante altre fregnacce.

Di tutto il tempo che impiega a parlare, la parte più importante è il messaggio che ha lanciato ai giornalisti: dovete scrivere cronache *«veritiere ed equidistanti».* Cosa significa? E ancora. Cosa significa che stiamo operando in un *«Paese pericoloso»?* Dire queste cose a degli inviati di guerra è come prenderli per il culo.

Si apre la discussione e chiede d'intervenire, subito, uno dei colleghi del *manifesto*: *«Egregio signore –* dice il giornalista calcando l'accento sul "signore" – *sono Edoardo Rughi del* manifesto. *Mi domando perché si è scomodato a venire qui per raccontarci cose che noi conosciamo benissimo. Io non sono un "missionario", sono un giornalista e il giornalista racconta quello che vede, secondo la sua cultura e formazione. Forse al ministero degli Esteri questo non va bene, ma non posso farci nulla. Per quanto riguarda il sottoscritto, e il mio collega, Giancarlo Riberti, continueremo a raccontare questa guerra per come la vediamo».*

Le labbra di Giacoboni sono contratte, in una smorfia di stizza. Probabilmente non si aspettava, subito, una contestazione. Intervengono anche altri colleghi, tutti sulla stessa onda di Rughi, salvo tre o quattro colleghi fra cui una donna che scrive per un settimanale di grande tiratura, ma, diciamo così, "scandalistico". I loro interventi sono possibilisti, parlano anch'essi di *«missione»,* di descrizioni dei fatti che debbono essere *«ponderati».* Poi alza la mano Italo Covacich e il suo intervento fa iniziare una *bagarre*, fra lui e altri giornalisti, fra lui e i militari. Giacoboni, invece, freddo, impassibile, sempre con le labbra contratte. *«È strabi-*

liante – così inizia Covacich – *che un funzionario del ministero si sposti da Roma per raggiungerci in una zona di guerra e spiegare, a noi giornalisti, come fare i giornalisti. Io fotografo quello che vedo, non faccio montaggi in camera oscura che, per altro, non ho qui a Sarajevo, per cambiare la realtà di quello che ho fotografato. Se fotografo un uomo colpito, sventrato da un proiettile, non posso cambiare la realtà per far piacere a lei, dottor Giacoboni o al ministero. Io fotografo le viscere dell'uomo morto, lo strazio, lo spasimo del suo viso. Questo devo fare e dobbiamo fare. Non sono qui per far piacere a qualcuno».*

Si scatena un putiferio. Chiedo anch'io d'intervenire mentre si aprono discussioni fra colleghi per le cose dette da Italo.

Poi il silenzio e posso intervenire. «*Lei sa benissimo, Giacoboni, che noi abbiamo un codice deontologico da rispettare e questo codice dice chiaramente che la libertà d'informazione e di critica è "diritto insopprimibile"* dei giornalisti e che lo stesso *giornalista non omette fatti, dichiarazioni o dettagli essenziali alla completa ricostruzione di un avvenimento...*

– ... e lei saprà, caro dottor Valle, che il giornalista «*non fornisce notizie o pubblica immagini o fotografie lesive alla dignità delle persone, né si sofferma su dettagli di violenza...*

– ... sì, ma lo stesso articolo dice anche «*a meno che ravvisi la rilevanza sociale della notizia o dell'immagine*». Fotografare o dare notizie di quello che avviene a Sarajevo, secondo lei, non ha rilevanza sociale? Fotografare un bambino colpito da una pallottola, è proprio sicuro che non sia d'interesse per l'opinione pubblica? A meno che, dottor Giacoboni, lei abbia voluto inviare a tutti noi un messaggio: smettetela di raccontare quello che avviene a Sarajevo. Ma questa è una battaglia persa in partenza per lei. Anche se riuscisse a bloccare noi – e poi dovrebbe spiegare come potrebbe farlo in modo continuativo – non può bloccare gli altri giornalisti, quelli stranieri, che ora li vede bere e giocare a carte noncuranti di tutto, ma appena verranno in possesso di una informazione, la invieranno immediatamente ai loro giornali.

Ci sono brusii e considerazioni a voce alta, tutti parlano, si sovrappongono le voci e non si capisce nulla. Giacoboni alza le mani in segno di resa e chiede di calmarci. Ha cambiato stile.

Ora è suadente, comprensivo. «*Quello che avete detto stamattina, sono per me concetti molto importanti. Porterò le vostre istanze al ministero. Forse non mi sono espresso correttamente e ho dato l'impressione sbagliata. Dovete sapere che noi siamo a vostra disposizione e vi aiuteremo, ad assolvere, al vostro diritto-dovere d'informare con tutti i mezzi che disponiamo. Non ho detto che non dovete raccontare ciò che avviene, solo che avete e abbiamo tutti una responsabilità nei confronti dell'opinione pubblica* ».

Italo lo interrompe bruscamente.

– Cosa significa l'espressione che ha utilizzato all'inizio del suo intervento, che stiamo operando in un «Paese pericoloso»? Cosa ha voluto enunciare con questa frase sibillina? Cerchi di essere più chiaro.

– Niente di più di quello che ho detto. Purtroppo, molti rappresentanti della stampa sono morti in questa guerra e non vorrei che succedesse anche a qualcuno di voi. Io, comunque sono qui anche per aiutarvi. Se, per esempio, avete messaggi, articoli già scritti, fotografie da far pervenire alle vostre redazioni, approfittate del fatto che io parto per Roma appena termina questo nostro *briefing*. Sarà mia cura far recapitare il tutto alle vostre sedi.

Un'altra cazzata. Così può vedere in anticipo le foto e leggere gli articoli. Una cosa, certamente, da non fare. I colleghi del *manifesto* non consegnano nulla. Lo fanno solo il gruppetto che all'inizio era dalla parte di Giacoboni. Poi

Italo si alza, apre il suo borsone-zaino delle macchine fotografiche, ci rovista dentro, prende un rullino fotografico e si dirige verso Mauro Giacoboni. Incredibilmente lo consegna. Giacoboni fa un largo sorriso. Italo guarda dalla mia parte. La mia faccia, probabilmente, esprime quello che penso: sino a ora hai fatto il duro e, improvvisamente cambi radicalmente posizione e dai le tue foto a un personaggio squallido come Giacoboni. Che schifo! Italo va verso dove era seduto prima. Prende la borsa, la mette in spalla e si dirige verso l'uscita dell'albergo.

Sono basìto. Mi domando come abbia potuto cambiare così radicalmente posizione. Lui, che a Roma aveva detto che mai o poi mai avrebbe consegnato qualcosa a Giacoboni. Come è possibile tale doppiezza nell'animo umano?

Mentre continuo a non capire il comportamento di Italo, mi si avvicina un militare italiano: «*Mi scusi. Il dottor Giacoboni vorrebbe parlarle. In privato. L'attende nella sua auto*». «*E se io non avessi voglia di parlare con Giacoboni?*». «*Dottor Valle, non renda le cose difficili. È solo uno scambio di opinioni. La prego di seguirmi*». Il militare si gira e si dirige all'uscita. Lo seguo. Fuori ci sono vari fuori strada militari. Ma una non è militare. È una Range Rover tutta nera. Non posso individuare chi ci sia dentro perché i finestrini sono oscurati. Si apre una portiera di sinistra e vedo Giacoboni che mi fa segno di entrare. L'odore interno della vettura è profumato e Giacoboni, con la mano, mi indica di sedermi accanto a lui. Una situazione imbarazzante, non fosse altro per la vicinanza con il rappresentante del ministero e la mancanza di spazio.

– Volevo parlare con lei dottor Valle perché ho letto le sue corrispondenze e sono rimasto positivamente colpito da quanto ha scritto su questa guerra.

– Venga al sodo perché non posso perdere ulteriore tempo, debbo andare a fare il mio lavoro.

– Certo, ha ragione. Intanto vorrei farle notare che per tutta la durata del nostro *briefing*, i serbi non hanno sparato una sola granata. Non un cecchino ha sparato con i fucili di precisione. Quindi non ci sono stati morti e feriti, case sventrate, lutti e devastazione. Non si è domandato come mai questo? Come è stato possibile questo momento di pace? No, non se l'è domandato perché non riesce a capire il continuo e sottile lavorìo che facciamo noi italiani per riportare la pace.

– No, non me lo sono domandato. Però le faccio una proposta. Perché non resta con noi un paio di mesi così per un paio di mesi non morirà nessuno.

– Non faccia lo spiritoso. Noi facciamo un lavoro sotterraneo, che non si vede ma è importantissimo.

– Noi chi?

– Noi italiani. Noi che abbiamo a cuore la pace.

– Quelli che lavorano affinché, dopo la guerra, si guardi all'Occidente?

– Vedo che ricorda bene la frase che le ho detto a Roma, prima che partisse per Sarajevo. Sì, è proprio così. Questo Paese oggi dilaniato dalla guerra, necessariamente, dopo, dovrà guardare a Occidente e non a Oriente. Dopo la guerra porteremo i nostri valori in queste terre e lei dovrà essere fiero di essere italiano perché con il suo lavoro ha aiutato a portare pace e benessere.

– E per fare questo è proprio necessario bombardare? Non si è mai chiesto se queste popolazioni siano d'accordo a guardare, come dice lei, a Occidente? È normale portare il "benessere" come dice lei con le bombe? Ammazzare innocenti?

– Lei Valle non capisce nulla di geopolitica. Ha uno sguardo limitato sui morti. Molte volte sono necessari anche questi per un futuro di prosperità...

– ... e immagino anche di affari futuri, naturalmente a beneficio delle popolazioni.

– Certo. Io però non voglio parlare di questo con lei. Abbiamo visioni, sulla guerra, molto distanti. Le dicevo prima, che ho letto i suoi articoli. Certo, c'è molta passione in quello che scrive e mi sembra sia sprecato in questo ruolo, tutto sommato marginale, del giornalismo. Il suo mondo, il mondo dell'informazione, sta cambiando velocemente. Ci sono, in Italia, parecchie persone che vorrebbero entrare in questo settore, fare nuovi giornali, nuove televisioni. Si stanno aprendo scenari mai immaginati prima, con le nuove tecnologie che arriveranno in un lasso di tempo brevissimo. Cambierà il mondo dell'informazione e il modo di fare informazione. Noi crediamo che lei debba avere un ruolo diverso, un ruolo da dirigente dell'informazione, un giornale tutto suo...

– ... aspetti un momento. Lei continua a usare il pronome di prima persona plurale, noi. Chi sono questi noi? Mi faccia qualche nome.

– Noi siamo un gruppo che ha a cuore il nostro Paese e la democrazia. Non quella blaterante e inconcludente del Parlamento, ma la democrazia della gente, quella senza potere che ha diritto ad avere un governo futuro all'altezza delle sfide della globalizzazione.

– E io cosa dovrei fare per essere all'altezza delle sfide della globalizzazione? Far finta di non vedere? Non essere obiettivo?

– Vede dottor Valle, i suoi articoli, ripeto, sono scritti bene, ma non invitano gli italiani a essere ottimisti. I reportage che lei scrive, e definisce obiettivi, sono noiosi.

Quando scrive dei morti, quando si dilunga sugli effetti di una granata non produce ottimismo, ma sparge pessimismo. Le persone che leggono i suoi articoli pensano a quello che sta avvenendo, non a cambiare il nostro Paese.

Mentre afferma queste banalità, Giacoboni mi guarda in modo penetrante. Mi dà anche fastidio essere così a contatto con lui, con questo suo sguardo indagatore, scaltro. Certo, la capienza della Rang Rover è notevole, ma sono comunque a ridosso di questo personaggio con lo sguardo da serpente. Un serpente, pronto a ingurgitare un topo e io non voglio finire come il topo.

– Secondo lei, quando vedo un bambino morto cosa dovrei scrivere? Com'era vestito? La marca delle sue scarpe? Oppure dovrei spargere, come dice lei, ottimismo scrivendo che sì un bambino è stato colpito, ma in fondo di bambini ce ne sono tanti... Perché non offre questo incarico all'inviata di *Lifestyle Magazine*. Penso che Marisa Colonna sia in perfetta linea su quanto mi sta proponendo. D'altronde, lei fa già questo tipo di cronache.

– Lei è prevenuto e, mi permetta, ha un po' la puzza sotto il naso. Marisa Colonna è una bravissima giornalista e nel nostro organigramma futuro troverà la sua giusta collocazione.

– No. Lei Giacoboni mi ha frainteso. Non ho la puzza sotto il naso. Dove scrive la Colonna è un giornale che non mi piace, non lo acquisto, ma non per questo lo disprezzo. Anche quel giornale, se fatto onestamente, ha la sua dignità. Per me non esistono giornali di serie A o B. Esistono buoni giornali e giornali fatti male. Questo è il discrimine. E poi le dico anche un'altra cosa. Conosco bene il mondo dei giornali femminili tanto che su di essi ho fatto la mia tesi di laurea e, forse, lei non lo sa ma quei giornali hanno avuto un grande merito nei confronti delle popolazioni –

soprattutto femminili, ma non solo - dopo la Liberazione. Il fascismo aveva costrette le donne a rinchiudersi dentro la propria famiglia, soprattutto nelle campagne e, con la Liberazione, migliaia di donne si misero a leggere, a leggere, in particolare, i fotoromanzi pubblicati da *Bolero, Grand Hotel, Sogno, Tipo*. Allorché *Bolero Film* pubblicò, a puntate, "I promessi sposi", un pastore siciliano scrisse al direttore del giornale una lettera di plauso che concludeva: «*Finalmente ci avete fatto sapere di cosa si trattava*». Quando però, dopo le granate cadute su Sarajevo, i giornalisti vanno a vedere i danni e trovano corpi straziati e la Colonna invece di scrivere su questo, scrive su come i giovani di Sarajevo passano le serate in tempo di guerra, beh, allora c'è qualcosa che non va.

– No, non ci siamo capiti. Basterebbe essere meno crudi, mantenere la giusta distanza con quello che ci circonda. Io le sto offrendo la possibilità di cambiare radicalmente la sua vita. Decidere lei, e non qualche direttore, cosa va in pagina e cosa si può scartare. Questo ipotetico giornale che lei andrà a dirigere oppure questo nuovo canale televisivo, potrebbe dare un apporto notevole al disegno di far fare al nostro Paese un salto di qualità. Ci pensi bene perché è una proposta che non si ripeterà più.

– Parliamoci chiaro dottor Giacoboni. Lei mi sta offrendo la direzione di un organo d'informazione, non si sa bene finanziato da chi, per scrivere le cose che "voi" volete che appaiano. Ma i suoi superiori, al ministero degli Esteri, sanno di questo? Ci sono tanti giornalisti che sarebbero disposti a prendere il mio posto e accettare la sua offerta. No. Io sto bene dove sono. L'agenzia per cui lavoro non mi dice cosa debbo scrivere. Sono libero di poterlo fare e sono soddisfatto di quello che faccio.

– Quanto spreco dottor Valle! Io non ho molto tempo da perdere. Non pensi d'intimorirmi raccontando queste cose al ministero. Tornerà sconfitto perché lei non sa neppure quanto potere abbiamo noi. Sì, noi. Noi, quelli che si battono per una Italia diversa e migliore. Mi fate ridere voi radical-chic con le vostre manie di purezza. L'innocenza appartiene agli ignavi, ai vili e poi, mi creda, non si illuda perché la sua agenzia sta cambiando radicalmente. Fra poco il suo direttore farà le valigie e metteremo al suo posto uno giovane, aperto ai nuovi scenari non solo europei. Lei è finito Valle ed è uno spreco perché è giovane e avremmo potuto percorrere assieme un pezzo di strada. Ora la saluto perché non ho più tempo da perdere. Arrivederci e si guardi le spalle.

– È una minaccia?

Grido ed esco dall'auto. Il militare che è stato per tutto il tempo del nostro colloquio fuori dall'auto, si mette rapidamente al posto di guida e avvia il motore. La colonna si ricompone: un blindato militare, la Rover di Giacoboni, un altro blindato.

La colonna parte sgommando e io resto, da solo, in mezzo la strada gridando una domanda cui nessuno può rispondermi: «*È una minaccia?*».

Sono esasperato e rientro in albergo. Nella hall pochi colleghi, i soliti giocatori di carte. Italo non c'è. Vado nella camera dove dormiamo e non c'è neppure lì. Meglio così. Mi distendo sul letto, chiudo gli occhi e vorrei tanto addormentarmi, ma non riesco.

Il cervello continua a rimuginare gli avvenimenti appena trascorsi: la proposta di Giacoboni, la minaccia... Sono stanco. I serbi continuano a non sparare. Sembra una giornata di normale tregua. Perché Giacoboni mi ha fatto quella proposta? Chi sono esattamente i "noi"? A chi fa riferimento? Malgrado la tensione o, forse proprio per questa, mi assopisco. In realtà dormo un paio d'ore fin quando mi sento scuotere un braccio.

– Massimo, dai, svegliati che ti debbo parlare.

Apro gli occhi con fatica, mi tiro su e cerco di capire cosa stia avvenendo. Italo è chinato su di me e continua a scuotermi.

– Per fortuna dici di non riuscire a dormire.

– Senti Italo, lascia perdere che non è giornata. A proposito! Ma come cazzo ti è venuto in mente di dare il rotolino di fotografie a quella merda di Giacoboni? Prima fai la manfrina, Giacoboni non mi piace, non darei mai le notizie a lui eccetera e, poi, appena giro la testa corri da lui con il rotolino delle foto.

Italo si fa una grande risata.

– Certo che gli ho dato il rotolino. E vorrei essere vicino a lui quando lo farà sviluppare e stampare. Mi piacerebbe vedere la sua faccia quando vedrà tramonti, spiagge, alberi.

– Cosa significa?

– Significa che bisogna portarsi dietro, sempre, alcuni rotolini di foto anonime. Mi hai proprio giudicato male. A Giacoboni non darei mai le mie foto perché sono sicuro che non le farebbe mai arrivare in redazione. Anzi, ora ti faccio vedere un'altra cosa.

Si siede sul letto e si toglie lo scarponcino destro. Poi lo capovolge e ruota il tacco. L'interno è vuoto. Prende dalla sua borsa un rotolino e lo infila in quel vuoto.

– Visto! Se ho un rotolino con foto importanti, lo nascondo qui e metto nella macchina uno neutro, panorami e cose del genere. Se chi vuole impedirmi di stamparle, fa prendere luce alla pellicola, le foto buone io le ho salvate.

Però ti ho svegliato per un'altra cosa. Ho preso contatto con un fixer sai quelli che accompagnano i giornalisti, che fanno da interpreti e autisti. Ebbene, lui domani ci porterebbe verso le colline serbe e ci farebbe incontrare un suo collega, serbo, perché lui sarebbe subito ammazzato. Ho già parlato con quelli del *manifesto* e si sono detti d'accordo. È un'occasione per visitare il fronte dalla parte serba. Che ne dici?

– Sono d'accordo. Vorrei scusarmi perché ho pensato male di te...

– ... non preoccuparti, avrei fatto anch'io così se fossi stato nei tuoi panni. Allora, domattina partiamo attorno alle 5, con i colleghi del *manifesto*. Andiamo a Pale e lì dovremmo trovare il fixer serbo. Da qua sono una trentina di chilometri.

– Non ci sono problemi. Debbo però parlarti, chiudi la porta.

In genere le porte le lasciamo sempre aperte così che, in caso di bombardamenti, possiamo scappare più velocemente. Poi racconto a Italo il colloquio che ho avuto con Giacoboni.

Non tralascio nulla, neppure il siparietto sulla stampa femminile e le minacce non troppo velate. Italo è perplesso, mi guarda senza parlare. Vedo sul suo viso una tensione che non avevo mai notato. Sotto gli occhi, due solchi profondi. Dormiamo tutti molto poco, mangiamo male e in modo disordinato, ci laviamo quando capita; quando usciamo dall'albergo non siamo per nulla sicuri di poterci ritornare con le nostre gambe e vediamo in continuazione persone massacrate. Il corpo, dopo un po' di queste sollecitazioni, si rifiuta e non reagisce più. Fra l'altro, in questa situazione, anche gli atti più semplici che noi compiamo nelle nostre case, qua sono estremamente difficili. Uriniamo nel lavandino che abbiamo in camera mentre nel water, in fondo, ci sono sacchetti di plastica per gli escrementi. Dove poi vadano a finire, non abbiamo mai indagato.

– Immaginavo che fosse uno stronzo, ma non fino a questo punto. Il bastone e la carota. Il posto da direttore e le minacce... Lasciami il telefonino. Tu cosa fai ora?

– Scrivo su Giacoboni... No, scherzo. Scrivo un pezzullo sul *briefing* di stamattina e butto lì, velatamente, il ruolo che svolge il personaggio. E attendiamo le reazioni. Poi faccio una scappata all'Ufficio postale per vedere di dettare l'articolo perché da qua il telefonino non prende la linea. Ci rivediamo verso le 19 in albergo.

Scendo nella hall per scrivere l'articolo. In genere mi metto su un tavolino e utilizzo una delle due macchine per scrivere che sono a disposizione dei giornalisti. Sono lì, posizionate sempre sullo stesso tavolino e non so neppure di chi siano. Chi le ha bisogno le prende e le usa. Poi ci ripenso e opto per una "passeggiata". Ho bisogno di aria. L'articolo lo scriverò a mano, in qualche bar che incontro durante il cammino. Mi dirigo verso il mercato di Maršala Tita, svolto a sinistra in via Kralja Turtka e mi fermo al primo bar che incontro. Fuori ci sono dei tavolini. Mi siedo, tiro fuori dalle tasche del giubbotto carta e penna, ordino un caffè che per i giornalisti ha un prezzo maggiorato: 3 marchi, quanto un litro di benzina, 2.250 lire! Non c'è bisogno di domandarmi se sono un giornalista; i baristi ci riconoscono alla prima occhiata. Ci metto un'ora. Nell'articolo descrivo il *briefing* della mattina, le domande fatte a Giacoboni e poi le perplessità che mi sono nate da un personaggio del genere. Il pezzo non è molto lungo, un take, praticamente 24 righe. Sarà poi Roma, eventualmente, a elaborarlo e mandarlo in rete cosicché quotidiani, periodici, radio o Tv, possano utilizzarlo. I pezzi delle agenzie non sono mai firmati per esteso, solo raramente. Di solito si mettono solo le iniziali, nel mio caso M.V.

Poi ritorno sui miei passi e mi dirigo all'Ufficio postale per la dettatura. Subito dopo, con molta lentezza, ritorno verso l'albergo, guardando questa città ferita, sventrata, annientata. Le granate hanno distrutto le linee di comunicazioni telefoniche, si bombarda l'ospedale, le poche industrie rimaste, dove si sforna il pane e si produce latte. È diventato tutto così "normale", che un lungo viale è stato ribattezzato "Viale dei cecchini". Questi sembra siano campioni di tiro a segno, quelli chiamati «sniper». Le bombe non rispettano le fedi religiose, distruggono gli edifici di culto, non rispettano la cultura e distruggono la Biblioteca nazionale. Sarajevo non è più la città multiculturale che i libri hanno sempre descritto. Oggi ci sono solo macerie. Una città senza vetri alle finestre e senza riscaldamento da quattro anni, senza luce, senza candele, reperibili solo al mercato nero. Guardo i palazzi travisati da lenzuola o coperte per difendersi, per non essere visti dai cecchini.

È in quel momento, mentre faccio queste considerazioni, che sento come un boato interno, un boato sotterraneo, una specie di muggito proveniente dal sottosuolo. Non faccio in tempo a rendermi conto di cosa stia avvenendo che mi trovo scaraventato contro un muro a sua volta sbriciolatomi addosso. Sembra fermarsi tutto. C'è un silenzio irreale.

Subito dopo cominciano i lamenti, le grida di aiuto. Cerco di muovere la testa, lentamente. Ce la faccio. Poi tento con le gambe, ma sono appesantite da diversi detriti. Con molta cautela riesco a tirare fuori una gamba alla volta. Con una mano controllo la fronte, la testa. La mano rimane imbiancata di polvere di calce, non c'è sangue. Forse, mi dico, è andata bene. Mi metto seduto. Poi, sempre lentamente, mi alzo. Ho le orecchie "tappate", come quando si va in montagna, ad alta quota e poi si liberano mentre scendi verso valle. Da lontano mi sembra di sentire il mio nome. Cerco di veder chi è quella figura che corre verso di me, ma faccio fatica a mettere a fuoco perché ho gli occhi pieni di polvere. Italo mi abbraccia e, simultaneamente, mi dà dei pugni sulle spalle. Urla che sono un cretino, che l'ho fatto preoccupare, mi abbraccia e, nel contempo, mi spazzola i vestiti. Sono i risultati di una tensione, i tipici comportamenti di chi aveva perso le speranze di rivederti e invece sei lì, davanti a lui, vivo.

Mi tiene in piedi sorreggendomi per le ascelle. Anche lui mi tasta dappertutto per vedere se ho qualche ferita. Attorno a noi non tutti sono stati fortunati. A meno di tre metri, vedo un uomo sdraiato sul selciato. È parzialmente coperto dal corpo di una donna in ginocchio che piange e si dispera. Più in là persone che soccorrono feriti, vite recise, futuri infranti. In quel momento c'è un sommovimento del terreno. Le persone che erano tornate in strada per aiutare i feriti, fuggono da tutte le parti. Ci sono altre granate che ci cadono addosso. La tregua è finita. Ci mettiamo a correre verso l'albergo, poi Italo mi fa segno di entrare in un portone così come fanno diverse persone. In fondo al cortile, c'è una scaletta che conduce alle cantine. Scendiamo anche noi, assieme ad una ventina di persone. Ci sono tre bambini. Uomini e donne.

Ci sediamo per terra in un piccolo corridoio con le spalle appoggiate al muro. Fa molto caldo e un puzzo sgradevole. L'odore della paura. Un odore acre, rancido. Da fuori si sentono i boati delle granate. Nessuno parla, ognuno chiuso nei propri pensieri a pensare agli altri, quelli che sono rimasti fuori, sotto i bombardamenti, i parenti che sono in giro per trovare qualcosa da mangiare o per inventarsi un lavoro. Dopo un po' Italo, dalla tasca del giaccone, estrae una macchina fotografica. Ha montato l'obiettivo da 28 mm., quello che va bene per fare fotografie da vicino, quando non c'è spazio per indietreggiare, un grandangolo. Inquadra qualche viso. Le persone lo guardano senza nessuna espressione. Una lama di luce entra da un finestrone, una specie di bocca di lupo, con il pulviscolo che danza attorno. È la luce perfetta per una fotografia perfetta, una fotografia che potrebbe emozionare chi la guarderà. I visi sofferenti, preoccupati delle persone e nello stesso tempo sguardi rinunciatari, sguardi che non hanno più nulla da dire e che non si aspettano nulla dal futuro. Rassegnati.

All'improvviso, però, Italo abbassa la macchina fotografica. Non ha scattato nessuna fotografia. La rimette in tasca. Appoggia la testa contro il muro e chiude gli occhi. In seguito, mi dirà che non se l'è sentita di scattare fotografie. Gli sembrava di essere un intruso. Non è riuscito a entrare in empatia con i soggetti che meritavano solo rispetto. Una grande lezione di giornalismo.

In quelle cantine ci restiamo più di un'ora. Poi decidiamo di uscire. Fuori si vedono persone zoppicanti, fasciati alla meglio, sorretti da altre persone. Sul selciato ancora morti che saranno raccolti a sera. Portati nelle camere mortuarie annesse all'ospedale, per il riconoscimento dei parenti. Molte volte, però, questo riconoscimento non ci sarà. Saranno solo numeri da esibire nelle conferenze stampa come quella di stamattina. E i corpi gettati nelle fosse comuni.

In albergo c'è grande trambusto. Ho un ronzio nelle orecchie che non accenna a diminuire. Un giornalista francese è stato colpito, di striscio a un polpaccio da una scheggia e ora è sdraiato su quello che una volta era un biliardo. Si aspetta un medico. Gli hanno messo un asciugamano attorno alla ferita. Saliamo nella nostra camera e mi sdraio sul letto. Ho bisogno di lavarmi, quanto meno gli occhi, la faccia. L'acqua per fare una doccia non c'è quasi mai. I serbi bloccano anche la distribuzione dell'acqua.

Molti cittadini, con taniche e secchi, arrivano alla Milijacka, il fiume della città per fare rifornimento. Altri si fanno chilometri per trovare un po' d'acqua. Noi, semplicemente, ci laviamo il meno possibile. Gli abitanti di Sarajevo vanno avanti così, da molto tempo, senz'acqua e senza riscaldamenti. La maggior parte delle case non ha più i vetri alle finestre.

Mi rialzo dal letto un po' rintronato, verso da una brocca un po' d'acqua in una bacinella e mi pulisco con un panno faccia, testa e occhi. Mi sembra già di stare meglio. Dalla nostra cassetta dei medicinali, Italo prende un paio di pastiglie di Tachipirina. Me le fa ingurgitare e mi fa rimettere sotto le coperte, a letto. Dai serbi, così ha deciso Italo, ci andremo più avanti, quando mi sentirò meglio.

Abbiamo saputo che le fotografie si possono sviluppare e stampare, in un piccolo negozio che sta in via Radojka Lakic, dal nome di una partigiana fucilata nel 1941 dai nazisti e decidiamo di andarci. Appena fuori dall'albergo, cominciamo a correre, zigzagare e, appena possibile, ci inseriamo nelle vie laterali dove è leggermente più sicuro per quanto riguarda i cecchini. Per le granate, invece... Dopo circa mezz'ora arriviamo in Radojka Lakic. Il negozio ha un'insegna con su scritto, in bosniaco, fotografo: *Ja fotografišem*. Una piccola vetrina con nastro isolante che tiene assieme i vetri scheggiati e una vecchia macchina fotografica esposta, una sola. Il tutto con molta polvere attorno, polvere di mura sbrecciate conseguenza di qualche granata caduta vicino. C'è un senso di abbandono, di tristezza, quasi di disperazione. Sembra tutto trascurato. Entriamo e, appena aperta la porta in vetro smerigliato, suona una campanella posta all'ingresso. All'interno, se possibile, è ancora più squallido che l'esterno: un bancone, una sedia, uno scaffale che ha visto giorni migliori. Una scala che si dirige al piano superiore. Niente di più.

Dopo qualche minuto, si sente rumore provenire dalla scala e si palesa un uomo. È alto, con i capelli bianchi che gli cadono sulle spalle. Avrà una sessantina d'anni, occhiali rotondi senza montatura, una giacca di fustagno sopra un maglione grigio. Italo gli spiega che avremmo bisogno di sviluppare e stampare delle fotografie e che siamo giornalisti italiani.

– Italiani? Ah che bello. Sono felice di poter parlare con degli italiani.

Il fotografo si esprime nella nostra lingua in modo corretto, senza nessun accento. Volge il capo verso le scale e grida «*Leyla, Leyla, scendi che ci sono degli italiani*». Poco dopo appare una donna che comincia a scendere le scale.

È molto più giovane del fotografo, avrà una quarantina d'anni, ma non è detto sia così considerato che sono sottoposti al continuo stress della guerra.

Non molta alta di statura, ha i capelli mori che porta, disordinatamente, sulle spalle, un incarnato pallido, ma occhi molto belli, scuri, pieni di luce. Il fotografo ce la presenta.

– Questa è mia moglie Leyla. Conosce anch'essa l'italiano, quindi potete benissimo esprimervi nella vostra lingua. Lo interrompo e gli chiedo perché, appena siamo entrati, ha esclamato di essere felice di poter parlare con degli italiani.

– Vede, signor...

– Valle. Massimo Valle e lui è Italo Covacich.

– Sì, sono contento perché noi amiamo molto il vostro Paese. Abbiamo vissuto tanti anni a Venezia, una città meravigliosa, piena di storia, dagli edifici impareggiabili. Vero Leyla?

– Venezia per noi ha rappresentato uno dei momenti più felici e significativi della nostra vita. Ci stavamo proprio bene e abbiamo tanta nostalgia di quei tempi. Ora, purtroppo...

Il fotografo le mette un braccio attorno alle spalle, come se volesse consolarla, ma noi non ne capiamo il motivo.

– Perché siete tornati se stavate bene a Venezia? Non potevate restarci?

– Beh, è un po' lunga da raccontare. Il fatto è che nella vita si debbono fare continue scelte e non sempre queste scelte sono appropriate.

– Cosa faceva a Venezia? Intendo come lavoro. Dove lavorava?

– Lavoravo all'università di quella città, docente di architettura e Leyla era una mia corsista...

– ... ma qua...

Mi guardo in giro come per significare la desolazione di quel negozio, allargando le braccia.

– È vero, tutto attorno a noi è disadorno e polveroso. Il fatto è che quando abbiamo deciso di tornare a Sarajevo, io avevo avuto la proposta di insegnare all'università. E così, con Leyla, abbiamo deciso di tornare. Lei non era ancora laureata. Lo ha fatto qua. Poi, con la guerra è precipitato tutto. Io sono di origine musulmana e Leyla è serba. Sono stato cacciato dall'università e Leyla non è vista bene perché i serbi ammazzano la gente di Sarajevo... Un grande casino, come dite voi. E così ho tentato di reinventarmi un lavoro, quello di fotografo che è sempre stata una mia passione come del resto capita a tanti architetti. Abbiamo aperto il negozio e abitiamo al piano superiore. La casa è piccola, ma va bene. Tanto siamo in due e non abbiamo figli, purtroppo o, meglio, con la guerra in atto, per fortuna. Ah, scusate non mi sono presentato, mi chiamo Zlatan Mohamedovic e mia moglie Leyla Petrović.

Italo interviene sottolineando che il cognome dell'ex docente di architettura è tipicamente orientale.

– Sì. Io sono bosgnacco, cioè un bosniaco musulmano. La storia dice che i bosgnacchi si sarebbero incrociati, nei passati secoli con i turchi. Sì, siamo proprio contenti che siate venuti nel mio negozio. È un piacere poter parlare con degli italiani. Voi di dove siete?

Raccontiamo al fotografo-docente da dove veniamo. Leyla e Zlatan sono stati, ovviamente, sia a Roma che a Milano. Ma, sottolineano, la città che più amano è Venezia. Lì hanno trascorso gli anni migliori della loro vita, lì si sono conosciuti, amati.

Zlatan parla sempre con un braccio attorno alle spalle di Leyla, un gesto protettivo, un gesto di amore. Lei è più intimidita del marito, sta più sulle sue, ma gli occhi le sorridono. Porta una gonna grigia, lunga e un maglione verde, di foggia piuttosto antiquata. Intanto Zlatan ci chiede come possa esserci utile. Italo spiega ciò che vuole e gli consegna un rotolino di fotografie.

– Siete fortunati perché sono riuscito, proprio ieri, a trovare gli acidi per lo sviluppo. Per la stampa non c'è problema perché ho ancora un po' di scorta di carta sensibile, opaca però, e per stampare... venite che vi faccio vedere il mio magnifico ingranditore Durst.

Così dicendo, si gira e sposta una tenda che ha alle proprie spalle dove ci sta una porta e oltre alla porta entriamo in un locale non molto ampio con delle corde che vanno da una parete all'altra e dove sono appese alcune pellicole fotografiche ad asciugare, la lampadina rossa, bacinelle per gli acidi e l'ingranditore. Insomma, la camera oscura. Zlatan è fiero dell'ingranditore e con Italo iniziano a parlare di cose tecniche, escludendo me e Leyla la quale continua a guardare il marito intensamente. Io mi perdo a immaginare la vita che conducono. Due persone odiate da chi li circonda, messi all'indice perché di etnia diversa. Una barbarie che loro tendono a combattere stando vicino, amandosi, vivendo in quella piccola casa, da soli, senza figli fra un bombardamento e l'altro, sempre con il pericolo di essere arrestati o costretti ad abbandonare la loro città. Due architetti che sopravvivono con quella piccola bottega che non dà, certo, un introito decente.

Ritorniamo in negozio e Leyla nella loro lingua parla con Zlatan. Non capisco cosa si dicono e neppure Italo. Poi Leyla si rivolge a noi un po' timorosa.

– Zlatan voleva dirvi una cosa, ma non vuole essere invadente. E allora ve la dico io. Lui... insomma noi, avremmo molto piacere se domenica... sì, insomma, se ve la sentite di venire a casa nostra a pranzo. Niente di straordinario perché abbiamo poco. Ma stare a pranzo con degli italiani sarebbe per noi un grande regalo, un privilegio, in particolare per Zlatan.

Non sappiamo cosa dire. Siamo stati presi alla sprovvista. Non ci aspettavamo certo di essere invitati a pranzo da persone mai conosciute e con Italo ci guardiamo negli occhi. Poi tento una risposta.

– Siamo onorati del vostro invito, anche se ci mettete in imbarazzo...

Italo è molto più deciso di me e interviene di getto, immediatamente.

– Imbarazzo, certo, ma non siamo maleducati. Ci fa piacere stare con voi a pranzo e domenica verremo senz'altro. Diteci, piuttosto, cosa possiamo portare. Noi abbiamo ancora un po' di spaghetti e dei condimenti. Porteremo quelli e tenterò anche di trovare una bottiglia di vino...

Leyla fa no con la testa.

– Noi vi invitiamo e voi portate da mangiare? Anche se è tanto che non mangiamo spaghetti, mi sembra esagerata la vostra proposta. Io farò il Burek che è un piatto povero, da strada, un piatto nato in Turchia. È praticamente una torta salata, ripiena di formaggio, carne macinata, spinaci o altre verdure. Il tutto spalmato all'esterno con tuorlo d'uovo sbattuto. Sempre che riesca a trovare gli ingredienti.

– Va bene. Noi, però, portiamo ugualmente spaghetti e vino. Anche se sappiamo che il vino non lo bevete per motivi religiosi. È il minimo che possiamo fare dopo il vostro gradito invito.

Leyla e Zlatan hanno gli occhi ridenti e ci fanno sapere che il vino, quando c'è, lo bevono.

La loro gioia ha contagiato anche noi perché non è usuale, in tempo di guerra, trovare praticamente degli sconosciuti che t'invitano a casa loro a pranzo. Domenica è fra due giorni.

Mentre ritorniamo in albergo, commentiamo l'incontro che abbiamo appena avuto con i due architetti. Una riflessione sulle persone che nelle privazioni, nei momenti difficili, le stesse tendano a unirsi, a stare assieme per trovare momenti di quella serenità che la guerra ha tolto loro. Noi, Italo e io, se saremo fortunati, rientreremo in Italia, torneremo alle nostre amicizie, al frigorifero pieno e, magari, penseremo di acquistare un nuovo modello di auto... Andremo in ferie, andremo con gli amici a cena, acquisteremo magliette e scarpe alla moda, ma Leyla e Zlatan non possono andarsene da Sarajevo e, nello stesso tempo, sono di troppo in questa città perché di origine musulmana e serba. Non ha nessuna importanza che siano due persone gentili e colte. Essi sono "diversi", rappresentano il nemico. Non fa nulla che anche loro, quando dalle colline i serbi sparano, possano essere colpiti, morire. No. Loro sono, comunque, i nemici.

Al mercato nero, a prezzi vergognosi, siamo riusciti ad acquistare tre bottiglie di vino. Un Stankela bianco e due bottiglie di rosso Zilavka. Il bianco è contenuto in una bella bottiglia alta; il rosso in bottiglie tradizionali. Ci hanno assicurato che il bianco è un vino profumato e fine mentre lo Zilavka va bene con piatti a base di carne. Secondo il croato che ce l'ha venduto, ha un retrogusto pepato. Non essendoci messi d'accordo sull'orario, ci presentiamo alle 12,30.

Entriamo nel negozio con i nostri preziosissimi pacchetti. La campanella posta sopra la porta, avvisa del nostro arrivo ed ecco apparire sulle scale Zlatan che ci abbraccia. Ha addosso la solita giacca di fustagno, ma si è accorciato i capelli e il viso sembra più rilassato. Ci invita a salire nell'appartamento. Terminata la scala, entriamo in un locale un po' soffocante per via del fatto che è pienissimo: una libreria con tantissimi libri che sono sparsi anche per terra, uno sull'altro, due poltrone, un tavolo e, in fondo, la cucina dove, di spalle, c'è Leyla che traffica attorno a una vecchia cucina a legna. Appena ci vede, viene a salutarci e ci abbraccia. Si è messa un paio di pantaloni neri, un maglione bianco a dolce vita e i capelli sono più ordinati. Il viso rimane pallido come se ci fosse un'ombra di mestizia, ma gli occhi, però, sono sempre molto intensi.

– La casa è tutta qua. Non c'è molto altro da vedere. Di là c'è un piccolo bagno e la nostra camera da letto. Niente altro. Scusate, ma debbo tornare ai fornelli sennò brucia tutto.

Per la casa, un intenso aroma di carne con le spezie. Con Italo ci sediamo nelle poltrone. Zlatan prende una sedia e si accomoda vicino a noi. La tavola è già apparecchiata e Italo ci ha appoggiato sopra le due bottiglie di rosso. Quello bianco decidiamo di berlo subito. Zlatan prepara quattro bicchieri, chiama Leyla e facciamo un brindisi. A chi lo dedichiamo domanda Italo? Alla vita, risponde pronta Leyla. Beviamo quel vino profumato e mentre lo bevo penso che per i due architetti oggi è una pausa serena. I serbi hanno cominciato a sparare, come al solito, attorno alle 6. Ora hanno smesso e spero di poter pranzare senza la paura di una granata. Leyla è ritornata ai fornelli perché, dice, «*debbo far cuocere anche gli spaghetti*». Noi tre continuiamo a parlare un po' di tutto, di fotografia e di guerra, di quando potrà "scoppiare" la pace. Zlatan è molto preoccupato per il futuro, per quello che avviene sotto i suoi occhi: bambini massacrati, famiglie disgregate, amicizie rovinate dagli odi etnici. Questa guerra – afferma – è fatta per due motivi, l'odio di razza e il denaro. Perché le grandi potenze sanno benissimo che dopo la guerra, in queste terre, ci sarà da guadagnare molto. Arriverete voi occidentali con i vostri prodotti, le vostre industrie, i vostri commerci, suscitando desideri di possedimento, nella popolazione, che oggi non esistono. Ricordate, continua Zlatan, cosa pensava Erodoto sulla guerra? Ha detto una frase che mi fa sempre molto pensare, dice una grande verità che è questa: «*In pace i figli seppelliscono i padri, mentre in guerra sono i padri a seppellire i figli*». Una frase semplice e, nello stesso tempo, terribile, carica di significato, da meditare.

– Quando con Leyla siamo arrivati qui, pensavamo di aver fatto il passo giusto. Non avevamo fatto i conti, però, con chi sopra di noi tira le fila della nostra esistenza, chi decide del nostro futuro, chi decide chi deve vivere e chi morire. Non fraintendetemi: mi sembra più "onesta" la posizione di un mafioso come Totò Riina. Esso, a un certo punto, progetta un attentato e uno dei suoi uomini gli dice: «Ma è su una spiaggia, potrebbero morire dei bambini». «E allora? – risponde Riina – anche a Sarajevo muoiono i bambini». Che differenza c'è, allora, fra Riina e coloro che hanno deciso di far scoppiare la guerra? Quale la differenza fra un mafioso, giustamente messo in catene e i potenti del mondo? Non dovrebbero anche loro essere messi in galera?

Difficile rispondere a queste domande. Ci leva d'imbarazzo Leyla comunicandoci che gli spaghetti sono pronti. Italo va ad aiutare Leyla a condire la pasta. Mette nel pentolone degli spaghetti, il sugo pronto con le melanzane e ci versa anche la bottiglietta di pesto. Poi mescola il tutto. Nei piatti, gli spaghetti fanno proprio allegria, l'allegria della gente senza potere cui basta poco per vivere in armonia con gli altri. Eppure, anche questa armonia in Jugoslavia, è stata negata.

Iniziamo a mangiare con molto gusto gli spaghetti e, nel mentre, parliamo, raccontiamo le nostre esperienze a Sarajevo, parliamo di noi. Leyla ci racconta come a Venezia frequentavano sempre una piccola trattoria nel Sestiere San Polo, vicino al mercato, la Trattoria antiche Carampane dove si mangiava benissimo.

– È vicino al Ponte di Rialto, ma noi preferivano andare, prima di mangiare, nella bellissima Basilica di Santa Maria Gloriosa dei Frari. Non so se voi ci siete mai stati, ma noi la trovavamo insuperabile con un esterno sobrio e un interno ricco, sontuoso. Ci sono voluti 100 anni per costruirla. Anche noi, a Sarajevo, abbiamo bellissimi monumenti anzi, avevamo, perché ora molti sono stati distrutti dalla furia della guerra, dall'ignoranza, dall'inciviltà, da questo odio feroce che non riesco a comprendere.

Leyla è avvampata nel pronunciare tutto questo. Si vede chiaramente che non ne può più di questo massacro, di questo non vivere, di essere costretti praticamente a nascondersi solo perché lei è serba e il marito musulmano, anche se non praticante, di questa idiota guerra come lo sono tutte le guerre.

Zlatan le fa una carezza e sta per intervenire, ma Leyla lo ferma.

– Aspetta Zlatan fammi dire questo perché è necessario che loro capiscano bene quello che la guerra ha distrutto. Non solo i nostri corpi, i corpi dei bambini uccisi, i corpi della povera gente, ma anche una coesistenza fra religioni. A Sarajevo hanno sempre convissuto tre nazionalità: il 49 per cento era formato da bosniaci-musulmani; il 30 da serbi di Bosnia, cristiani-ortodossi; il 7 per cento da croati di Bosnia, cattolici. L'11 per cento della popolazione ha sempre rifiutato le definizioni etniche e si è dichiarato jugoslavo. Un terzo dei matrimoni è avvenuto tra coppie miste. Ormai, però, Sarajevo non è più una città multiculturale. Oggi è solo un deserto, non solo fisico anche culturale. Non c'è più nulla. Solo morte e afflizione... Questa guerra è terribile perché ci sta portando via anche i ricordi... Mentre prendo il secondo, Zlatan, raccontagli del traffico di organi.

Leyla ritira i piatti e io mi alzo ad aiutarla. Le sue mani tremano. Gli occhi mandano lampi di feroce odio. Poi dice che ha bisogno di andare in camera un momento e sparisce dalla nostra vista. Non vuole farsi vedere piangere. Zlatan, ci spiega che la famiglia di Leyla è stata massacrata.

Ha perso tre membri della sua famiglia. Oltre ai genitori, un fratello poco minore di lei. È molto scossa, dice, ed è difficile per lei far finta di niente. È difficile, con la vita che facciamo, anche continuare a vivere. Perché la guerra – continua Zlatan – toglie ogni speranza.

– Penso che la Jugoslavia abbia perso un'occasione storica. Prima del conflitto, con Tito, aveva un modello sociale autentico, aveva un ruolo di primo piano in Europa grazie al fatto che era leader dei Paesi non-allineati. La guerra, questa maledetta guerra, ha distrutto tutto, ha ristretto anche i confini. Non siamo più un popolo e uno Stato, ma una sorta di piccoli staterelli autoproclamati, ognuno fa la guerra al vicino e non siamo più un popolo. Una cosa senza logica e senza ragione, difficile anche da spiegare. Guardate questa città, la Sarajevo multietnica. È cambiata moltissimo nel giro di qualche anno. In città sono arrivate tante persone dalle campagne, in cerca di lavoro e benessere che non c'è. Molti sono profughi, sfollati per paura di rappresaglie delle bande armate. E, tutto questo, avviene anche in Bosnia-Herzegovina, nella Republika Srpska, fra i croati-musulmani. Per questo è cambiata la vita quotidiana di tutti. Da un giorno all'altro, il leader serbo Slobodan Milosevic ha impedito di continuare a svolgere la propria attività ai cittadini di origine albanese. Così medici, avvocati, insegnanti, si sono dovuti trovare altre occupazioni. I più, a fare i contadini.

I serbi ci hanno "graziato" e i cecchini continuano a non sparare. Tacciono anche i loro 600 pezzi di artiglieria.

Eppure a pochi chilometri da qui, a Mostar est – come ci ricordava ieri il collega del *manifesto*, Edoardo Rughi – gli ex alleati croati e musulmani si combattono violentemente fra loro e la città è assediata da soldati che, prima e dopo gli scontri, pregano a Medjugorie. Croati e musulmani bosniaci, il primo marzo del 1992 avevano vinto, insieme, il referendum per l'indipendenza della Bosnia. Poi questa alleanza si era spaccata e, oggi, si massacrano a vicenda.

– Cos'è questa storia del traffico di organi?

La frase che ha detto Leyla mi è restata nella testa e anche Italo mi ha fatto un cenno impercettibile col capo, quasi a volermi dire di continuare a chiedere chiarimenti.

– Ah, sì. Questa è un'altra questione che non si capisce perché sinora voi giornalisti non ne abbiate mai parlato. Anche se ci sono tanti elementi che suffragano questa tesi.

– Non ne abbiamo parlato perché nessuno ce l'ha mai raccontata.

Italo è intervenuto nel momento stesso che Leyla è ritornata fra noi. Gli occhi, ora, sono asciutti e si dirige ai fornelli.

Riscalda il secondo, il Burek e poi, con una tortiera, ritorna al tavolo e comincia ad affettarlo. Si diffonde subito un gradevole odore, ma Leyla mette subito le mani avanti.

– Non illudetevi perché non ho trovato tutti gli ingredienti. Come vi dicevo questo è un piatto povero, da strada e oggi è ancora più povero perché non ho trovato né le verdure e neppure le uova. Quindi vi dovete accontentare. Per fortuna che abbiamo mangiato gli spaghetti.

In realtà il Burek è ugualmente apprezzabile e lo mangiamo con gusto. Loro lo mangeranno raramente e noi mangiamo quello che capita, in modo disordinato, pur essendo in una situazione senza dubbio migliore della loro. Non è un caso che il mio stomaco sembra si sia ristretto e faccio sempre più fatica a digerire.

– Come vi dicevo, sono sicuro che ci sono bande di criminali che approfittano della guerra per fare affari sui bisogni di chi, ormai, non ha più nulla. Io ho dei parenti a

Burrel e lo scorso anno c'ero andato per problemi familiari e lì mi avevano fatto vedere, da lontano, una casa che loro chiamavano la *casa gialla*. In quella casa, secondo la gente del luogo, si effettuavano improvvisati prelievi di organi sui prigionieri e su chi era disponibile a farsi prelevare, dietro compenso, un organo dal proprio corpo.

– L'hai detto alla polizia?

– La polizia? Dovresti sapere anche tu come funziona la polizia da noi. Se paghi ottiene qualsiasi cosa. C'è un tasso di corruzione neppure immaginabile. Sì, io l'ho denunciato e se non me ne andavo in fretta dai loro uffici, quelli inquisivano me. L'ho detto alla polizia e anche, quando sono tornato, ad alcuni giornalisti. Nessun risultato tangibile. Nessuna denuncia.

Con Italo ci guardiamo in faccia. Questa del traffico di organi, da noi, era un po' una leggenda metropolitana. Ma sentendo raccontare queste cose, qui, in una zona di guerra dove la legalità non esiste, è certamente cosa diversa. Chiedo a Zlatan che prove potrebbe avere a suffragio di quello che afferma.

– Le prove... Le prove le debbono trovare i poliziotti o, comunque, chi indaga, anche i giornalisti. Invece i giornalisti a cui ho riferito il tutto non si sono mossi.

– Non voglio difendere la categoria, ma noi giornalisti non siamo investigatori. Noi, se apprendiamo un fatto suffragato da dati certi, possiamo solo denunciarlo, farlo sapere all'opinione pubblica. Successivamente, saranno polizia e magistratura a intervenire. E poi, Zlatan, per fare un trapianto è necessario una organizzazione ben collaudata, attrezzature mediche. Non sono uno specialista, ma so che l'organo espiantato deve essere messo in frigorifero e trasportato velocemente dove c'è il ricevente...

– ... non tieni conto dei progressi della medicina. Una volta, ad esempio, c'era il rigetto dell'organo impiantato. Oggi questo problema non c'è più. Mi sono documentato e da quando, nel 1984, hanno scoperto e cominciato a usare la... aspetta che vi dico il nome esatto...

Zlatan si alza e rovista nella libreria, poi torna con dei fogli.

– ... ecco qua. Il prodotto si chiama Cylosporina. Il suo utilizzo inibisce il sistema immunitario e rende, in questo modo, i trapianti praticamente sicuri, senza rigetto. Un organo espiantato, messo sotto ghiaccio, può resistere tre/quattro ore. Con un aereo, in tre ore si raggiungono posti lontanissimi e i ricercatori stanno lavorando per eliminare anche il ghiaccio. Ormai i "ricambi" del corpo umano si vendono al mercato nero e nella civile e avanzata Europa sembra ci siano 60 mila persone in attesa di un trapianto. Contemporaneamente ci sono milioni di persone disperate che sono disposte a tutto pur di mangiare. Un rene lo si può trovare a poco prezzo. Soldi che non vanno alla persona che lo vende, ma ai trafficanti. Pensate a tutti i disperati che ci sono nel mondo, oggi, non solo in Jugoslavia. Pensate al Pakistan, alla Cina, al Brasile, alle Filippine, all'India, al Burundi...

Italo ha capito immediatamente quello che sto pensando e chiede a Zlatan quanti chilometri dista Burrel.

– Sono 400 chilometri da qua, praticamente nel Montenegro. Come territorio, fa parte dell'Albania. Per uno straniero non è facile entrare, in questo momento, in Albania, soprattutto se proviene da Sarajevo.

– Senti Zlatan, tu oggi ci hai dato una notizia sconvolgente e dobbiamo riflettere sul da farsi. Noi potremmo, in via ipotetica, cercare di arrivare a Burrel, ma capisci bene che abbiamo bisogno di qualche elemento in più, non solo il "sentito dire".

Cala il silenzio. Poi Zlatan, lentamente, come se facesse una grande fatica a parlare, ci dà un'indicazione. Improvvisamente sembra molto stanco, invecchiato.

– Io e Leyla vi consideriamo degli amici. Con gli amici si parla chiaramente, senza infingimenti. Io sono in grado di darvi un nome. Sì, proprio così. Prima però debbo conoscere le vostre intenzioni. Se intendete o meno recarvi a Burrel.

Italo interviene spiegando a Zlatan che non è solo questione di volontà andare a Burrel. Ci sono questioni anche pratiche da risolvere e, prima di tutto, il mezzo per recarci in Albania. Non possiamo andare allo sbaraglio, senza punti di riferimento. La decisione – continua Italo – sarà in base anche a quello che tu ci dirai.

È Leyla che ci aiuta a uscire dall'impasse in cui ci siamo cacciati. In pratica Zlatan ci darà dei riferimenti se è sicuro che noi andiamo a Burrel; noi, d'altro canto, se non abbiamo riferimenti precisi non possiamo certo partire così, alla cieca.

– Zlatan così non ne usciamo. Spiegagli, concretamente, cosa hai trovato a Burrel e chi debbono interpellare una volta arrivati lì. È l'unico modo per valutare se la tua idea è percorribile.

– Va bene. Vorrei venire con voi e sarebbe tutto più facile. Ma io non lascio Leyla da sola in questo inferno e poi, molto francamente, per me è stata un'esperienza terribile quella della *casa gialla*. Dovete andarci da soli. Vi darò il nome e l'indirizzo di mio cugino cui consegnerete una lettera da me scritta, con le spiegazioni della vostra presenza. Lui, a questo punto, vi porterà a casa di una persona cui hanno espiantato un rene.

– Come faremo a comprenderci con la lingua?

– Non preoccupatevi di questo. Mio cugino non parla l'italiano, ma il croato e l'albanese sì. Italo, mi sembra, che se la cavi egregiamente. Voi pensateci e appena deciderete, fatemelo sapere e io, immediatamente, scriverò la lettera di presentazione per mio cugino.

Ormai si è fatta sera. Ogni tanto si sente uno scoppio in lontananza. Si è spenta così questa domenica, iniziata nell'allegria e conclusasi, purtroppo, con preoccupazioni e inquietudine. Salutiamo chi ci ha aperto la loro casa pur senza conoscerci e ringraziamo per la loro ospitalità. Ci abbracciamo. Mentre abbraccio Leyla, lei si distacca lentamente, mi guarda profondamente negli occhi e mi sussurra: «*Andateci se appena potete farlo. Queste violenze li compiono anche sui ragazzi, sui giovani. Bisogna fermarli!*». Le stringo la spalla per significare che ho capito.

Rientriamo lentamente in albergo. Come al solito pochissima gente per le strade. I pochi, camminano curvi, pronti a buttarsi per terra al primo rumore di sparo. Anche noi da un isolato all'altro, prima ci fermiamo e poi lo raggiungiamo, uno alla volta, di corsa. In albergo è il solito caos. Chi beve, chi rientra con macchine fotografiche e telecamere sulle spalle, chi scrive a macchina il proprio pezzo. Gli americani hanno a disposizione, per dettare i pezzi, una specie di telefono satellitare. Saliamo nella nostra camera e un collega inglese, sulle scale, raggiante, ci comunica che nella doccia c'è l'acqua: «*There is water! Incredible, Incredible!*».

Bisogna fare in fretta prima che salgano gli altri colleghi a consumarla. In camera ci svestiamo rapidamente e andiamo subito nel corridoio dove c'è una stanza adibita a doccia.

Lavarsi è meraviglioso. Era parecchio che non riuscivamo a farlo. Come sempre, quando manca l'acqua, o qualsiasi altra cosa, è il momento in cui senti più il bisogno di quello che manca. Nella vita "normale", siamo abituati a lavarci ogni giorno, ci sembra naturale aprire il rubinetto e vedere scorrere l'acqua. Ma qui non c'è nulla di "normale". La doccia ci ha anche caricato psicologicamente e tornati in camera, ci sdraiamo sui nostri letti e decidiamo il da farsi.

Per prima cosa telefono a Roma, al direttore dell'agenzia. Spiego che una nostra fonte ci ha informato del traffico d'organi e che, con Italo, abbiamo deciso di andarci. Sergio Gatti è un po' perplesso. Dovete andare – dice – in territorio albanese; è pericoloso e non avrete neppure la copertura, anche se minima, dell'ambasciata italiana. Sarete da soli e, in caso di bisogno, nessuno potrà aiutarvi. E poi, la fonte, è credibile?

– Sì, la fonte è credibile. È un fotografo, ex docente universitario, musulmano. Ci preparerà una lettera di presentazione per suo cugino che abita da quelle parti. È, a nostro parere, un'occasione che abbiamo solo noi e sarebbe sciocco non approfittarne. Piuttosto, è vero, abbiamo bisogno un minimo di protezione. Anche se il nostro viaggio non è ufficiale, dovresti cercare di fare arrivare il messaggio all'ambasciata albanese, senza però dire la motivazione del nostro viaggio.

– Di questo non preoccupatevi. Con l'ambasciata albanese mi attivo immediatamente. Quando intendete partire?

– Appena sistemiamo alcune cose... la lettera di presentazione, il materiale da portare. Intenderemmo usare i mezzi pubblici sino ad un certo punto. Poi vedremo di trovare una guida.

– State molto attenti. Oltre all'ambasciata avete bisogno di altro? Di soldi...

– No. Per ora va bene così. Tu preoccupati, al più presto, d'informare gli albanesi. Attendiamo una tua risposta.

– Va bene. Appena ho notizie vi chiamo. Ciao e state attenti.

Informo Italo del colloquio con Gatti. Ora si tratta di attendere.

Cap. 3 – Dalla parte serba

La risposta di Gatti ritarda e così decidiamo, nel frattempo, di andare dalla parte serba con i colleghi del *manifesto*. Abbiamo trovato un fixer che ci accompagnerà – dietro lauta ricompensa – a Pale, più di una trentina di chilometri da dove siamo. Poi lui si ferma perché non si fida ad andare oltre. Se i serbi si accorgessero che è uno di Sarajevo, lo ammazzerebbero subito. Lì, a Pale, trasborderemo sulla macchina di un fixer serbo che ci porterà al comando dopo aver attraversato la pista dell'aeroporto, controllata dalle truppe dell'Onu.

Partiamo con il buio, attorno alle quattro e mezza del mattino. Indispensabile farlo, perché con la Toyota del fixer dobbiamo percorrere il "viale dei cecchini". Lo dobbiamo fare velocemente, a luci spente, con i finestrini abbassati perché nell'eventualità che ci sparino, i cristalli dell'auto esploderebbero e resteremmo feriti. Anche i funerali, a Sarajevo, si fanno di notte, o di sera tardi, per paura dei cecchini.

Davanti, vicino all'autista, si è messo il fotoreporter del *manifesto*, Giancarlo Riberti. Dietro, io, Italo e l'altro collega, Edoardo Rughi.

Fa molto freddo. L'aria che entra dai finestrini della Toyota colpisce, soprattutto, noi che siamo seduti dietro. In tutto, passiamo ben cinque check point.

Solito controllo dei documenti, solita perdita di tempo. Un posto di blocco bosniaco, il primo, poi ne incontriamo uno serbo-bosniaco, posto poco distante da quello precedente; poi due check point dei militari dell'Onu, all'entrata e all'uscita dall'aeroporto. L'ultimo check point è gestito ancora dai serbi-bosniaci.

Pale è raggiunta attraverso una strada tutta in salita. Raggiungiamo il monte Trebević e il nostro fixer, molto orgoglioso, ci dice che lì, nel 1984, si svolsero le olimpiadi invernali. Poi scendiamo a valle, verso Pale. Il paesaggio è brullo, spoglio, sembra abbandonato, con delle grosse buche residuo di qualche granata, la strada dissestata. Finalmente arriviamo a Pale e c'è lo scambio dei fixer e dell'auto. Saliamo sempre su un Toyota. Il fixer che ci porterà al comando serbo è di poche parole. Avrà una ventina d'anni e ha voluto immediatamente, prima di partire, i marchi che abbiamo concordato. D'altronde, è prassi comune. Nel caso che i giornalisti fossero uccisi, loro non hanno lavorato per nulla. Guida in modo spericolato, attraversiamo un bosco, poi saliamo. Poco dopo, fra le rocce, si palesa una specie di villaggio fatto con materiali raccogliticci, soprattutto legno. A un posto di blocco ci fanno scendere, ci perquisiscono alla ricerca di armi, guardano nei borsoni dei fotografi. Poi, con calma, un militare ci dice di seguirlo. Saliamo ancora, a piedi, in fila indiana. Dopo circa un quarto d'ora arriviamo davanti a una casa, questa in muratura, con attorno diversi armati e anche un cannone rivolto a valle.

Il militare che ci ha accompagnato ci dice di attendere lì. Comincia a piovere, una pioggerella gelata, sottile e fastidiosa. Attendiamo, sotto la pioggia, un quarto d'ora circa. Poi si apre la porta del comando e il militare ci fa cenno di entrare. Entriamo in una stanza piuttosto grande che subito si "rimpicciolisce" perché ci siamo noi quattro con gli zaini, un lungo tavolo pieno di carte geografiche con seduto dietro un uomo e due guardie armate di Kalašnikov.

L'uomo dietro il lungo tavolo, ci fa cenno di sederci. Addossate alla parete, infatti, ci sono molte sedie. Ci sediamo come ordinati scolaretti in attesa che l'uomo dietro il tavolo, si degni di parlare con noi. Lo fa dopo una decina di minuti, occupato con altri due a guardare carte geografiche.

– Dobro jutro gospodo. Buongiorno signori. Italijani. Novinari. Znam malo italijanskog. Šta želiš da znaš? Italiani. Giornalisti. So poco italiano. Cosa volete sapere?

Italo domanda se possono fotografare. Sì, risponde il graduato, ma solo quello e chi c'è in quella stanza. Nessuna fotografia ai militari, alle armi, alle loro posizioni.

Italo e il collega del *manifesto* aprono i loro borsoni e cominciano a montare gli obiettivi. Inizio io domandando al maggiore Todor Jovanović – come ha detto di chiamarsi – quando finiranno di sparare sulla popolazione di Sarajevo. La risposta è secca.

– Kad Hrvati-muslimani završe masakr nad našim narodom. (*Quando i bosniaci-musulmani finiranno di massacrare il nostro popolo*).

– Ammettiamo che sia così, ma cosa c'entrano bambini e civili?

Il maggiore alza la voce, inveisce. Non ha gradito che abbia citato i bambini. Poi prosegue con frasi smozzicate: «*Oni su muslimanska deca... Budući neprijatelji...*». (Sono bambini musulmani... Futuri nemici).

Il collega del *manifesto* interviene in modo deciso.

– Questa guerra è arrivata al punto di aberrazione più completa. Lei dice bambini musulmani. Quelli che sono uccisi dai vostri cecchini, non sono musulmani, sono solo bambini! Che pericolo possono rappresentare i bambini per voi super armati?

– Vi novinari. Voi giornalisti ništa ne razumete. Non capite nulla.

Jovanović si è alterato di nuovo. Si agita, alza la voce, gesticola. Certamente la domanda non gli è piaciuta. Quelli armati di AK-47 guardano il maggiore come se aspettassero solo un ordine per intervenire. Nella speranza di rasserenare il clima, intervengo io, ma non è facile perché le domande del collega, sono le stesse che volevo fare io.

– Maggiore Jovanović, noi giornalisti abbiamo il compito di descrivere quello che sta avvenendo. Noi non stiamo da nessuna parte, non difendiamo i bosniaci o i croati o i serbi...

– ... morate da branite Srbe, svi to moraju... (... *Dovete difendere i serbi, tutti lo debbono fare*)...

– ... non funziona così. Noi possiamo anche difendere una delle parti in guerra, ma per far questo abbiamo bisogno di conoscere, di essere liberi di andare a parlare con la popolazione. Ma voi militari serbi, c'impedite anche di uscire dall'albergo, ci sparate addosso, uccidete i giornalisti. Noi stiamo a Sarajevo e scriviamo quello che vediamo, la fame, la desolazione della città distrutta, anche i bambini morti. Sì, anche i bambini colpiti dai vostri cecchini. Se ci fossero abitanti di Sarajevo con i fucili o i mortai rivolti verso di voi, scriveremmo anche questo perché sarebbe nostro dovere farlo, perché i lettori debbono sapere. A proposito, maggiore, perché avete assoldato anche i mercenari?

– No. Nema plaćenika. Patriote!

– Patrioti? A Višegrad, a soli 100 chilometri da Sarajevo, migliaia di musulmani bosniaci sono stati uccisi, violentati, addirittura bruciati e sono più di mille le persone scomparse nel nulla. Dissolti. Di loro non si è trovata più traccia. Patrioti? Patrioti anche i paramilitari serbi comandati da Arkan? Noi vogliamo capire, maggiore. Ci spieghi lei perché tanta ferocia nei confronti di persone inoffensive colpevoli solo di essere di religione musulmana o di etnia bosniaca? Perché così tanto odio, tanta empietà nei loro confronti?

Il maggiore è sempre più stizzito, ma si trattiene dall'esplodere.

Ci guarda in tralice, come se guardasse delle merde di cane schiacciate su un marciapiede. Italo e Riberti hanno smesso di fare fotografie, si sono riseduti. Nell'aria si coglie una tensione molto forte. Poi, mentre io sto scrivendo su un taccuino le risposte date dal maggiore, Italo decide d'intervenire, mischiando italiano e serbo.

– Maggiore, io sono stato a Srebrenica – la città del Nobel Ivo Andrić col suo "Il ponte sulla Drina" – e, secondo quanto dichiarato da Carla Del Ponte, procuratrice capo del Tribunale penale internazionale, lì, in quella città, è stato commesso un genocidio. Si parla di ben 8 mila musulmani-bosniaci massacrati. Ho fotografato cose tremende. Come fa, davanti a prove inoppugnabili, a definire patrioti quei killer? Sono solo psicopatici, tirati fuori da manicomi e prigioni che uccidevano, e uccidono, per denaro, bottino e sesso. E lei ci viene a parlare di "patrioti"? Il fotoreporter americano Ron Haviv, con il permesso di Arkan, il "patriota" a capo delle cosiddette "Tigri", ha ripreso un paramilitare di stanza nella città di Bijeljina. E sa cosa fa quel paramilitare tutto fiero? Prende a calci la testa di una donna già morta. E lo fa ben sapendo di essere inquadrato dal fotografo americano... Il fatto è che molti criminali quando sono processati e fanno guardare loro le foto che li hanno immortalati in quegli atti criminosi, cercano di negare anche l'evidenza, parlano di equivoco, di contesto, accusano i testimoni di non ricordare e li minacciano...

– ... i nas smo teško pogodili (... *anche noi siamo stati colpiti duramente*).

– Certo. In guerra non c'è logica umanitaria. Anche voi

siete stati colpiti. Ricordo quando un mujaheddin si è fatto fotografare con la testa mozzata di un soldato serbo. Ma quel mujaheddin era un cittadino francese, tale Christopher Kaze, convertitosi all'Islam, ucciso poi in uno scontro con la polizia in Belgio. Per questo dico che non c'è logica umanitaria. Non ne uscirete mai se non decidete, seriamente, di sedervi attorno a un tavolo e trovare una soluzione di coesistenza fra religioni diverse. Anche noi siamo a conoscenza che nella regione della Krajina, l'esercito croato, in tre giorni ha trucidato centinaia di civili serbi e altri 150 mila sono finiti nei campi profughi perché scacciati, con la forza, dalle loro case.

Col tempo verremo a sapere che Ratko Mladic, detto il "macellaio", l'uomo che ordinò la strage contro i musulmani-bosniaci, sarà condannato all'ergastolo dal Tribunale dell'Aja. A sua discolpa aveva dichiarato che era stato il destino che l'aveva messo «*in grado di difendere il popolo serbo dagli occidentali con l'aiuto del Vaticano e della mafia occidentale*».

In quel momento, questo, non lo sapevamo ancora. In quel momento non c'è più nulla da aggiungere. L'intervista è terminata. Pochissime le risposte alle nostre domande che, più che altro, erano considerazioni. Dal punto di vista giornalistico, non un grande lavoro. Non portiamo a casa notizie. Ma certamente un articolo lo si può scrivere.

Sistemiamo le sedie e riponiamo macchine e obiettivi fotografici. Poi, prima di uscire, mi rivolgo di nuovo al maggiore Jovanović.

– Mi scusi. Un'ultima domanda: cosa mi può dire del traffico di organi umani?

Italo e gli altri mi guardano meravigliati della mia domanda. Il militare, invece, ha una leggera contrazione alle labbra, quasi un aborto di sorriso sardonico.

– Ne moraš da me pitaš. Pitajte UNPROFOR i vaše suna-
rodnike. (*Non deve chiedere a me. Lo domandi ai suoi connazio-
nali e all'*UNPROFOR).

– Cosa significa? Si spieghi più chiaramente.

– Nema se šta objasniti. Pošto ste na početku rekli da vi
novinari treba da znate da biste opisali šta se dešava, ovde
istražite trgovinu ljudskim organima. Ako se usudite, ime-
nujte one koji su umešani. Na primer imena Italijana. (*Non
c'è nulla da spiegare. Visto che all'inizio lei ha affermato che voi
giornalisti avete bisogno di conoscere, di descrivere quello che sta
avvenendo, ecco, investigate sul traffico di organi umani. Se avete
il coraggio, fate i nomi di chi è implicato. Ad esempio i nomi degli
italiani*).

– Cosa vuol dire? Lei conosce i nomi di questi trafficanti?

– Sad sam zauzet, izvini ali moram da se pozdravim.
(*Ora ho da fare, scusate, vi debbo salutare*).

Ci lascia nello stanzone ed esce. Non ci dà la mano. Con
noi rimangono solo i militari armati di AK-47. Attendono
che usciamo. Sempre scortati da un militare scendiamo
sino al posto di blocco. Il nostro fixer è seduto a un tavolino a bere con militari serbi. Quando ci vede, si alza di malavoglia e si dirige verso il Toyota. Nessuno di noi parla anche perché non vogliamo scoprirci davanti al fixer serbo.
Rinchiusi nei nostri pensieri scendiamo verso Pale. Lì ci attende l'altro fixer. Passiamo accanto al memoriale che ricorda le vittime di Sarajevo nella seconda guerra mondiale
con le sue 11 mila vittime. Vittime che fra poco, numerica-
mente, saranno superati dalle vittime di questa guerra.

Appena entrati all'Holiday Inn – questo palazzone giallo, scrostato dai colpi di mortaio anche se, probabilmente, il
proprietario paga ai serbi la tangente per non farsi colpire
troppo – ci sediamo a un tavolino un po' staccati dagli altri

e ordiniamo birra. Sono rimaste solo due bottigliette. Ce le dividiamo. Appena bevuto il primo sorso, tutti rivolgono i loro sguardi alla mia persona. Giustamente vogliono spiegazioni. È Italo che rompe il ghiaccio e mi chiede se non è il caso che anche i colleghi debbano sapere il perché di quella domanda che ho rivolto al maggiore serbo. Contrariamente a quello che si pensa, quando si lavora in gruppo, spesso le informazioni acquisite diventano patrimonio comune. Chiaro che se io ho trovato, grazie al mio lavoro, un'informazione utile non la vado certo a propalare. In questo caso, però, è diverso. Siamo andati assieme e tutti hanno sentito la mia domanda. È giusto dare loro delle spiegazioni.

Spiego che per tutta una serie di circostanze, io e Italo siamo venuti a sapere di un possibile traffico di organi umani. Una notizia tutta da verificare e che intendiamo farlo al più presto. Per poterlo fare dobbiamo recarci in territorio albanese e questo non è semplice. Se riusciremo, al nostro ritorno potrete benissimo – dico ai colleghi del *manifesto* – dare la notizia anche voi al vostro giornale. Mantenete l'embargo sino a quando torniamo.

Ci stringiamo la mano, poi ognuno va verso le proprie camere. C'è da scrivere il pezzo e, possibilmente, lavarci. Poi cercare di dormire, sempre che i serbi lo vorranno, se non spareranno anche stanotte. Per l'articolo, Italo mi fornisce alcuni dati. La donna morta presa a calci dal miliziano, si chiamava Tifa Šabanovic. Fu uccisa davanti alla propria casa, insieme al marito e a un vicino. Il militare di questo infamante gesto, si chiama Sran Golubović.

Dopo la bravata non si era per nulla nascosto, sicuro dell'impunità. Lo arrestano, per caso, a Belgrado per droga e possesso di armi. C'era anche un'altra fotografia, m'informa Italo, terribile nella sua spietatezza. Si vede un uomo, un civile, con le braccia alzate, in ginocchio. Si chiamava Hajrus Ziberi. Aveva 24 anni, sposato da soli tre mesi. Il giorno in cui il fotoreporter americano scatta la foto, Ziberi stava recandosi al lavoro. Le "Tigri" lo arrestarono e venne buttato giù da un palazzo. Ziberi sopravvisse e allora le Tigri pensarono bene di torturarlo e ucciderlo.

Violenze e ancora violenze. Guerre. E questo accade anche nei Paesi che formalmente non sono in guerra. Come definire allora quello che è avvenuto, solo lo scorso anno, in Italia? Non è stato un atto di guerra quello avvenuto a Capaci il 23 maggio 1992 dove persero la vita Giovanni Falcone (53 anni), la moglie Francesca Morvillo (46 anni) e tre agenti della scorta, Vito Schifani (27 anni), Rocco Dicillo e Antonio Montinaro (30 anni)?

I mafiosi attentatori avevano usato esplosivo di guerra e un pezzo di autostrada si era prima alzata e poi accartocciata su sé stessa. E l'attentato nei confronti di Paolo Borsellino non era stato, forse, un atto di guerra? Con la 126 imbottita di esplosivo utilizzato in guerra, con il palazzo dove abitava la madre di Borsellino sventrato, con i muri gonfiati, l'asfalto sollevato?

Ricordo bene quel giorno. La bomba esplose alle 16,58 del 19 luglio 1992. La nostra redazione di Palermo manda in rete – alle ore 17,16 – la notizia dell'attentato. Poche e drammatiche righe:

> *Un attentato dinamitardo è stato compiuto a Palermo in via Autonomia Siciliana nei pressi della Fiera del Mediterraneo. Vi sono coinvolte numerose automobili e sono molti i feriti. Sul luogo dell'esplosione, che è stata avvertita ad alcuni chilometri di distanza, sono confluite tutte le pattuglie volanti della polizia e dei carabinieri.*

Sono state richieste autoambulanze da tutti gli ospedali. Secondo le prime indicazioni della polizia, un magistrato sarebbe rimasto coinvolto nell'attentato.

Poi, con il passare dei minuti, notizie sempre più precise. In redazione, siamo tutti attaccati alle telescriventi che continuano a "vomitare" notizie del terribile attentato. Alle 18,18, la tragica conferma con il seguente titolo: «*Mafia: Strage a Palermo, ucciso Borsellino*». Alle 19,08 anche i nomi degli altri assassinati, la scorta di Paolo Borsellino. Sono ben cinque: Emanuela Loi (24 anni), Agostino Catalano (43 anni), Walter Cosina (30 anni), Claudio Traina (27 anni) e Vincenzo Li Muli (22 anni).

Fra l'attentato di Falcone e quello di Borsellino, intercorrono 57 giorni e qualche giornalista fa notare che sono, praticamente, lo stesso numero di giorni della prigionia di Aldo Moro: 55 giorni che hanno cambiato il nostro Paese.

Cap. 4 – In fila per la morte

C'è stato un ritardo con Gatti di circa una settimana. Alla fine ci ha comunicato che, anche se non in modo ufficiale, l'ambasciata d'Albania è stata informata che due giornalisti italiani entreranno nel loro territorio. Gatti ha raccontato loro che siamo due fotografi che intendono fare un servizio sulle bellezze del Montenegro, sulle grandi possibilità turistiche che potrebbe avere alla fine della guerra. È una balla colossale e penso che non ci creda nessuno e prima di tutto, appunto, l'ambasciata d'Albania. Comunque sia, hanno i nostri nomi. Abbastanza per non essere arrestati per espatrio illegale. Appena arrivati in territorio albanese dobbiamo andare al primo posto di polizia e registrarci.

Partiamo, prestissimo, con un pullman pieno zeppo di persone. Gente che tenta di scappare da Sarajevo, dalla guerra. Tenta, perché ci potrebbe essere un posto di blocco serbo e allora... Posti seduti neppure a parlarne. Con Italo ci sediamo per terra, nello stretto corridoio fra gabbie di galline, bambini che piangono e derrate alimentari. Un puzzo tremendo. Un odore misto di panni bagnati, sudori e aliti pesanti.

Il pullman va molto lentamente e dopo tre ore abbiamo percorso meno di 100 chilometri. Farne 400 in quelle condizioni è impensabile.

Con Italo ci guardiamo dubbiosi. Dobbiamo trovare un'altra soluzione. Il pullman si ferma dopo tre ore di marcia: deve fare benzina. Le persone ne approfittano per scendere a sgranchirsi le gambe. Molte si addentrano in un campo vicino, a fare i loro bisogni. Decidiamo di andare a parlare con il benzinaio.

– Siamo giornalisti. Mi smo novinari. Postoji šansa da nađete nekoga tko će otići u Burrel?

In pratica, ha chiesto se vi è la possibilità di trovare qualcuno che vada verso Burrel.

– Ne do Burrela. Danas popodne kamion vozi prema Podgorici.

Niente da fare. Nel pomeriggio dovrebbe passare un camion diretto a Podgorica, 155 chilometri da Burrel. Sono le 9 del mattino. Quando passerà il camion? Non è dato sapere e, d'altronde, abbiamo ormai compreso che in guerra l'orario non conta nulla. La gente non ha più fretta, è una continua attesa. Attesa per un po' di farina, attesa per un documento, attesa per l'acqua. A Sarajevo solo i cecchini sono precisi: alle 6 cominciano a sparare! Dove siamo noi, non esiste paese, solo la pompa di benzina. A quattro chilometri ci sono, così c'informa il benzinaio, alcune case di contadini. Niente d'altro.

Ci sediamo per terra, sotto la tettoia del distributore e attendiamo. Italo si è messo sotto la testa il suo zaino e ha chiuso gli occhi. Io scrivo un po' di appunti per un articolo. Passa così un po' di tempo. Raramente si ferma un'auto a fare rifornimento.

A mezzogiorno il benzinaio mi fa segno di entrare nel suo gabbiotto dove c'è odore di spezie mischiato ai vapori aromatici della benzina. Mi chiede se vogliamo mangiare qualcosa. In tre dentro il gabbiotto non ci stiamo neppure. Comunque io ho adocchiato una caffettiera sopra un fornelletto e così sveglio Italo con la proposta di bere almeno del caffè caldo.

Attorno alle 14, si ferma un camion per fare rifornimento. Il benzinaio discute con l'autista e ci indica. Il camion, piuttosto sgangherato, è pieno di sacchi. Parlottano un po', poi vengono verso di noi.

– Želi da te novac odnese.

Italo mi chiarisce che l'autista vuole soldi per portarci a Podgorica

– Quanto vuole? Koliko želiš?

Il benzinaio guarda l'autista, poi spara 30 marchi. Italo scuote la testa e dice che non se ne parla proprio. Comincia una trattativa serrata tra Italo e il benzinaio. Io non ci capisco nulla, ma Italo fa la faccia feroce e sento che ripete spesso giornalisti, novinari e poi poljcia. Alla fine, la trattativa si conclude per 26 marchi, circa 20 mila lire. Italo paga e senza nessun infingimento, l'autista del camion passa una mazzetta di marchi al benzinaio. In cabina non ci stiamo perché anche lì ci sono sacchi di granaglie, come sapremo poi. Così ci mettiamo sul cassone fra i sacchi che, per altro, sono soffici. Secondo l'autista, a Podgorica arriveremo entro sera.

Il viaggio è noioso con il solito panorama grigio. Sia io che Italo ci addormentiamo avvolti nelle nostre giacche a vento e con in testa il berretto di lana. Ci sveglia la sosta del camion, attorno alle 21. Siamo a Podgorica circa 170 mila abitanti, molto vicino al mare che non vediamo.

Siamo esausti, infreddoliti. Per prima cosa cerchiamo un albergo e lo troviamo vicino al posto dove ci ha lasciato l'autista del camion di granaglie. Un piccolo albergo, piuttosto scalcinato. Ci danno una camera con due letti e abbiamo anche una lieta sorpresa. Incredibilmente, nel locale dei servizi, lungo il corridoio, c'è una monumentale vasca da bagno! Proviamo subito, aprendo i rubinetti, se esce l'acqua. Esce ed è anche calda! Mi metto subito a lavare le pareti della vasca. Poi comunico a Italo che sarò il primo a inaugurarla. La riempio di acqua calda e soavemente m'immergo. Una sensazione di benessere che avevo dimenticato. Sono mesi che non uso la vasca da bagno, da quando sono partito da Milano. Poi tocca a Italo. Quando termina di lavarsi, ha un sorriso raggiante. Ormai si sono fatte le 22,30 e qualcosa dobbiamo pur mangiare. Così usciamo dall'albergo e ci rifugiamo in una specie di tavola calda. Mangiamo delle polpette di carne troppo fritte e beviamo birra. Italo, mentre mangiamo, m'informa che pensa di arrivare a Burrel in treno.

– Sempre che però funzioni! Sono più di 150 chilometri per Burrel. Speriamo nel treno perché in pullman è più disagevole. Terminato di mangiare, andiamo alla stazione e vediamo d'informarci.

La stazione di Podgorica non è molto lontana, così ci dice il cameriere a cui abbiamo chiesto come arrivarci. E, infatti, ci arriviamo in poco tempo. Siamo in Montenegro e Podgorica, l'antica Titograd, non sembra una città in guerra. Come del resto in tutta la Jugoslavia, convivono diverse etnie, principalmente montenegrini. Poi ci sono serbi, bosgnacchi, albanesi, musulmani, rom e croati. Si parla, soprattutto, il serbo e la religione maggiormente rappresentata è quella cristiana-ortodossa.

La stazione ha tre binari passeggeri e l'ufficio informazioni non è aperto, vista l'ora tarda. Sul cartellone delle partenze, cerchiamo di capire i treni che portano a Burrel e uno segna l'orario di partenza per l'indomani alle 11. Per arrivare a Burrel ci vogliono circa 4 ore. Andrebbe bene perché arriveremmo, pur con qualche ritardo, nel pomeriggio inoltrato, ancora in tempo per organizzarci e trovare il cugino di Zlatan.

Decidiamo di prendere quello. Il treno è semivuoto, quindi, possiamo disporre di alcuni sedili di legno tutti per noi. È un treno vecchio, rumoroso, non elettrificato. Ne approfitto per buttare giù, sul taccuino, qualche impressione del viaggio così da utilizzarla per gli articoli. Dal finestrino vedo un paesaggio a tratti brullo, con scorci di mare per poi inerpicarsi per la montagna e riscendere subito dopo. Quando riesco a vedere il mare, vedo una costa assai bella, con un mare molto azzurro. Praticamente, siamo di fronte al nostro Gargano e Burrel ha di fronte Manfredonia.

Arriviamo a Burrel con un'ora di ritardo e, per prima cosa, dobbiamo registrarci a un posto di polizia. In realtà, appena scesi dal treno, notiamo diverse pattuglie di poliziotti, tutti armati di mitra. Alla fine della banchina, una specie di posto di blocco dove, a caso, i passeggeri dei treni sono inviati negli uffici del comando. Preveniamo i militari di guardia e dichiariamo subito che dobbiamo andare al comando che è lì, a lato della banchina. D'altronde, non possiamo passare inosservati con i nostri zaini.

Gli uffici del comando, sono – come sempre gli uffici di polizia – squallidi, dimessi e sporchi. Spieghiamo a un poliziotto chi siamo e cosa vogliamo e quello ci fa attendere su una panca di legno. Nell'aria, un odore pregnante di sigarette. Sui muri, di un giallino sporco, piccoli graffiti e frasi che non riesco a decifrare. Attendiamo circa mezz'ora, poi, finalmente, ci accompagnano in un ufficio dove, dietro una scrivania, ci sta un graduato di circa 60 anni, baffoni spioventi, calvo completamente, il tenente, così si presenta, Qellim Laci. Non si alza per salutarci, ma in compenso si esprime subito in italiano, un italiano capibile.

– E così siete giornalisti. Ho telefonato e mi hanno confermato vostra identità. Intanto, datemi documenti.

Mettiamo sulla scrivania le tessere dell'unprofor e i documenti personali. Il graduato ci fa anche estrarre dagli zaini tutto il contenuto che esamina attentamente. Poi si risiede e non invita noi farlo. Rimettiamo a posto il materiale da lui esaminato e attendiamo, in piedi, che il graduato ci dia il via libera.

– Dunque, voi venuti per servizio su bellezze di questi luoghi. Lavorate per agenzia di stampa e mi domando a chi possa interessare vostro servizio.

– Noi siamo un'agenzia di stampa che ha anche un settore che riguarda i viaggi. I servizi che facciamo li vendiamo alle riviste specializzate su questi temi.

Il graduato sorride ironicamente e comincia, con un elastico, a passarlo da un dito all'altro.

– Sì. Certo. In piena guerra interessa turismo. Una cosa incredibile.

S'intromette Italo spiegando che a fine guerra, quei posti saranno molto gettonati dai turisti.

– Gettonati? Come avete detto? Cosa significa gettonati?

– Volevo dire molto richiesti.

– Ah, sì. Voi italiani sempre fioriti nel linguaggio. Io imparato italiano quando venuto a Firenze a seguire corso Scuola di polizia. Io non credere a quanto raccontato. Se dipendesse da me, io non dare permesso. L'ambasciata a Roma ha garantito per voi e, quindi, vi faccio preparare të dokumente, come dite voi?

– Documenti. È simile alla vostra lingua.

– I ngjashëm. Già, è molto simile. Non essere, però, uguali. No, certo. Io poliziotto e voi giornalisti. Io vigilare, compreso? Debbo vigilare e mantenere ordine, voi cercare notizie. Spesso le due cose... Ata konfliktohen. Voi dite...

Italo interviene pronto e suggerisce «confliggono». Il poliziotto sorride e continua a passare un elastico da un dito all'altro, un tic che comincia a essere piuttosto irritante. Poi schiaccia un pulsante posto sulla scrivania e al poliziotto che si presenta consegna i nostri documenti e, probabilmente, ordina di preparare i permessi.

Non sappiamo cosa fare e restiamo lì, in piedi, in attesa. Nessuno parla. Il tenente ha sempre un'espressione ironica, il suo sguardo rimane incollato ai nostri visi, mentre continua a giocherellare con l'elastico che proprio in quel momento si spezza. Finalmente! Ma prontamente il poliziotto apre un cassetto della scrivania e prende un altro elastico. Presumibilmente avrà centinaia di elastici di scorta! Per fortuna, si apre la porta ed entra il poliziotto con in mano diverse carte che deposita sulla scrivania del tenente, il quale comincia a leggere e poi mette un paio di timbri su ognuno dei nostri permessi individuali.

– Ecco. Buona fortuna, giornalisti italiani. Albania è bellissimo Paese, il Paese delle Aquile, molto ospitale. I vostri militari ci sono stati al tempo del fascismo e con recente operazione "Pellicano" per bloccare albanesi che cercavano di arrivare in Italia. Questa missione ha portato a noi generi alimentari, ma scopo principale era scoraggiare immigrazione e rimpatriare quanti illegalmente avevano raggiunto coste italiane. Bravi italiani! Ma voi siete giornalisti, cosiddetti, turistici e queste cose non interessano. Voi fate fotografie turistiche. Buona fortuna.

Il tenente ha fatto riferimento, nel suo intervento, all'agosto del 1991 quando, alle 7 del mattino, nel porto di Bari arrivò un mercantile, partito da Durazzo con a bordo ben 20 mila persone, tutte albanesi. Il tenente non si alza dalla sedia prima di accomiatarci. Noi raccogliamo tutte le nostre cose e usciamo dall'ufficio. In corridoio sistemiamo il tutto e abbandoniamo quel tetro edificio. Ormai è sera e dobbiamo organizzarci. Inutile andare a cercare il cugino di Zlatan. Meglio farlo l'indomani mattina. Troviamo un albergo vicino alla stazione e prenotiamo per alcune notti. Anche questo non è un granché, ma a noi interessa che ci sia almeno una doccia e quella esiste e che sia, in quanto a pulizia, accettabile. Ci sistemiamo nella nostra camera e mentre vado in doccia dico a Italo di chiamare l'agenzia e spiegare dove siamo. Italo annuisce e dice che deve telefonare anche a casa.

Poi usciamo e andiamo alla ricerca di un ristorante. Abbiamo bisogno di mangiare, di fare un pasto completo e decente. Il ristorante lo troviamo su indicazione del padrone dell'albergo, poco distante. Ci sediamo affamati e appena vediamo scritto sul menu, in italiano, "Spaghetti gamberi e zucchine", lo indichiamo alla cameriera che è venuta a prendere la comanda.

Per secondo prendiamo, su suggerimento della ragazza, la tavë kosi. Si tratta di un piatto a base di agnello cotto in un piatto di terracotta con uova e yogurt. Da bere, una bottiglia di rosso Kallmet.

Non parliamo molto. Siamo molto stanchi e affamati, quando arrivano gli spaghetti, li divoriamo. Dopo un paio di bicchieri di rosso, la lingua si scioglie e domando delle telefonate che ha fatto Italo a Roma.

– Ho informato Gatti dove siamo. Mi ha raccomandato di stare molto attenti e, in caso di bisogno, d'informare immediatamente la polizia così da poter avere un contatto con la nostra ambasciata a Tirana. Per quanto riguarda la mia famiglia, tutto bene. Mio figlio, probabilmente, non si ricorderà più la mia faccia e mia moglie mi chiede quando torno. Molte volte penso che dovrei smetterla con questa vita, che sto sacrificando anche i rapporti familiari. Poi, però, appena mi prospettano di andare a seguire qualche conflitto nel mondo, non riesco a dire no e parto. È una vitaccia quella che faccio e che facciamo. Ma non saprei proprio vivere se mi dovesse mancare. E tu non telefoni mai a nessuno?

– Non ho famiglia e come sai non sono neppure fidanzato. Ho accettato questo incarico perché era un'esperienza utile per la mia formazione professionale. Non credo, però, che continuerò a fare l'inviato di guerra. Pesa anche a me stare molto tempo lontano dalle mie abitudini, mi pesa lavarmi poco, mangiare male e in qualche modo. Certo, questa è stata, per me, un'esperienza unica, ma se dovessero ripropormi altre iniziative da inviato di guerra, ci penserei molto attentamente. Parliamo, piuttosto, di come dovremmo muoverci nei prossimi giorni. Andiamo domattina alla ricerca del cugino di Zlatan?

– Sì. Penso valga la pena andare di mattina. Zlatan ci ha detto che lavora in proprio...

– ... fa il falegname.

– Sì. Direi che dopo che gli abbiamo consegnato la lettera, spetti a lui dire come procedere.

– Dobbiamo insistere che ci porti dal testimone. Per noi è fondamentale. In caso contrario non c'è notizia e abbiamo fatto il viaggio inutilmente. Dobbiamo farci, assolutamente, portare dal testimone e dobbiamo convincerlo a parlare, a raccontarci cos'è avvenuto, cosa gli hanno fatto e come.

Continuiamo a parlare. Terminiamo il vino, paghiamo e usciamo. Sgranchirci le gambe ci fa bene. La serata è fresca ed è piacevole camminare. Rientriamo in albergo e ci prepariamo per la notte.

L'indomani ci svegliamo con il sole. È una bella giornata, presagio di una giornata produttiva per la nostra ricerca. Il cugino di Zlatan, abita a sud della città. Sulla lettera che ci ha consegnato Zlatan, l'indirizzo del cugino è segnato molto in grande. Chiediamo notizie dell'ubicazione all'albergatore il quale ci dà una cartina viaria, piuttosto malmessa, della città. La via dove abita il cugino di Zlatan, è piuttosto lontana dal nostro albergo e l'albergatore ci consiglia di prendere un taxi perché i mezzi pubblici non sempre passano regolarmente. In auto, ci mettiamo circa mezz'ora. Da dove il taxi ci scarica, si vede solo un raggruppamento di case, un piccolo borgo. Domandiamo a una donna dove abiti Bledi Shkodra. È vicinissimo e ci arriviamo in pochi minuti: una casa a due piani e sotto, a livello stradale, un box con la saracinesca aperta da dove fuoriesce il rumore di una sega elettrica. Entriamo nel laboratorio e Italo cerca di attirare l'attenzione dell'uomo che ci lavora. L'uomo ci guarda perplesso, poi ferma la sega elettrica. Italo cerca di esprimersi in albanese.

– Me falni. Scusi. Ajo është Bledi Shkodra?

L'uomo è più vicino ai sessanta che ai cinquant'anni. Ha una tuta che copre un maglione giallo, a rombi e un basco in testa. Di corporatura piuttosto massiccia. Con la barba.

– Kush e kërkon atë?

Con Italo ci guardiamo perplessi. Non abbiamo capito. L'uomo piuttosto titubante ripete la domanda in bosniaco.

– Ko to traži?

Italo ha capito immediatamente. Lo cerchiamo noi, risponde. Siamo giornalisti italiani. Mi to tražimo. Mi smo talijanski novinari.

Poi Italo spiega che abbiamo una lettera per lui da parte del cugino Zlatan. Io prendo la busta dalla tasca e la porgo a Bledi Shkodra. L'uomo è sempre titubante, in difesa. Guarda, in continuazione, alle nostre spalle, verso la strada. Poi si decide a prendere la busta, la lacera da un lato e comincia a leggere. Ci mette un po' perché la rilegge più volte. Poi ci guarda e fa segno, con la testa, di seguirlo. A fianco dell'entrata del box, un'altra porta. Ed è lì che Bledi ci porta. È casa sua, ci vive con la moglie, una donna grassa, vestita da contadina. Il viso della donna è un punto di domanda: chi sono questi stranieri? Cosa vogliono da noi? Bledi, probabilmente, spiega chi siamo e la lettera del cugino Zlatan e subito si apre una discussione fra loro due dove, così mi dirà poi Italo, lei non è d'accordo e lo mette in guardia di quanto potrebbe accadere. Intanto, l'uomo ha spostato tre sedie dal tavolo e ci indica di sederci mentre fa segno alla moglie di portarci da bere.

– Vole vedere Azim? No facile. Pericoloso. Opasno. Azim bolestan... Come dire talijanski?

Italo suggerisce "malato" e Bledi approva. Italo insiste, dice che a noi basterebbe che ci accompagni e il tutto resterà segreto fra noi. Bledi ci guarda esitante. Probabilmente non sa se fidarsi pienamente. C'è silenzio nella stanza fin quando la moglie interviene e inveisce nei confronti di Bledi. Esso termina di bere la rakija, terribilmente forte, guarda la moglie, poi guarda noi e infine decide: ci accompagnerà da Azim. Ma non garantisce nulla. Azim non è ben disposto a parlare della sua terribile avventura. Poi è "i semure", "bolestan", malato.

Bledi Shkodra ha paura di farsi vedere in strada con noi. Decidiamo che lui andrà avanti e noi lo seguiremo a distanza.

C'incamminiamo seguendo il cugino di Zlatan, il quale attraversa tutto il piccolo borgo e si ferma in una delle ultime case, una casa a un piano, tutta scrostata con diverse tegole mancanti.

Una casa che fa tristezza solo a osservarla. Ci fa segno di attendere. In giro, nessuno. La casa più vicina sarà a 300 metri.

Mi siedo su una pietra mentre Italo tira fuori, da uno

dei suoi tasconi, la macchina fotografica. Abbiamo deciso di viaggiare leggeri, di lasciare in albergo gli zaini con tutta l'attrezzatura. Lui ha in tasca il corpo macchina e un obiettivo grandangolo. Io ho lo zoom 300 mm. Dopo circa un quarto d'ora, Bledi ci fa segno di entrare.

Appena entrati siamo assaliti da un puzzo di cavolo bollito. E non si sente solo l'odore del cavolo. Purtroppo anche di urina ed escrementi. Azim è piccolo, magrissimo, pallido. Veste una tuta che ha visto tempi migliori ed è sul chi vive. Si vede chiaramente che ha paura e appena vede la macchina fotografica di Italo, grida *"Pa foto!"*. *"No foto!"*, *"No foto!"*. Italo la rimette, subito, in tasca.

La casa è tutta in quella stanza: un tavolo, tre sedie, in fondo un letto stropicciato che non viene rifatto da tempo, una credenza. Sulle spalle, Azim tiene una coperta.

Italo, un po' in italiano, qualche parola in albanese e parecchio in bosniaco spiega il perché della nostra visita mentre Bledi aiuta nella traduzione. Io prendo nota, con fatica, di quello che dicono. Riusciamo a capire che Azim non vuole parlare perché ha paura di ripercussioni. Di chi? domanda Italo. Di Uck risponde Azim. Dico a Italo di chiedere ad Azim di raccontarci la sua avventura. Azim tergiversa. Ci dice che è molto povero, malato, non sta bene e continua a vomitare. Avrebbe bisogno di cure, ma non ha i soldi per curarsi.

Con Italo ci guardiamo in faccia. Entrambi pensiamo alla stessa cosa e cioè che, forse, qualche soldo aiuterebbe Azim a parlare. Una cosa deontologicamente scorretta, che non facciamo mai, almeno noi, anche se sappiamo benissimo che molti giornali lo fanno. Parliamo fra noi, facciamo un po' di conti perché soldi, ormai, non ne abbiamo molti e dobbiamo chiedere a Roma d'inviarcene. Quanti marchi possiamo dargli? Decidiamo di offrirgli 25 marchi, circa 20 mila lire a condizione, però, che si faccia fotografare, almeno, la ferita.

Si apre una trattativa fra lui e Bledi. Noi attendiamo mentre i due parlano in modo veemente, soprattutto Azim. Poi Bledi ci fa sapere che Azim vuole almeno 30 marchi. In compenso, afferma, ci darà indicazione del posto dove è stato operato. Ci guardiamo in faccia. Inutile fare tanti discorsi. Accettiamo, ma paghiamo – chiariamo – solo dopo aver ascoltato quello che ha da dire Azim e sempre se ciò che dirà sia d'interesse per noi. Altri discorsi fra loro due. Poi Bledi ci fa segno che Azim ha accettato. Mi sono fatto un po' schifo per avere contattato una intervista a pagamento. Non era mai avvenuto una cosa del genere, una scorrettezza che un giornalista non dovrebbe mai compiere.

Il racconto di Azim è orribile. Era stato avvicinato da uno sconosciuto il quale girava per i paesi del Kosovo e che gli aveva prospettato la fine dei suoi problemi finanziari. Azim non riusciva a trovare lavoro e pur non essendo sposato, ormai non ce la faceva più a vivere. L'uomo, molto gentile, gli aveva offerto da bere e poi l'aveva portato nell'unico posto di ristoro che c'era in paese, una specie di tavola calda. Avevano mangiato e bevuto e, alla fine, per suggellare il loro patto, diversi bicchieri di raika, la fortissima bevanda estratta dalle prugne. L'accordo era stato definito nei minimi particolari: ad Azim sarebbero andati 3.954 marchi, poco più di 3 milioni e mezzo di lire, in cambio del suo rene. Sarebbe dovuto andare poco lontano da dove abitava, in una casa che Azim chiama *yellow*, in inglese, la *casa gialla*. «*Sarà facile* – l'aveva rassicurato lo sconosciuto –. *Una cosa pulita e veloce. Se sopraggiunge qualche problema, vai in Kosovo, ti presenti alla clinica Medicus e ti curano loro, tutto gratis. Poi torni a casa e io ti farò avere i tuoi soldi*». Azim, a raccontare queste cose, si commuove perché i circa 4 mila marchi non gli sono stati più dati mentre la ferita non si è rimarginata e ha, continuamente, un dolore al costato che gli blocca il respiro. Sono passati tre mesi dall'espianto del rene, è stato alla Medicus, una clinica molto attrezzata, gli hanno fatto diverse trasfusioni di sangue, ma inutilmente. Ho *dovuto*, continua Azim, vendermi il rene. Non potevo andare avanti senza sostentamento, senza aiuti. Io non ho parenti che possano aiutarmi.

Azim ormai non ha ritegno e piange. Lacrime di disperazione e rabbia. Disperazione perché non vede via d'uscita per la sua situazione e rabbia per essere stato gabbato: ha perso un rene e non l'hanno neppure pagato. Ormai la puzza di cavolo e urina non la sentiamo più. Sentiamo piuttosto il dolore che si espande dal corpo di Azim, un dolore antico che colpisce tutte le persone disperate, quelle senza potere, i più derelitti, chi deve solo subìre. Un dolore che avvolge tutte le persone vittime della guerra, perché alla base di tutto, ancora una volta, la guerra con i suoi osceni traffici, le speculazioni, i baratti, la fame, la povertà. Persone che vorrebbero poter vivere degnamente e che, invece, è negata loro l'esistenza.

Ho scritto tutto e invito Italo a chiedergli dove è stato operato e se può accompagnarci. La risposta è lapidaria: no! Io, dice Azim, alla *casa yellow* non ci vado più. Potete andarci voi, se volete. Non è distante da qui. Saranno una ventina di chilometri, sempre in quella direzione. La conoscono tutti, non potete sbagliarvi. Italo chiede ad Azim di fargli vedere la ferita. Lui si alza, si toglie la coperta che tiene sulle spalle e la giacca della tuta. Sotto ha una camicia di flanella pesante e, sotto ancora, una maglia di lana a maniche lunghe, con tanti rattoppi. Si volta di spalle e si toglie anche quella. All'altezza della vita è cinto da una fasciatura, sporca di sangue. Comincia a slegarla. Gli hanno asportato il rene sinistro, quello sotto la milza. Espiantare un rene non è molto difficile per un chirurgo. Essi sono lunghi circa 12 centimetri e hanno un peso attorno ai 120 grammi ciascuno.

Tolto il bendaggio, si vede la ferita da cui fuoriesce ancora sangue. Dove ha subìto l'espianto, è rimasto uno "sbrego" lungo una ventina di centimetri, forse meno. Italo, immediatamente, comincia a scattare fotografie della ferita da tutte le posizioni. Ha messo il 28 mm.

Prendo i pattuiti 30 marchi dal portafogli e li consegno ad Azim il quale, molto velocemente, le mette nella tasca posteriore dei pantaloni della tuta. Ora non ci resta che organizzare come arrivare alla *casa gialla*. Potremmo tornare in albergo, ormai sono quasi le 14, e domattina ritornare. Oppure cercare una soluzione per questa notte nei paraggi e domattina farci indicare un mezzo per arrivare alla casa. Salutiamo Azim il quale c'informa che parecchi contadini, con i loro carretti, fanno quella strada. Potremmo farci dare, da loro, un passaggio.

Mentre torniamo verso la casa di Bledi, domandiamo se vi è possibilità di dormire per quella notte. Bledi ci fa sapere che forse, da un privato, qualche letto lo si può trovare, naturalmente a pagamento. Lui propone di andarci subito perché il posto è piuttosto vicino a casa sua. È una casa come tante che si vedono nel villaggio e, come tante, scrostata. Bledi bussa, ci dice di attendere fuori e va a parlare con la donna che ha aperto la porta. Dopo pochi minuti esce e ci invita a entrare. Qua non c'è puzza né di cavolo e neppure di urina, piuttosto odore di spezie. La casa è abitata da una vedova che, quando raramente capita, affitta i letti ai forestieri di passaggio. Vuole 10 marchi. La vedova avrà una cinquantina d'anni, una crocchia di capelli bianchi sul cranio, vestito lungo fino alle caviglie, un colletto bianco. Si chiama Ajkuna ci dice Bledi. Per mangiare stasera, soggiunge, potete andare in questa direzione, svoltate a destra e lì troverete l'unica tavola calda. La stessa che diceva Azim quando ha avuto il primo approccio con il procacciatore di reni. Domattina, rifate la stessa strada, subito dopo la casa di Azim comincia un largo sentiero. Se vi fermate lì, prima o poi passerà qualche carro su cui potrete salire. Poi si rivolge alla vedova Ajkuna e sorridendo le dice di trattarci bene perché siamo *Gazetarë italianë*, giornalisti italiani. La vedova sorride e dice «*Luca Carboni, Ci vuole un fisico bestiale. E di ti?*». La vedova vuole sapere se co-nosciamo Luca Carboni e quella canzone che è stata un tormentone estivo. Rispondiamo subito di no per non impegolarci in una discussione canora, con grande delu-sione della vedova con la crocchia sul cranio.

Bledi ci saluta e ci raccomanda di portare i suoi saluti a Zlatan. Italo si avvicina e gli chiede se si offende se gli diamo qualcosa per il tempo che ha perso con noi oggi. Ma Bledi rifiuta sdegnato. No, ci risponde. Non l'ho fatto per soldi. Io sono in debito con mio cugino Zlatan che è una persona meravigliosa, di cuore e ci ha sempre consigliato per il nostro meglio. Viviamo tempi grami, brutti, pericolosi. Se voi riuscirete a denunciare queste porcherie sarò contento perché, in piccolo, ho contribuito anch'io. Vedete, Azim è messo male ma non è sempre stato così. Lui faceva l'operaio in una fabbrica di pellami, qui vicino, si è ammalato di pleurite a causa dei vapori che respirava in fabbrica. L'hanno licenziato. La moglie – lui dice a tutti che non è sposato – l'ha lasciato, ha cominciato a bere ed è crollato tutto. Ogni tanto io l'aiuto per quel che posso perché anch'io... Qua la vita è difficile per tutti.

Gli stringiamo la mano. Lui esce e noi restiamo con la

vedova che ci indica la nostra camera. Saliamo una piccola rampa di scale e, proprio di fronte alle scale, la porta della nostra camera. Non abbiamo bagagli, ma chiediamo, immediatamente, del bagno e se c'è la doccia. Certo! Così sembra di capire dal tono della risposta della vedova. Anzi, sembra quasi offesa che abbiamo potuto mettere in dubbio che non ci fosse la doccia. Ci fa vedere dov'è e riscende le scale. Noi ci sdraiamo sui nostri letti e facciamo il punto della situazione.

– Hai scritto tutto il racconto di Azim?

– Sì, tutto. Mi domandavo, però, se dobbiamo credere a quanto ci ha raccontato.

– Beh, domani facciamo la prova del nove. Vedremo se esiste questa famosa *casa gialla* o come dice lui *yellow* e cosa ci troviamo dentro.

– Non sappiamo neppure se è abitata. E un'altra cosa mi disturba: aver dato dei soldi ad Azim. Una cosa, questa, che mi infastidisce.

– Hai ragione Massimo. Anche a me non è piaciuto, ma non avevamo scelta. Azim aveva bisogno di soldi. Facciamo finta, se questo ci fa tacitare il nostro orgoglio deontologico, che abbiamo fatto un'opera buona.

– Sai Italo, io sono sempre stato colpito da una frase di un grande inviato di guerra, Ryszard Kapuściński. Esso diceva che un cinico non può fare il giornalista contrariamente a quello che la gente comune pensa. Oggi, invece, il nostro cinismo ha avuto il sopravvento. E questo mi dispiace.

– Non angustiarti. Domani ci attende una lunga giornata. Poi torneremo a Sarajevo e potremo inviare a Roma il nostro lavoro. Vedrai che a ciò che è avvenuto oggi con Azim, non ci penserai più. Io ora vado a collaudare la doccia della vedova. Fatti, come diciamo noi, una pennichella.

Poi tenteremo di mangiare qualcosa perché oggi non abbiamo mangiato nulla.

Italo esce dalla camera e io chiudo gli occhi. Fa abbastanza freddo e mi metto sotto le coperte. Cerco di dormire, ma penso ad Azim, all'operazione, ai soldi promessi e non ricevuti. Penso a questo vergognoso traffico di organi, forse il più bieco fra i delitti, che fa leva sui bisogni della povera gente che per mangiare aliena, addirittura, una parte del proprio corpo. Una terribile violenza perpetrata, ancora una volta, dai ricchi sui poveri che prima tolgono loro il lavoro e poi anche pezzi del corpo, quindi la dignità di essere persona.

Quando ritorna Italo, sto ancora elucubrando questi pensieri. Mi alzo e mi avvio a fare la doccia che è calda e rigenerante. Invio sentimenti augurali alla vedova, grato di essermi potuto lavare.

A mangiare ci andiamo relativamente presto perché abbiamo fame. Il locale ha la televisione accesa sull'italiano Canale 5 dove stanno trasmettendo "La ruota della fortuna" condotta da Mike Bongiorno. I pochi avventori presenti, non si perdono le movenze di Paola Barale e pendono dalle domande del presentatore e dalle risposte dei concorrenti. Quando questi indovinano, i clienti della tavola calda, approvano a gran voce. Fa specie vedere, dopo tanti mesi, un programma in italiano e nel contempo mi sembrano momenti molto lontani quelle trasmissioni.

Per primo prendiamo "Jahni me fasule", una zuppa di fagioli bianchi con salsa di pomodoro, prezzemolo, brodo dei fagioli e menta. Per secondo, "Sarma", che, ci spiega il cameriere, sono involtini con foglie di verdura ripieni di carne macinata, riso, erbe, condimenti o salsa di pomodoro. Porta l'ordinazione in cucina e ritorna da noi. Senza essere invitato si siede al nostro tavolo e in italiano stentato, vuole sapere cosa ci facciamo nel villaggio. È un tipo con un grande ventre su un corpo relativamente minuto, baffoni, testa con una selva di capelli ricci. Noi beviamo la birra che ci aveva portato e ci guardiamo bene dal raccontare cosa ci facciamo lì. Diciamo la solita cosa: dobbiamo fare un servizio fotografico perché lì, in un futuro molto prossimo, ci sarà uno sviluppo turistico. L'omone ci guarda con sufficienza e, ovviamente, non ci crede. In realtà come bugia non sta molto in piedi. Basta guardarsi attorno per capire che lì, il turismo non arriverà forse mai. Poi si alza, va in cucina e ne esce subito dopo con un quaderno dalla copertina bisunta. Va al telefono, dietro il bancone del bar e compone un numero. Parla qualche minuto, poi chiude. Noi continuiamo a mangiare, ma la cosa non ci è piaciuta per nulla. Avrà informato chi di dovere, pensiamo all'unisono.

Dopo aver cenato usciamo dal locale e facciamo un giro per il villaggio. Poca gente per le strade. Pochi negozi, chiusi anch'essi. Non esiste nessuna attrattiva, altro che sviluppo turistico! Decidiamo di ritornare dalla vedova e di andarcene a dormire.

Quando ci svegliamo, la mattina dopo, è una giornata algida. Non piove, ma fa freddo, soprattutto umidità diffusa, vento. In lontananza anche un po' di nebbia. La vedova, sia lode a lei, ci ha preparato del latte caldo e una specie di ciambella. È quello che ci vuole per iniziare la giornata. Salutiamo la vedova e, dopo averla pagata, ci dirigiamo verso la casa di Azim da dove dovrebbero passare carri di contadini diretti verso la nostra meta. Per fortuna, non attendiamo molto.

Passa un carro vuoto e facciamo segno di fermarsi. Mentre Italo cerca di spiegare se ci può far salire, si sente un rumore di motore e si avvicina un trattore che si ferma.

I due albanesi parlano, poi il trattorista ci invita a salire sul suo mezzo. Ci porta lui, dice. *Ju do ta bëni së pari.* Farete prima. Saliamo sul trattore che non traina nulla. È solo la motrice. Ha un sedile per parte dal guidatore e ci sediamo su quei seggiolini precari, di ferro arrugginito. Ovviamente abbiamo tutta l'aria contro e fa un gran freddo.

Il vento ha un odore strano, di putridume. Sui rami, la galaverna ha formato lunghi aghi ghiacciati. Ci mettiamo in testa i nostri berretti di lana e ci copriamo con i giacconi il più possibile. Il pilota del trattore ci guarda e ride. Ride di gusto e non capiamo proprio il perché. Che c'è da ridere se abbiamo freddo? Lui, sopra una camicia di flanella, ha solo un maglione rosso.

Nel corso del viaggio, che dura poco più di mezz'ora, ogni tanto il trattorista ci guarda e dice qualcosa d'incomprensibile. Noi abbozziamo e ci stringiamo ancora maggiormente nei giacconi. Ci lascia a un bivio. Lui gira a sinistra, noi andiamo diritti, almeno così ci ha indicato lui. Davanti a noi comincia un bosco di betulle con delle piccole collinette. Lo attraversiamo in circa 40 minuti poi, alla fine del bosco, vediamo un gruppo di case contadine disposte una di fronte l'altra, su un'unica strada non asfaltata. Non si vede nessuno. Probabilmente sono tutti al lavoro, nei campi. Dovremmo chiedere informazioni per la *casa gialla* ma a chi? Poi, da una casa, esce un ragazzino sui 12 anni con una bicicletta. Gli facciamo segno e andiamo da lui. Italo cerca di farsi comprendere e domanda dov'è la *casa gialla*. Il ragazzino ci guarda senza capire.

– Come si dice casa gialla in albanese. Non riesco a ricordare... mi sembra una cosa come verdhë... o qualcosa di simile.

– Proviamo in inglese. *Yellow House.*

Al ragazzino gli si illuminano gli occhi. Ora ha capito e

ci indica, con il braccio di proseguire dritto. È strana questa cosa che tutti sappiano dove sia la *casa gialla*. Anche i ragazzini. Comunque proseguiamo e dopo una decina di minuti, subito dopo una curva, la vediamo. Per la verità la casa è bianca, ma più ci avviciniamo vediamo che ci sono tracce di giallo lungo la base delle sue mura. Bussiamo ai vetri di una porta e compare un contadino dal viso piuttosto contrariato dal nostro arrivo.

– Jeni gazetare? Nuk kam asgje per te thene. Shko larg ose unë do të thërras policinë.

Abbiamo capito solo *giornalisti* e *polizia*. Italo co-mincia a fare un po' di "teatro": prende la tessera che portiamo al collo della UNPROFOR e quella rilasciata dalla polizia di Burrel e le sventola in continuazione davanti al viso del contadino. La sceneggiata ha il potere di calmarlo: davanti a due tessere con le foto dei nostri visi, pro-babilmente il contadino pensa che siamo autorizzati. Addirittura ci invita a entrare nella sua abitazione. Ormai è quasi mezzogiorno e la moglie o, almeno quella che noi pensiamo possa essere la moglie, una donna magrissima e alta, sta mescolando in un pentolone. Sedute per terra, a giocare con fagotti dalle sembianze di bambole, due bambine sui sette anni. La donna, probabilmente, sta cu-cinando il solito minestrone, almeno dall'odore che per-cepiamo.

Ci sediamo e Italo spiega, in qualche modo, che siamo autorizzati, *i autorizuar*. Poi chiede se è vero che in quella casa sono stati eseguiti degli espianti, *eksplante* da organi umani. Io ho tirato fuori il taccuino e comincio a scrivere. Italo, si alza, dà le spalle a noi. Ha le braccia conserte. Ma con la mano destra tiene la macchina fotografica e, senza farsi notare, scatta, a ripetizione, alcune fotografie. Foto-grafa i muri.

Il contadino muove la testa in senso negativo. No, dice, niente organi umani. La magistratura è venuta e non ha fatto nulla perché non c'era nulla da fare. E quelle macchie di sangue sui muri?

Il contadino farfuglia qualcosa inerente al fatto che una volta si macellavano le bestie, *pasi kafshët u therën*, dice. Ma lo afferma con una voce tenue, come se anche lui non credesse più alla versione che, molto probabilmente, qualcuno gli ha suggerito. Poi io mi rivolgo a Italo e lo invito a chiedere al contadino se i medici erano tutti albanesi.

La risposta del contadino è immediata, ha abboccato. Sì. I medici erano tutti albanesi. C'erano italiani? Asnjë mjek italian. No, nessun italiano fra i medici. C'era un italiano, ma non operava. Cosa faceva? Çfarë bëri ai? Non so... Niente. Dirigeva. Ai drejtoi. Con Italo ci guardiamo e tentiamo l'affondo domandando al contadino come fosse, fisicamente, l'italiano. Lui risponde di malavoglia, con voce bassa.

– I gjatë dhe i dobët.

Se ho capito bene, soggiunge Italo rivolgendosi a me, un uomo alto e magro. Ma non significa nulla. Non è identificabile con questa succinta descrizione. Ci sono tanti italiani alti e magri. Poi ci sono ancora domande faticose così come sono faticose le risposte. Lui, afferma il contadino, ha solo prestato la casa dietro, ovviamente, un compenso in denaro. Pensiamo che non ci sia molto da aggiungere. Ci alziamo, salutiamo e usciamo da quella opprimente casa. La donna non ha detto una sillaba; ha continuato imperterrita a rimestare il minestrone. Noi usciamo e Italo fotografa la casa dall'esterno compresa la fascia bassa del muro dove si vede, molto chiaramente, la vernice gialla. Poi ci spostiamo qualche centinaio di metri da quella casa, verso un fosso accanto a un ruscello. Lì, ricoperti malamente da uno strato di terra, troviamo siringhe, alcune fondine per pistole, contenitori di pillole, flaconi vuoti di medicinali. Infine un ansiolitico, il Tranxene, alcune scatole di un antibiotico, il Chloramphenicol, altre scatole di Cimarizine 25 mg, utilizzato per riattivare la circolazione sanguigna e lo spasmolitico Buscopean 10 mg. Spostando la terra, troviamo anche resti di garze e camici da ospedale. Italo fotografa il tutto. Poi mi fa segno che ha terminato, che possiamo tornare.

Torniamo indietro pensierosi. Nessuno di noi due parla, ognuno sprofondato nei propri pensieri. Quello che abbiamo visto ci ha sciocati. Siamo turbati da quelle siringhe, dalle macchie di sangue sui muri di quella casa, sconvolti dal fatto che per bisogno, per soldi si diventa complici di un crimine come quello perpetrato nella casa "prestata" per le operazioni di espianto. Ci vengono in mente le cose che avevamo appreso prima di partire per Burrel, quello che ci avevano raccontato Leyla e Zlatan sul ruolo del leader politico Hashim Thaçi, dell'Esercito di Liberazione del Kosovo (Uck), il gruppo armato appoggiato dalla Nato. Un gruppo armato che sosteneva la separazione del Kosovo dalla Serbia. Negli anni a venire verrò a sapere che gli Usa consideravano l'Uck un'organizzazione terroristica. Poi un cambiamento radicale: i miliziani albanesi divennero i più stretti alleati di Washington e, in seguito, saranno riconosciuti anche dal governo Prodi.

Riattraversiamo il gruppo di case dei contadini e ci inoltriamo nel bosco di betulle. La strada è leggermente in salita ed è quando siamo arrivati quasi alla sommità, che sentiamo una specie di nenia proveniente dal bosco. Ci blocchiamo. Poi, lentamente, con molta circospezione avanziamo verso la sommità della montagnetta. Ci sporgiamo, cautamente, con la testa e vediamo, sotto di noi, degli uomini armati, tutti vestiti di nero che tengono a bada un gruppo di civili. Alcuni di questi, sono stati isolati rispetto al grosso del gruppo. Sono tutti – almeno così ci sembra – i più giovani, ragazzi e ragazze. Gli altri piangono, pregano forse implorano i loro aguzzini di non ucciderli. Sì, perché di questo si tratta. Li fanno mettere in ginocchio uno a uno. Poi un miliziano con la mano sinistra prende i capelli di quello inginocchiato e li tira a sé così da far alzare la testa al prigioniero. Con la mano destra, armata di coltello, lo sgozza.

È una vista terribile. Sento un rigurgito acido che mi assale. Italo ha messo il 300 mm e continua, a raffica, a scattare foto. Ed è a questo punto che qualcosa attira l'attenzione dei militari. Guardano dalla nostra parte poi un grido: «*Merrni ato!*». Non sappiamo cosa voglia dire, ma non abbiamo certo tempo per cercare di tradurre. Indietreggiamo strisciando, poi cominciamo a correre dalla parte opposta, di nuovo verso la *casa gialla*. Dietro di noi si sentono imprecazioni e ordini gutturali. Noi corriamo a più non posso, con tutta la nostra forza e sbuchiamo nel villaggio dei contadini, quello dove avevamo chiesto informazioni sulla *casa gialla* al ragazzino e ci fermiamo incerti. Non sappiamo che direzione prendere, se verso la *casa gialla* oppure di lato dove però non ci sono alberi e saremmo allo scoperto.

È un momento difficile per noi. Abbiamo paura e la paura paralizza anche il nostro ragionare. Paura per quello che ci può capitare se sorpresi dai militari e desiderio di fuggire, di andare via da quel posto. Mischiare paura e desiderio di salvezza, spesso è una cosa pericolosa perché impedisce, appunto, di ragionare. Ci toglie dall'imbarazzo della scelta un contadino che, con le braccia, ci fa segno di avvicinarci: «*Gazetarët... këtu, nga këtu*». Ha capito che siamo giornalisti e continua a sbracciarsi per farci andare da lui. Decido immediatamente di accettare la esortazione del contadino e Italo mi segue.

Il contadino ci porta dietro la casa dove s'intravvede una specie di stalla e ci fa entrare. Dentro, una sola vacca. Il contadino si appoggia al fianco della vacca e la spinge più lontano, poi sposta, con i piedi, la paglia, si china e, con un gancio, alza una specie di botola. Guardiamo dentro ma è tutto buio e non si vede nulla. Il contadino continua a dire di far presto, di andare giù: «*Shpejt, shpejt, poshtë!*».

Con Italo ci guardiamo, ma non abbiamo altra scelta. Iniziamo a scendere su una precaria scaletta nell'antro buio. Il contadino chiude la botola sopra di noi e per un momento non sentiamo più nulla. Poi le grida concitate dei militari, gli scarponi che passano sopra di noi, la voce del contadino che, immaginiamo, stia rispondendo alle domande dei miliziani.

Sotto è tutto buio. In tasca, attaccato a un passante dei pantaloni, ho una piccola pila assieme a una catenella che tiene aggangiato il mio portafogli e un coltellino mille usi. Faccio luce. Ci troviamo in un locale relativamente spazioso. Ci sono un paio di pagliericci e niente altro. In fondo al locale, una tenda e percepiamo un movimento proveniente da quella parte. Probabilmente un animale. Puzza di chiuso e di vacca. Poi sentiamo una specie di lamento che è umano non animalesco. Scostiamo, con molta circospezione la tenda e, seduta su un vasino, una bimba bionda che avrà 3/4 anni. Il lamento era suo. Forse era lo sforzo per defecare.

Pur nella drammaticità del momento che stiamo vivendo, quella visione della bambina che cerca di fare la cacca in un vasino ha qualcosa di soave, una normalità che non ricordavamo. Pochi minuti prima donne e uomini sgozzati come capretti e ora una piccola che si sforza di fare la cacca!

Sopra di noi ancora rumori di scarponi. Poi più nulla. Silenzio assoluto. Non succede niente. Ci sediamo sui pagliericci appoggiando la schiena contro il muro. Ora dobbiamo solo sperare che ai militari non venga in mente di bruciare quelle quattro case; faremmo la fine dei topi in gabbia. I minuti passano lenti. Con Italo non parliamo. Il pericolo, l'emozione ci ha bloccato la parola. Stiamo così, ognuno con i propri pensieri, rimuginando quella situazione che non è solo spiacevole, ma è decisamente pericolosa. Non sappiamo neppure come ne usciremo e se ne usciremo.

Italo si toglie la scarpa destra. Prende la macchina fotografica ed estrae il rotolino che deposita nel vano del tacco, il suo nascondiglio di sicurezza. Poi mette un rotolino nuovo nella macchina fotografica. La tensione che ci ha attanagliato, comincia a sciogliersi e così iniziamo a parlare, sottovoce. Italo mi conferma che prima ha avuto proprio paura. «*Mi è venuto in mente* – continua Italo – *quando al grande fotografo Robert Capa gli avevano do-mandato se fosse dura seguire le guerre. Lui aveva dato una risposta sdrammatizzante. In pratica rispondeva che non è proprio dura.* "Ma quando senti che sei dentro una pioggia di proiettili e scopri che te la sei fatta addosso e che devi cambiarti le brache, beh, sì, allora sì che quella è una tragedia". *Ecco, io poco fa temevo proprio di farmela addosso dalla paura*».

Dopo circa un'ora, sentiamo che il coperchio della botola si apre. Entra un cono di luce e con essa anche il contadino che ci ha nascosto. Noi, appena sentito il rumore, ci siamo alzati in piedi. Vicino a me vedo un pezzo di legno e lo impugno quasi potessi, con quello, contrastare i militari con il Kalašnikov. Una cosa ridicola. Il contadino ci ha portato delle candele e due coperte. Cerca di farci capire che non dobbiamo uscire. Pericolo, dice, «rreziku, rreziku». Prende la bambina per mano e risale la scaletta. Noi restiamo, di nuovo, al buio, soli. Prima di risalire, il contadino ci ha fatto vedere che dietro la tenda vi è un secchio per i bisogni, secchio che va svuotato, di notte, nei campi. Non di giorno, si raccomanda.

Accendiamo le due candele e ci rimettiamo a sedere. Ora possiamo parlare, fare il punto della situazione, commentare la terribile violenza cui abbiamo assistito. Dobbiamo andarcene da lì al più presto, dobbiamo tornare a Sarajevo e denunciare quello che abbiamo visto e fotografato. Zlatan aveva ragione. Il traffico di organi esiste ed è gestito da persone insospettabili, forse con la complicità dei militari delle forze alleate. E quel civile? Chi era quel civile italiano che controllava e organizzava gli espianti?

In quel buco nero ci restiamo tre giorni e tre notti. Facciamo i turni, di notte, a trasportare nei campi l'immondo contenuto del secchio, risalendo quella scaletta traballante con il pericolo di versare tutto il contenuto puzzolente sui pagliericci sottostanti. Tre giorni e tre notti senza lavarci, senza uscire e vedere la luce del giorno, senza veder nessuno se non il contadino che due volte al giorno ci porta da mangiare. Per lo più patate con un brodo e pezzetti di verdura. Non è certo molto, ma è caldo e questo ce lo fa apprezzare. Il contadino scende sempre con la bambina che poi sapremo essere sua figlia. Lui avrà una quarantina d'anni, portati male, un viso solcato da profonde rughe, due occhiaie infossate, baffi folti. Ha detto di chiamarsi Cukel Begu e la figlia Likana. La moglie non c'è più. Morta. Anzi, come ci fa capire Cukel, uccisa dai miliziani albanesi dell'Uck. Per questo ci ha aiutato a nasconderci perché, afferma, chi è contro i miliziani è suo amico.

Il tempo, in quel buco, senza nulla da fare non passa mai. Non abbiamo ricambi, né, tantomeno, libri da leggere, nulla. Anche uscire di notte, a turno, a sbarazzarci dei nostri rifiuti corporali, è diventata un'occasione per prendere aria. Fuori fa freddo ma, senza dubbio, è preferibile che restare nel nascondiglio avvolti da una puzza insalubre che però, dopo tre giorni non ci facciamo più caso. A dimostrazione che l'uomo si abitua a tutto. I militari sono ritornati per due giorni di seguito. Poi più nulla.

Il quarto giorno, una mattina presto, Cukel ci chiama dalla sommità della botola e ci fa segno che possiamo uscire.

È ancora buio e fa abbastanza freddo. Nel villaggio non una luce, un rumore. Tutto tace. Sul tavolo ci sono due tazze di latte caldo che Cukel ha preparato per noi. In fondo alla stanza, Likana dorme tranquillamente così com'è giusto debba dormire una bambina di tre anni. Beviamo molto volentieri il latte e siamo pronti per partire. Rimane la parte più difficile, quella degli addii, difficile perché non sappiamo come comportarci con chi ci ha salvato la vita, difficile perché vorremmo potergli dare qualcosa ma, a parte un po' di marchi, non abbiamo altro.

Quando facciamo il gesto di "pagarlo", Cukel scuote la testa con forza. No, ci fa capire, non l'ho fatto certo per soldi. La guerra intollerabile mi ha tolto la moglie e, con essa, la gioia di vivere e di una famiglia. Sono solo con Likana, non so come andrà a finire. Ma se un giorno avrò bisogno di voi, non esiterò a venirvi a cercare.

Suggelliamo il tutto con un abbraccio. Gli occhi sono umidi. L'emozione tanta. Una persona umile, povera ha messo in gioco la propria vita e quella di sua figlia per salvare due sconosciuti che, forse, non rivedrà mai più. L'ha però fatto e questo gesto lo fa apparire ai nostri occhi come una persona disinteressata e piena di umanità. Salutiamo con una carezza sulla testa Likana, mentre dorme e siamo pronti per cercare di ritornare a Burrel.

Ce la facciamo, praticamente, tutta a piedi per paura di essere bloccati da qualche pattuglia che controlla carri e mezzi pubblici che, per altro, non abbiamo visto. Da Burrel – prima di ripartire per Sarajevo – dobbiamo passarci per forza. Anche perché dobbiamo riconsegnare i PASS al posto di polizia così come ci hanno raccomandato di fare quando ce li hanno consegnati.

Appena ci siamo rivolti al piantone del posto di polizia, veniamo afferrati da dietro da tre poliziotti, due in divisa e uno in borghese che, senza troppi complimenti, ci bloccano le braccia e ci spingono in un ufficio dove a riceverci, dietro ad una scrivania traboccante di carte, ancora il medesimo tenente che ci aveva rilasciato i PASS e che si era mostrato scettico sulla nostra esigenza di fare un servizio fotografico-turistico.

– Ah, ecco famosi giornalisti italiani turistici. Pensavo di non rivedervi.

– Pensava o sperava di non rivederci più?

Faccio io di rimando. Il poliziotto mi guarda in modo sprezzante. Poi si alza in piedi e si rivolge a Italo.

– Mi dia sua macchina fotografica.

– Non ci penso neppure. Lei non ha il diritto di prendere la mia macchina fotografica e requisirla.

– Non voglio requisire. Forza, in fretta. Non ho tutto giorno da perdere con voi.

Intanto, gli altri poliziotti ci bloccano le braccia. Ci mettiamo a urlare. Grido che non possono farlo, che abbiamo la protezione dell'UNPROFOR e del ministero degli Esteri, che è un abuso di cui il tenente dovrà rispondere perché noi denunceremo tutto.

– È proprio convinto che non lo possa fare? E chi me lo impedirebbe? Forza, la macchina fotografica.

Italo la prende dalla tasca e l'appoggia sulla scrivania.

– Kërkojini ata!

L'ordine è di perquisirci. Dalle mie tasche, oltre ai documenti e agli oggetti personali, prendono lo zoom da 300 mm. E un rotolino. Poi anche gli appunti che avevo scritto mentre eravamo nella botola alla luce delle candele. Dalle tasche di Italo, oltre alle cose personali, un altro rotolino fotografico. Il tutto viene disposto sulla scrivania. Il graduato si sofferma sulla macchina fotografica. Poi apre lo sportello dove è alloggiato il rotolino e, lentamente, lo estrae. Italo balza immediatamente in avanti per cercare di bloccare quello che abbiamo capito voglia fare il poliziotto, ma è immobilizzato dagli altri agenti.

– No! È un abuso, non potete farlo... vigliacchi... è il mio lavoro....

Ai tre poliziotti se ne sono aggiunti altri due e appena anch'io tento di avvicinarmi alla scrivania, sono subito strattonato e uno mi dà un pugno in testa e mi sbatte contro una parete. Continuiamo a inveire mentre il tenente Laci tira fuori la pellicola dall'alloggiamento e le fa prendere luce. Italo scalcia, si dimena ma non c'è nulla da fare. Siamo impotenti e bloccati. Poi il graduato, con calma, prende gli altri due rotolini e compie la stessa operazione che ha fatto con il precedente. Li rende inservibili facendogli prendere luce. Inoltre, le pagine dei miei appunti sono stracciate e, come coriandoli, buttati sulla mia faccia, come sfregio.

Ora sono tutti più calmi, paghi di quello che hanno

fatto. Non ci bloccano più le braccia. Ho la testa rintronata per il pugno subìto.

– Voi giornalisti non capite nulla. Pensate che voi permesso tutto. Io sapevo. Io detto, alcuni giorni fa, che non convinto, non credevo a servizio fotografico-turistico. Voi siete spie e come tali andreste trattati. Vi è andata bene che rapporti fra Italia e Albania siano, in questo momento, molto delicati...

– ... voi siete solo degli aguzzini e avete perpetrato un abuso. Denunceremo il vostro comportamento, l'abuso che abbiamo subìto, le percosse. Avete distrutto il nostro lavoro, non ci avete permesso di assolvere al nostro dovere d'informare l'opinione pubblica di quello che avviene in questa zona.

Il tenente mi guarda duramente e si fa una risata piena di scherno.

– Mi risparmi sue cazzate su libertà di stampa. Voi spie e siete andati a fotografare e intervistare senza nostro permesso.

– Perché non ci parla della *casa gialla*?

L'interruzione di Italo non è piaciuta al poliziotto. Batte, con forza, una manata sulla scrivania e poi urla che non avremmo dovuto andarci senza permesso, che la *casa gialla* è un sito sensibile. Intervengo cercando di stare calmo.

– Senta tenente, è inutile che continuiamo. Quello che abbiamo visto alla *casa gialla*, lo racconteremo anche se, purtroppo, non abbiamo le prove fotografiche perché lei le ha distrutte abusivamente. L'Uck uccide e deporta i serbi, si espiantano organi dai corpi non solo dei serbi, ma di tutti coloro che sono disperati e hanno bisogno di soldi. In questo modo alimentate il traffico illegale, alimentate la mafia. In pratica, siete complici di queste nefandezze.

– Qui non ci sono serbi uccisi, sepolti. Abbiamo investigato sulle voci attorno alla *casa gialla* e non risultato nulla. Magistratura chiuso tutta inchiesta. E poi sapete cosa vi dico? Se portato serbi oltre confine Kosovo e ammazzati, fatto bene.

Davanti a queste terribili parole, non abbiamo più nulla da aggiungere. Il tenente Qellim Laci si alza lentamente, prende in mano il corpo della macchina fotografia, allunga il braccio per consegnarla a Italo. Ma un momento prima che Italo la possa prendere, la lascia, volutamente, cadere per terra frantumandola. Italo gli balza addosso ma è subito neutralizzato dai poliziotti che lo riducono all'impotenza, tempestandolo di pugni. Poi ci dicono di andarcene e ci consentono solo di riprenderci gli obiettivi.

Fuori non parliamo e ci dirigiamo subito verso il nostro albergo. Quando ci vede, l'albergatore è come se vedesse due redivivi. Certo non dobbiamo avere un grande aspetto: siamo sporchi, puzzolenti, arruffati. Io ho la barba lunga e un bernoccolo sulla sommità del cranio; Italo la camicia strappata all'altezza del petto e del gomito e un rivolo di sangue sotto il naso. Appena in camera, Italo mi fa segno di non parlare. Per prima cosa, a turno, andiamo a lavarci. Io riesco anche a sbarbarmi; Italo non ha problemi perché porta una barba molta lunga che gli dà un aspetto da santone. A cena, andiamo nello stesso ristorante dove abbiamo cenato appena arrivati a Burrel, pochi giorni fa. E finalmente possiamo parlare!

– Mi spiace se ti hanno colpito per colpa mia, ma fare un po' di "cinema", era l'unico modo per tentare di sviare la loro attenzione su di noi, soprattutto sul rotolino nascosto. Abbiamo le foto ma, purtroppo, non abbiamo salvato il tuo articolo. Lo dovrai riscrivere.

– Poco male. Tanto l'ho tutto in testa l'articolo e appena

a Sarajevo mi basta un'ora per riscrivere il tutto. Certo, c'è stato un momento che mi sono veramente preoccupato per la nostra vita. Anzi più momenti. Quando siamo fuggiti e siamo stati salvati appena in tempo dal contadino e quando al comando di polizia ci hanno messo le mani addosso. Avrebbero potuto farci sparire.

Discutiamo ancora un po' poi paghiamo e ci avviamo verso il nostro albergo. Siamo stanchissimi, ma il sonno non arriva. Troppe emozioni e troppo schifo visto. Com'è possibile sgozzare impunemente donne e uomini? Com'è possibile un simile grado di barbarie? Perché i miliziani dell'Uck dividevano i giovani da quelli più anziani? E com'è possibile trafficare con "pezzi" di corpo umano per rivenderli al miglior offerente? La cosa positiva è che presto saremo a Sarajevo e potremo raccontare a Leyla e Zlatan che non si sbagliavano affatto, che il traffico di organi umani esiste così come ci avevano accennato.

Sarajevo è come quando l'abbiamo lasciata. Persone che si muovono di corsa per le strade, detriti dei palazzi bombardati su strade e marciapiedi, gente che vaga, disperata, in cerca di cibo. Poi i soliti rumori delle granate o degli spari dei cecchini. La normalità nella anormalità della guerra. Andiamo subito all'Holiday Inn. È tardo pomeriggio e nella hall non ci sono troppi giornalisti: i soliti che bevono e giocano a carte, qualcuno pesta i tasti della macchina per scrivere. La nostra apparizione non desta alcun interesse. Capita sovente che giornalisti "scompaiano" per alcuni giorni per poi tornare in albergo. Sono andati a caccia di notizie. E nessuno si sognerebbe di domandare loro dove sono stati. Con i colleghi del *manifesto* è diverso perché essi erano a conoscenza del nostro obiettivo e, pertanto, a loro dovremo raccontare il risultato della nostra indagine. In quel momento, però, non sono in albergo e, pertanto, rimandiamo.

Nella hall, la variegata umanità che bazzica negli alberghi frequentati dai giornalisti: finti poliziotti, probabili agenti del controspionaggio e spie, spacciatori di droga e le immancabili prostitute. E ci sono coloro i quali tentano di guadagnare qualcosa offrendosi come guide, guide dell'orrore. Quando siamo arrivati all'inizio di gennaio in questa tormentata città e ci siamo recati all'Holliday Hill, la prima cosa che aveva fatto Italo era stata quella di chiedere una camera che non desse sull'entrata principale dell'albergo. Per avere una camera nella parte posteriore, avevamo dovuto pagare una "mazzetta", ma era stato indispensabile farlo così da evitare che dalla collina i cecchini ci sparassero "in casa".

Ed era stato altrettanto importante avere una camera al secondo piano e non al settimo per evitare che le granate serbe potessero colpirci direttamente.

Intanto ci sistemiamo, cambiamo i panni sporchi e puzzolenti. Il problema è lavarli per la cronica mancanza di acqua. Nei prossimi giorni vedremo se riusciremo a risolvere questa complicazione. Domattina, appena alzati, andremo dai nostri amici Leyla e Zlatan. Ormai è sera. Chiediamo al bar dell'albergo se hanno qualcosa da mangiare. Oggi hanno trovato solo uova al mercato e della birra. Volete una frittata? Aggiudicata la frittata. Ed è proprio mentre stiamo iniziando a mangiare che rientrano i giornalisti del *manifesto*. Sono stati, raccontano, a intervistare alcune famiglie degli uccisi nella "strage di Markale", il mercato cittadino. Subito si siedono al nostro tavolo e chiedono notizie. Riferiamo tutto, dalla vicenda di Aziz a ciò che abbiamo trovato nella *casa gialla* all'interrogatorio, manesco, dei poliziotti di Burrel con quella terribile frase finale a suggello di tutto: «*Se portato serbi oltre confine Kosovo e ammazzati, fatto bene*».

Restiamo d'accordo che appena ho inviato il mio pezzo a Roma e le fotografie, possono dare anche loro la notizia sul *manifesto*. Compresa quella del misterioso italiano presente e organizzatore degli espianti.

L'indomani mattina, alle 6, i serbi, come al solito, riprendono a sparare. Così siamo svegli e io ne approfitto subito per scrivere il pezzo. Poi faccio il numero, con il cellulare, dell'agenzia, a Roma, e detto il tutto ai dimafonisti. Fortunatamente riesco a terminare la dettatura appena in tempo perché, subito dopo, una granata cade vicino all'hotel e la comunicazione s'interrompe.

Con Italo ci dirigiamo verso la casa di Zlatan. Un percorso a ostacoli e non solo per le macerie. Dobbiamo correre in continuazione da un isolato all'altro, uno alla volta, curvi, con la speranza che i cecchini quel giorno non abbiano voglia di "lavorare", nella speranza che le granate non cadano dove siamo noi. Fortunatamente va tutto bene e c'inoltriamo nella piccola traversa dove sta il negozio e la casa di Leyla e Zlatan. Il negozio ha la vetrina in frantumi probabile risultato dei bombardamenti. L'unica macchina fotografica che era esposta non c'è più. È tutto più disastrato da quando c'eravamo stati noi, un clima di abbandono, come se Leyla e Zlatan fossero improvvisamente fuggiti. Entriamo nel negozio e gridiamo ad alta voce i nomi dei nostri amici. Nessun segno di vita. Il locale è praticamente distrutto. Sembra sia passato un bulldozer: vetri per terra, bicchieri rotti così come le sedie e il tavolo. Dietro la tenda, dove c'era la camera oscura è rimasto solo l'ingranditore Durst, il grande vanto di Zlatan. Tutto il resto, bacinelle, acidi, bottiglie, pellicole, tutto per terra, tutto rotto, le pellicole tagliate, gli acidi sparsi per il pavimento. Saliamo la scala che porta all'appartamento e anche qui è tutto distrutto, dai piatti ai materassi che sono stati sventrati. Di Zlatan e di Leyla non ci sono tracce. Ci assale una brutta percezione. Decidiamo di chiedere notizie ai vicini.

Di fronte al negozio, un'abitazione con la porta chiusa. Bussiamo ugualmente molto forte e, finalmente, dopo un po' si apre la finestra al primo piano dove si affaccia una donna che chiede in modo maleducato cosa abbiamo tanto da battere e gridare. Italo chiede dove sono Leyla e Zlatan e cosa sia successo. La donna sembra contrariata.

– Ne znam ništa. Umro!

– Come morti? Kako si umro?

La domanda gridata da Italo non trova risposta perché la donna chiude immediatamente le imposte della finestra mentre io, con i pugni, batto in continuazione la porta senza alcun esito.

Decidiamo di andare al posto di polizia sempre che nel bailamme che esiste a Sarajevo, si possa parlare con qualcuno.

Quando entriamo negli uffici del posto di polizia – in realtà originariamente una scuola elementare – notiamo una grande confusione, addirittura su una panca, un uomo sdraiato perde sangue da una gamba. Tutt'attorno un gran viavai di persone, civili e poliziotti. Tutti gridano e non si capisce nulla. Riusciamo a bloccare un poliziotto e chiediamo di voler parlare, subito, con il comandante.

– Zapovjednik nema vremena.

– Non ha tempo? Il comandante non ha tempo? Senti un po', digli al tuo comandante che se non ci riceve subito, domani troverà scritto su tutti i giornali che non collabora con la stampa straniera accreditata. Chiaro? Te lo dico in bosniaco: Slušajte, recite svom zapovjedniku da će, ako nas ne primi odmah, sutra u svim novinama naći napisano da ne surađuje s akreditiranom stranom štampom.

Italo è incazzatissimo e io non di meno. Il pensiero che Leyla e Zlatan non sono più nella loro abitazione che è tutta a soqquadro, ci fa pronosticare foschi presagi. Dopo circa dieci minuti da una porta esce un uomo in divisa. In realtà ha solo la giacca militare, i pantaloni sono un grigio qualsiasi. Sotto la giacca una camicia, una volta bianca. Avrà pochi anni più di me. Su un gomito macchie di sangue. Ci fa segno di seguirlo, ma non ci porta nell'ufficio da dove è uscito. Ci porta al primo piano dove l'ambiente sembra più calmo e poi in un'aula ancora pieni di banchi. Lui si siede in cattedra; noi, con fatica, ci infiliamo nei banchi.

Spieghiamo il nostro problema. Vogliamo sapere cosa è successo a Leyla e Zlatan, il perché l'interno della loro casa è tutto distrutto. Il militare, sempre che lo sia, si passa una mano sulla testa, sugli occhi. Si vede che è molto stanco. Poi ci spiega che le sparizioni di persone avvengono in continuazione e lui non ce la fa a seguire tutto. Inoltre, non è neppure pagato perché non esiste più una amministrazione centrale. Fa quello che può. Ci sono bande che rubano tutto; molti ne approfittano per saldare vecchi conti magari con i vicini di casa, ci sono scontri religiosi o etnici. Ora vado giù a vedere – continua – se trovo qualcosa sui vostri amici. Intanto scrivetemi su un pezzo di carta i loro nomi e l'indirizzo dove abitano.

Noi restiamo in quell'aula scolastica, come scolaretti, seduti nel primo banco. Poi ci alziamo e cominciamo a camminare avanti e indietro per l'aula fino a quando si apre la porta e rientra il comandante. In mano ha una cartellina piuttosto striminzita.

Si risiede alla cattedra e comincia a sfogliare i pochi fogli che contiene la carpetta. Sì, afferma, i due coniugi hanno subìto un furto. Loro hanno scoperto i ladri, hanno tentato di fermarli ma, purtroppo, sono stati accoltellati e sono morti. Mi spiace, ma a Sarajevo succedono continuamente cose del genere.

Siamo basìti. Accoltellati? Leyla e Zlatan uccisi? Due persone aperte e sensibili uccisi per cosa, per pochi valori? No. Non ci possiamo credere. Ci guardiamo in faccia smarriti. Poi io faccio una domanda al comandante, un po' in bosniaco e un po' in italiano.

– Se è stato un furto perché la cosa più preziosa, najdragocjenija stvar, capisce? da li razumiješ? zar nije ukraden povećavač? l'ingranditore non è stato rubato?

Il comandante con voce molto stanca ci spiega che dalla relazione fatta dopo il sopralluogo dai poliziotti intervenuti, non risulta neppure che ci fosse un ingranditore. Dobbiamo lavorare, continua, con le forze che abbiamo che spesso sono volontari. Chiediamo di vedere i loro corpi, i corpi di Leyla e Zlatan, ma non è possibile perché a Sarajevo ormai non c'è più posto nei cimiteri e si fanno grandi fosse comuni.

Ci spiega che prima della guerra esistevano due cimiteri in città. Poi, con la guerra, con i numerosi morti, si sono riempiti e, ora, i morti vengono seppelliti dove capita, anche nei parchi.Siamo annichiliti, senza forze. Non sappiamo cosa dire e, comunque, le parole sarebbero inutili. Il comandante ha un viso sofferente. Anche a lui, probabilmente, non fa piacere dire certe cose e lavorare in quelle condizioni, ma in quel momento a noi non interessano i problemi del comandante; in quel momento noi pensiamo solo a Leyla e Zlatan, a come ci hanno accolto nella loro casa, alla loro apertura mentale e intellettuale.

Accoltellati per cosa? Una domanda che non riusciamo a scacciare dalle nostre menti. Usciamo dal posto di polizia e ci dirigiamo verso l'albergo. Propongo di fermarci in un bar a prendere qualcosa e così facciamo. Il sapore del caffè che ci portano non lo sentiamo neppure. Stiamo così, seduti a un tavolino, senza parlare, persi nei nostri pensieri. Poi Italo rompe il silenzio.

– Perché li hanno ammazzati?

– Non certo per rubare perché non hanno asportato nulla. Non si sono mai visti ladri che ammazzano due persone solo per fare danni a una povera casa e alle loro povere suppellettili. No. Non ci credo, ci deve essere dell'altro. Cosa può essere?

– Analizziamo tutto da principio... Dunque, noi andiamo a mangiare da loro e questo non lo sa nessuno. Solo noi due. In quella occasione ci raccontano della *casa gialla* e del probabile traffico di organi umani. Poi cosa abbiamo fatto?

– Beh!... Siamo tornati in albergo... Ho telefonato a Gatti... Sì, certo, ho telefonato a Roma e ho parlato con Gatti per attivarlo a farci rilasciare i permessi per entrare in territorio albanese. Non penserai...

– ... no. Su Gatti potrei mettere la mano sul fuoco. Però mi domando: chi oltre a lui era a conoscenza del nostro viaggio?

– Quelli del *manifesto*. Non mi sembra, però, possibile una cosa del genere anche perché cosa ci avrebbero guadagnato... e poi, no, i colleghi non c'entrano. A loro premeva dare la notizia. Piuttosto, se non è stato Gatti e questo lo possiamo escludere, chi altri era a conoscenza? A meno che...

– ... a meno che la tua telefonata sia stata ascoltata da qualcuno.

– Vuoi dire che il telefono di Gatti potrebbe essere sotto controllo?

– Esattamente, Massimo. Non esiste altra spiegazione.

Convengo anch'io che l'ipotesi non è azzardata. Il problema ora è capire chi sta controllando il telefono personale di Gatti e perché. È importante, al più presto, far arrivare a Gatti il messaggio che il suo telefono è controllato. Non facile nella situazione in cui ci troviamo.

I serbi, tanto per rallegrarci, fanno partire qualche granata. Una colpisce un palazzo vicino a dove siamo. C'è un fuggi fuggi generale e anche noi cerchiamo di dirigerci verso l'albergo. Ci mettiamo parecchio perché i cecchini sono in piena attività.

Quando arriviamo in albergo, notiamo una grande agitazione. Sembra che i serbi abbiamo colpito delle donne in fila per il pane, proprio in centro città, proprio vicino a noi. Italo sale a prendere la borsa con le macchine fotografiche e, correndo, usciamo immediatamente dall'albergo e ci dirigiamo verso il centro.

Il caos è totale. Le poche auto in circolazione suonano i clacson ininterrottamente. La gente si è divisa: molti fuggono da quel luogo, ma molti si dirigono dove è avvenuta la strage nella speranza che amici e parenti non siano fra le persone colpite.

La scena che ci appare quando arriviamo nella zona dove è situata la Biblioteca moresca, è straziante. A terra ci sono i corpi di 22 donne, tutte colpite mentre ordinatamente, in fila, attendevano il loro turno per acquistare il pane da un fornaio.

Corpi contorti, disarticolati. Incredibile come il corpo, quando è colpito da un proiettile o da una granata, si contorca tutto. Molte delle donne colpite hanno la testa voltata da una parte e i piedi dall'altra. A qualcuno la testa manca proprio. Italo si è disteso per terra, a pancia sotto, e con il teleobiettivo immortala la strage. Poi, dal borsone, prende un'altra macchina fotografica che monta un grandangolo e si sposta più vicino alle donne morte.

Tutto attorno, una grande confusione con gli operatori televisivi che riprendono il tutto, i fotografi, i giornalisti e soprattutto alcuni parenti delle vittime che sono accorsi.

Come sempre, nelle guerre, le donne sono le prime a uscire dalle cantine nei momenti di tregua, per cercare acqua, cibo, legna per accendere il fuoco. È sempre avvenuto così.

Ricordo i filmati e le foto della seconda guerra mondiale. Se guardiamo quelle foto, quei filmati, vediamo che ci sono solo donne in fila, con i recipienti più vari, davanti a una fontanella, solo donne davanti a un forno, a un negozio alimentare subito dopo il cessato allarme, dopo i bombardamenti. È quello che viene definito il raziocinio delle donne, una saggezza che consente la sopravvivenza di tutta la comunità.

Vicino a dove passo, distesa su un marciapiede, vedo una donna anziana. Deve essere stata colpita alla testa perché a fianco della stessa c'è una poltiglia rossastra e una sostanza bianca. Pezzi di cervello finiti sul selciato. I vestiti dalla donna anziana, sono sollevati oscenamente sulle cosce bianche, i piedi divaricati. Cerco di non guardare, sposto lo sguardo da un'altra parte, ma ci sono morti e strazio in tutte le direzioni. Poi vedo un bambino. Ha il petto squarciato, non ha più un braccio. A quel punto non riesco più a trattenere il vomito. Faccio appena in tempo ad attraversare la strada e raggiungere i ruderi della Biblioteca moresca, precedentemente bombardata, che l'acido che ho dentro esplode con un fiotto schifoso.

Italo viene verso di me. Ha la faccia come il marmo bianco. È proprio vero che all'oscenità della morte non ti abitui mai.

Italo si è fatto diverse guerre. Ha visto violenze di tutti i tipi. Eppure è terribilmente scosso, non parla. Mi guarda, poi mi stringe il braccio in segno di affetto, come dire che mi comprende, che comprende il motivo del mio disagio, del mio vomito.

– Non ci si abitua mai alla violenza della guerra. Adesso torniamo in albergo, tu devi scrivere l'articolo e io devo trovare il modo di spedire le foto a Roma. Magari con il trasmettitore degli americani... vedremo. Davanti al dolore degli altri, Massimo, non è semplice fare il nostro lavoro. Davanti allo strazio dei corpi, all'angoscia, questo mestiere diventa insostenibile lo so bene. Il dolore che vedi nei visi dei parenti dei feriti, dei morti è un dolore infinito che tu puoi solo osservare e raccontare.

– Oggi, Italo, abbiamo subìto due stragi; una nostra personale con l'omicidio di Leyla e Zlatan e ora con queste povere donne senza colpa che stavano cercando solo di trovare un po' di pane per sfamare la famiglia. Pensa stasera in quelle case... Sino a poche ore fa queste donne erano a casa, forse facevano progetti futuri. Pensavano ai figli, a come salvarli dai bombardamenti, dai cecchini. Ora non sono più nulla. Sono solo corpi, senza cuore e cervello. Non sorrideranno più, non parleranno più... Le guerre sono proprio maledette!

Le donne uccise sono state 22, ma poi, nei giorni seguenti, il tragico bilancio arriverà a 28 morti.

E dall'indomani della strage, per 22 giorni di seguito, come il numero delle donne uccise, il violoncellista di Sarajevo, Vedram Smajlović, vestito in smoking, incurante dei bombardamenti e dei cecchini nella Sarajevo assediata, aveva suonato l'Adagio in sol minore di Tommaso Albinoni, all'aperto, fra le macerie della Biblioteca moresca. I cecchini non l'avevano mai colpito o, forse, in uno sprazzo di umanità, non lo avevano voluto colpire.

Cap. 5 – Incontro con l'Anello

Da tempo avevamo chiesto un'intervista al responsabile dell'UNPROFOR di Sarajevo, il tenente-generale Satish Nambiar, indiano. Ora ci arriva la convocazione, ma non per intervistare il tenente-generale indiano, ma il capitano Nestore Campanella, italiano. L'appuntamento è per l'indomani, alle 11, presso il comando delle forze Nato che è, praticamente, dalla parte opposta della città, proprio sotto le colline da cui sparano i serbi.

Ci facciamo portare da un fixer con la sua auto. Davanti a noi, in un ufficio del comando, ci attende il capitano Nestore Campanella.

Avrà una cinquantina d'anni, pochi capelli in testa, brizzolati e uno sguardo determinato. Occhi molto neri, alto e prestante.

Dopo i convenevoli di rito, cominciano le domande non da parte nostra, ma da parte del capitano che vuole sapere da quanto tempo siamo a Sarajevo e il nostro parere su questa guerra che sembra non finire mai. Rispondiamo a tono e non nascondiamo assolutamente come la vediamo noi e la delusione per l'apporto, in sostanza inesistente, dell'UNPROFOR. Campanella ci dà, praticamente, ragione e già questo assenso alla nostra teoria dimostra che non è un militare con il paraocchi.

– Io provengo dai carabinieri e debbo dire che sono molto deluso di questo contingente di cui faccio parte che comprende 39 Paesi e ben 39.000 uomini. Uno spiegamento notevole di uomini, mezzi e soldi, ma inconcludente anche perché non riusciamo proprio a fermare il massacro.

Noi avremmo dovuto assicurare condizioni per dialoghi di pace, sicurezza e invece...

Chiedo se posso riportare questo concetto e Campanella mi autorizza a farlo. D'altronde, afferma, «*queste cose le ho già dette al comando superiore, non ho nulla da nascondere*». Intanto Italo si sposta da una parte all'altra della stanza e riprende il tutto.

– Secondo lei, capitano Campanella, bombardare i serbi potrebbe essere una soluzione a favore della pace?

– Sulla carta certamente. Nella realtà non è così semplice. Le bombe, quando cadono, possono anche essere intelligenti, ma spesso colpiscono chi non debbono colpire, per esempio i civili. No. Io credo che la soluzione passi solamente attraverso la trattativa diplomatica. Le forze in campo si debbono convincere che, prima di tutto, sono loro che debbono trovare una soluzione ragionata e ragionevole alla guerra. Lo debbono fare loro, senza ingerenze straniere.

È forse la prima volta che parlo con un militare che non crede alla guerra, che non ha fiducia nei bombardamenti mirati per la soluzione dei conflitti. Parliamo ancora parecchio della situazione di Sarajevo, dei cecchini serbi, delle terribili peripezie cui il popolo di Sarajevo è costretto a subìre. D'altronde, dico, siamo stati, di recente, in Albania, a Burrel e lì si perseguitano i serbi. Italo Covacich ha fotografato una scena terribile, uno sgozzamento perpetrato da militari dell'Uck.

– L'Esercito di liberazione del Kosovo, l'Uck appunto, si comporta come i serbi nei confronti di chi è bosgnacco o croato. Non esiste differenza. Ho letto il suo articolo e guardato le fotografie del suo collega. Certo che sono terribili. Ma i musulmani esibirebbero altre foto di violenze perpetrate dai serbi. E continueremmo all'infinito senza soluzione di continuità. Per questo dico che le armi non risolveranno nulla.

– Varie inchieste giornalistiche dimostrano che i movimenti albanesi inizialmente, e poi l'Uck, sono stati finanziati anche grazie al traffico di eroina proveniente dalla Turchia. In Italia è stato chiaramente stabilito dalla giustizia che l'Uck ha legami con la mafia albanese, pesantemente implicata nei traffici di droga, armi, prostituzione e riduzione in schiavitù oltre all'immigrazione clandestina. Oltre 100 kg d'eroina, nonché numerose armi, sono stati sequestrati dalla magistratura di Milano. Il Bis (servizio segreto della Repubblica Ceca) e l'Interpol segnalavano al contempo che l'Uck avrebbe intenzione di realizzare nel Kosovo, uno stato mafioso legato alle mafie italiane e segnatamente alla Camorra e alla Sacra corona unita. Il quotidiano tedesco *Berliner Zeitung*, citando proprie fonti riservate presso i servizi segreti occidentali e l'Europol, afferma che circa la metà dei fondi dei quali si avvale l'Uck, sarebbe proveniente dal traffico di stupefacenti. Lei cosa può dirmi di tutti questi episodi?

– Niente. Sono tutti episodi evidenti e risaputi. È così. Come descritto dalle inchieste giornalistiche. Non possiamo far molto in questo campo. Avremmo bisogno di una polizia investigativa ad hoc, solo su questi temi. Invece l'UNPROFOR deve investigare, mantenere la pace e la sicurezza, tutto assieme. Il risultato è che non può seguire tutto e, quindi, fa solo il possibile. D'altronde, pensi solo all'inchiesta coordinata da Dick Marty per il Consiglio d'Europa. Marty è un tenace magistrato e scopre che alla testa della rete di traffico d' armi, droga e organi umani ci sta il primo ministro kosovaro Hashim Thaçi. Eppure la comunità internazionale decide di chiudere un occhio sui crimini dell'Uck. Un po' quello che è avvenuto anche a Carla Del Ponte, ex procuratore capo del Tribunale penale internazionale per l'ex Jugoslavia, la quale ha dichiarato di aver ricevuto pressioni perché non perseguisse alcuni tra i maggiori ufficiali dell'Uck.

– Lei ha citato il traffico di organi umani. Noi ci siamo recati alla ormai famosa *casa gialla* dove ci sono, chiaramente, i resti di operazioni chirurgiche. Cosa ci può dire di questi traffici? Fra l'altro, da nostre testimonianze, si deduce che a coordinare le operazioni fosse un italiano. Inoltre, io ho domandato a un comandante serbo cosa ne sapesse e lui mi ha invitato a fare la stessa domanda all'UNPROFOR.

Il capitano Campanella questa volta non risponde subito. Evidentemente sta pensando a come e cosa rispondere. Alla fine decide di confermare quanto detto dal comandante serbo.

– Quello che vi dirò non siete autorizzati a riportarlo nei vostri articoli. Mi appello alla vostra serietà professionale, alla vostra deontologia. Non ha tutti i torti il comandante serbo quando afferma queste cose. Abbiamo fatto un'inchiesta interna ed è risultato che persone che facevano parte dell'UNPROFOR erano in combutta con i mafiosi proprio sui traffici di organi umani. Li abbiamo allontanati, messi in condizione di non nuocere, ma i traffici sono continuati. Vi posso assicurare che ho investigato molto su queste schifezze, ma sono stato fermato. Tutto è bloccato. L'inchiesta è stata archiviata. Forse potrebbe farla rinvenire qualche articolo. Dovreste fare questo.

Italo interviene in modo deciso.

– Lei, capitano, si renderà conto che non basta la nostra buona volontà per fare questo. Abbiamo bisogno di prove, di dati certi che possano puntellare la nostra inchiesta. E queste prove ce le può dare solo lei.

– No, io sono già in una posizione molto critica. Vi posso dare solo qualche coordinata, non di più.

Mi rendo conto che debbo fare la domanda che mi gira in testa sin dall'inizio dell'intervista.

– Capitano Campanella, noi le siamo grati delle risposte forniteci. Molto onestamente le debbo dire che mai abbiamo incontrato un militare che parlasse in questo modo. Ma è necessario che faccia ancora uno sforzo, garantendole, da parte nostra, l'anonimato. Lei sa o può immaginare chi sia quel civile italiano che sovraintendeva oppure organizzava gli espianti di organi umani?

Campanella ci guarda molto profondamente. Probabilmente, nella sua mente, sta valutando i pro e i contro di questa mia domanda e la risposta che deve dare. Poi decide di parlare.

– Un proverbio cinese così recita: il saggio arrotola la lingua tre volte prima di parlare. Non dovrei dirvi nulla perché dovrei essere più saggio ancora. Non posso dirvi molto. Posso solo darvi un'indicazione: investigate sull'Anello e su chi fa parte di questa organizzazione.

– L'Anello? Cos'è l'Anello?

– Mi spiace signori. L'intervista è terminata e vi ringrazio molto della vostra collaborazione nei confronti dell'UNPROFOR. Continuate a scrivere e a investigare sul tema del traffico degli organi umani. È una delle tante ignominie di questa guerra.

Italo lo ferma mentre già Campanella si sta per alzare.

– Solo un'ultima domanda. Due nostri cari amici di Sarajevo, sono stati uccisi per rapinarli, così dice la polizia cittadina. Lo strano è che l'unica cosa di valore non l'hanno rubata. I due erano le persone che per primi ci hanno parlato di traffici di organi umani, di Burrel e ci hanno invitato ad andarci e scrivere di questo vergognoso traffico. La domanda è questa: lei crede possibile che pur non avendone parlato con nessuno, qualcuno, magari l'Anello, sia venuto a sapere che sono stati loro a parlarcene?

La domanda di Italo è un trabocchetto. Se Campanella conferma, significa avvalorare la nostra tesi che qualcuno ci sta spiando. E citando specificamente l'Anello non può che essere questo alquanto misterioso organismo.

Il capitano Nestore Campanella ci guarda con un sorrisetto sardonico, come fosse un vecchio marpione.

– Sentite, io ho giocato a carte scoperte perché sono sicuro che non rivelerete mai la fonte di queste notizie. Vi assicuro che di più non posso fare e ho già fatto tanto. La mia indicazione è d'informarvi sull'Anello, su cosa fa, dove e come opera questa misteriosa organizzazione. Buona giornata e buon lavoro.

Restiamo esterrefatti. Non abbiamo parole mentre lo seguiamo, con lo sguardo, uscire dall'ufficio. Non ci resta che andarcene.

Il fixer ci attende in auto immerso nella lettura di una rivista. Quando ci vede esce dal solito Toyota e si mette ridicolmente sull'attenti. Il viaggio di ritorno, verso il nostro albergo è silenzioso da parte nostra. Non ci va di parlare davanti al fixer che, fra l'altro, conosce benissimo l'italiano.

In albergo si sta svolgendo una piccola festicciola a base di bicchieri di birra. Sono tutti attorno a Marisa Colonna, l'inviata di *Lifestyle Magazine*. Domandiamo cosa si festeggia. «*Domani parto* - grida garrula la giornalista -. *Ritorno in Italia, finalmente. La stecca la lascio a voi. Non ne posso più di serbi, croati, musulmani... Ho bisogno di normalità, di cronache mondane non di ammazzamenti, di scannamenti per motivi religiosi*». Italo non riesce ad arrotolarsi la lingua tre volte e sbotta:

– Come dire che in Italia non ci si scanna. Non le vede queste cose chi non le vuole vedere.

– Tu Covacich sei sempre stato stronzo e ora lo sei di più da quando ti hanno messo in coppia con Valle. Io però stasera non voglio litigare, sono troppo felice. Anzi voglio farvi un regalo così come dicevo prima agli altri: se dovete portare qualcosa in Italia, alle vostre famiglie, ve la porto io.

Italo è pronto per intervenire, ma riesco a bloccarlo.

– Senti Marisa, Italo non ha il coraggio di chiedertelo, ma potresti essere così gentile di portare una lettera a sua moglie?

– Certo, nessun problema anche se con lui sono arrabbiata. Datemi lettera e indirizzo e farò da postina.

Lo sguardo di Italo è pieno di risentimento nei miei confronti. Io faccio finta di niente e mi dirigo verso le scale, verso la nostra camera. Una volta dentro Italo mi assale, ma io gli faccio segno di tacere.

– Sentimi bene Italo. Questa è un'occasione che non possiamo perdere. Dobbiamo avvisare Gatti che, probabilmente, ha il telefono controllato. Come potremmo farlo da qua? Marisa Colonna è l'ideale perché tratta, per il suo giornale, temi leggeri, di consumo. A chi verrebbe mai in mente di perquisire Marisa Colonna, inviata di *Lifestyle Magazine*? Ragionaci. Ora scriviamo sulla busta l'indirizzo di tua moglie e dentro la busta, un'altra, indirizzata a Gatti.

Italo si è convinto, ma si rifiuta di portare la busta a Marisa. Lo faccio io. Gliela consegno e la ringrazio molto per la sua disponibilità. Poi ci abbracciamo come se fossimo veri amici. Marisa si commuove e mi dice che è stato un peccato, durante tutto il tempo passato a Sarajevo, non esserci conosciuti meglio, non aver scambiato con lei le mie impressioni sulla guerra. «*Forse* – mi sussurra, sotto-voce, guardandosi attorno – *ci rivedremo nel nuovo giornale. Ho saputo che probabilmente sarai della partita. Sarà un onore lavorare con un giornalista come te*». Giacoboni ha fatto presa. Probabilmente, avrà raccontato a Marisa Colonna che forse accetterò la sua proposta. Un falso perché da subito ho detto chiaramente di non essere interessato. Ma mi preme molto che il messaggio arrivi a Gatti e Marisa è la persona ideale. Quindi, non confermo e non smentisco la proposta di Giacoboni. Preferisco augurarle un buon viaggio e aggiungo un po' di banalità del tipo beata te che torni in Italia, vorrei essere al tuo posto, mangiare un piatto enorme di spaghetti e cazzate varie.

Cap. 6 – Fuori dal Tunnel

Dopo aver passato a Sarajevo circa un anno, anche per noi è arrivato il momento di partire, di lasciare queste terre di morte e miseria. I nostri articoli e le fotografie inviate a Roma e messe in rete dall'agenzia, hanno avuto grande eco. Sono stati ripresi da quasi tutti gli organi di stampa nazionali ed esteri. Abbiamo scritto della guerra, delle morti, delle sofferenze degli innocenti, di un Paese che sta sprofondando, della violenza e le persecuzioni razziali, le deportazioni, i campi di concentramento. Attraverso le foto di Italo, abbiamo scosso numerose coscienze. Abbiamo scritto dell'impotenza dell'UNPROFOR, della comunità internazionale, dei bombardamenti Nato ai treni (55 morti) che trasportavano civili con aerei partiti dai nostri aeroporti, per ordine di un ex comunista come Massimo D'Alema, senza l'approvazione del Consiglio di sicurezza delle Nazioni Unite, nonché il bombardamento Nato alla sede della Tv serba a Belgrado.

Abbiamo scritto dell'assassinio di Leyla Petrović e di Zlatan Mohamedovic, nonché dei traffici di organi umani, del bieco commercio che procura introiti grossissimi alla mafia e ai politici collusi. Inoltre, abbiamo riportato i guadagni di questo turpe mercato.

Questo è stato possibile grazie a una serie di contatti, trovati assieme ai colleghi del *manifesto* e dell'*Avvenire*.

Assieme, abbiamo definito meglio quello che va sotto il nome di "turismo dei trapianti", cioè il mercato degli organi. In questo modo, abbiamo ricostruito, e pubblicato, le cifre di questo abominevole mercato che ormai interessa il mondo intero e non solo la ex Jugoslavia. È un giro vorticoso d'affari, un giro mondiale attorno a 1,5 miliardi di dollari.

Al donatore dell'organo, va poca roba, secondo il "pezzo" asportato. In lire italiane da 4.780 lire a 22.312 lire. Va certo meglio al chirurgo, che guadagna fra le 74.332 lire a 148.682 lire mentre il broker, quello che individua il donatore e lo convince all'espianto, vanno da 7.449 lire a 14.863 lire.

Bisogna ricordare, poi, che nella ex Jugoslavia, non vi è carenza di "materia prima" considerato il numero molto alto di morti. A una persona appena deceduta si può asportare tutto: reni, ma anche fegato, pancreas, cuore, polmoni. Basta mettere questi organi in un frigorifero portatile e, gli stessi, resteranno integri per diverse ore: 4/6 ore per il cuore; 12/18 ore per il fegato; 12/24 ore per il pancreas e, per il rene, 72 ore, ovvero tre giorni. Come mi aveva detto il povero Zlatan, in tre giorni puoi raggiungere, in aereo, qualsiasi parte del mondo.

Avevo scritto e denunciato quello che avveniva a Pristina, capitale dell'autoproclamato Stato del Kosovo, alla clinica Medicus, dove era stato "curato" il disperato Azim. Malgrado le nostre sicurezze, malgrado quello che eravamo sicuri non sarebbe più avvenuto dopo la seconda guerra mondiale, è avvenuto ancora, in Europa, a pochi chilometri dall'Italia, in un Paese dove tantissimi italiani ci passavano le ferie.

Non sempre ci sono aerei militari che possono partire da Sarajevo e, quindi, darci un passaggio. Bisogna attendere, ma prima dobbiamo arrivare all'aeroporto.

Dopo giorni d'incertezza decidiamo di utilizzare il famoso tunnel di Sarajevo. Famoso perché se ne sussurrava da tanto tempo quasi fosse una leggenda metropolitana e, invece, esiste per davvero. È uno scavo lungo 760 metri, largo un metro e venti, alto un metro e mezzo. Lo hanno iniziato a scavare due persone, da due parti diverse per poi congiungersi sotto l'aeroporto di Sarajevo. Gli iniziali scavatori sono stati due ingegneri, Nedžad Brankovic e Fadil Sero, in seguito decorati per il lavoro da loro compiuto. Per la gente di Sarajevo, lo scavo è il simbolo del coraggio e della sopravvivenza; per i serbi della Bosnia-Herzegovina è un luogo dove i serbi sono uccisi e torturati.

È innegabile, comunque, che il tunnel ha rappresentato per Sarajevo una via importante non solo per ricevere aiuti alimentari, vestiario, medicine, ma anche la possibilità di andarsene da quella città inizialmente di 300 mila abitanti e che oggi non ha più nulla, senza luce ed elettricità, sottoposta ai cecchini e ai bombardamenti. Il passaggio è controllato dall'esercito bosniaco; bisognava avere il permesso per percorrerlo e si sussurrava che bisognasse pagare. Per percorrere i 760 metri ci si impiega, in genere, due ore. Decidiamo di partire di mattina presto; prepariamo le nostre cose, stipiamo il tutto dentro gli zaini e alle 6 siamo all'imbocco del tunnel. Per percorrerlo è necessario passare attraverso una casa, la casa della famiglia Kolar. Ci mettiamo ordinatamente in coda con i nostri PASS bene in vista. Davanti a noi, questa mattina, ci sono una ventina di persone, dietro la coda si allunga sempre più. Non tutti riusciranno a percorrerlo. Ci sono dei piccoli carrelli e un binario. I carrelli sono già stipati di materiali e sacchi. Su questo tunnel avevo intervistato varie persone. Tutte mi avevano confermato che i trasporti nel tunnel erano un grande affare. Da lì – mi aveva detto un poliziotto bosniaco – non passano solo le uova, ma quello più lucrativo di alcol e benzina. È il commercio dei ricchi, dei potenti – aveva continuato il poliziotto – quelli che possono pagare e sanno chi corrompere. L'alcol, ufficialmente, non si poteva trasportare attraverso il tunnel, ma lo si faceva ugualmente. Come sigarette e caffè anche l'alcol è moneta sonante a Sarajevo. E passavano anche armi. Ci avevano raccontato che esisteva una specie di listino delle merci, un prezzario. Per farle entrare a Sarajevo, era necessario aumentare il loro costo almeno del 50%. I trafficanti spesso chiedevano l'affitto del tunnel per una giornata: veniva loro affittato a 10 mila marchi l'ora e il 30% di tutti i proventi andava versato ai serbi. Se non si faceva questo versamento, le granate cadevano sopra le teste di chi, in quel momento, stava per uscire dal tunnel.

Frattanto siamo arrivati all'inizio del tunnel. I militari controllano i nostri permessi rilasciati dall'UNPROFOR, non ci chiedono nulla e ci fanno segno di passare.

Ci mettiamo curvi e, molto lentamente, cominciamo a percorrere lo stretto passaggio. Su un lato ci sono lampade al carburo che tentano di rischiarare, con poca efficienza, il passaggio. Sotto i nostri piedi, qualcosa di molle che tento di non pensare cosa possa essere. Dietro di me Italo impreca a voce alta.

Si procede molto lentamente. La posizione piegata e lo zaino sulla schiena non aiuta certo un avanzamento veloce.

Davanti a me c'è una donna con due zaini, uno sulle spalle e uno davanti e due borse, una per mano. Non so quanti anni abbia e cosa stia trasportando; certo che sta compiendo uno sforzo immane, molto peggio di quello cui noi siamo sottoposti. Ci mettiamo più di due ore e sentiamo, in modo attutito, sparare. I cecchini hanno cominciato il loro lavoro, anzi le sei sono già passate da un pezzo.

Quando usciamo siamo esausti. La schiena non vuole obbedire a raddrizzarsi; le scarpe sono tutte piene di fango puzzolente, probabilmente merda, e ora, all'aperto, è necessario stare molto attenti ai cecchini. Mano a mano che si esce dal tunnel, chi lo ha percorso si disperde nei boschi circostanti. È quello che facciamo con Italo con direzione verso l'aeroporto. Appena lo raggiungiamo, chiediamo di parlare con il capitano Nestore Campanella. Ci fanno attendere in un locale e dopo una decina di minuti si presenta a noi non il capitano Campanella, ma un tenente, italiano, il quale ci comunica che Campanella è stato trasferito. Perché – ci chiede – volevamo il capitano Campanella?

– Beh, prima di tutto per salutarlo e poi per vedere se c'è modo di rientrare in Italia con qualche volo.

– Sino a domattina non ci sono voli previsti. Domattina, alle 10, dovrebbe partire un aereo per Roma con una decina di militari che rientrano in Italia per un breve periodo. Potete aggregarvi a loro se vi va bene. Sino alla partenza dell'aereo, siete autorizzati a restare in questa area e utilizzare i servizi igienici dell'aeroporto. Per mangiare, potete usufruire della nostra mensa.

Naturalmente accettiamo di buon grado. Il tenente se ne va e noi ci sdraiamo su alcune panchine della sala d'aspetto dell'aeroporto per cercare di raddrizzare la schiena che è stata piegata per più di due ore. Parliamo a voce bassa e ragioniamo sul fatto che Campanella sia stato trasferito. Domandare dove, sarebbe stato inutile: segreto militare. Resta il fatto che dopo l'articolo che riportava quello che Campanella ci aveva autorizzato a pubblicare, lo stesso è stato trasferito. Intanto sono arrivati altri tre giornalisti: un fotoreporter australiano e due giornalisti, un inglese e un italiano che facevano parte del gruppo dell'Holliday Inn. L'italiano lavora per *Radio Popolare* di Milano e già l'avevamo conosciuto a Sarajevo. Ci scambiamo le nostre impressioni su Sarajevo, su questa fratricida guerra, su quanto è avvenuto e sta avvenendo. Lui con il registratore ha inciso il rumore delle granate e quello dei fucili di precisioni dei cecchini, il rumore dei palazzi devastati dalle granate, le voci spaventate di bambini e adulti, le interviste dei sopravvissuti dopo un bombardamento. «*È stata un'esperienza, la nostra – afferma – che difficilmente potremo dimenticare. Ci vorrà molto per non sognarmi più lo strazio di una bambina di pochi anni colpita a una gamba da un cecchino. Durante la nostra Resistenza una canzone diceva "Pietà l'è morta", non c'era più pietà. Qua è la stessa cosa*».

Seconda parte, 14 anni dopo

Cap. 7 – Un altro omicidio. A Milano

Gennaio 2007

O ggi è una giornata convulsa. Capitano queste giornate dove sembra che la malasorte abbia preso di mira Milano e la Lombardia, in generale. Incidenti stradali, un omicidio, il deragliamento di un treno pendolare, per fortuna con soli feriti, l'apertura di un'indagine della magistratura su alcune mazzette pagate in un ospedale cittadino... insomma, una giornata di ordinaria agenzia. Andrà avanti così sino all'una di notte, quando la sede milanese chiude e per il resto della nottata il tutto sarà coperto dalla sede centrale di Roma.

Io ho il turno serale che va dalle 19 all'una. Debbo sentire i corrispondenti dalle varie province dove sono avvenuti fatti delittuosi o incidenti, polizia e carabinieri, gli ospedali. Insomma, una bella movimentata serata. Di certo una serata non noiosa. Sì, perché capita anche questo in una agenzia di stampa: serate dove non avviene nulla e, dopo aver guardato la televisione, non si sa cosa fare e allora fai le cose che più ti aggradano: leggi un libro, scrivi cose tue, se stai facendo qualche inchiesta ti porti avanti con il lavoro... tipica giornata noiosa è, ad esempio, il pomeriggio del Natale. In quella giornata si fa un turno unico, dalle 16 alle 22. Se non cade un aereo o disgrazie rilevanti, non sai proprio come tirare le 22. Il pomeriggio del Natale quando tutte le persone "normali" cominciano a mangiare il panettone, noi giornalisti delle agenzie – perché quelli della carta stampata fanno festa – che tanto "normali" non siamo, ci rechiamo al lavoro e ci sbattiamo di qua e di là, da un programma Tv all'altro per cercare di tirare le 22. D'altronde, l'indomani i quotidiani non escono e i notiziari radio-tv sono ridotti

Stasera, invece, ho da fare e la serata passerà velocemente. Lavoro ancora alla *Asn*. Una scelta mia che non rimpiango. Tornato da Sarajevo avevo avuto varie proposte di lavoro da parte di giornali e settimanali più o meno famosi. Ero stato anche intervistato da un programma televisivo in onda la mattina. Le offerte più serie riguardavano, però, due quotidiani disponibili ad assumermi con la qualifica d'inviato sui fronti caldi dei numerosi conflitti sparsi per il mondo. Guerre ce ne sono in continuazione. In questo momento, almeno 70 conflitti grandi e piccoli, fazioni che si fronteggiano, sparano, uccidono per motivi di predominio economico o razziale.

Avevo valutato attentamente le due proposte; poi avevo deciso di rinunciare. Avrei dovuto assentarmi da casa per molto tempo, seguire i conflitti in situazioni difficili, rivivere i momenti drammatici che avevo vissuto nell'ex Jugoslavia. Un lavoro, quello dell'inviato di guerra, certamente interessante e coinvolgente, carico di adrenalina, ma che – mi ero accorto quando stavo in Jugoslavia – non faceva per me.

L'*Asn* mi aveva fatto una controproposta. Trasferito a Roma come inviato interno. Alla fine, avevo rinunciato anche a questa proposta. Ho chiesto di continuare a lavorare a Milano e di poter disporre di orari flessibili non legati alla produzione del notiziario.

In realtà c'era un altro motivo per cui non avevo voluto allontanarmi da Milano. Dopo qualche settimana che avevo ripreso a lavorare, di ritorno dalla Jugoslavia, avevo conosciuto Sandra. Come spesso avviene, era stato un caso.

Era la settimana della moda, la grande kermesse milanese modaiola che fa arrivare in città stilisti da tutto il mondo e, appunto, per una settimana ci sono innumerevoli sfilate, convegni, manifestazioni nei quartieri, *performance* come si usa dire, eventi vari. Le sfilate avvengono nei palazzi più eleganti di Milano, come palazzo Reale, palazzo Serbelloni, museo Leonardo da Vinci e altri. Questi sarebbero, come usano dire gli addetti, le *location*, i siti, le località dove, due volte l'anno, si svolgono le sfilate: a settembre/ottobre per la moda della futura primavera/estate e a febbraio/marzo per la moda autunno/inverno.

Io dovevo seguire la conferenza stampa di presentazione dell'evento, a cura della Camera nazionale della moda italiana, che si teneva in via Manin, al palazzo Krizia. Solito affollamento, fotografi che mitragliano in continuazione personaggi dello sport, della politica, artisti e presentatori televisivi. La solita fauna per poter dire «*io c'ero!*», telecamere e nullafacenti del sottobosco malavitoso che ci sono sempre dove circolano i soldi. E lì, i soldi ci sono e con i soldi anche la droga.

A presentare la settimana della moda, il sindaco di Milano, l'assessore alla Cultura, il presidente della Camera della moda e tanti altri. Io m'ero seduto circa a metà e, stancamente, ogni tanto scrivevo qualche cifra che i relatori illustravano: i numeri delle iniziative, i ricavi economici, come Milano sia diventata la capitale della moda. Comunicazioni per nulla esaltanti. Le stesse cose che avevano detto lo scorso anno e che diranno il prossimo. Sulla mia destra, in piedi, appoggiata al muro avevo notato una ragazza che non prendeva appunti, ascoltava soltanto. Non molto alta, capelli chiari e corti, blue jeans e camicione. Non prendeva appunti, quindi non era una giornalista, non era alta e quindi non era una indossatrice. Chi poteva essere?

Perché era lì? Terminata la conferenza stampa, c'era stato il solito assalto al buffet. Era pomeriggio inoltrato, avevo sete e mi ero avvicinato, nella calca, nella speranza di "guadagnarmi" un succo di frutta. Ed era lì che avevo conosciuto Sandra.

Solito approccio, frasi di circostanza, banalità sulla gente che frequentava quelle iniziative e cose del genere. Sandra aveva un modo di ridere coinvolgente e aperto. E gli occhi s'illuminavano ogni qualvolta rideva, occhi chiari. Eravamo stati un po' a parlare del nulla. Poi lei doveva andare a prendere la metropolitana e io l'avevo accompagnata alla fermata prima di tornare in redazione. Avevo appreso che disegnava modelli d'alta moda, non era dipendente di nessuna casa di moda, ma autonoma, che abitava nella zona di piazzale Lodi. Potevamo vederci? Sì, potevamo e da quell'incontro era nato tutto il resto.

Erano stati due anni focosi. Ogni momento lo passavamo assieme, in giro per Milano, al cinema o teatro. Quando io ero di "corta", lei si liberava del suo lavoro, prendevamo la mia auto e correvamo in qualche posto, magari in Liguria o in Toscana. Erano stati due anni meravigliosi. Lei lavorava da casa con il Pc, con un programma in 3d e, spesso, veniva in redazione a prendermi, quando avevo terminato il turno, e andavamo a mangiare una pizza.

Dopo due anni che ci frequentavamo, Sandra cominciò a parlare di matrimonio. Io ne avrei benissimo fatto a meno. Potevamo stare assieme, prendere una casa, senza sposarci, ma per lei era importante, così come era importante sposarsi in chiesa, un'altra iniziativa che a me non interessava per nulla. Sandra, però, era ben determinata e alla fine, ovviamente, vinse lei su tutto. Così facemmo un matrimonio tradizionale, la chiesa, i fiori, gli invitati. Io avevo solo una sorella maggiore di qualche anno. Viveva in

Liguria con il marito, medico, e la figlia. Sandra, invece, aveva una famiglia numerosa che stava in Calabria. Per l'occasione erano venuti tutti al matrimonio e, malgrado le mie riserve, fu un bel matrimonio. Il matrimonio mi aveva dato la possibilità di rivedere Italo, conoscere la moglie e il figlio Marco che, ormai, aveva circa una decina di anni e assomigliava tutto al padre. Era stato un momento importante rivedere Italo, poterlo abbracciare, raccontare di noi e del tempo passato assieme sotto i bombardamenti. Quando vivi a contatto con una persona per tanto tempo e in momenti difficili, ti leghi in modo completo a lui, lo consideri qualcosa di più di un collega di lavoro.

Dopo alcuni anni da quel matrimonio, Italo Covacich veniva colpito da numerosi proiettili e moriva, alla fine di giugno del 1999, a Pristina, in Kosovo. Era tornato nella ex Jugoslavia per documentare l'ennesima guerra in quella tormentata terra. Una guerra che vedeva contendersi quel territorio, grande quanto l'Abruzzo, fra l'Uck - che voleva costituire quella da loro definita «*la Grande Albania per liberare tutti gli albanesi, compresi quelli in Macedonia, Montenegro e in altre parti della Serbia*» - e i serbi.

Stava seguendo il nostro contingente militare e - dopo aver avvisato i responsabili militari - si era spostato oltre, nel tentativo di riprendere, dal davanti, i nostri militari in azione. Per sicurezza si era messo dietro a un muro di una casa bombardata. Con il teleobiettivo si era sporto dal muro e inquadrato i nostri militari i quali - così dichiararono - avevano scambiato il teleobiettivo per un'arma e avevano sparato uccidendo Italo sul colpo. Morto per documentare l'ennesima guerra. Ero stato al suo funerale, a Roma. La moglie non aveva voluto nessun militare alle esequie, soprattutto non aveva voluto nessuno dello Stato maggiore dell'esercito. Al cimitero, il sacerdote abbigliato di viola, il colore che simboleggia la speranza e l'attesa, aveva cercato di pronunciare parole di conforto e "promesso" che un giorno ci saremmo ritrovati tutti quanti nella casa del Padre. Poi gli orribili scroscianti applausi, che cominciavano a diventare abitudine in quasi tutti i funerali.

Ivana non aveva lacrime, non piangeva. Era sola, abbracciata a Marco. Gli altri, anche i parenti, tutti dietro lei. Sola nel suo dolore. Un dolore che nessuno poteva lenire e qualsiasi parola era fuori luogo. L'ho abbracciata, ma mi sono sentito inadeguato, non sapevo cosa dire a lei e al figlio. Il padre, il marito non c'era più, ucciso dal "fuoco amico".

Italo per me era stato importantissimo, mi aveva fatto capire come i giornalisti si devono comportare, il rispetto che debbono tenere nei confronti di chi vai a intervistare o fotografare, mi aveva protetto, sorretto nei momenti di crisi.

Praticamente nell'anno in cui moriva Italo, Sandra mi aveva annunciato di essere incinta. Era un momento difficile quello che stavo attraversando e pensavo in continuazione alla frase che mi aveva detto Italo quando eravamo a Sarajevo: «Molte volte penso che dovrei smetterla con questa vita, che sto sacrificando anche i rapporti familiari. Poi, però, appena mi prospettano di andare a seguire qualche conflitto per il mondo, non riesco a dire no e parto. È una vitaccia quella che faccio e che facciamo. Ma non saprei proprio vivere se mi dovesse mancare».

Italo era il secondo morto della nostra spedizione in Jugoslavia. Era morta Maria Attani e anche Italo. Dei tre restavo solo io, che ora attendevo un bambino; una nuova vita veniva alla luce dopo la morte violenta di Maria e Italo Covacich.

Tornato dalla ex Jugoslavia, ero riuscito a trovare l'indirizzo milanese dei genitori di Maria Attani e avevo deciso di andare a trovarli anche se quella visita mi pesava parecchio. Cosa si può dire di non banale a genitori che hanno avuto la figlia uccisa? Come trovare le parole adatte per la figlia di Maria? Cosa le avrei detto quando l'avrei vista: fatti coraggio? Inutile retorica, parole senza senso, banali, appunto.

I genitori di Maria abitavano a Niguarda. Percorrendo via Ornato, in direzione Milano, è una traversa a destra, via Hermada. Uno dei tanti palazzi costruiti dalla società edificatrice di Niguarda fondata fin dal 1894. Tutte abitazioni a proprietà indivisa, abitati ormai, soprattutto, da pensionati che hanno lavorato nelle fabbriche di Sesto o alla vicina Pirelli di viale Sarca.

Il padre di Maria, appunto, è un ex operaio della Pirelli. Alto, baffi bianchi, ma sguardo appannato, offuscato. Come mi racconterà, poi, la moglie Dorina, nel corso dell'incontro, Giovanni era stato un leader delle lotte operaie del 1969 alla Pirelli. Questo lo racconta, appunto, Dorina, non Giovanni che per tutto il tempo che sono stato con loro non ha mai detto una parola. Chiuso nei suoi pensieri, di certo pensieri non gioiosi.

Quando ho telefonato per avere un appuntamento, Dorina, la mamma di Maria Attani, non era stata molto felice di rivangare quello che era successo alla figlia. Avevo insistito e a malincuore, alla fine, mi aveva dato appuntamento per le 16 del giorno dopo, a casa loro, in via Hermada. Abitavano al quarto piano di un palazzo di cinque. Un vecchio palazzo, ma molto ben conservato, dove si notava, da tanti particolari, l'amore che hanno le persone le quali con tanti sacrifici sono riuscite ad acquistare una casa, anche se a proprietà indivisa.

Nella pratica, semplificando, l'appartamento che ti è

stato assegnato sarà tuo, o meglio da te abitato, sino a quando morirai.

Ad aprirmi la porta viene Dorina. Mi stende la mano in segno di saluto, ma è un saluto freddo, la mano molliccia, senza vigore né entusiasmo. Dorina avrà 75 anni. Magra, veste un abito grigio, un golfino bianco. Porta capelli corti, tutti bianchi. Gli occhi, però, sono quelli di Maria.

Mi fa accomodare in salotto. Una stanza dove si sente molto la presenza di Maria, dove aleggia la sua figura attraverso le numerose fotografie sulle pareti. Sono fotografie che ripercorrono la sua breve esistenza: al liceo, con le amiche al mare, all'università. Poi, incorniciato con una cornice importante, un premio giornalistico ricevuto in Svizzera per un'inchiesta, da lei fatta, sui frontalieri italiani che lavorano nella Svizzera ticinese.

Dorina mi racconta di come fossero molto fieri di quella figlia, l'unica. Dei sacrifici sopportati per farla studiare. Sacrifici, comunque, andati a buon fine.

– Non che guadagnasse molto con i giornali. Prima un sacco di collaborazioni praticamente gratis. Poi, finalmente, dopo anni e anni, l'assunzione nel quotidiano svizzero. Lo stipendio era comunque sempre basso. Dopo la separazione, la figlia Marina è venuta a stare con noi e io penso sempre a quando non ci saremo più...

– ... ma il padre, così mi aveva raccontato Maria, non le fa mancare nulla.

– Sì, è vero. Spesso, però, i soldi non sono sufficienti. I soldi non riescono a sostituire i sentimenti. Ci vuole il contatto fisico, è necessario vivere assieme con i figli, giocarci, litigare, seguirli nello studio. Marina ed Enrico, il padre, sono due estranei.

– Sono stato pochi giorni con Maria eppure mi ha raccontato molto, mi ha fatto capire il suo grande amore per

Marina e, addirittura, pensava di licenziarsi e tornare a Milano per stare con lei.

– L'aveva detto anche a noi, ma non so se sarebbe mai riuscita a farlo. Amava Marina, ma anche il suo lavoro, i sacrifici che aveva fatto per ottenere quel posto... noi eravamo contenti che si fosse realizzata professionalmente... il suo assassinio, per noi, è stato un colpo terribile, una mazzata. Giovanni ha passato la vita a lottare in fabbrica, stava sempre in prima fila, sempre a fare scioperi, manifestazioni, comizi. Anche quando è andato in pensione si è messo a fare volontariato per il sindacato. Da quando Maria... non parla quasi più.

Il suono del campanello mi toglie dall'imbarazzo di dover continuare quel difficile e penoso colloquio. È Marina che irrompe in salotto con la foga tipica che possiedono gli adolescenti, saluta frettolosamente e annuncia subito alla nonna che deve riuscire. Poi si rifugia, probabilmente, in camera sua dove sortisce dopo qualche minuto con indosso un maglione diverso da quello che indossava quando è entrata e con i lunghi capelli raccolti alla "coda di cavallo".

Marina avrà, secondo i miei calcoli, 11/12 anni. Quando ritorna in salotto mi saluta educatamente, ma si vede benissimo che ha altro per la testa, ha fretta e, giustamente, non può perdere tempo con me. La nonna raccomanda di non tornare tardi che deve terminare i compiti. Ma Marina è già fuori, sul pianerottolo.

Non so cosa fare, di cosa parlare in quel clima greve che si è creato in quella casa. Annuncio che debbo andarmene e forse questa mia decisione è accolta con favore, con sollievo dai genitori di Maria. Dorina questa volta mi abbraccia e mi ringrazia della visita. Il padre si alza dalla poltrona e mi stende il braccio per il saluto. Non dice una parola. Chiuso nel suo immenso dolore.

Mentre m'incammino per andare a prendere la macchina, penso sia proprio vero che la più grande tragedia sia quella di sopravvivere ai propri figli. Andare a parlare a dei genitori che hanno perso il figlio o la figlia, è una delle esperienze più terribili cui non riesco ad abituarmi. Mi è capitato doverlo farlo diverse volte, per lavoro, annunciare la loro morte prima che arrivasse la polizia a informarli. Ma non mi piace e non riuscirò mai ad abituarmi. Qualche giornalista, poi, approfittando del fatto che erano riusciti a entrare a casa dei genitori, abusando della loro disperazione, trafugavano qualche foto del morto o della morta. Oppure raccontavano una balla sulla figlia o sul figlio ucciso, magari a causa di un incidente e si facevano consegnare la fotografia della persona morta. Un comportamento sciacallesco che, per fortuna, il direttore Sergio Gatti aveva sempre proibito di compiere. Bisogna pur dire, però, che spesso, oggi, sono gli stessi parenti a mettersi in mostra, addirittura le vittime disponibili ad apparire in Tv e raccontare la loro storia. E così la tragedia diventa uno show, uno spettacolo che ha come obiettivo la cosiddetta *audience*, gli ascolti. Diventa la Tv del dolore, con le riprese, in primo piano, del viso della vittima o del parente della vittima. Le lacrime in diretta. Niente a che vedere con il giornalismo vero, quello serio.

Con Sandra, avevamo deciso di chiamare nostro figlio Francesco così come si chiamava il padre di Sandra. E avevamo cambiato casa perché né casa mia e neppure la sua poteva ospitare tre persone. Io avevo, anni prima, acquistato due locali vicino ai Navigli; lei, invece, era in affitto in un monolocale, appunto, in zona Lodi. Avevamo visto varie soluzioni e poi avevamo deciso di acquistare un appartamento di quattro locali fuori Milano, a Nova Milanese. Così avevo messo in vendita il mio piccolo appartamento, acceso un mutuo e ci eravamo spostati in provincia. Per lei non cambiava nulla perché lavorava da casa; con il bambino sarebbe vissuta in un ambiente certamente meno caotico che la grande città. Io, con gli orari molto flessibili dell'agenzia, non avevo problemi di traffico.

La gravidanza era stata difficile. Da subito c'erano stati problemi: Sandra era sempre stanca, inappetente. Per lo più stava tutto il giorno sdraiata. Era in cura presso una clinica che stava dalle parti di piazzale Maciachini, in viale Jenner. Il ginecologo continuava a dare rassicurazioni e aveva consigliato riposo assoluto perché c'erano, secondo lui, modificazioni del collo dell'utero e insufficienza cervicale. Niente, comunque, che potesse preoccupare.

Poi era venuto il momento di partorire. Le doglie erano cominciate di notte. Per fortuna ero a casa, così l'ho caricata in macchina e, fra molte esclamazioni di dolore da parte di Sandra, arrivammo alla clinica. Sala parto, attesa nell'anticamera con tanti problemi in testa e preoccupazioni per la salute di Sandra e del bambino che ci avevano già detto essere di sesso maschile.

Mentre penso a tutto questo, si avvicina un medico e mi chiede se posso seguirlo nel suo studio che dovrebbe parlarmi.

In quel momento mi è caduto addosso il mondo: le aspettative per quel figlio, i progetti per la sua vita futura, per noi, tutto crollato. In quel preciso istante ho capito che il parto non era andato bene e chissà perché avevo pensato a Francesco, che potesse avere qualcosa e non a Sandra. Cerco di recuperare domandando al medico lo stato di salute di mia moglie. Il ginecologo mi dà assicurazioni in proposito, dice che sta bene e ora sta riposando. Chiaro, quindi, che è Francesco a non stare bene. Il suo studio è freddo e buio. Accende le luci e m'invita ad accomodarmi.

– Senta mi dica cos'è successo al bambino. Come sta?

– Il bambino sta bene, ma purtroppo ha la sindrome di Down...

– ... ma avevate sempre detto che andava tutto bene... com'è possibile sbagliare in modo così madornale...

Grido, ho la voce alterata. Il medico mi guarda con molta comprensione, ma non dice nulla, mi fa sfogare. Io continuo a gridare ancora un po'.

Poi non ho più nulla da dire. Sono svuotato, ho la testa che mi scoppia.

– Mi ascolti signor Valle. Inutile dire che la capisco perché lei non ci crederebbe mai. Il caso di suo figlio non è un caso raro. Ha un cromosoma in più, 47 invece di 46. E lei ha tutto il diritto di urlare...

– ... sa quanto me ne frega che non è un caso raro e il numero dei cromosomi. Io so soltanto che mio figlio non è e non sarà come tutti gli altri bambini e che a lui sin da ora gli è precluso quello che faranno gli altri bambini, giocare, studiare, praticamente vivere. La sua vita, la nostra vita non sarà più uguale, è crollato tutto. E lei mi viene a dire che non è un caso raro. Ma che cazzo mi sta raccontando...

– ... ha ragione, ma mi stia a sentire. Non posso prevedere come sarà il futuro di suo figlio, ma credo che se gli saprete dare amore e affetto, lui vi ricambierà... forse per me è più facile perché sono cattolico... un dono di Dio e sono sicuro che lei e sua moglie vi affezionerete al bambino...

– ... stia a sentire me e mi risponda: lei ha un figlio down?

– No, ma...

– ... niente ma. Lei non potrà mai comprendere cosa sto provando io in questo momento e cosa avrà provato mia moglie nell'apprendere questo. Quindi stia zitto e non mi racconti barzellette. Come può continuare a credere in un Dio così crudele?

Sbatto la porta e me ne vado. Sandra è sotto sedativo e dorme. Il bambino è nella culla termica. Esco dalla clinica senza neppure guardarlo. Mi metto in macchina senza sapere dove andare, non certo a casa. Guido attraversando la città, la città che si sta svegliando e che inizia un nuovo giorno di lavoro con le persone che si portano dietro i loro problemi, i problemi del posto di lavoro, dei figli, magari di qualche figlio down. Ogni volta quella parola mi rimbomba in testa, mi martella le tempie. Non ho una guida lineare e molti altri automobilisti imprecano, giustamente, nei miei confronti. Dopo un'ora che guido, mi fermo a lato di una strada. Non so neppure dove sono. Non so cosa fare. So che debbo tornare in clinica e attendere che Sandra si svegli, starle vicino. Ma so anche che sarà un momento pesantissimo per entrambi. Un momento senza avvenire. Tutti i sogni si sono infranti questa notte.

Era stata dura tornare a casa e cominciare a gestire il bambino e la nostra vita. Sandra si era rifiutata di allattarlo e non parlava più. Io avevo preso delle ferie arretrate e cercavo di sopperire alle cose che Sandra non faceva. Non era stato un momento piacevole; di notte Francesco urlava, non dormiva; di giorno, fra dargli da mangiare e pulirlo non restava certo tempo per fare altro. Avevo più volte cercato d'incitare Sandra a parlare, a sfogarsi. Nulla, come parlare con un pezzo di legno, chiusa e distante. E non voleva vedere il bambino.

Non era possibile andare avanti in questo modo. Non potevo farcela senza un aiuto. Fortunatamente, chiedendo un po' a tutti, ero riuscito a trovare una persona disposta a prendersi cura di Francesco e della nostra frantumata esistenza. Era una signora di 51 anni, romena, in Italia da tantissimi anni e ultimamente a Pescara, dove aveva curato una signora anziana che poi era morta. Così aveva perso il lavoro e io avevo preso contatto con lei. Si chiamava Angelina.

Quando Angelina arrivò a casa nostra, le cose cominciarono ad andare meglio. Intanto organizzò la nostra vita cominciando anche a far da mangiare, una cosa che Sandra non faceva più e io non avevo né tempo né voglia di farlo. Poi cominciò a organizzarsi con Francesco, lo accudiva, gli faceva il bagnetto, insomma le cose che ogni bambino dovrebbe ricevere. Sandra stava per lo più in camera sua, mangiava qualche yogurt e poco altro. Avevo insistito moltissimo per portarla da un medico... nulla da fare. Trascorreva le giornate così, fissando il vuoto.

La nostra vita era veramente crollata. La Sandra allegra non esisteva più, la sua risata sparita. Era stata una grande fortuna aver trovato Angelina.

Fra l'altro quando ci siamo seduti e ci siamo messi d'accordo sul tipo d'impegno che avrebbe dovuto sviluppare, Angelina mi aveva detto chiaramente che a lei non interessava avere ore libere durante la giornata, preferiva essere retribuita e, neppure, avere una giornata settimanale di riposo. Quello che aveva chiesto era che nel periodo natalizio potesse assentarsi per un mese per tornare a casa, in Romania. Per quel periodo, mi aveva assicurato, non ci sarebbero stati problemi. Una delle sue numerose sorelle l'avrebbe sostituita. Da parte mia cercavo di non gravare troppo su di lei. Quando avevo il turno di mattina, per il pranzo restavo a Milano. La stessa cosa quando avevo il turno pomeridiano. Partivo un po' prima da casa e pranzavo a Milano. Quando ero a casa, facevo la spesa in modo che lei non abbandonasse né Francesco e neppure Sandra.

Ma, spesso, i disastri sembrano abbattersi su chi è stato già colpito. E così un pomeriggio Angelina mi telefona al lavoro, piangendo e parlando contemporaneamente. Parla bene l'italiano, ma quando sei agitato e piangente diventa difficile farsi comprendere. Cerco di calmarla e, finalmente, mi comunica che Sandra se n'è andata. Come andata? Dove? Angelina non lo sa e mi dice che ha lasciato una lettera a me indirizzata. Avviso il caporedattore che debbo andare a casa e mi precipito a Nova. Sì, Sandra se n'è andata. Ha portato via due valigie con i suoi vestiti, il Pc e niente altro. La lettera è lì, sul tavolo del salotto. La guardo con apprensione e nello stesso tempo rabbia. Vorrei stracciarla, non leggerla. Poi la razionalità ha il sopravvento e la apro.

Non è una lunga lettera. Sandra scrive che ha deciso di accettare una proposta di lavoro. Mi dice che si recherà a Parigi e mi prega di non andare a cercarla, tanto non tornerà mai più. Mi siedo su una poltrona, svuotato di energie mentre in un angolo, Angelina ha tra le braccia Francesco e piange silenziosamente. La lettera prosegue chiarendo che per lei la nascita di Francesco «è stato un dramma. Io non voglio bene a Francesco, non lo voglio più vedere. La sua nascita ha rovinato la mia vita, anzi la nostra vita. Io, Massimo, non ce la faccio a vivere così e capisco che anche nei tuoi confronti non sono giusta. Ma è più forte di me. Debbo allontanarmi assolutamente da un bambino che non sento mio, che non ho neppure il coraggio di abbracciare. Le nostre aspettative, Massimo, sono crollate nel momento in cui i dottori mi hanno detto che era down. So che, in questo modo, tutto il peso, la responsabilità di questa situazione graverà su di te, ma non ho un'altra soluzione. È giusto che tu mi odi perché ho rovinato la vita anche a te, non sono stata neppure capace di fare un figlio "normale". Ti prego, ancora, *non cercarmi. Ricordati solo che il periodo che abbiamo passato assieme è stato, per me, uno dei momenti più belli della mia vita. Perdonami e, per tutte le questioni burocratiche, fai come meglio credi. Per me va bene tutto. L'importante è non stare con Francesco. Tua Sandra».*

Da quell'episodio sono passati diversi anni. Non ho più cercato Sandra e lei non si è più fatta sentire. Con Angelina ci siamo organizzati e con la sua presenza, la mia esistenza è diventata quasi regolare. Nel corso degli anni ho avuto diverse esperienze con altre ragazze. Storie di poco conto, però. Qualche cena, uscite magari con altri amici. Cose da nulla. Incontri brevi, relazioni insignificanti. Solo con una ragazza, il nostro rapporto si era infittito. Si chiamava Giuliana e con lei ci stavo bene, mi sembrava di aver trovato la dimensione giusta dopo la batosta di Sandra. Poi Giuliana aveva adombrato l'ipotesi di metterci assieme, magari, col tempo, sposarci. Avevo fatto presente che non era possibile, che avevo Francesco. Giuliana, però, insisteva. Diceva che non le importava che Francesco fosse down, che avrebbe benissimo vissuto assieme. Alla fine, davanti al mio deciso diniego, era scomparsa. Qualche volta le avevo telefonato, ma avevo anche capito che non aveva tutti i torti e, quindi, anche con Giuliana avevo chiuso.

Francesco, raggiunta l'età scolastica, avrebbe dovuto iniziare a frequentare la prima elementare. Ero molto in apprensione nel mandarlo a scuola; avevo paura che i compagni lo isolassero o, peggio, lo deridessero. I bambini, spesso, sono crudeli e non per colpa loro. Di tutto ciò avevo parlato con la psicologa della scuola. Aveva insistito affinché Francesco frequentasse la prima elementare. Era stata gentile e comprensiva e, alla fine, avevamo raggiunto un compromesso: avrei mandato Francesco a scuola per qualche settimana. Poi avremmo fatto il punto della situazione.

In realtà, sin dai primi giorni di frequenza, Francesco dimostrava chiaramente la sua ostilità nei confronti della scuola: era più taciturno, non giocava con nessuno, non riusciva a stare seduto al banco. Sorrideva soltanto quando io o Angelina lo andavamo a prendere. La mattina, poi, era un dramma: si attaccava alle sponde del suo letto e piangeva. A scuola, proprio non ci voleva andare. Così avevo di nuovo parlato con la psicologa e avevo preso la decisione, e la responsabilità, di non mandarlo più a scuola, di non infliggergli questa nuova sofferenza.

È una brutta giornata. Umida come sanno essere le giornate milanesi invernali. Di mattina e di sera è riapparsa la nebbia, fenomeno che non si vedeva da moltissimo tempo. Eppure, a metà mese, a causa di una violenta depressione erano transitate sull'Italia del Nord correnti anticicloniche molto calde al punto che a fine gennaio, si registrarono temperature primaverili. Ora, però, solo nebbia e umidità diffusa. Una giornata che favorisce – come aveva scritto Victor Hugo – la depressione, la malinconia, l'inquietudine, la «*gioia di sentirmi triste*».

Oggi faccio il turno pomeridiano e sono al desk. Alzando la testa posso seguire, da numerosi monitor appesi al soffitto, le notizie inviate dalle altre agenzie. Sto lavorando a un articolo sulla strage di Erba avvenuta lo scorso 11 dicembre, dove furono uccisi, a colpi di coltello e spranga Raffaella Castagna, il figlio Youssef Marzouk, la madre Paola Galli e la vicina di casa Valeria Cherubini. Il marito di quest'ultima, Mario Frigerio, colpito con un fendente alla gola e creduto morto dagli assalitori, riuscì a salvarsi grazie a una malformazione congenita alla carotide. La strage avvenne nell'abitazione di Raffaella Castagna. L'appartamento fu dato alle fiamme subito dopo l'esecuzione del delitto.

Sembra ci siano fatti nuovi, una testimonianza in particolare. Mentre lavoro, Aldo Nunziante mi chiama. Entro nel suo ufficio e non chiude la porta a significare che non è un problema grave.

– Massimo, domani arriva una stagista e ho deciso di affiancarla a te...

– ... perché proprio a me? Sai benissimo che preferisco lavorare da solo. Affiancala a qualcun altro o altra.

– No, è meglio se ci sei tu con lei. Se la "passo" a qualcuno dei giovani, addio lavoro... è laureata e l'ha mandata a noi la scuola di giornalismo dell'Ordine, per lo stage. Sembra sia brava e volenterosa. Spiegale cosa deve fare, falle scrivere qualche notizietta... insomma arrangiati tu.

– Già, mi arrangio io. E il mio lavoro chi lo svolge? Sempre io?

– Dai Massimo non fare polemiche. Prendilo come se ti avessi chiesto espressamente un favore.

Con Nunziante non ci si può arrabbiare e non si può dire di no a una sua richiesta. Prima di arrivare a Milano, dirigeva la redazione di Verona e appena arrivato aveva instaurato con la redazione milanese un rapporto di collaborazione proficuo. Se c'era qualche problema con la redazione centrale, Aldo Nunziante parteggiava sempre per quella milanese, risolveva tantissimi problemi che quotidianamente si presentavano, si interessava anche dei problemi personali dei redattori, ma non in modo paternalistico. I "giovani" della redazione lo avevano soprannominato *culo di pietra* perché, praticamente, passava la sua esistenza in redazione, dalla mattina presto alla sera tardi. Aveva quattro figli e in redazione si mormorava che bastava guardasse negli occhi sua moglie, per farla restare incinta considerato che a casa non c'era mai. Ma era anche un grande giornalista, con il gusto della notizia e la voglia di scavare, di non fermarsi alle apparenze.

La stagista era arrivata l'indomani, nel pomeriggio. Una ragazza alta e rossa di capelli, dalle linee morbide e giunoniche, calzoni neri e camicetta bianca. Sopra, un cappotto grigio.

Solita presentazione a tutta la redazione da parte di Aldo Nunziante: «*Da oggi* – aveva affermato il responsabile milanese – *farà uno stage con noi Stefania Ravaioli. Sono sicuro che l'accoglierete nel migliore dei modi. Lei lavorerà, almeno nei primi tempi, con Massimo Valle. Buon lavoro a tutti*». Poi era venuto dove stavo seduto io e mi aveva ripresentato la stagista.

Lei si era tolta il cappotto e si era seduta di fronte a me. Io continuavo a lavorare e a scrivere sul Pc. Dopo un po' mi chiede cosa può fare. Rispondo un po' piccato.

– Senti, per ora nulla. Fammi terminare di scrivere questo pezzo e poi ne parliamo. Fai quello che vuoi, fatti un giro... se scendi di un piano trovi il bar... vedi tu.

Intanto alla mia postazione di lavoro, continuavano a presentarsi, con mille scuse, i "giovani" della redazione: Massimo hai per caso un pennarello? Mi guardi questo passaggio che non mi convince? Hai il numero di telefono del Fatebenefratelli... tutte scuse, abbastanza puerili così da poter dare una guardata, da vicino, alla stagista. Dopo una mezz'ora, terminato l'articolo, posso parlare con la nuova arrivata.

– Allora Stefania, guarda questa notizia a video. Poi te la stampo. Si tratta di un furto. Dieci righe e indicazione di titolo. Appena termini me la fai controllare. Non metterci troppo.

Stefania mi guarda con un'espressione non certo benevola. Poi prende la stampata che le porgo e si mette al computer.

Ci mette più di mezz'ora per le dieci righe. Il titolo è completamente errato: «*Nuova rapina della gang della ruota a terra*». La notizia riguardava la rapina con il metodo della ruota bucata. In pratica, si forava una gomma dell'automobile e si chiedeva aiuto a un'altra auto. Appena il soccorritore scendeva dall'auto, un complice s'introduceva nell'abitacolo della macchina e rubava borsa o altro. Ogni tanto la tecnica era diversa: si bucava la ruota di un'auto e si offriva il proprio aiuto allo sfortunato automobilista. Mentre si cambiava la ruota... oppure si agiva davanti a un supermercato e si prendevano di mira persone di una certa età. Bucavano la ruota sinistra con un punteruolo sicuri che, al momento in cui la vittima si fosse resa conto del danno, dopo qualche chilometro, sarebbe scesa dall'auto per sostituire la ruota, lasciando incustoditi i propri beni sul sedile passeggero. Mentre le vittime, ignare, erano indaffarate a cambiare la gomma, agivano aprendo lo sportello opposto, così che la vittima non potesse accorgersi di nulla, dileguandosi poi con contanti, carte di credito e bancomat.

Leggo quello che ha scritto Stefania Ravaioli. Poi prendo la stampata, la straccio e la butto nel cestino. La ragazza è allibita e i suoi occhi mandano lampi nei miei confronti e non sono lampi di gioia.

– Senti, ma alla scuola di giornalismo non ti hanno spiegato che le gomme dell'automobile sono sempre a "terra"? Hai mai visto una gomma in aria? E poi cerca di essere precisa: furto o rapina? Rifalla. Dovresti sapere che il furto è un reato commesso da chi sottrae qualcosa a chi la detiene; la rapina, invece, implica violenza o minaccia. In questo caso c'è stata violenza o minaccia? No. Quindi è furto. Te lo avevo anche detto.

Sottovoce Stefania mormora «*Stronzo!*». Faccio finta di nulla, mi alzo e me ne vado al bar lasciando la stagista al suo articolo.

Ha ragione, sono stronzo, ma non posso farci nulla. Ho un sacco di problemi e non ho tempo di fare la balia a una stagista. Il lavoro lo impari, cara mia stagista, come abbiamo fatto tutti, quando non esistevano le scuole di giornalismo, sul campo, scrivendo e riscrivendo la medesima notizia sino a quando il caposervizio non era soddisfatto. Al bar, l'arrivo della ragazza è di dominio pubblico e anche i redattori di altre testate mi chiedono notizie in merito. Nei prossimi giorni immagino ci saranno tante visite all'*Asn*.

Quando ritorno, Stefania ha terminato. Mi fa leggere la stampata e le dico che questa volta va bene.

– Adesso cosa faccio?

– Tu non so. Io vado a casa. Ci vediamo domattina. Io arriverò attorno alle 7.

Prima di andarmene passo da Nunziante. Chiudo la porta e gli spiego che me ne debbo andare e, quindi, trova tu cosa far fare alla stagista. Poi insisto nel dire che non sono la persona più adatta per farle da "nave scuola", che sarebbe meglio trovare un altro. Io, dico, sto lavorando ad altre inchieste e non ho tempo da perdere con le ragazzine.

Naturalmente Nunziante è contrariato ma mi ripete, ancora una volta, che debbo farmene una ragione. Così ha deciso e così si farà. E poi – continua Nunziante – la fai più grossa di quello che realmente è. Te la tieni al fianco per un po', poi la facciamo camminare da sola.

A casa ci sono dovuto andare perché debbo portare Francesco a fare una visita per problemi di stitichezza. Lui è molto contento di vedermi e, quando rientriamo dal medico, mi chiede di giocare a palla nel corridoio. Un gioco, per lui, abbastanza ingarbugliato. Cosa che facciamo sino a ora di cena. Poi, televisione per Angelina, Francesco che "legge" un quotidiano al contrario e io un libro di Eduardo Galeano, l'autore uruguayano che ha scritto "Memoria del fuoco", tre volumi dove si parte dalle origini, con la scoperta dell'America di Cristoforo Colombo e percorre 200 anni di storia. La seconda parte, "Le facce e maschere", racconta il periodo tra il 1700 agli inizi del 1900. Infine, la terza parte che si titola "Il secolo del vento" che va dal 1900 al 1986 con ritratti di personaggi celebri da Chaplin a Che Guevara, da Marquez a Kennedy e tanti altri. Mi ha colpito, in particolare il racconto di un episodio avvenuto nel 1904 a Rio de Janeiro, in Brasile, dove si dimostra come la gente credulona, ignorante e superstiziosa sia manipolata da giornali e potenti:

> *Uccidendo topi e zanzare ha sconfitto la peste bubbonica e la febbre gialla. Ora Oswaldo Cruz dichiara guerra al vaiolo. Il vaiolo uccide i bambini a migliaia. Ne muoiono sempre di più, mentre i medici dissanguano i moribondi e i medicastri scacciano la peste con il fumo di sterco di vacca. Oswaldo Cruz, responsabile dell'igiene pubblica, promuove la vaccinazione obbligatoria. Il senatore Rui Barbosa, oratore dal petto gonfio e dal parlar forbito, pronuncia discorsi che attaccano il vaccino con armi giuridiche infiorettate di aggettivi. In nome della libertà Rui Barbosa difende il diritto di ogni cittadino di contagiarsi a piacere. A ogni frase, lo interrompono applausi torrenziali e ovazioni. I politici si oppongono al vaccino. E i medici. E i giornalisti: non c'è gior-*

nale che non pubblichi editoriali irosi e caricature
spietate che prendono a bersaglio Oswaldo Cruz. Il
quale non può affacciarsi in strada senza subìre in-
sulti e sassate. Contro il vaccino, il paese intero, ser-
ra le file. Dappertutto si grida abbasso il vaccino.
Contro il vaccino si sollevano in armi gli allievi del-
la scuola militare, che per poco non fanno cadere il
presidente.

L'indomani mattina, un martedì, quando arrivo in redazione, Stefania è già seduta alla nostra postazione. Appena arrivo accendo lo scanner collegato sulla frequenza
della polizia. Una cosa proibita che in realtà utilizzano tutti i giornali. Un "baracchino" che si vende tranquillamente
nei negozi specializzati. Sto per togliermi il giaccone
quando "Doppia vela", la sala operativa della Questura, comincia a gracchiare: «*Doppia vela a Beta 4 e Siena Monza re-*
carsi sul posto, via Sant'Arialdo, dopo Abbazia di Chiaravalle...
probabile omicidio... Verona-Monza già nelle vicinanze. Cintura-
te la zona. Notiziate appena arrivate».

Come al solito, le Volanti utilizzano un frasario tutto
particolare: *Notiziate... Cinturate...* Dico a Stefania di seguirmi. Prendiamo la mia auto e ci dirigiamo verso il posto
indicato da "Doppia vela".

Non sono neppure le 7,30 ma il traffico è già sostenuto.
Mi dirigo verso Porta Venezia, viale Molise, costeggio Piazzale Corvetto e arrivo alla stazione di Milano Rogoredo. Da
lì mi dirigo verso la stupenda Abbazia di Chiaravalle e, a
circa metà strada, fra l'Abbazia e il cimitero di Chiaravalle,
noto già un assembramento di macchine della polizia e
persone.

Abbandoniamo l'auto in un campo perché la strada è
piuttosto stretta e, a passo sostenuto, ci avviciniamo all'as-

sembramento. Qualche giornalista e fotografo e già arrivato. C'è una densa foschia e la nebbia la si vede alzare dai campi. Non ci sono abitazioni vicino. Attorno al cadavere, il nastro di plastica bianco e rosso a delimitare l'area. Trovo un ispettore che conosco.

– Si sa già chi è il morto?

– Una morta, piuttosto. È molto giovane. Per ora non sappiamo nulla. Si attende il medico e il magistrato "d'urgenza", quello di turno.

– Chi ha scoperto il cadavere?

– Un operaio che stava andando alla stazione a prendere il treno... quello là.

L'ispettore indica un uomo di una cinquantina d'anni, seduto in un'auto della polizia con le gambe fuori dalla vettura.

– Stefania vai da lui ti fai dare le generalità e fatti spiegare come ha rinvenuto il cadavere.

Stefania parte di corsa.

– Nuova la ragazza?

– Sì, il primo giorno.

– E come primo giorno un cadavere... beh, bisogna dire che comincia bene. Bella ragazza, comunque. Beati voi giornalisti...

– ... sì, sempre fortunati. Lasciamo perdere... chi è il magistrato di turno?

– Anche questa una donna, Anna Soffici. Una cacacazzi di prima categoria. Tosta, però.

– Arma del delitto?

– Non ho mai detto che è stata uccisa. Aspettiamo il medico legale.

Intanto è tornata Stefania e ha la faccia soddisfatta: «*ho tutti i dati*», mi dice.

– Va bene. Andiamo dalla ragazza uccisa prima che arrivi il magistrato.

La morta è distante pochi metri, forse tre. Ha la testa rivolta verso i campi e i piedi quasi sull'asfalto. Non ha cappotto. Una gonna molto corta nera, una blusa bianca. È a pancia sotto e mi sembra di notare che ha del sangue rappreso vicino l'orecchio destro. I fotografi continuano a scattare. Stefania è pallida. Poi, all'improvviso, c'è agitazione e i poliziotti cominciano a spingerci indietro. Sta arrivando la dottoressa Soffici e loro devono far vedere che proteggono la scena del crimine. La ragazza viene rivoltata ed è in quel momento che tutti scopriamo cosa ha causato la morte: un profondo taglio alla gola, quasi da orecchio a orecchio.

Le hanno tagliato la carotide e, in questo caso, la morte avviene in 12 secondi. È stato un bene per la giovane ragazza perché dopo averle reciso la carotide, l'omicida con un oggetto contundente, le ha sfondato parte del cranio. Si sente già l'odore, il sentore della morte, il tipico odore dolciastro della morte. La ragazza ha gli occhi sbarrati, la bocca spalancata come meravigliata di quel che le stava capitando, i capelli sporchi di fango. Non è un bel vedere e la magistrata dopo aver parlato fittamente con il medico legale ordina di coprire il cadavere e farlo trasportare per l'autopsia alla sala settoria.

I giornalisti cominciano con le domande di rito. La magistrata chiede di avere pazienza che appena fatta l'autopsia darà tutte le informazioni del caso. Poi si allontana.

Stefania trema ed è sempre più pallida. Poi si stacca di corsa, appoggia la testa a una pianta e vomita.

Ormai l'assembramento di poliziotti e giornalisti si sta sfaldando. Vado da Stefania che si sta pulendo la bocca con un fazzolettino di carta.

– Come va? Non è un bello spettacolo. Dai, forza, andiamo a bere qualcosa per tirarti su.

– No. Non mi va nulla. Andiamo via.

– Certo che andiamo via, ma ci fermiamo qua vicino, alla stazione e beviamo qualcosa di forte. Ti farà bene.

Stefania borbotta qualcosa, ma sale in macchina. La stazione di Rogoredo non è lontana. Posteggio in sosta vietata nella speranza di non ritrovarmi, quando torno, la multa ed entriamo. Lì, all'entrata, un bar con dei tavolini. Ci sediamo e io vado a ordinare: per Stefania un cognac, per me un bicchiere di latte caldo. Quando vede il cognac tenta di opporsi; io, però, insisto.

– Tu, hai preso il latte, non il cognac.

– È vero. Ma io non ho vomitato. Forza dai, bevi che poi ti sentirai meglio.

– Non riesco a togliermi dagli occhi la visione di quella ragazza... così giovane... brutalizzata e buttata in un fosso come fosse un oggetto inservibile.

– Sì, un oggetto inservibile, hai detto bene. In realtà penso che l'abbiano uccisa perché ormai non serviva più a nessuno e forse rappresentava un pericolo.

– Che pericolo può venire da una ragazzina di 16/18 anni? Secondo te era straniera?

– È probabile. Almeno così sembra dai capelli, dall'incarnato chiaro. Saprai anche tu che Milano è una piazza importante per la prostituzione. Probabilmente è stata ammazzata perché si era ribellata o forse perché aveva deciso di denunciare qualcuno e l'organizzazione era venuta a saperlo. Avvengono in continuazione questi omicidi. Fra qualche giorno tutto sarà finito, stai pur sicura che non ne parlerà più nessuno fin quando si troverà un nuovo cadavere.

– Ma è terribile questo! E la polizia non fa nulla per debellare questo ignobile commercio?

– Fa quello che può, con le forze che ha a disposizione. Non è un problema solo nostro, italiano. Bisognerebbe bloccare a monte questo commercio, nelle zone dove vengono reclutate le ragazze avviate alla prostituzione. Significa intervenire anche a livello educativo ed economico... mica facile.

– Ora cosa facciamo? Attendiamo il ritrovamento di un nuovo cadavere?

– Beh, intanto seguiamo questo. Appena ci sarà la conferenza stampa vedremo cosa diranno e riporteremo il tutto. Ora andiamo che debbo parlare con Nunziante.

Stefania ora è meno pallida. Il cognac messo in corpo le ha ravvivato il colorito. In auto, mentre torniamo in redazione, mi spiega che ha tutti i dati del testimone. Deve scrivere lei sul testimone?

– Sì, scrivi un piccolo pezzo sul personaggio che poi lo inseriamo nel pezzo generale. Mi raccomando: gli anni, cosa faceva, se ha famiglia, dove andava, se percorreva ogni mattina quella strada... insomma tutto quello che il lettore deve e vuole sapere.

In redazione, mentre Stefania si siede subito al Pc per scrivere il pezzo, io vado da Nunziante e spiego a lui del ritrovamento della ragazza.

– Chi è il magistrato di turno?

– Anna Soffici. Non ho avuto mai occasione di conoscerla personalmente, ma so che è una molto determinata e precisa.

– Meglio così. Meglio una inflessibile, ma corretta che un magistrato indolente che non ci dà nessuna notizia. Conferenza stampa?

– Non è stata ancora decisa. Si aspetta l'esito della autopsia. Penso domani.

– Va bene. Intanto ora diamo subito la notizia del ritrovamento del corpo della ragazza e mettiamoci dentro anche, in modo appena velato, che potrebbe trattarsi della tratta della prostituzione. E vediamo la reazione della polizia. Stefania?

– Sta scrivendo un pezzullo sul testimone che ha trovato il cadavere. Un operaio che si stava recando alla stazione. L'inserisco nel pezzo generale. Te lo faccio leggere e poi lo mettiamo in rete.

– D'accordo. Mettiamoci al lavoro.

Esco e mi metto anch'io al computer per scrivere il pezzo. Fra poco, giornali, televisioni e radio saranno informati di questo omicidio. Poi, ognuno di loro deciderà, secondo il tipo di giornale, secondo la linea imposta dal direttore, come intervenire su questo omicidio.

L'indomani, nel pomeriggio, è stata convocata la conferenza stampa in via Fatebenefratelli. Ci vado con Stefania. Dietro al tavolo, oltre al questore e a un paio di graduati, anche la magistrata Soffici. Si comincia con la relazione dell'autopsia. Cose che già ieri erano evidenti: il taglio netto della carotide effettuata con una lama molto affilata e colpi con una sbarra di ferro alla parte destra del cranio nel tentativo, probabilmente, d'impedirne il riconoscimento. Tentativo, informano gli inquirenti, non andato a buon fine, forse per il sopraggiungere di qualcuno. L'omicidio, però, è avvenuto in altro luogo e successivamente portato dove è stato ritrovato dal testimone mentre si recava, in bicicletta, alla vicina stazione.

Cominciano le domande: un'agenzia ha scritto che l'omicidio potrebbe essere legato alla tratta della prostituzione. Potete confermare questa tesi? Anna Soffici nicchia e preferisce spiegare il responso dell'anatopatologo. Sono spiegazioni tecniche che servono a determinare a che ora è morta la ragazza considerato che i cadaveri disperdono un grado centigrado all'ora di temperatura corporea per sei, dodici ore. A una domanda sulla nazionalità della ragazza uccisa, Anna Soffici risponde che si sta indagando, ma che, probabilmente, è slava.

Le domande si susseguono. Noto, alle nostre spalle, in fondo alla sala, un vice ispettore che conosco. Se ne sta appoggiato al muro ad ascoltare. Dico a Stefania che ci vediamo dopo, di scrivere tutto. Mi alzo e lo raggiungo.

– Uei, Valle, proprio te cercavo. Per domenica me aia' procuràr due biglietti per San Siro... che gioca il Napoli... due biglietti in buona posizione... me raccomànd.

Il vice ispettore Biagio Varriale, napoletano di Ponticelli, è della squadra politica, non c'entra nulla con questo omicidio. È venuto solo perché era sicuro che ci fossi per spillarmi qualche biglietto, gratuito, per San Siro considerato che è un grande tifoso del Napoli. Ci spostiamo dalla sala della conferenza stampa.

– Io ti procuro i biglietti e tu, in cambio, cosa mi dai?

– Valle tu si propeto na' chiavicà. Staje sempe a ricattàr. E che diamine! Duje bigliètt te teng chièst micà o' duomò e' milanò. Poi, lo sai: non c'entro nulla con questo omicidio.

– È vero, ma so anche che se vuoi, sei molto bravo a recuperare notizie anche se non riguardano il tuo settore. Cerca di dirmi qualcosa d'importante e domenica te ne vai, gratis, a seguire la partita dalla tribuna stampa. Che ne dici? Affare fatto?

Varriale ci pensa su un po' poi acconsente.

– Vèdrò chello ca' pòzzo farè. Ma lascià fori o' mie nomè ra chesta storià. Micà vogliò ferni' ppe sempe a Oristanò!

Biagio Varriale dopo tanti anni che è a Milano continua a parlare in napoletano, convinto che tutti lo capiscano. Comunque, ho compreso il suo messaggio. Di solito, quando ho avuto bisogno di qualche notizia, non mi ha mai buggerato. E neppure io l'ho fatto nei sui confronti.

Frattanto la conferenza stampa è terminata. Stefania mi dice che non ci sono grandi novità. Cose che già sapevamo. Poi vuole sapere dove sono andato.

– Niente d'importante. Ho visto uno della squadra politica che conosco e sono andato a salutarlo.

– Continui a trattarmi come una cretina. Figurati se abbandoni una conferenza stampa per andare a salutare uno. Se dobbiamo lavorare assieme, devi dirmi tutto del lavoro.

– Senti. Parliamoci chiaro. Non sono stato io a chiedere di lavorare con te. Nunziante mi ha imposto la tua figura e io non ho potuto fare nulla. Lavoro meglio da solo e non mi va di fare la balia a chicchessia. Chiaro il concetto? Se vuoi è così. In caso contrario chiedi espressamente di cambiare balia.

Ormai siamo in piazza Cavour e Stefania è incazzatissima. A me non importa nulla. Anzi, le dico, ora tu torni in redazione e io vado da un mio confidente.

– Perché non posso venire anch'io dal confidente.

– Appunto perché è un *mio* confidente. Le fonti sono personali, non di gruppo. Te le devi coltivare in continuazione, sempre. Forse questo, alla scuola di giornalismo, non te l'hanno insegnato?

La lascio davanti all'entrata del Palazzo dei giornali di

mussoliniana memoria, e mi dirigo verso corso Lodi. La mia fonte sta lì, ha un'autofficina di riparazione pneumatici, all'angolo con viale Brenta. Quando entro, il viso di Atif Dehwar non è per nulla contento di vedermi, si rabbuia e dice a un ragazzino di una quindicina di anni che sta riparando una gomma, di andarsi a farsi un giro.

– Atif non sei contento di vedermi?

– No, perché tu porti guai.

– Ma no Atif, ti ho sempre trattato bene.

Atif è un pakistano di una quarantina d'anni. È venuto in Italia una decina di anni orsono. Prima da solo, senza casa e neppure lavoro. Per sbarcare il lunario si era messo con personaggi non troppo raccomandabili che frequentavano magnaccia e spacciatori. Lui stesso spacciava. Io l'avevo conosciuto a seguito di una retata. Quando l'avevano rilasciato, gli avevo parlato, avevo chiesto della sua famiglia, eravamo andati a berci una birra assieme. Gli avevo lasciato il mio numero di telefono e, un giorno, mi aveva telefonato perché doveva chiedermi un favore.

Parla bene l'italiano Atif e, quindi, non c'erano stati problemi. Il favore riguardava due aspetti della sua vita: il primo è che aveva trovato da lavorare presso un italiano, nella autofficina-negozio dove lui ora lavora. Il padrone era anziano, non aveva figli e voleva ritirarsi. Lui non aveva i soldi per rilevare il negozio e così avevano fatto un compromesso.

In pratica, Atif avrebbe mandato avanti il negozio e il ricavato lo avrebbe diviso con l'italiano. In cambio, l'italiano non gli avrebbe fatto pagare l'affitto. Da me voleva un consiglio: faceva bene ad accettare la proposta dell'italiano? Il secondo quesito era più complesso. Lui non aveva permesso di soggiorno, residenza o altro. Semplicemente, per le autorità, non esisteva. Come avrebbe mai potuto fare il ricongiungimento con la moglie e i figli? Potevo aiu-tarlo? E per subentrare nel negozio?

Non era stato semplice. Avevo parlato con conoscenti in questura, all'Ufficio immigrazione e mi avevano dato un elenco di documenti da presentare. Molti di questi era pos-sibile, per Atif, presentarli, altri no. Alla fine gli avevano concesso un "permesso per motivi di lavoro" per due anni e aveva ottenuto l'ambito "cedolino" in attesa del rinnovo del permesso di soggiorno da chiedere 60 giorni prima della scadenza dello stesso.

Preso dall'entusiasmo Atif mi aveva detto che avrei po-tuto, per sdebitarsi, chiedergli qualsiasi cosa. Ogni tanto mi capitava di aver bisogno di qualche indicazione sulle bande che agivano nello spaccio o legati alla prostituzione e Atif mi spiegava le dinamiche e la mappatura del territo-rio.

– Senti Atif, hai saputo di quella ragazza uccisa e trova-ta ieri vicino alla stazione di Rogoredo?

– Come tutti. Dalla radio o televisione, non ricordo.

– Scusa, ma le slave non stanno in viale Zara?

– Sì, stanno lì o, meglio, stavano perché ora non si capi-sce più nulla. Solo i transessuali stanno stabilmente al Mo-numentale.

– Atif fammi capire bene. Milano è stata divisa per et-nie, giusto? Se non ricordo male in viale Abruzzi e piazzale Lodi ci stavano o ci stanno le sudamericane, in piazza Aspromonte le greche, i transessuali abbiamo detto. Chi ri-mane? Ah, al parco Ravizza i prostituti uomini. Poi chi ri-mane?

– Le slave in viale Zara. Oggi, però, non è più così e, spesso, qualcuna esce dalla propria zona anche per cercare maggiore introiti e, molte volte, ci rimette la pelle.

– Vuoi dire che la ragazza trovata è stata ammazzata perché ha sconfinato? Chi gestisce il mercato delle slave?

– Io non ho detto niente e non so chi siano i magnaccia delle slave.

– Atif così non mi aiuti. Fai uno sforzo e ricordati il nostro antico patto.

– Senti Valle... questa è brutta gente, che non scherza. Ti ammazzano anche per poco... io ti posso anche dire chi gestisce le slave, ma poi basta. Credo, con questa mia ultima confidenza, di aver saldato il mio debito con te. Non cercarmi più perché io devo lavorare e non voglio guai. Ho moglie e figli.

– D'accordo Atif, l'ultimo sforzo te lo prometto.

– Il mercato delle slave è gestito dai fratelli albanesi, Bitil ed Erëzak Koroveshi. Due bestie che hanno al loro comando parecchie persone. Viaggiano sempre con grossi macchinoni, soprattutto fuoristrada scuri, giocano e perdono tanto, si impasticcano... gente veramente pericolosa. E sembra abbiano contatti con mafia e 'ndrangheta.

– Dove stanno?

– Ad Affori. Hanno una specie di fortino dove è difficile entrare. Ora basta, con te ho chiuso.

– Ma secondo il tuo parere perché l'hanno uccisa?

Atif mi guarda intensamente e resta in silenzio per parecchio tempo. Poi decide di parlarmi: secondo il suo parere, la ragazza è stata uccisa perché voleva finirla con quella vita. Per questo l'hanno uccisa. Per dare un segnale anche alle altre.

Esco dal negozio frastornato. I fratelli albanesi hanno in mano le slave, ma non posso certo presentarmi da loro, ad Affori, e chiedere gentilmente se l'hanno uccisa loro la ragazza trovata a Chiaravalle. Debbo trovare altre strade.

Ritorno in redazione. Vado a parlare con Nunziante. Poi vado a casa. Oggi è stata una giornata pesante e, a casa, mi attende Francesco che, giustamente, ha voglia di giocare con me.

CAP. 8 – Una serata sbagliata

Le ragazze, infreddolite e tutte nude, erano state caricate su un camion e portate in un casolare, in mezzo ai boschi. Era notte. Le avevano fatte scendere dal camion e fatte schierare come a una rivista militare. Erano tutte molto giovani, dai 16 ai 18 anni. Cercavano di coprirsi con le braccia i seni o il basso ventre. Tenere i prigionieri nudi, serve a spersonalizzarli. Non è un caso, infatti, che era la prima cosa che facevano i nazisti nei confronti dei deportati appena arrivati nei campi di sterminio.

Le giovani fanciulle piangevano, molte invocavano la mamma. Ma la mamma non c'era a salvarle, a proteggerle. Lì c'erano solo gli aguzzini che già pregustavano cosa sarebbe avvenuto da lì a poco. Uno di loro, probabilmente il capo, barba lunga e ventre prominente, teneva in mano un frustino che ogni tanto faceva assaggiare a qualche ragazza mentre le osservava con gli occhi pieni di cupidigia, un laido sguardo alle nudità delle povere ragazze tremanti. Al centro della bocca gli mancavano due incisivi.

Si era fermato all'altezza di una ragazza molto bella. Con il frustino aveva sollevato un seno, mentre con l'altra mano aveva strizzato l'altro. La ragazza aveva gridato e gli aveva sputato in viso. Il capo era indietreggiato perché non si attendeva una simile reazione. Poi, con molta calma, aveva preso la pistola che teneva fra i pantaloni e la schiena e senza nessuna emozione aveva sparato alla testa della ragazza ribelle. Pezzi di cervello e di sangue avevano inondato le compagne più vicine mentre essa si accasciava a terra. C'era stato uno sbandamento, le ragazze gridavano tutte assieme e piangevano contemporaneamente. Erano intervenuti anche gli altri tre uomini di guardia e con frustrate e pugni avevano messo in riga le ragazze.

Il capo aveva ordinato ai suoi uomini di prendere la morta e di «hidh», buttarla, da qualche parte.

– *E adesso statemi bene a sentire, puttane maledette,* kurva të mallkuara. *La prima di voi che si azzarda a non obbedirmi, le faccio rimpiangere di essere nata. Stanotte ci divertiremo. Poi, domani, sarete trasferite e di cosa ne faranno di voi m'interessa proprio, l'importante che avrò i miei soldi,* paratë e mia. Chiaro?

Poi una oscena risata era uscita dalla sua bocca. Le ragazze si erano ancora più strette fra loro ed erano state spinte dentro la baracca. Proprio mentre entravano, arrivò una macchina scura, elegante. Subito il capo andò ad aprire la portiera per far scendere il personaggio che doveva essere importante. Era alto e magro, baffetti appena accennati. Si guardò attorno e fece una smorfia quando vide la ragazza nuda, per terra, con il cervello spappolato.

– *Cos'è successo Slator?*

– *Niente... ragazza ha aggredito e dovuto ucciderla.*

– *Slator sei proprio una bestia cretina. Tu hai dei patti da rispettare. Se non vuoi rispettarli, troverò altre persone. Ma fino a quel momento decido io chi deve morire. Tu stasera dovevi consegnarmi 20 ragazze e invece ora sono 19. Cosa facciamo?*

Slator si era piegato di fronte a quell'italiano così elegante. Si era piegato come si piegavano i servi al cospetto del re. Perché lui era un servo e sapeva benissimo che quell'italiano avrebbe potuto fare di lui quello che voleva.

– *Pagare solo 19...*

– *... sei proprio un cretino. I patti sono chiari: tu mi consegni le ragazze, poi quando te le restituirò, potrai farne quello che vorrai. Ma sino a quel momento le ragazze sono sotto la mia protezione e non arrischiarti a toccarle. Penso proprio che dovrò cambiare fornitore...*

– *... no. Non capiterà più... promesso. Paga solo 19... vuoi?*

L'italiano gli diede uno sguardo sprezzante. Infilò una mano in tasca ed estrasse una busta gonfia di soldi. L'aprì, prese alcuni fogli e il resto lo consegnò a Slator. Domani mattina, gli disse, arriverà un camion a prendere le ragazze.

– Non fare altre cazzate, hai capito bestia, dreq. Sennò hai chiuso. E stasera non toccate le ragazze. Se vengo a sapere che le avete violentate, vi prometto una morte molto lenta. Capito! Kuptoje! Kuptoje!

Gli uomini erano ammutoliti e lo stesso Slator continuava a dire di sì con la testa, senza spiccicare una sillaba.

L'italiano era risalito in macchina ed era andato via. Slator sputò per terra, bestemmiò e imprecò nei confronti dell'italiano. La "serata divertente" era ormai saltata e ora doveva anche tenere a bada i suoi uomini cui aveva promesso carne giovane e vergine.

Le ragazze, nel frattempo, si erano tutte sedute per terra perché la baracca era spoglia. Piangevano una appiccicata all'altra. Da quel poco che avevano ascoltato e capito, l'indomani sarebbero andate via con un altro camion. Ma dove? Questo non lo sapeva nessuno di loro. Nessuno di loro poteva immaginare cosa sarebbe accaduto l'indomani.

L'indomani mattina, piuttosto presto, venne un camion a prendere le ragazze. Furono consegnati loro dei vestiti mentre gli uomini di Slator le guardavano, contrariati, mentre li indossavano. La serata era andata male e ora andavano via. Il camion viaggiò per più di due ore, percorrendo, soprattutto, strade interne, in mezzo ai boschi. Qualche ragazza, grazie al dondolio del camion, si era appisolata sulla spalla della vicina. Le più, però, singhiozzavano. Dove le stavano portando? Cosa le avrebbero fatto? Domande cui nessuno di loro poteva rispondere. Dovevano solo attendere. Se non le avevano violentate, significava che non era quello l'obiettivo. E, allora, qual era?

Likana, come tutte, era stanchissima e affamata. Come era sta-
to possibile cadere in quella trappola? La ragazza fece a ritroso,
nella sua mente, quello che era avvenuto la sera prima.

Lei e l'amica Dejka avevano deciso di andare a Burrel dove,
ormai, dopo la guerra c'erano molti locali notturni, in cui si pote-
va bere e ballare. Le cose erano molto cambiate, con la fine della
guerra: in giro si vedevano molte automobili, si vedevano, soprat-
tutto, gli Hummer, i pacchiani fuoristrada enormi dal costo di 50
mila euro, ma anche Lamborghini e Ferrari. Tutti modelli deside-
rati moltissimo dai giovani, ma di proprietà dei rampolli dei
grandi boss della mafia. I ragazzi e le ragazze vestivano alla
moda occidentale, preferibilmente minigonne, si ascoltava la mu-
sica americana o italiana. I locali, ristoranti, pizzerie, lounge
bar, sushi erano sorti un po' dappertutto, giravano più soldi. Il
padre di Likana aveva trovato lavoro in una fabbrica appena im-
piantata nelle vicinanze. Producevano elementi per l'edilizia in
amianto. Si diceva che fosse una lavorazione pericolosa, ma in-
tanto il padre lavorava e portava a casa, ogni mese, uno stipendio
sicuro. In più, con la campagna riusciva a coltivare verdure e pa-
tate mentre le galline davano uova. Insomma, anche le cose a
casa Begu, andavano meglio che nel passato.

Quella mattina, Likana e Dejka avevano bigiato la scuola as-
sieme a due ragazzi più grandi di loro. Questi le avevano invitate
per quella sera a Burrel: «Mangiamo qualcosa, ascoltiamo un
po' di musica... insomma ci divertiamo un po'. Vi veniamo a
prendere noi con la macchina. Un paio di ore e poi vi riac-
compagniamo». *Così avevano detto. Il padre di Likana, quella*
sera era di turno in fabbrica. Avrebbe terminato l'indomani alle
6. C'era tutto il tempo possibile. I ragazzi erano simpatici, vestiti
all'ultima moda, con una macchina moderna, una Clio della Re-
nault. E così avevano deciso di andare a divertirsi.

La serata era cominciata bene. Prima erano andati in un pub
dove era impossibile parlare per il volume della musica troppo

alto. Avevano consumato bevande analcoliche. Poi si erano spostati in una vicina pizzeria e bevuto parecchie birre. L' atmosfera, per le due ragazze, era eccitante. La musica discreta. Avevano cominciato a ballare. Likana con Lis, come aveva detto di chiamarsi quel ragazzo e Dejka con Pavli. Lis piaceva a Likana: era un ragazzo alto, bruno, con un taglio di capelli rasati ai lati e lunghi al centro. Il braccio destro era completamente pieno di tatuaggi. Ballava bene e, spesso, stringeva Likana con molto trasporto. Poi le aveva sussurrato nell'orecchio dolci parole, che avrebbe voluto ballare con lei tutta la notte, che voleva rivederla, da sola, senza l'amica sussurrandole, nel contempo, che l'amava.

Likana non era mai stata con un ragazzo né mai si era innamorata. Lis sembrava molto sicuro e adulto e le sussurrava, continuamente, frasi bellissime.

Fra un ballo e l'altro tornavano al tavolo bevevano birra e Pavli aveva ordinato parecchi giri di whisky. Alle ragazze cominciava a girare la testa, ma continuavano a bere e a ballare. Poi erano crollate. I due ragazzi, molto gentilmente, le avevano sorrette sino all'auto. Le avevano messe nei sedili posteriori e, subito dopo, avevano cambiato umore. Avevano iniziato a urlare che ora le moine erano terminate. Ora si faceva come volevano loro. Likana e Dejka piangevano e tremavano, balbettavano di voler tornare a casa, ma erano senza forze come se avessero preso un sonnifero. In realtà, quello che i ragazzi avevano messo dentro i loro bicchieri senza farsi accorgere, fra un ballo e l'altro, non era un sonnifero, ma droga. La macchina si era diretta in campagna. Arrivate a destinazione, le avevano fatte scendere a forza di schiaffoni, fatte spogliare e infilate in una baracca dove c'erano già altre ragazze nude, piangenti. Tutte giovani.

Ora, mentre viaggiava con le altre sventurate sul camion, Likana si accorgeva di quanto era stata stupida ad accettare l'invito dei ragazzi. Ora non sapeva neppure dove la stavano conducendo e cosa le avrebbero fatto. Suo padre, tornando dal lavoro la mattina, non l'avrebbe trovata a casa, si sarebbe disperato. E lei, lo sentiva, non l'avrebbe più rivisto. Prima la madre che non aveva mai conosciuto perché uccisa quando lei era piccola e ora anche il padre. Non aveva più famiglia, era sola e nessuno la poteva aiutare.

Il camion si era fermato, e un uomo in camice bianco, aveva detto loro di scendere. Lo aveva fatto con educazione, senza violenza. Le ragazze si guardavano attorno e, quello che vedevano, non era certo brutto: una bella villa, molto grande con due scalinate che ai lati portavano all'entrata. Alle spalle un parco pieno di alberi.

Nell'atrio della villa, le ragazze furono fatte fermare. Le attendeva una donna vestita con il camice da infermiera e una graziosa cuffietta in testa. Poi tre uomini, questi indubbiamente dei medici con il camice bianco. Uno di loro aveva cominciato a parlare, in tono amichevole, quasi fosse un parente. Aveva una bella barba bianca e una capigliatura argentata.

– Benvenute. Siete in una delle migliori cliniche del Paese. Non dovete preoccuparvi di nulla. Ora vi porteremo in mensa a mangiare perché immagino abbiate fame. Nei prossimi giorni, vi faremo alcuni esami del sangue e, infine, una piccola operazione senza alcun dolore. Se vi comporterete bene, andrà, di conseguenza, tutto bene. In caso contrario, malgrado la nostra disponibilità, sarete castigate. Vi conviene fare le brave e, ripeto, andrà tutto bene.

Dopodiché era andato via e le ragazze, tutte in fila furono portate in un grande salone, dove c'erano già apparecchiati dei posti. Erano tutte affamate e appena avuto il permesso di sedersi, si precipitarono al tavolo. Mangiarono tutte molto. Il cibo era buono e abbondante. E la stessa cosa si ripeté alla sera e al giorno seguente. Per dormire, furono portate in una camerata dove c'erano dei letti a castello con lenzuola pulite e cuscini soffici. Le trattavano bene, ma cosa significava che avrebbero subìto una piccola operazione? E poi perché l'operazione? Molte, nel proprio letto, cominciarono, di nuovo, a piangere. Avevano paura, paura dell'operazione e non solo. Paura di non ritornare più nelle loro case.

L'indomani, oltre che mangiare, non le fecero fare nulla. Likana e Dejka guardavano fuori dalle grandi finestre del refettorio. Vedevano il parco e un grosso cancello chiuso che delimitava la proprietà della clinica. Al di là di quel cancello c'era la libertà... se fossero riusciti a superarlo forse ce l'avrebbero fatta a tornare a casa. Ma dov'era la loro casa? Come potevano superare il cancello che era custodito? Erano senza soldi, senza mezzi. Povere ragazze. Erano solo povere stupide ragazze che si erano fatti abbindolare e ora non avevano scampo. Per noi, disse Likana, è finita. Dejka era più ottimista: in fondo, diceva, se ci stanno trattando bene significa che le serviamo e non è detto che ci facciano del male. Era un ottimismo fuori luogo e lei stessa non credeva a quello che affermava.

La mattina del giorno seguente, a gruppi di tre, furono svegliate presto e portate in un locale dove c'era tutta l'attrezzatura che si vede negli studi medici. Un'infermiera fece levare loro le camicette e sdraiare sul lettino. Poi un medico, con una siringa, tolse loro un po' di sangue che venne messo in alcune provette. Per tutto il resto della giornata, non le fecero più nulla. Sempre nella sala del refettorio e, come unica occupazione guardare fuori dai finestroni. Guardare il parco.

Il terzo giorno di permanenza in quella strana clinica si presentò, fin da subito, piuttosto impegnativo. Intanto non diedero loro la colazione e furono portate ai piani superiori della villa. Lì c'erano tante stanzette con i lettini. Le fecero spogliare e fu dato loro un camicione da mettere. Una a una, le ragazze venivano messe su una barella e portate via da un paio d'infermieri. Venivano portate in sala operatoria dove in attesa ci stava il medico con la barba bianca che aveva parlato quando erano giunte alla villa. Poi fatte sdraiare sul lettino delle operazioni. Qualcuna aveva fatto resistenza, ma non era servito a nulla. Gli infermieri l'a-vevano bloccata mentre un'infermiera le aveva infilato un ago in una vena del braccio anestetizzandola totalmente.

Quando si svegliarono dall'anestesia, si ritrovarono nei letti-ni. Avevano attaccato, tutte, aghi e cannule nelle braccia. Likana era dolorante, la testa le pulsava forte, aveva sensi di vomito. E, soprattutto, aveva dolore al fianco sinistro. Avrebbe voluto, con la mano toccarsi il fianco così da capire il perché di quel dolore insi-stente, ma le braccia erano legate. In quel momento ebbe la netta percezione che per lei era finita, che non sarebbe più tornata a casa, che non avrebbe più rivisto il padre. Si mise a piangere som-messamente e, con la mente, chiese scusa al padre e formulò una preghiera, invocando la madre che non aveva mai conosciuto.

In quella clinica ci stettero una settimana. La situazione era cambiata e lo si vedeva dal cibo. Il primo giorno era abbondante, ora molto limitato, in genere un pugno di riso troppo cotto e qual-che patata. Il tutto immerso in una specie di brodaglia d'incerta provenienza. Anche le infermiere le trattavano male e se qualcuna delle ragazze chiedeva qualcosa o diceva di non sentirsi bene, quelle si mettevano a gridare e urlavano parole volgari e sconce. Malgrado molte delle ragazze accusassero dolori o perdessero sangue dalle ferite, una mattina le riunirono e le fecero salire sul solito camion. Rifecero la strada dell'andata. Due gli uomini nel-la cabina di guida. Arrivarono, di sera, nel posto dove erano state rapite, dove era stata ammazzata una di loro. Dejka per tutto il viaggio aveva appoggiata la testa sulla spalla sinistra di Likana: «Dove stiamo andando. Cosa ci faranno Likana?». La solita domanda senza risposta. La ragazza perdeva sangue da un fian-co, così come altre, si vedeva dal viso che soffriva, piangeva. Lika-na, a un certo punto, le aveva detto: «Basta Dejka. Non capisci che siamo già morte? Nessuno di noi si salverà. È finita! Capisci? Finita!».

All'arrivo c'erano sei uomini schierati, in attesa. Gli stessi della volta precedente, comandati da Slator. Le ragazze furono portate nella baracca e denudate. Ora, come concordato con l'italiano, di loro potevano fare quello che volevano. Ormai erano carne da macello. Furono tutte violentate. Molte gridavano e supplicavano, obnubilati dal terrore, ma non ci fu nulla da fare. Quelle restie vennero prese a sberle, a pugni e, alla fine, dovettero soccombere. L'unica che non si ribellò fu Likana. Non protestò. Voleva solo che tutto finisse presto. A lei toccò, prima di altri, Slator. Sentiva il suo fiato greve su di sé, un misto di vino e aglio, di sudore rappreso. Slator rideva mentre la toccava e dai due incisivi mancanti uscì un filo di saliva che andò a sporcare quello che sino a poco tempo prima era il bel viso di una bionda e giovane ragazza.

Poi tutto finì. Le ragazze restarono a terra, sul pavimento di legno, nude, sanguinanti, doloranti per le botte ricevute. I sei uomini uscirono soddisfatti e non si fecero più vedere per tutta la notte. Una notte in cui nessuna dormì, raggomitolate fra loro, infreddolite e senza forze. Soprattutto, senza speranze.

Quello fu anche l'ultimo momento che le ragazze stettero assieme. L'indomani partirono con due camion diversi. Likana e Dejka furono separate.

A Likana, della separazione non le importava proprio nulla. Sembrava un automa. Faceva solo quello che ordinavano gli uomini e Slator. Lei e altre tre furono prelevati da un furgone. Dentro si stava più comodi che sul camion. I vestiti le erano stati riconsegnati e i due autisti le avevano avvertite che nel caso fossero stati fermati dalla polizia, avrebbero dovuto dire che andavano tutti a fare una gita. Non li fermò nessuno. Si diressero verso la frontiera con l'Italia. Si fermarono a qualche chilometro da essa e alle ragazze venne dato loro un tozzo di pane e formaggio. Attesero le tre di notte, poi il furgone si diresse verso il controllo. I due uomini erano italiani e avvertirono le ragazze che avrebbero dovuto fare tutto quello che i doganieri avessero voluto. Se non lo facevano, le avrebbero uccise. I due doganieri scelsero due ragazze e con esse si ritirarono in una palazzina. Likana e l'altra attesero in macchina. Poi partirono, direzione Milano.

A Milano furono consegnate a una donna che le fece entrare in un capannone alla periferia della città. Una volta dentro – un ambiente squallido dove c'erano diverse brande occupate da ragazze intente a dormire o a sistemarsi i capelli o altro – la donna mostrò loro i posti. «Qua dormirete voi, sistematevi. Dovete sempre obbedire e non lamentarvi. In caso contrario ci sono delle persone disposte a farvi cambiare idea a forza di pugni. Da questo momento voi non siete più nulla, non contate nulla. Non mettetevi in testa di fuggire o di andare alla polizia. Siete senza documenti, senza soldi, entrate clandestinamente in un Paese straniero. Nessuno vi ascolterà. Non fate cazzate. Da domani comincerete a lavorare sui viali. Più tardi vi spiegherò come fare. Intanto, lì in fondo, ci sono delle casse di vestiti e scarpe. Scegliete quelli che vi stanno meglio. Ricordate che fuori di qui siete morte».

La donna parlava in italiano e non tutto fu capito dalle ragazze. Ma le minacce le capirono immediatamente. Alla destra del lettino di Likana, una ragazza si era svegliata in quel momento: «Sen nereden geliyorsun? Capito? Di dove siete?». Likana rispose che provenivano dall'Albania. La ragazza, che poi seppe chiamarsi Ayse, curda, spiegò che, tutto sommato, non si stava male. C'erano però delle condizioni precise per sopravvivere in quel posto: fare quello che la maîtresse – la ljubica, la padrona, come veniva chiamata in sloveno – aveva detto e portare, terminato il lavoro sui viali della città, più soldi possibili alla donna. Se questo non avveniva, intervenivano i suoi scagnozzi e allora sì che erano guai. Non c'erano solo botte, ma violenze di tutti i tipi. A una ragazza, aveva continuato Ayse, avevano bruciato un seno con il ferro da stiro!

Da quel momento Likana iniziò a prostituirsi. Prima di farle portare nei viali milanesi, la maîtresse consegnava loro un certo numero di preservativi. Ogni preservativo rappresentava un cliente. A fine nottata i preservativi dovevano essere consumati. In caso contrario erano botte. Se non portava alla ljubica, alla padrona, la cifra che essa aveva deciso, veniva picchiata. In genere, però, questo capitava di rado; cercava di essere gentile con i "clienti", faceva quello che volevano loro, sperava solo che finissero presto.

Del resto non le importava nulla. Non aveva né desideri e neppure future prospettive. Aveva solo un gelo che le attanagliava l'animo, un atteggiamento esausto, tipico di chi è stato calpestato dalla vita. Per lei il tutto si era fermato quando era stata caricata, a forza, sulla Clio dei due ragazzi conosciuti quella sera. La sera che era morta. Dentro.

Sono andato in questura a cercare il vice ispettore Biagio Varriale. Deve darmi notizie, come d'accordo, della ragazza trovata uccisa. Il suo ufficio sta al quarto piano, una stanzetta piccola e puzzolente di tabacco. Busso e all'intimazione di entrare, entro. Varriale sta seduto dietro una scrivania, in maniche di camicia, con la sigaretta fra le labbra. Ci sono, sulla sua scrivania, onusta di carte, parecchi faldoni e lui ne sta esaminando uno.

– Entrà Vallè ca' ca' è tutto na' camurriaà. Ora sono spuntati purè e' arabi, Al Qaìda, l'Isìs, ca' camurrià. Me l'hai portati e' bigliètt?

– Non preoccuparti li troverai, a tuo nome, all'entrata. Piuttosto: quando ti metterai in testa di parlare in italiano? Cosa cazzo capiranno quelli di Al Qaìda?

– Per quelli usiamo gli interpreti. Vueì, uagliu'. Mica siamo giornalisti, noi...

– ... i miei dati?

– È stata dura. Me fai fa' cosè dell'altr munno, cosè ille-
gàl...

– Qua è tutto illegale e prima di tutto tu sei illegale.
Come cazzo hanno fatto a prenderti in polizia resta un mistero. Allora, i dati?

– Dunque, piglia notà. A uagliona si chiamava Likana
Begu, 17 anni, albanese. La città d'origine non la conosco...

– ... scusa, aspetta. Puoi ripetermi il nome?

– Te si fatto sordò? Che hai? Staje tuttò biancò comm
nu' lenzuòl? Siedìt!

Mi siedo sulla sedia che mi ha offerto Varriale. Com'è
possibile? Likana, la bambina sul vasino, la bambina di Cukel Begu che mi ha salvato la vita a rischio della propria...
Likana...

È un colpo tremendo. Le persone con cui ho avuto rapporti nell'ex Jugoslavia, stanno morendo... Prima Maria At-
tardi, poi Zlatan Mohamedovic e la moglie Leyla, Italo e ora
Likana uccisa e buttata in un fosso come fosse un rifiuto...
17 anni. Cosa le avranno fatto? Passa un po' di tempo, nel
silenzio totale di quell'ufficio. Poi, di nuovo Varriale interviene.

– La conoscevi?

– Sì, L'ho conosciuta quando ero a Sarajevo e mi ero re-
cato a Burrel. Il padre di Likana mi ha salvato la vita.

– Me dispiàc. Ma ti devo dare un'altra mala notizia. Alla
uagliona le avevano tolto un rene, o' sinìstr... Fatti coraggio.

Non avevo più nulla da fare lì, da Varriale. Esco e mi dirigo verso piazza Cavour, verso l'agenzia. Sono inebetito,
senza forze. Likana... Cukel... Cosa farà ora Cukel, come potrà continuare a vivere? Debbo cercare di rintracciarlo...
parlargli... E cosa posso dire davanti a un fatto del genere?

La figlia è stata orribilmente seviziata e uccisa. L'unica figlia che aveva, quella che, probabilmente, gli dava la forza di continuare a vivere, di sperare per lei un avvenire migliore, senza violenza, un avvenire diverso dal suo. E ora, invece...

In redazione vado subito nell'ufficio di Nunziante e spiego tutto. Nunziante mi mette in comunicazione con la redazione centrale di Roma e parlo con Michele Sangiorgi, il capo servizio Esteri. Spiego a lui tutta la faccenda e che avrei bisogno di avere notizie di Cukel Begu e di parlargli. Sangiorgi mi promette di attivarsi con l'ambasciata albanese così di avere un riferimento con Begu.

Dopo tre giorni mi arriva la notizia che Cukel Begu è morto, a causa di un infarto, qualche settimana prima e non ha parenti. Solo una figlia, che però è scomparsa da tempo. Fra poco l'ambasciata albanese riceverà la notizia che la figlia di Begu, Likana è stata uccisa a Milano. E il cerchio si chiuderà perché di Cukel Begu e di sua figlia Likana se ne dimenticheranno tutti, molto presto.

Cosa posso fare? Mi sembra di girare a vuoto. Ogni qualvolta che cerco di riprendere in mano le fila della inchiesta a cui, da tempo, sto lavorando, qualcuno muore e s'interrompe tutto.

Cap. 9 – Un tassello importante

Oggi è una giornata qualsiasi, abbastanza noiosa, parafrasando lo "scandaloso" Charles Bukowski, una giornata di ordinaria noia. Sono in redazione a "passare" articoli e agenzie. Niente d'importante: qualche dichiarazione non certo appassionante di qualche assessore milanese, un incidente sull'autostrada senza morti, l'annuncio di conferenze stampa per presentare libri o un nuovo disco. Cose, appunto, ordinarie. Sto leggendo i giornali quando il telefono del desk comincia a squillare e una voce chiede di parlare con il dottor Massimo Valle. Una voce molto formale, educata e nello stesso tempo decisa.

– Sono io.

– Buongiorno. Lei probabilmente non si ricorderà di me. Ci siamo conosciuti diversi anni orsono, a Sarajevo. Allora facevo parte dell'UNPROFOR, ero, perché ora non lo sono più, un capitano, il capitano Nestore Campanella.

Incredibile. Dopo 14 anni ritorna da quel passato, ormai dimenticato, il capitano Campanella di cui avevamo, con Italo, perso le tracce dopo che era stato trasferito da Sarajevo. Come un film mi passano nella mente alcuni momenti di quegli anni, fotogrammi senza logica, velocissimi.

– Capitano... è passato tanto tempo... mi fa piacere sentirla, ma...

– ... sono io che le debbo delle spiegazioni. Mi spiace disturbarla, ma avrei bisogno di parlare con lei, da solo. Possibilmente entro domani perché poi debbo partire.

– Beh, certo... Vediamo... Potremmo fare domani a mezzogiorno. Io ho il turno pomeridiano. Magari mangiamo qualche cosa assieme e ne approfittiamo per parlare. Di cosa voleva parlarmi.

– Non ora. Preferisco farlo di presenza. L'orario va bene perché poi alle 17 ho l'aereo per Roma. Dove possiamo vederci? Preferirei un posto il più isolato possibile.

– Senta, troviamoci in via Volturno. Circa a metà via, c'è un piccolo ristorante-pizzeria che si chiama "La Dogana". È dalle parti di piazzale Lagosta. Non so se è pratico di Milano...

– ... non si preoccupi. Vengo in taxi. Allora domani alle 12, alla "Dogana" di via Volturno. La ringrazio.

Il click di fine telefonata mi è rimbombato in testa. Poche parole dette dopo un vuoto di 14 anni. Cosa vorrà mai da me l'ex capitano Nestore Campanella? Perché quella richiesta di andare in un posto isolato? In realtà, nel ristorante di via Volturno ci sarà parecchia gente considerato che è a ridosso di una zona piena di uffici. Ma non è frequentato dai giornalisti. Di solito, se debbo mangiare a pranzo, attraverso piazza Cavour e all'inizio di via Fatebenefratelli utilizzo un ristorante-tavola calda con cui abbiamo una convenzione. Ma lì si ritrovano parecchi giornalisti e anche qualche funzionario della vicina Questura e non mi andava di essere interrotto continuamente, dover salutare, con il pericolo che qualche collega si potesse sedere allo stesso nostro tavolo.

Inutile pensare alla telefonata di Campanella. Domani saprò di cosa si tratta. Quello che mi lascia perplesso è tutta questa aria di mistero sul nostro incontro, la fretta dell'ex capitano nel parlarmi, il non volermi dire neppure l'argomento per cui ha chiesto un incontro con me. Continuo a lavorare svogliatamente perché queste giornate sono monotone. Quando non avviene nulla o fatti di poca importanza, è tediosa la vita di redazione: lettura di giornali, frequenti "viaggi" nel bar del palazzo, chiacchiere con colleghi anche di altre testate che hanno sede nel Palazzo dei giornali di piazza Cavour per scambiarci qualche informazione.

La sera, a casa, dopo aver cenato, gioco un po' con Francesco, leggo e avviso Angelina che l'indomani non avrei pranzato a casa.

In via Volturno, l'indomani, com'è mio "vizio" quando ho un appuntamento, ci arrivo prima di mezzogiorno. Sembra, così dicono gli specialisti, capiti a tutte le persone ansiose e io lo sono di certo. Riesco a posteggiare proprio all'inizio della via. Poi mi faccio due passi nel quartiere. È una giornata un po' ventosa, ma al sole si sta bene, è piacevole camminare anche se camminando respiri tutto lo smog di una zona molto "battuta". Fra l'altro mi viene in mente che non ci siamo neppure messi d'accordo, con Campanella, come riconoscerci. In 14 anni si cambia molto; io sono cambiato, ma anche lui lo sarà.

Quando entro nel locale, Campanella lo individuo subito. È in fondo alla sala, stretta e lunga, seduto a un tavolino da due, con la schiena appoggiata alla parete. Dalla sua posizione può controllare tutti coloro che entrano nel locale e m'individua subito. Alza un braccio, mi fa segno di andare da lui. Non so come comportarmi. Con lui, io e Italo, ci siamo stati pochissimo. Poi è stato trasferito e non l'abbiamo più visto né sentito. Appena mi avvicino, Campanella si alza e mi stende la mano per salutarmi. Ci stringiamo la mano e mi siedo al tavolo. Quando l'avevamo visto la prima volta, in divisa, avrà avuto una cinquantina d'anni, alto, sguardo determinante. Ora di anni, così mi dirà nel corso dell'incontro, ne ha 64. Lo sguardo è sempre determinante con occhi molto neri e indagatori.

– È passato molto tempo da Sarajevo. Con Italo Covacich siamo tornati, prima di ripartire per l'Italia, all'aeroporto per salutarla, ma un tenente ci aveva informato che era stato inviato altrove...

– ... intanto le faccio le mie condoglianze per il suo collega. Una brutta morte. Ma in guerra è così.

– In realtà, non c'erano sparatorie in atto e Italo stava scattando fotografie al nostro contingente. Il cosiddetto "fuoco amico" l'ha ucciso. I militari hanno dichiarato di aver scambiato il teleobiettivo di Italo per una specie di bazooka. Un'assurdità!

Si avvicina un cameriere per le ordinazioni. Io prendo una pasta con zucchine; Campanella una fetta di carne con insalata. Da bere, un rosso.

– Lei si sta chiedendo come mai, dopo tanti anni, ho deciso di venirla a trovare e parlare con lei. Intanto bisogna dire che dopo che ha riportato, nel suo articolo, le mie dichiarazioni, sono stato esautorato e spostato. Mi hanno fatto rientrare in Italia e mi hanno inviato nella caserma dei carabinieri di Grosseto. Ho ripreso il mio vecchio lavoro di carabiniere. Dopo qualche anno ho deciso di licenziarmi dall'Arma. Mia moglie faceva l'insegnante e non ha avuto problemi a farsi trasferire a Segni, in provincia di Roma. Io ho aperto un'agenzia investigativa a Roma. Faccio quello che in gergo spregiativo si chiama *annusapatte* cioè l'investigatore privato. Ho parecchie conoscenze fra i carabinieri e il lavoro non manca: qualche indagine industriale, ma più che altro problemi d'infedeltà coniugale, ragazzi ricchi che scappano da casa, droga... Nulla di esaltante, ma tutto sommato c'è il tornaconto economico.

– Mi fa piacere per lei, ma...

– ... aspetti, mi faccia continuare e non sia precipitoso. Ora arrivo al dunque. Io l'ho seguita, dal punto di vista professionale, ho letto le sue corrispondenze da Sarajevo e il recente caso della ragazza accoltellata a Milano, la ragazza albanese. Lei ha scritto delle cose acute, importanti, ma non ha potuto continuare perché le manca un tassello importante. E quel tassello ce l'ho io.

Ormai abbiamo terminato di mangiare. Campanella non ha praticamente toccato la carne. In compenso ha bevuto parecchi bicchieri di rosso. Non capisco ancora cosa possa volere da me.

– Di che tassello parla?

– Senta. Recentemente, sono entrato in contatto con un mio collega, un altro investigatore privato, Enrico Scalia, detto Henry, per un lavoro investigativo svolto in comune. Abbiamo passato molte ore assieme mentre facevamo degli appostamenti. Investigavamo per la scomparsa di alcuni progetti industriali da un'azienda molto importante di telefonia. Durante le lunghe ore degli appostamenti, che sono noiosissime, si parla molto, ci si racconta della famiglia, dei figli, problemi scolastici, si fanno confidenze. Quello degli appostamenti è un lavoro sfibrante, monotono. Si mangia a turno, spesso con pizze fredde e panini stantii, seduti in macchina e si piscia nelle bottiglie di plastica per non abbandonare la postazione. Insomma, gli appostamenti non sono certo un bel vivere. Ma si debbono fare. Di conseguenza, passando tante ore con Henry, non dico che siamo diventati amici perché Henry non è un personaggio che mi piace, ma, insomma, mi ha raccontato alcuni episodi importanti, anche gravi che però io non so cosa farmene perché un'indagine, se non c'è un committente, è inutile farla e sarebbe fine a sé stessa mentre io voglio che ciò che ho appreso da Scalia possa essere divulgato, possa diventare uno stimolo per gli inquirenti e far aprire, così, un'indagine ufficiale.

– E dovrei farla io questa indagine?

– Esattamente. Quello che ho appreso da Henry riguarda proprio ciò che lei ha accennato nei suoi articoli e la vicenda della ragazza sgozzata a Milano.

– Senta Campanella, con me deve parlare chiaro. Mi dica chiaramente cosa ha appreso da questo fantomatico Henry.

– Non posso farlo in questo momento. Non abbiamo tempo e non sono questioni che si raccontano al ristorante. Lei deve andare a lavorare e io debbo assolutamente partire per Roma. Quello che le chiedo è di fidarsi di me e di venire a Roma appena possibile. Lì, avrò il tempo necessario per raccontarle tutto ciò che ho appreso dal mio collega Henry Scalia. Non se ne pentirà perché potrebbe essere uno scoop.

– Chissà perché coloro che sono fuori dai giornali ritengono che siamo tutti in attesa degli scoop. Oggi scoop non se ne fanno quasi più e molti non sono neppure degli scoop, solo *"polpette avvelenate"*.

– Fa bene a essere cauto, ma la prego di credermi sulla parola. Venga a Roma e io le racconto tutto. Faccia uno sforzo.

– Non posso venire a Roma così... all'improvviso. Debbo organizzarmi con il lavoro... ho un figlio disabile che va assistito... sinceramente non so se posso fare questo sforzo. Mi dia almeno qualche elemento in più.

– Ha mai sentito parlare dell'Anello?

– Certo, è stato proprio lei a suggerire d'indagare su questa fantomatica organizzazione. Poi, però, non ho avuto elementi probanti della sua esistenza.

– Ecco, appunto. Se viene a Roma, io le darò delle prove inequivocabili su questa organizzazione. Che ne dice?

– Dico che debbo pensarci. Mi dia qualche giorno e il suo numero di telefono. Fra qualche giorno, in un modo o nell'altro, la chiamo.

– No, la chiamo io. La chiamo venerdì pomeriggio al giornale. Oggi è martedì, per venerdì dovrebbe decidere. Ora la debbo salutare. Mi scusi se sono stato invadente, ma è importante che venga a Roma. Se poi, dopo avermi ascoltato, riterrà la storia non interessante, allora avrà tutto il diritto di non accettare la mia proposta che è quella di denunciare, attraverso l'agenzia per cui lavora, quello che è avvenuto nel nostro Paese negli ultimi cinquant'anni. Ma decida dopo che avrà avuto la pazienza di ascoltarmi.

Si alza e fa segno al cameriere di portargli il conto. Dico che ci penserò io. Mi ringrazia e abbastanza velocemente abbandona il locale. Rimango seduto ancora un po' mentre termino il vino che è rimasto nel mio bicchiere. Poi anch'io mi alzo, pago e m'incammino a prendere la macchina per recarmi in piazza Cavour, al lavoro.

Dopo quanto espresso dall'ex capitano dell'UNPROFOR, non è semplice tornare al lavoro senza pensare a quanto appreso. Mi ritornano in mente tanti episodi di quando eravamo, con Italo, a Sarajevo. Penso non solo alle stragi dei cittadini di quella città cui abbiamo assistito. Penso allo strano omicidio di Leyla e Zlatan, alla *casa gialla*, ad Azim.

E penso, inevitabilmente, all'italiano che, secondo la testimonianza del proprietario della *casa gialla*, era presente agli espianti.

Al lavoro cerco di concentrarmi. Non riesco a stare alla scrivania, davanti al Pc. Ho bisogno di muovermi. Vado nell'ufficio di Aldo Nunziante. La porta del suo ufficio è sempre aperta e comunica con lo stanzone della redazione. Entro e mi chiudo la porta alle spalle.

– Cosa c'è Massimo? Mi devi parlare?

– Sì. Venerdì pomeriggio attendo una telefonata. Poi debbo decidere se andare a Roma per qualche giorno. Si tratta della questione che riguarda la ragazza albanese uccisa a Milano e il traffico di organi. Se apprenderò cose nuove, di una certa importanza, ti chiederò di poter riprendere quella brutta vicenda e scrivere di conseguenza.

– La fonte è credibile?

– Sì. È un ex carabiniere che ho conosciuto a Sarajevo.

– Non ti debbo insegnare nulla. Se ritieni che la fonte sia degna, persegui questa strada. Però, nello stesso tempo, ti debbo anche dire che a dirigere questa "baracca" non c'è più Sergio Gatti. Oggi è tutto diverso e Claudio Tarquini non è Gatti. Quindi aspettati anche qualche problema.

– Lo so. Infatti non chiedo soldi all'agenzia per andare a Roma. Ti chiedo solo di staccarmi per qualche giorno, a mie spese.

– Stai lavorando su qualcosa di particolare in questo momento?

– Nulla che non possa fare la nostra stagista. Partirei sabato mattina e tornerei non più tardi di martedì prossimo. Se posso anche prima.

– Come va a casa? Tuo figlio è in buone mani?

– Sì. Non ci sono problemi. Chi lo accudisce è una persona fidata.

– D'accordo allora. Per quanto mi riguarda tu mi hai chiesto solo un permesso di qualche giorno.

Esco dall'ufficio del capo della redazione milanese e invito Stefania Ravaioli ad andare al bar a prendere qualcosa.

Mentre scendiamo le scale le racconto che per qualche giorno io non sarò presente in redazione. Di andare avanti lei a terminare qualche lavoro rimasto sospeso. Da una parte la vedo un po' sollevata, ma poi fa una faccia piena di aspettative.

– "Naturalmente" io non debbo sapere nulla di dove vai e perché.

– Non ti posso dire nulla in questo momento. Quando rientro ti prometto che te ne parlerò se avrò dei riscontri positivi. Abbi pazienza. Non è che non voglio informarti di quello che debbo fare, è che non ho in mano ancora niente.

Stefania, si vede chiaramente, non è per nulla contenta della mia risposta. Termina di bere il caffè e risaliamo le scale. In redazione, ci mettiamo al lavoro. Siamo seduti uno di fronte all'altro poi, improvvisamente, mi fa una domanda: «*Quando comincerai a fidarti di me?*». Non so cosa rispondere. Poi mi viene un'idea.

– Senti Stefania, se te la senti dovresti fare un lavoro per me. Ho bisogno di sapere tutte le notizie possibili su Bitil ed Erëzak Koroveshi, due fratelli albanesi. Stanno ad Affori. Io, comunque, per qualche giorno non sono raggiungibile. Quindi non chiamarmi. Quando torno, se avrai le notizie che ti ho chiesto, ne parliamo e ti dico su cosa sto lavorando. Il viso di Stefania si rasserena, ma non mi dice nulla. Ho comunque capito, dal suo atteggiamento, che farà la ricerca che le ho richiesto.

A Roma ci arrivo di mattina e l'appuntamento è per le 11 nell'agenzia investigativa dell'ex capitano Campanella che sta in via dei Taurini, a ridosso del quartiere San Lorenzo, fra la stazione Termini e l'università La Sapienza. Percorrendo le strade di questo quartiere, una volta popolare e oggi definito, chissà perché, "alternativo", pieno di localini dove si può mangiare e ascoltare musica, mi viene in mente Italo quando eravamo a Sarajevo. Raccontava del suo quartiere e delle mutazioni subìte con il trascorrere del tempo che aveva, di fatto, cancellato la tradizione di solidarietà popolare insita a San Lorenzo.

Avevamo parlato di fotografia e lui mi aveva raccontato di uno dei primi "falsi" fotografici avvenuto proprio a San Lorenzo. Il 19 luglio 1943, Roma viene bombardata da 300 bombardieri americani. Sganciano 1.060 tonnellate di bombe e distruggono i quartieri del Tiburtino, Prenestino, Casilino, Labicano, Tuscolano, Nomentano. Il più colpito è San Lorenzo: 1.500 morti e 4 mila feriti.

Pio XII va in mezzo alla folla piangente a portare conforto, non solo spirituale. Viene fotografato nel momento che allarga le braccia con lo sguardo rivolto al cielo. Tutto vestito di bianco, la figura ieratica di Pio XII sembra abbracciare tutta Roma. In realtà, come hanno dimostrato le ricerche fatte dal giornalista Lorenzo Grassi di *Metro*, quella foto non è stata scattata in quell'occasione come per decenni si è pensato, ma davanti alla basilica di San Giovanni dopo il secondo bombardamento sulla capitale, avvenuto il 13 agosto del 1943. Così precisa, anche, il Centro di documentazione dei cimiteri storici all'ingresso del Verano, dove si trova la statua del Pontefice che ricorda quell'evento.

Il falso storico è, quindi, tuttavia solo parziale. Nell'immaginario collettivo, quella fotografia di Pio XII che allarga le braccia e sembra abbracciare tutta Roma, rimane nella testa di tutti noi.

Non è un caso, infatti, che nel 1982 Francesco De Gregori canterà, appunto, "San Lorenzo": «*E il Papa la mattina da San Pietro uscì tutto da solo fra la gente. E in mezzo a San Lorenzo spalancò le ali. Sembrava proprio un angelo con gli occhiali*».

La sede dell'agenzia investigativa, che si chiama – così come annuncia una targa al lato del portone d'ingresso –

"Investigazioni Private", è in un palazzo di sei piani. L'agenzia occupa tutto il piano rialzato, un appartamento molto spazioso e luminoso. Appena suono, si sente lo scatto della porta. Probabilmente sono stato già individuato dalle numerose telecamere che ho notato all'ingresso.

– Oh Valle, venga. Mi fa piacere che sia venuto a Roma. Si accomodi. Qui staremo tranquilli perché ho dato una giornata di festa alla segretaria e ai miei collaboratori. Inoltre, possiamo parlare tranquillamente perché, periodicamente, faccio controllare che non ci siano "cimici" nascoste.

Entro, probabilmente, in quello che dovrebbe essere l'ufficio della segretaria. Oltre la scrivania della segretaria si apre un corridoio che percorriamo con Campanella. Superiamo un salotto dove gli eventuali clienti possono attendere, noto alcuni altri uffici e, in fondo, Campanella mi conduce nel suo ufficio.

È vasto, con una scrivania molto ampia e una poltrona di pelle ad alto schienale. Un ufficio luminoso, con molto bianco e pareti color pastello. Ai muri noto delle tele con uno stile grafico moderno. Di fronte alla scrivania, addossato al muro, un piccolo salotto.

– Vedo che si è sistemato in modo ottimale. I clienti non mancano di certo.

– Sì, diciamo che l'agenzia investigativa sta andando bene. Come le ho detto il maggiore introito viene dalle indagini per le infedeltà coniugali, poi qualche ragazzo o ragazza sparita e, infine, ma molto meno, indagini sul rischio di spionaggio industriale. Ha fatto buon viaggio? Le posso offrire qualcosa... caffè, una bibita?

– Grazie. Un succo di frutta.

Campanella si dirige verso un frigorifero occultato in un mobiletto, prende due bicchieri e due succhi di frutta.

Versa i succhi nei bicchieri e mi fa segno di accomodarmi nel salottino.

– Immagino le debba delle spiegazioni e volevo anche scusarmi per come mi sono comportato a Milano. Avevo fretta ed ero nel pieno di un'indagine che facevo fatica a chiudere. Ora sono più tranquillo. La ringrazio di essere venuto a Roma, ma le assicuro, dopo che le avrò raccontato questa vicenda, anche lei converrà di aver fatto bene a venirmi ad ascoltare. Perché le fornirò quel "tassello importante" che a lei manca. Direi che possiamo iniziare. Poi la porterò a pranzo e, nel pomeriggio, continuiamo. Lei quando deve partire?

– Spero proprio di riuscire a ripartire domattina. Ho lasciato il ritorno "aperto". Come le ho detto non ho molto tempo.

Campanella è certamente molto più rilassato di quando ci siamo visti a Milano. Si accomoda in poltrona e si appresta a raccontarmi quello che lui chiama il "tassello importante". Prendo dalla tasca un bloc-notes e mi appresto ad ascoltarlo.

– La vicenda che voglio raccontarle parte da molto lontano. Deve avere pazienza se mi dilungo, ma è indispensabile per capire bene.

– Senta Campanella. Prima d'iniziare faccia fare a me una domanda. Lei mi racconterà alcune cose che non dubito siano importanti. Quello che voglio capire è perché lo fa e cosa ci guadagna lei a darmi delle informazioni che, se ho capito bene, sono anche pericolose considerato che mi ha detto che l'ambiente dove siamo è stato bonificato da possibili microfoni.

– Ha ragione, le devo fare una premessa. Potrà anche non crederci, ma non ci guadagno nulla a raccontare ciò che ho appreso. Lo faccio perché malgrado siano passati tanti anni, io sono ancora molto incazzato per come mi hanno trattato i vertici dell'UNPROFOR. Avevo cominciato a indagare su certi strani traffici che avvenivano sotto i nostri occhi: droga, ma non solo. Anche traffico d'organi umani. Quando poi lei ha scritto della *casa gialla* e ha, correttamente, riportato il mio pensiero, purtroppo è crollato tutto. Non la sto incolpando di nulla. Io l'avevo autorizzata a riportare le mie risposte perché le avevo già ufficializzate ai miei superiori. Mi sembrava di aver agito in modo corretto. Purtroppo mi sbagliavo e a qualcuno non è andato bene il mio modo di agire e, soprattutto, le mie indagini...

– ... chi è questo qualcuno?

– Dopo riprenderò questo discorso, anche se non so, di preciso, chi sia stato. Per ora sappia che mi hanno esautorato e, come le dicevo a Milano, ho deciso di abbandonare l'Arma dopo essere stato alcuni anni a Grosseto. Quello che mi ha fatto decidere a interpellarla, sono stati gli articoli che ha scritto sulla vicenda di quella povera ragazza albanese, trovata assassinata a Milano.

– Come ha fatto a sapere che gli articoli li avevo scritti io. Gli articoli delle agenzie di stampa non si firmano per esteso. Inoltre, le notizie d'agenzia, sono vendute ai giornali e questi non sempre citano la provenienza della notizia...

– ... beh, adesso non mi sottovaluti. Sono pur sempre un carabiniere e un investigatore anche se privato. Non ci ho messo molto a scoprire che era stato lei anche per lo stile di scrittura. Si capiva che era lei perché ha fatto dei collegamenti di quando, con il suo collega Covacich, era stato in Albania, alla *casa gialla*. E, come le dicevo, c'è stato un altro elemento che mi ha convinto che dovevo prendere contatto con lei. Quell'elemento è stato il racconto che mi ha fatto Henry Scalia. Questi è un personaggio certamente non specchiato. Ottimo investigatore, ha lavorato anche per importanti personaggi non solo italiani, personaggi dell'industria. Purtroppo si giocò tutto quando si scoprì che aveva organizzato una vasta rete di intercettazioni ai danni di alcuni politici a lui avversi, nella pratica nei confronti degli ambienti di sinistra, non solo del Pci. Fu denunciato e dovette fuggire in Francia per non finire dietro le sbarre. Rientrato in Italia dopo diversi anni, fu assolto. Così ricominciò la sua attività e anche le intercettazioni. È sempre stato legato agli ambienti di destra, quelli convinti che bisognava fermare i "rossi", fronteggiare il "pericolo rosso" prima che i comunisti prendessero totalmente, e legalmente, il potere nel nostro Paese.

– Sono cose molto vecchie. Ormai si sa tutto sulla Gladio e simili.

– No, la Gladio non c'entra. A questo proposito Scalia mi ha detto che è stata tutta una messinscena per tacitare l'opposizione. Hanno dato in pasto all'opinione pubblica un mazzo di nomi, ormai bruciati. L'opinione pubblica è stata contenta, i partiti d'opposizione hanno dimostrato ai propri iscritti che, grazie a loro, la democrazia nel nostro Paese era salva... No, qua parliamo di una organizzazione non codificata, non inquadrata in nessun settore dei Servizi segreti. L'Anello è servito e serve per tutte le operazioni che dovevano e devono restare coperte... Niente a che vedere con i Servizi segreti...

– ... mi faccia qualche caso specifico.

– Dopo. Ora, se permette e ha la pazienza di seguire il mio ragionamento, dobbiamo andare indietro di un bel po' di anni. Lei si ricorda l'agosto 1977?

– Beh, avevo 20 anni!

– Secondo Scalia, invece, quello è stato un anno molto proficuo per l'Anello di cui Scalia ha fatto e fa parte. Mi ha citato due episodi legati fra loro: la morte del generale Antonino Anzà e la fuga dall'ospedale militare Celio di Herbert Kappler. L'investigatore milanese, mi ha fatto capire che il generale è stato ucciso perché c'era il pericolo che diventasse capo di Stato maggiore dell'esercito o Comandante generale dell'Arma dei carabinieri. Sempre secondo Scalia, Anzà era un "coglione" perché si era messo in testa, una volta al comando, di fare una pulizia generale ed estromettere tutti gli ufficiali che avevano avuto a che fare con i tentativi di golpe di quegli anni.

– Chi aveva ordinato l'omicidio?

– L'ho chiesto anch'io, ma Henry Scalia ha tergiversato. Ho chiesto, allora, di farmi capire com'era organizzata la struttura e lui mi ha risposto che non esistono elenchi ufficiali, contrariamente alla Gladio; l'Anello parte da lontano, da molto lontano, sin dal periodo della Repubblica sociale di Salò.

– Chi era il riferimento politico dell'Anello?

– Non c'era un politico ben preciso. Diciamo che alcuni politici ne hanno giovato del comportamento dell'Anello. Non potevo continuare a fare domande a Scalia perché si sarebbe insospettito. Quindi non ho insistito. Sono passato ad altro cercando di non fargli capire che ero molto interessato alla questione. Dovevo dargli anch'io in pasto qualcosa e, quindi, ho cominciato a dire peste e corna della sinistra in generale, che ci vorrebbe un uomo con i controcoglioni al governo non quelle gatte morte che ci sono ora. L'unico, ho continuato, che si salva è Giulio Andreotti. Purtroppo è vecchio... Scalia è stato al gioco e siccome ha un ego smisurato, mi ha fatto sapere di averlo incontrato più volte. Il "gobbetto", dicevo io, è l'unico in grado di raddrizzare questa baracca che sta andando a rotoli. Scalia rideva felice e assentiva, ma non è lui che ordina, aveva sottolineato. Lui, semmai, è il beneficiario delle situazioni che si sono venute a creare

– Mi aveva parlato all'inizio della liberazione di Kappler.

– Sì. Su questo, forse perché lontano nel tempo, è stato più preciso. Addirittura mi ha confessato che lui è stato uno dei protagonisti della fuga del tedesco. All'opinione pubblica – ha chiarito – abbiamo fatto credere che fosse stata la moglie Annaliese a farlo fuggire, nascosto in una valigia. Se lo immagina lei una donna che cala dalla finestra dell'ospedale, alta 17 metri dal suolo, da sola, una valigia con dentro un uomo? Al terzo piano dell'ospedale Celio, il piano dove c'era Kappler, guarda caso, erano ricoverati anche il colonnello Amos Spiazzi e il capitano Salvatore Pecorella entrambi coinvolti nel golpe Borghese. Nel raccontare questo episodio, Scalia godeva tutto e sottolineava come fosse facile manipolare le persone; basta una orchestrata campagna di stampa e i creduloni sono disposti a ingoiare tutto. In questo caso, poi, aveva continuato Scalia tutto tronfio, non era stato neppure necessario. Il generale Anzà si "suicida" il 12 agosto; la notizia viene riportata sui giornali il 14. Complice il Ferragosto, quando i giornali tornano in edicola, Anzà non c'è più, è già dimenticato; c'è, invece, la rocambolesca fuga di Kappler. I lettori sono sconcertati dalla fuga del boia delle Ardeatine e il ministro Lattanzio è sacrificato, deve dare le dimissioni. Così, aveva sottolineato l'investigatore, un fatto ha scacciato un altro. Qualche dimissione, qualcuno viene spostato ad altri incarichi e tutto torna come prima. Intanto, però, il baratto con la Germania è riuscito perché l'Italia aveva un gran bisogno di un prestito economico e la Germania aveva chiesto, come contropartita, la liberazione del nazista.

Il tempo passa velocemente ad ascoltare questi avvenimenti. Accadimenti per lo più dimenticati, ma che hanno fatto la nostra storia e da questi episodi possiamo comprendere perché la nostra democrazia sia così fragile. Nestore Campanella mi propone di sospendere e di andare, lì vicino, a mangiare qualcosa. Usciamo e ci dirigiamo nella vicina via dei Frentani, in una piccola pizzeria. Fanno, però, anche primi piatti. Per me una pasta con le melanzane mentre Campanella opta per la pizza. Da bere, birra per tutti e due.

– Campanella, le cose che mi ha raccontato sono sicuramente interessanti. Forse uno storico le apprezzerebbe più di me. Io, però, sono un giornalista. Io ho bisogno di notizie, di fatti, di prove che non possono essere le dicerie di un investigatore privato. In caso contrario è inutile essere venuto a Roma.

– Vedrà che prima di sera le darò le prove di quanto affermo. Pazienti ancora un po'. Ora mangi che poi riprendiamo.

Terminato di mangiare, Campanella dice al cameriere di segnare sul suo conto a dimostrazione che lì, a mangiare, ci viene sempre.

Poi, di nuovo, nel suo ufficio. Prima, però, facciamo un giro dell'isolato perché così, assicura l'ex capitano dell'UNPROFOR, digeriamo. Rientrati nel suo ufficio, dopo che mi sono accomodato, Campanella mi offre un cognac. Rifiuto perché ho paura di addormentarmi. Voglio essere vigile e attento. Voglio vedere quando mi darà il famoso "tassello" che mi ha promesso.

Nestore Campanella è un buon narratore: fa le giuste pause, s'infervora quando racconta gli episodi menzionati, pur in modo frammentario, da Scalia. Ora, ad esempio, butta là una frase sibillina.

– E il sequestro Moro? E quello dell'assessore Ciro Cirillo? Lei sa perché Moro non l'hanno salvato e, invece, un semplice assessore regionale sì? No. Non lo sa e non lo sapevo neppure io fino a quando Scalia mi ha buttato in faccia alcune notizie inerenti a quegli episodi. Su Moro, ad esempio, mi ha detto che sarebbe necessario guardare la fiancata destra della macchina di Moro e non quella sinistra contro cui i brigatisti hanno sparato, in via Fani. Sulla destra della Fiat 130 su cui viaggiava Aldo Moro, c'era un tiratore scelto che non c'entrava con le Br il quale aveva neutralizzato il vicebrigadiere Francesco Zizzi sceso dall'auto al momento dell'attacco brigatista. Ma di questo non si è mai saputo nulla.

– Mi sta dicendo che non hanno sparato solo i brigatisti in via Fani?

– Non solo. Noi, aveva esclamato Scalia, intendendo noi dell'Anello, avevamo un appartamento, guarda la combinazione, in via Fani mentre i Servizi segreti stavano nello stesso stabile dove era detenuto Aldo Moro. Eppure Moro non fu salvato e non lo fu perché dava fastidio, considerato dall'amministrazione americana e anche parte di quella italiana, non affidabile per gli interessi atlantici poiché stava per varare un governo con i comunisti.

Campanella continua a raccontare quegli episodi ormai lontani nel tempo. E Cirillo? Ciro Cirillo, l'assessore che gestiva i soldi dopo il terremoto, viene rapito dalle Br il 27 aprile 1981. A capo delle Br campane, Giovanni Senzani uno dei capi più sanguinari dei brigatisti ma, contemporaneamente, consulente del ministero di Grazia e Giustizia. L'Anello si reca nel carcere di Ascoli Piceno per incontrare Raffaele Cutolo (che già si era mosso per liberare Moro, ma era stato fermato da ordini superiori) capo della Nuova Camorra Organizzata. Cutolo si attiva dietro compenso e Cirillo sarà liberato. Il partito cui appartiene Cirillo, la Dc, chiede all'assessore di ritirarsi dalla vita politica mentre, contemporaneamente, alcuni nastri della registrazione dove Cirillo aveva confessato ai brigatisti le malefatte della Dc campana, misteriosamente spariscono.

– Mi scusi se insisto, capitano. Le cose che mi sta raccontando sono senza dubbio interessanti ma, ripeto, ho bisogno di dati certi, di prove.

Ormai si è fatta quasi sera e sono molto stanco. La stanza di Campanella è piena di fumo perché mentre io non fumo, l'investigatore ne brucia una dietro l'altra di sigarette.

– Veniamo al tassello che le ho promesso. È stata dura far parlare Henry Scalia, poi, fra una pisciata e l'altra nelle bottiglie di plastica, forse per la stanchezza, si è un po' lasciato andare: «*Sono* – aveva affermato Scalia – *molto potente e sai perché? Perché so tante cose. Nessuno ha interesse a farmi scomparire perché tutto quello che so l'ho conservato molto bene e sanno che qualcuno potrebbe denunciare il tutto una volta eliminato. Conviene a tutti che io resti in vita*». Poi è avvenuta una cosa strana. Io facevo finta di ascoltare le cose che raccontava, con un certo distacco. Gli avevo detto che non credevo molto alle cose raccontate. Scalia si era arrabbiato tantissimo e mi aveva sfidato: ne vuoi sapere una? Tu che non credi al mio racconto? Tu non hai idea di quante cose so io, di quanti traffici ci sono stati, quanti omicidi, quanto lavoro sotterraneo per parare il culo ai politici ma, soprattutto, per non far vincere i comunisti. E allora un nome te lo faccio. Ma, ricordati che se lo fai girare, sei morto. Lo faccio solo per dimostrarti che dico la verità.

– Che nome ha fatto? Mi dica il nome?

– Un momento. Scalia l'aveva presa alla larga e aveva cominciato ricordando gli anni che ho passato in Jugosla-

via. Ti ricordi, mi aveva domandato, del traffico degli organi umani?...

– ... il nome. Campanella, il nome.

– Il traffico di organi umani è servito per finanziare altre campagne dell'Anello. Scalia mi aveva spiegato che, ad
esempio, le campagne giornalistiche per screditare questo
o quel politico costavano. Ci volevano soldi per corrompere
giornalisti, per far sì che l'opinione pubblica fosse indirizzata da una certa parte. A dimostrazione di questo, mi aveva
citato diversi casi, ma il "capolavoro" come lo ha chiamato
Henry Scalia, è stato quello delle bombe di piazza Fontana
dove, almeno inizialmente, l'opinione pubblica era tutta
contro gli anarchici. Un'operazione che era andata male
solo perché alcuni giornalisti avevano investigato e dimostrato che gli anarchici non c'entravano nulla.

– Campanella, insisto. Ho bisogno di quel nome.

– Ricordi cosa mi ha detto Scalia: se faccio quel nome
sono morto... Ho riflettuto molto su questa questione e,
alla fine, ho deciso di rivelarle il nome. Almeno una parte
del nome. Si ricordi però di utilizzarlo con senso di responsabilità perché, in caso contrario, per me è finita. Le
posso solo dire che quel personaggio veniva chiamato il *generale*.

– Tutto qui, Campanella? Di generali ne esistono a doz-
zine...

– ... questo non è un militare, non è un vero e proprio
generale. È definito così all'interno dell'Anello. Mi spiace,
ma di più non posso dire. Non creda che oggi le abbia rivelato poco. Se qualcuno dovesse scoprire che ho indicato il
generale come uno al vertice dell'Anello, sono morto.

– E io dove lo trovo questo fantomatico generale? Bisognerebbe cercare di far parlare qualcuno, avere testimonianze certe...

– ... si tolga dalla testa che Scalia potrebbe essere uno di questi. Non parlerebbe mai. In quanto allo scoprire chi sia il generale, questo è un problema suo Valle. Io più di così non posso fare. Anzi ho fatto anche troppo, mi sono esposto in prima persona... E questo, in certi ambienti è spesso deleterio.

Ormai è sera. Saluto Campanella, lo ringrazio ed esco dalla sua agenzia. Annichilito. Stanco. Abbattuto. Incredulo per tutte le cose che ho appreso dall'ex capitano; incredulo ma, nello stesso tempo, ben conscio delle rivelazioni dette e del pericolo che corre Campanella. Una responsabilità che non posso prendermi. Ripartire subito per Milano non avrebbe senso. Così vago per le vie attorno all'ufficio di Campanella, percorro viale di Porta Tiburtina, poi, sulla sinistra, m'incammino per via dei Volsci. A metà strada vedo l'insegna di un albergo tre stelle ed entro. C'è una camera solo per stanotte? La camera c'è e, quindi, decido di fermarmi lì a dormire. Non cerco neppure un ristorante per mangiare.

L'indomani, quando sono sull'aereo, rifletto su tutto ciò che mi ha rivelato Campanella. Per altro tutte cose rimuginate durante la notte, in modo ossessivo.

Guardo dal finestrino le nuvole bianche, ma potrebbero anche essere rosse che non mi accorgerei neppure. La mia mente è bloccata sull'immaginario *generale*, su come denunciare ciò che ho appreso proteggendo, nello stesso tempo, la fonte.

Quando arrivo a casa, il problema non l'ho risolto. Per fortuna, essendoci Francesco da gestire, un po' mi passa dalla testa. Oggi è domenica e ho deciso di non andare in agenzia; c'è anche bel tempo e così ne approfitto per portare un po' in giro Francesco. Lo porto in un parco attiguo alla Biblioteca civica. Camminiamo un po', poi ci sediamo su una panchina. Francesco ogni tanto ha bisogno di riposare. Mi indica alcune margherite. Le raccolgo e le porto a lui che è contento e dice di volerle portare a casa. Passa così la domenica, una domenica come tante altre, ma questa volta con in più le preoccupazioni che mi hanno creato le informazioni, gli episodi raccontati da Campanella. Quando vado a letto non ho ancora risolto il problema. Come intervenire? Cosa fare?

Questo lunedì ho il turno del pomeriggio. Quando arrivo, Stefania non è ancora in redazione ma, naturalmente, Nunziante è presente. Vado da lui, chiudo la porta e mi siedo davanti alla sua scrivania.

– Allora, Massimo, com'è andata a Roma?

Racconto a Nunziante tutto. Non nascondo nulla. Racconto di via Fani e di questo personaggio che sta ai vertici dell'Anello, questo *generale*. Nunziante si mostra perplesso. Per me, dice, è necessario ponderare bene, andare con i piedi di piombo perché quando ci sono di mezzo spezzoni dei Servizi segreti non sai mai dove vai a finire. Tu come intendi proseguire?

– Non lo so. Ho pensato molto, ma non trovo la soluzione più consona. Se scrivo quello che ho appreso, mi brucio la fonte... Se non lo faccio... Avrei deciso di continuare a insistere sulla ragazza assassinata e vedere un po' cosa possa saltare fuori. Poi vedrò come comportarmi. Le due cose, però, la ragazza uccisa e il traffico di organi hanno un denominatore comune, il *generale*. A questo punto, sin quando non scopro chi sia, sono bloccato.

– Senti, Massimo. A mio parere devi lasciar perdere, almeno momentaneamente, la questione del generale...

– ... legato a questo ci sono gli omicidi di due brave persone, Leyla e Zlatan. E la morte di Italo che oggi vedo con un'ottica diversa dopo il racconto di Campanella...

– ... non fare dietrologia perché non ti porta da nessuna parte. Restiamo sui fatti. E i fatti dicono che una ragazza è stata assassinata e che, precedentemente, le avevano tolto un rene. Questi sono i fatti. Concentrati su questo.

– D'accordo Aldo. Continuo a lavorare sulla ragazza assassinata.

Cap. 10 – I fratelli albanesi

Con Stefania avevamo deciso di andare a trovare "Henry" Scalia, cercare di farlo parlare, conoscere il personaggio. Probabilmente una perdita di tempo, ci eravamo detti. Un tentativo, però, che dovevamo fare.

L'agenzia investigativa sta in via Appiani, vicino a piazza della Repubblica e si chiama "Investigazioni Henry Scalia". Un palazzotto fine '800 con un ascensore d'altri tempi, quelli che all'interno della cabina hanno ancora una panchetta ribaltabile per sedersi. Un ascensore traballante, ma di un certo fascino con i vetri lavorati con decorazioni floreali. Saliamo sino al quinto piano e ci troviamo in un ballatoio con tre porte. Quella di fronte all'ascensore reca una grande targa che indica che lì ha sede l'agenzia investigativa di Scalia. Appena suoniamo il campanello, la porta si apre comandata da un impulso a distanza e anche qui, come a Roma da Nestore Campanella, un paio di telecamere c'inquadrano.

All'entrata c'è un vasto salotto e di fronte una scrivania piena di carte e faldoni, piuttosto disordinata, un telefono, un fax e un Pc con stampante. Il tutto gestito da una ragazza che avrà più o meno l'età di Stefania Ravaioli. Una ragazza tutta "troppo", nel senso che ha le labbra "troppo" rosse, la gonna "troppo" corta, la maglietta che indossa "troppo" stretta. Ci accomodiamo sulle poltrone del salotto dove ci sono sedute, in attesa, due persone. Probabilmente marito e moglie. A lato della scrivania dell'impiegata, una porta chiusa da cui esce, dopo circa una decina di minuti, un uomo di una cinquantina d'anni, non molto alto con una cravatta ridicola, tutta fiori. Confabula con la ragazza "troppo" e se ne va. Non è certo Scalia che Campanella mi ha descritto come molto grasso. Quindi, un cliente. Come mi capita spesso guardando le persone, comincio a fantasticare sulle motivazioni che un tipo così possa avere per andare da un investigatore privato. Penso a varie cause e "decido" che a quello gli è scappata la moglie. Sì, deve essere così. Magari ha un negozio di chincaglieria o di frutta e verdura, no meglio un piccolo negozio di alimentari con la moglie che sta alla cassa. Se la moglie se n'è andata, lui ha perso – oltre la moglie – anche una dipendente.

Intanto Stefania sfoglia alcune riviste che sono su un tavolino a disposizione dei clienti e la coppia seduta poco distante da noi, fissa il vuoto. Questi non sfogliano riviste, non parlano fra loro. Solo uno sguardo smarrito che fissa il vuoto. Cosa vorranno questi probabili coniugi da Henry Scalia? Ci penso un po' e poi opto per una figlia scappata da casa con un drogato o con un suonatore di sassofono. Oppure irretita e fuggita con il suo professore d'università.

Mentre sto elucubrando questi inutili pensieri sul tipo di umanità che frequenta le sale d'aspetto degli investigatori privati, suona il telefono della ragazza "troppo" che ci guarda e con la mano, un sorriso "troppo" e inutilmente largo, ci indica la porta dove immaginiamo possa trovarsi lo studio dell'investigatore.

Infatti, appena ci apprestiamo a entrare, si apre la porta e si palesa Enrico "Henry" Scalia. È come me l'ha descritto Campanella: peserà non meno di 120 chili, alto, con una pancia ipertrofica, pochissimi capelli pettinati all'indietro, tenuti assieme dalla gommina o, forse, dalla vecchia brillantina. Sì, perché la figura di Scalia riporta agli anni '50, con vestiti stazzonati, giacche con ampi baveri, spalle allargate, cravatta allentata. Il fac-simile dell'investigatore privato reso celebre da film e, spesso, da cattiva letteratura.

Prima di andare da Scalia, con Stefania, c'eravamo messi d'accordo su come comportarci. Avevamo deciso che le domande le avrei fatte io mentre lei si sarebbe limitata a scrivere domande e risposte su un taccuino.

Scalia si era messo a fianco della porta e ci aveva fatto passare. Il suo ufficio non era molto grande, arredato con mobili costosi, ma senza stile, mobili accatastati senza metodo. Il tutto dava un senso di sciatteria, di provvisorietà. Prevaleva il colore scuro che dava una nota di cupezza. Alle pareti, stampe di quadri famosi ma, soprattutto, tante fotografie dove il soggetto principale era lui, Scalia: mentre riceve una coppa, mentre blocca dal di dietro un tizio già in manette, titoli di giornali dove c'è sempre il suo nome. Insomma, alla base di tutto c'è sempre lui, l'investigatore privato che arriva dove la polizia non può arrivare o, come diceva un famoso titolo di un film "poliziottesco" di metà degli anni '70, quando "La polizia ha le mani legate", lui, Scalia, che utilizza moderni strumenti d'indagine. Lo si vede mentre scende da un elicottero, mentre impugna una macchina fotografica con teleobiettivo, una pistola, oppure davanti a un magnetofono che ascolta con le cuffie alle orecchie. Sono tutte fotografie in bianco e nero e anche Scalia, in realtà a ben vedere, è in bianco e nero.

Ci fa accomodare in due poltroncine schierate davanti alla sua scrivania. Scalia guarda intensamente Stefania e, spesso, sarà un tic, si umetta le labbra cacciando fuori un po' di lingua. Un gesto, una contrazione nervosa, fastidiosa, lasciva e oscena.

– Allora, signori. Cosa posso fare per voi. Per telefono mi avete detto che volete fare una serie di articoli sulle agenzie investigative oggi, su cosa fanno in epoca moderna dove tutto si può già trovare su Internet. È così? A proposito, posso offrirvi un caffè o altro?

Un caffè per Stefania e un analcolico per me. Scalia alza la cornetta del telefono e detta le ordinazioni. Poco dopo entra la segretaria con un vassoio e si dirige alla scrivania dove appoggia il tutto. Per farlo, s'inchina leggermente porgendo il suo fondo schiena verso dove sono seduto. Decisamente ha "troppo" culo. Scalia sorride compiacente e prende un bicchiere che porta alle labbra.

– Alla salute. Per me, purtroppo, solo acqua minerale perché ho il diabete alto. Anche se debbo dire che mi sono rifatto negli anni passati e, anche oggi, se c'è da farsi una bella mangiata non rinuncio.

Si fa una grassa risata. Deve essere di quelli che ridono alle proprie battute. Poi comincia a raccontare del suo lavoro, spiega chi sono i suoi clienti, le grandi imprese investigative cui ha partecipato, i casi risolti. Fa pochissimi nomi perché, dice, «debbo mantenere il segreto professionale». Il tutto condito da quell'insopportabile movimento stereotipato della lingua. Faccio qualche domanda innocua ad esempio sui soldi, sul legame esistente, se esiste, con le forze dell'ordine o cosette del genere. Tutte cose risapute. Mi servono soltanto per preparare le domande che a noi interessano maggiormente su ciò che mi ha rivelato Campanella. Andiamo avanti a cazzeggiare per una decina di minuti. Poi Stefania mi tocca il piede e prende la parola.

– Signor Scalia, per fare un po' di "colore" come diciamo noi giornalisti in gergo, vorrei porle due domande. La prima è la motivazione del perché usa il suo nome di battesimo inglesizzandolo in Henry. La seconda, perché le riviste che ci sono nel salotto di attesa, hanno come denominatore comune argomenti militari: ho letto e visto fotografie di aerei da guerra, puntatori elettronici a distanza, droni, il modernissimo puntatore olografico e tante altre diavolerie.

La guardo con astio. Non erano questi i patti. Lei, Stefania, avrebbe dovuto limitarsi a prendere appunti e, invece, se ne esce con 'sta storia del "colore". Scalia, invece, è tutto contento di poter rispondere a Stefania. Lo fa, come al solito umettandosi le labbra.

– Cara signorina, la ringrazio delle sue domande. Henry me l'ha affibbiato mio padre sin da quando ero un ragazzo. Era siciliano ed era stato a lavorare negli Stati Uniti e così da quando sono nato, ha cominciato a chiamarmi Henry e poi l'hanno fatto tutti. Per quanto riguarda le riviste, sono appassionato delle evoluzioni tecniche delle armi. Ormai le guerre si fanno con l'elettronica, non sparando con il fucile. Puoi stare a un milione di chilometri di distanza da un obiettivo, schiacci un piccolo bottone e zac tutto distrutto senza inviare truppe, navi, aerei. Tutto pulito e semplice. Non è meraviglioso?

– Beh, per chi viene colpito non fa differenza se muore a causa di una tradizionale bomba o a causa di un puntatore elettronico azionato da un satellite. Io, però, guardando le fotoriproduzioni sulle pareti che documentano le imprese cui ha partecipato, ho capito che ha avuto esperienze uniche nella sua carriera e mi sembra che qui i puntatori satellitari non c'entrino per nulla. Qua c'è ragionamento, passione, pazienza. Una "guerra" quella che ha fatto e fa ancora, molto diversa dai contenuti di quelle riviste.

Stefania continua a fare domande a Enrico Scalia. Sta adottando il sistema di "lisciare" l'intervistato, di dargli corda, adularlo, blandirlo e portarlo, così, dove vuole lei, verso quegli argomenti che maggiormente ci interessano.

– Immagino che nella sua carriera d'investigatore privato abbia trattato casi importanti. Non le sto chiedendo nessun nome. Mi dica soltanto se qualche volta la polizia si è rivolta a lei per risolvere qualche caso spinoso, considerato la sua grande capacità nel risolvere casi difficili.

Stefania mi sta meravigliando molto. Ha una tecnica tutta particolare per "sfruculiare", come direbbero a Napoli, l'ego dell'intervistato. Infatti, Scalia sorride soddisfatto e risponde che sì, qualche volta, la polizia ha chiesto a lui d'intervenire. In epoche però lontane, quando nel Paese c'era una tensione che oggi manca perché oggi è tutto cloroformizzato. Penso che non sia questa la domanda importante di Stefania, l'affondo. E, infatti, la domanda rilevante arriva ora.

– Signor Scalia, nel dicembre del 1969, a Milano sono scoppiate le bombe in piazza Fontana. Ci sono stati innumerevoli processi e non entro nei particolari. M'interessa maggiormente conoscere il clima che respirava in quel momento un investigatore privato. Su quelle bombe avete investigato anche voi? Anche lei?

– Nel 1969 lei non era ancora nata, ma io sì e lavoravo a Milano come investigatore. Se viene a cena con me le spiegherò tante cose di quegli anni e cosa ho fatto.

– Ci sta provando?

– No ragazza, sono troppo vecchio, anche se non mi dispiacerebbe affatto uscire con una bella ragazza.

E mentre afferma questa banalità si umetta, come al solito, le labbra facendo entrare e uscire un po' di lingua come fosse un camaleonte in cerca della preda.

– Non ha risposto alla mia domanda.

– Sì, ragazza...

– ... senta Scalia, io mi chiamo Stefania Ravaioli, giornalista, non ragazza. Sono Stefania Ravaioli e non la sua amichetta, quindi mi porti rispetto.

Né io e tantomeno l'investigatore ci aspettavamo una tale presa di posizione come quella sostenuta da Stefania. Infatti Scalia cambia subito tono.

– Non volevo offenderla soltanto che ormai è tardi e io ho da fare. Però le rispondo. Per fare bene il mio lavoro, devi aver creato una fitta rete relazionale in modo trasversale. Un sistema multilivello che possa esercitare pressione fra le parti, attraverso campagne di stampa mirate e finalizzate a premiere una volta questo e una volta l'altro contendente.

Intervengo anch'io e chiedo a Scalia di essere più chiaro e meno criptico.

– Quello che ha appena affermato, significa che nel periodo di piazza Fontana lei ha organizzato campagne di stampa per influenzare l'opinione pubblica?

– Mi spiace dottor Valle, ma l'intervista è terminata. Vorrei però dire alla sua giovane collega di ripensare alla mia proposta di cenare assieme. Magari sotto l'effetto di qualche coppa di champagne, potrei dirle qualcosa di più chiaro o, come dice lei, meno criptico.

Irrompe in una risata sonora. Si alza, con fatica, dalla poltrona e, d'improvviso, si materializza la segretaria che ci indica la porta. Forse Scalia ha premuto qualche pulsante. Usciamo dall'ufficio dell'investigatore e la ragazza ci fa un largo sorriso senza motivo. Indubbiamente quella ragazza è "troppo" anche negli inutili sorrisi.

Usciamo e c'incamminiamo. Deviamo in via Parini, percorriamo via Turati e sbuchiamo in piazza Cavour. Appena usciti da Scalia, Stefania è furente. «*Hai visto che personaggio schifoso* – afferma –. *Con quella lingua sempre in movimento, le allusioni... Come si fa ad andare con un tipo simile? Che schifo! E che supponenza, "ragazza" di qua "ragazza" di là, ma chi si crede di essere quel cafone? Immagino ti sia dispiaciuto che non ho rispettato quanto concordato. Ma non ce la facevo più di sentirlo blaterare di niente e non mi sono trattenuta».*

– No. Anzi, hai fatto bene e sono stato impressionato favorevolmente della domanda che le hai posto sulle bombe del 1969. Scalia è un pallone gonfiato, ma ho avuto l'impressione di una persona pericolosa, a conoscenza di tanti avvenimenti.

Intanto siamo arrivati in piazza Cavour e saliamo al primo piano dove c'è il bar interno. Non ci sono tavolini, è molto piccolo e, quindi il toast e il panino che ordiniamo, lo mangiamo in piedi. Poi andiamo nella nostra redazione.

Appena entrati, il centralinista mi avverte che mi ha cercato, da Roma, un certo Campanella. Vuole essere richiamato. La redazione comincia ad animarsi. Ormai sono le 14 passate. I telefoni cominciano a squillare, i Pc sono accesi e già qualche redattore picchia sui tasti come fosse una macchina per scrivere. Stefania va verso il corridoio e io ne approfitto per andare a parlare con Aldo Nunziante. La porta è aperta, quindi posso andare tranquillamente da *culo di pietra*. Racconto com'è andata l'intervista, il personaggio, le mie perplessità. Poi sottolineo che Stefania mi è stata di grande aiuto.

– Sono contento che hai rivisto un po' il giudizio su Stefania. Se dai loro un po' di spazio, i giovani non ti deludono. Per quanto riguarda l'investigatore privato di Roma, direi di non spingerci troppo in avanti. Possiamo scrivere che ci sono fatti nuovi sull'assassinio della ragazza senza entrare nei particolari. Diciamo solo che alcune fonti, che vogliono restare anonime, ritengono che dietro l'omicidio della ragazza ci sia un traffico di organi umani e di prostituzione. Buttiamola lì così e vediamo cosa succede. Non farei nessun cenno, per ora, all'intervista con Scalia.

Restiamo d'accordo su questa linea e raggiungo la mia postazione di lavoro. Stefania è al suo posto e fa cenno per parlare. Io la blocco e faccio segno che debbo telefonare. Campanella lo trovo piuttosto teso, nervoso e frettoloso. Mi dice solo che mi chiamerà in un altro momento. Nulla di più. Poi interrompe la telefonata.

Non so come interpretare quella telefonata e questo mi lascia confuso e scontento. Stefania mi porge una cartellina verde. All'interno le notizie sui fratelli albanesi che le avevo chiesto prima di partire per Roma. In realtà sono notizie che avrei potuto, ovviamente, avere anch'io, ma che avevo commissionato a Stefania per tenerla, occupata.

I due albanesi abitano, come detto, ad Affori in via Franco Faccio. Dalle parti della stazione M3 della metropolitana milanese. Un appunto, nella cartellina, dice che hanno una specie d'ufficio presso il bar Moderno, sito nel centro del quartiere dove si ritrovano e dove chi ha bisogno si reca per problemi di prestiti, droga, donne o qualsiasi altro motivo.

Potremmo definire l'attività malavitosa dei due, una *azienda* "familiare", molto ben avviata considerato che i due fratelli non hanno problemi di soldi e lo fanno vedere: vestiti pacchiani, rolex, fuoristrada... Più volte sono stati denunciati per maltrattamenti nei confronti di ragazze che però – subito dopo – le stesse hanno ritirato la denuncia. Denunciati anche per usura e traffico di droga. Senza nessuna conseguenza penale.

– Dove hai preso queste informazioni sui fratelli albanesi?

– Ho le mie fonti e tu mi hai insegnato che le fonti non si rivelano mai... Vabbè oggi sono in buona e te lo dico: ho chiesto ad alcuni conoscenti che ho fra i carabinieri.

– Sei sicura di queste fonti?

– Mio padre ha, nel Lodigiano, un'industria casearia. La fonte "carabiniere" è un amico di famiglia che conosco da tanti anni. Ha sempre girato per casa nostra, fin da quando ero piccola. Con mio padre hanno frequentato lo stesso liceo. Lo ritengo una persona seria che non mi tradirebbe di certo. Un colonnello.

– Va bene. Senti facciamo così: appena possibile andiamo ad Affori, in quel bar e non certo per intervistare i fratelli. Mi serve andarci per vedere i due albanesi, farmi un'idea di dove vivono, che tipi sono. Diciamo una ricognizione del campo avversario. Naturalmente non scriviamo nulla quando siamo in quel bar. Guardiamo attentamente e basta. Prima di andarci ci metteremo d'accordo come comportarci.

Dall'espressione del viso, Stefania sembra essere molto contenta della mia proposta e mi sorride.

– Un'altra cosa. Tira fuori i tuoi appunti perché voglio rileggere quando Scalia parla di *multilivello*...

– ... posso fare di meglio. Avevo in borsetta un registratore e ho registrato tutto.

– Avevi un registratore? Non mi hai detto nulla. E tu vai a intervistare un investigatore privato con un registratore occultato nella borsetta! Non si fanno queste cose. L'intervistato ha tutto il diritto di sapere se la conversazione è stata registrata. Non si fanno queste cose... deontologicamente è scorretto...

– ... va bene. Allora non te la faccio ascoltare.

– Senti non fare la stronza e dammi subito il nastro.

Stefania ride apertamente. Si è presa una bella rivincita su di me e si è vendicata per come l'ho trattata. Apre la borsa ed estrae il registratore. Mi dà il cavetto che è collegato con l'apparecchio e inserisco gli auricolari, nelle orecchie.

Vado avanti e indietro fino a quando trovo quel passaggio. Ecco, ci sono: «*Un sistema multilivello che possa esercitare pressione fra le parti, attraverso campagne di stampa mirate e finalizzate a premiare una volta questo e una volta l'altro contendente*». Che cosa avrà voluto dire? O cosa non ha voluto dire? Urge parlare con Campanella.

Gli telefono in ufficio, ma non risponde nessuno. Non ho il suo numero di cellulare e quando ci siamo visti, Campanella ha preferito non darmelo.

Il pomeriggio passa così, nell'attesa di essere chiamato da Roma, lo svolgimento del solito lavoro, la richiesta telefonica di un assessore milanese, incazzato, perché non abbiamo messo in rete la sua dichiarazione sul futuro di Milano, comunicati che arrivano da parte di circoli culturali, sindacati, partiti, mostre, presentazioni di libri e tanto altro. La maggior parte di tutto ciò, finisce nel cestino.

A un certo punto decido di andarmene a casa. Stefania sta parlando al telefono con l'assessore incazzato perché la telefonata l'ho passata a lei. Non la invidio. Le faccio un segno di saluto e me ne vado.

Non sono molto soddisfatto. Anzi mi sento frustrato, in bocca il sapore acido di quando sei deluso, quando la giornata non è andata come avresti voluto. Anche l'atteggiamento di Campanella non mi aiuta a fare chiarezza. Mentre guido penso all'intervista con Scalia, ai messaggi che ha inviato, al suo modo di comportarsi. Sono sempre più convinto che Scalia sappia molte cose. Il problema è come riuscire a farlo parlare...

A casa, appena entro, Francesco comincia a battere le mani. Poi viene da me e m'abbraccia e, come al solito, mi "bauscia" tutta la faccia. Domando ad Angelina com'è andata oggi. Lei mi rassicura che è andato tutto bene e che Francesco è stato relativamente tranquillo, almeno sino al momento in cui ha cominciato ad accusare dolori di pancia.

Una cosa, questa, che avviene periodicamente a causa dell'ipotonia muscolare e la ridotta motilità intestinale. Il risultato è che le feci rimangono, nel colon, per diverso tempo provocando dolori di pancia. Francesco dovrebbe bere molta acqua, ma non è semplice farlo bere o, meglio, "obbligarlo" a bere.

Nestore Campanella, quella sera, era in procinto di andarsene a casa. Stava riordinando gli appunti su un caso d'infedeltà coniugale che aveva ormai risolto. Mancava solo la relazione finale e, quella, l'avrebbe scritta la mattina seguente. Raccolse, con calma, le foto scattate di nascosto al fedifrago marito, mise tutto in una grande busta e la collocò nella cassaforte a muro. Proprio in quel momento suonò il telefono. Campanella rispose immaginando una chiamata da parte della moglie o di qualche cliente.

– Pronto, sono Nestore Campanella.

– So' Otello Colasanti. Tu, capitano, nun me conosci ma io sì. Ho quarcosa de tuo, quarcosa che te riguarda da vicino.

– La conosco di fama e non credo proprio che possa avere qualcosa di mio. Comunque mi dica cosa vuole.

– Te sei magnato quarcosa de triste? Vedi, stai già partito male. Plachete un po' e famme parlà perché non ho tempo da perdere. Io tengo la registrazione con quel giornalista. Se la voi, devi venì a prenderla.

– Senti Otello non credere di aver a che fare con un fregnone. Se è uno scherzo ti faccio pentire.

– Sto a sbianca' dalla paura, capitano. Stai a fa' 'r vago? Fai finta de non capì. Me stai a pija' pel culo? E, allora, prova a guarda' nel paralume che hai sur tavolo.

Campanella aveva già capito di aver fatto una cazzata a parlare con Valle. Introdusse una mano dentro il paralume e individuò immediatamente la cimice. Questo significava che tutto ciò che si erano detti, tutto ciò che lui aveva raccontato a Valle, era stato registrato. Ora era necessario cercare di recuperare il nastro nella speranza che non avessero fatto una copia. E pensare che aveva appena fatto bonificare i locali della sua agenzia...

– Allora, capitano, l'hai trovata? Che fai, nun rispondi? Me stai a cojona'?

– No. Sono qui. Cosa vuoi?

– Famo così. Domani a mezzogiorno vieni al mio ristorante che ce famo du' spaghi che da me so' boni. Così parliamo e ce mettemo d'accordo. Ma non pensa' de fa' i magheggi che con me non attacca. Nun porta' la cavalleria. L'urtimo che m'ha fatto 'sto scherzo mo' sta du' metri sottotera.

– Va bene, ci vediamo a mezzogiorno.

Campanella aveva chiuso la comunicazione, di fretta. Anche perché ormai non c'era più nulla da dire e, soprattutto, non c'era più nulla da fare. Era stato fregato come un principiante alle prime armi. Otello Colasanti era uno zingaro italiano famoso nell'ambiente. Diversi ristoranti di Ostia erano di sua proprietà e Campanella sapeva che faceva parte di un giro di cravattari che concedevano prestiti a strozzo e trafficanti di droga. La famiglia Colasanti, era una delle famiglie malavitose più potenti non solo di Roma.

Originariamente provenivano dall'Abruzzo, erano sinti stanziali che agivano nella periferia sud-est, soprattutto fra la Romanina fino ai Castelli. Avevano contatti con la 'ndrangheta e gestivano il traffico di droga, prostituzione, estorsione, riciclavano denaro sporco, usura con interessi che andavano dal 200 al 300%, ma erano presenti anche nella gestione degli stabilimenti balneari e ristoranti

Tutte cose che Campanella sapeva anche se non aveva mai avuto a che fare con quella famiglia. Una cosa era certa: era necessario entrare in contatto con loro e capire cosa volevano per riconsegnargli i nastri. Soldi? Difficile che volessero soldi. La famiglia Colasanti era ricchissima e sapeva benissimo che comunque lui ricco non era. No. Non erano i soldi. E allora cosa volevano? Domani l'avrebbe saputo.

Intanto bisognava avvertire Valle che erano stati scoperti. E, comunque, anche se avesse riavuto i nastri era impensabile che gli ideatori del ricatto non avessero fatto delle duplicazioni. Da qualsiasi parte guardava la faccenda, arrivava sempre alla determinazione che per lui era finita. Telefonò a Milano, a Massimo Valle e lasciò detto di essere richiamato.

Si alzò dalla poltrona e si mosse per uscire. Poi tornò indietro, aprì la cassaforte, introdusse una mano e prese la pistola che teneva per sicurezza nella cassaforte, una Walther PPK 7,65. Se le cose si fossero messe male, pensò, era meglio essere armati. Poi uscì dall'ufficio. In quel momento Nestore Campanella non sapeva ancora che in quell'ufficio, nel suo ufficio, non sarebbe più rientrato. A casa cercò di comportarsi normalmente con la moglie, cercò di non far trapelare la tensione e la preoccupazione che c'era dentro di lui. Ma le donne hanno sempre un sesto senso ed essa gli domandò se ci fosse qualche problema. Campanella la rassicurò e disse che era solo un po' stanco. Aveva bisogno di riposare, tutto qui. «Anzi – *aveva continuato* – domattina debbo andare a Ostia per lavoro. Poi, la prossima settimana, ce ne andiamo via per qualche giorno. Se puoi prenderti un giorno di permesso dalla scuola, lo mettiamo vicino al sabato e alla domenica e ci facciamo tre giorni in Abruzzo. Che ne dici?». *La moglie aveva acconsentito sorridendo anche se sapeva benissimo, come era già successo, che all'ultimo momento c'era sempre qualche caso importante da seguire per Nestore. E tutto saltava, a data da destinarsi. Una data che non arrivava mai.*

L'indomani mattina, Nestore non era andato in ufficio. Era restato a casa. Aveva fatto qualche telefonata a ex colleghi per avere maggiori informazioni su Otello Colasanti. Dopodiché si era vestito, preso la macchina e diretto a Ostia. Quando era arrivato, aveva posteggiato su via del Mare e, a piedi, si era diretto verso il lungomare Paolo Toscanelli per raggiungere il ristorante di Colasanti. Stava attraversando sulle strisce pedonali quando, con la coda dell'occhio destro, aveva avvertito un movimento. Aveva guardato in quella direzione e aveva fatto in tempo a vedere un furgone che a tutta velocità si dirigeva su di lui. Una frazione di secondo. Poi, un grande buio. L'ex capitano dei carabinieri Nestore Campanella, l'uomo che aveva operato, fra mille pericoli, nella ex Jugoslavia a caccia di trafficanti e non solo, era morto. Morto, investito sulle strisce pedonali.

Dopo aver sbattuto l'investigatore a parecchi metri, il furgone era finito addosso ad alcune auto posteggiate. L'autista del mezzo aveva picchiato la testa sul volante e si era fatto una ferita alla fronte. Subito dopo era crollato, svenuto. Quando erano arrivati i soccorsi, i medici avevano trovato Ilario Riccirelli, così si chiamava l'autista del furgone, in stato di choc e l'avevano portato all'ospedale. La polizia l'aveva interrogato, ma Riccirelli – detto "broccolo" perché girava le contrade con il furgone a vendere frutta e verdura – diceva frasi sconnesse e i medici avevano consigliato agli agenti di ripassare l'indomani. Ora, Ilario Riccirelli aveva bisogno di riposare, di fare passare lo choc causato dall'incidente.

"Broccolo" non se la passava tanto bene. Era pieno di debiti, aveva il vizio di giocare alle macchinette, le infernali succhiasoldi, quelle chiamate slot ed era sempre alla ricerca di soldi. Si era fatto prestare soldi da un "cravattaro" perché non ce la faceva più. Aveva moglie e tre figli, l'affitto era in arretrato da tre mesi. Per disperazione, convinto di rifarsi, continuava a giocare, a scommettere. E più giocava, più aumentava il debito che doveva resti-

tuire. Un giorno, da lui, mentre era intento a sistemare la merce sul furgone, si era presentato il "ragioniere". Questi era un ometto molto basso di statura, occhiali e quattro peli in testa. Girava sempre con una borsa di pelle tutta scrostata e frequentava la sala-giochi, la stessa frequentata da Riccirelli. Il "ragioniere" gli aveva fatto una proposta: il modo per tacitare i "cravattari" e per risolvere la tua situazione c'è, gli aveva detto. In più, se t'interessa l'affare, un gruzzoletto per te, diciamo 10 mila euro.

– Che devo fa'?

Ormai "broccolo" era disposto a tutto pur di tacitare gli strozzini e ricominciare da capo. Con un po' di soldi anche la moglie si sarebbe calmata nei suoi confronti, avrebbe dimostrato di aver sistemato tutto.

Un incidente aveva risposto il "ragioniere". Fai un incidente e sei a posto per tutta la vita. Debiti saldati e nessuna scocciatura. Subito dopo aveva istruito Riccirelli.

Quattro giorni dopo la morte di Nestore Campanella, era stato trovato nella "macchia" di Ostia, a Procoio, un cadavere. Una zona di pini marittimi, luogo d'incontro di prostitute nigeriane, transessuali e coppie clandestine desiderose d'intimità. Il cadavere era bruciato, un tizzone irriconoscibile. I periti della Scientifica non riuscirono neppure a capire se fosse di sesso maschile o femminile e non si era potuto risalire alle generalità del morto. Di "broccolo" non si ebbero più notizie.

L'indomani, mentre sto lavorando, do un'occhiata allo schermo appeso di fronte a me. Un'agenzia locale romana ha messo in rete la notizia di un tizio morto dopo essere stato investito a Ostia. La notizia porta la dicitura "segue". Più avanti arriveranno gli aggiornamenti, probabilmente il nome dell'investito eccetera. Una notizia come tante che può suscitare interesse solo a chi abita vicino a dove è avvenuto l'investimento. Continuo a "passare" alcuni comunicati-stampa sino a quando, dopo circa un'ora mentre mi alzo dal mio posto per andare in bagno, l'occhio mi "scappa" di nuovo sui monitor appesi. In quel momento appare il seguito della prima notizia relativa all'investito di Ostia. Non so se ho lanciato un grido, ma resta il fatto che tutti hanno guardato nella mia direzione. È accorso anche Nunziante il quale mi domanda se sto poco bene. «*Il morto – dico io – quello di Ostia... si tratta di Nestore Campanella, ero appena andato da lui, a Roma. Come può essere che è morto investito?*». Sono demoralizzato perché attendevo, da Nestore Campanella, una sua telefonata. Morto investito! Cosa sta succedendo?

Stefania mi guarda in modo apprensivo. Io raggiungo in fretta l'ufficio di Nunziante e chiudo la porta. Poi prendo la cornetta del telefono e faccio il numero della redazione romana dell'*Asn*. Nunziante mi guarda, non dice nulla, si siede su una poltroncina che ha di fronte alla sua scrivania, quella degli ospiti. Io al suo posto. Alla centralinista dico di passarmi la cronaca e poco dopo sento la voce di un redattore dalla tipica parlata romana.

– Ahò che c'è. Chi mme vole?

– Sono un collega di Milano, Massimo Valle. Avrei bisogno di due favori. Mi dovresti inviare, subito, per fax o mail notizie inerenti all'investito di Ostia, tale Nestore Campanella. L'altro, se è in redazione, mi dovresti mettere in comunicazione con Livio Frattesi.

– Mo' vedo se c'è sta. Per Ostia, le notizie so' già in rete...

– ... questo lo vedo anch'io. Ho bisogno di sapere qualcosa di più... Vabbè... passami Frattesi, va.

Poco dopo sento all'apparecchio la voce di Frattesi.

– Valle che succede? Hai bisogno?

– Livio ho bisogno di avere notizie su quell'investimento di Ostia. Il morto era un investigatore privato. Con lui avevo parlato non più tardi di qualche giorno fa. Vorrei avere notizie in merito, qualsiasi notizia.

– Stai tranquillo te manno tutto. Sento la questura poi te chiamo. Ciao.

Aldo Nunziante attende, senza parlare, che mi passi l'agitazione. Poi mi chiede di spiegare cosa sta succedendo. Lo faccio partendo dal fatto di aver conosciuto Campanella a Sarajevo, poi l'incontro a Milano e, infine, quello di Roma che, per altro, Nunziante era a conoscenza. E ora, affermo, l'investigatore è morto. Investito.

Passano una manciata di minuti e arriva la telefonata di Frattesi. In questura, mi dice, confermano che è un banalissimo incidente. Campanella percorreva, a piedi, via del Mare per recarsi, sembra, verso il Lungomare Paolo Toscanelli, a Ostia. Mentre attraversava sulle strisce pedonali, è stato investito in pieno da un furgone ed è morto. Tieni conto – continua Frattesi – che in quel posto avvengono frequentemente incidenti simili. È una zona molto trafficata e popolata. A Ostia Lido ci stanno 84 mila abitanti.

– E l'autista del furgone? È stato fermato?

– Sì, certo. Si tratta di un certo Ilario Riccirelli, venditore ambulante di frutta e verdura. Nessun precedente penale. Mi spiace Massimo, ma per la questura non c'è nulla di strano nell'incidente. L'autista del furgone è restato in stato di choc per parecchio tempo. Se posso esserti utile, fammelo sapere.

– Grazie Livio. Se ho bisogno ti contatterò di nuovo.

Ad Affori, con Stefania, ci andiamo in tarda mattinata. Alle 11,30, dopo aver posteggiato distante dal bar Moderno, entriamo in quello che dovrebbe essere l'*ufficio* dei fratelli albanesi. In realtà, il bar di moderno ha solo il nome. È come tanti bar delle periferie milanesi: bancone mescite, un biliardino, una slot, tavolini occupati da giocatori di carte. Un solo tavolino è distanziato da tutti gli altri, in fondo alla sala ed è vuoto. Vicino al tavolino, una porta, chiusa. Per l'occasione, abbiamo cercato di "mimetizzarci". Io ho indossato un semplice paio di jeans non troppo nuovi, un maglione grigio a collo alto e un giubbotto. Stefania, anch'essa un paio di jeans e maglione. Scarpe basse. Sopra, una giacca larga, pesante marrone. Se io posso passare inosservato e faccio la figura di un cinquant'enne dall'incerta professione, Stefania non passa inosservata. Ha messo sì una giacca larga e pesante, ma comunque si vede che è una bella ragazza. E la cascata di riccioli rossi non passano inosservati.

Ci sediamo praticamente di fronte al tavolino che pensiamo possa essere quello riservato ai fratelli albanesi, ma dall'altra parte del locale, in fondo, quasi all'uscita. Quando siamo entrati ci hanno guardato tutti, ma subito dopo si sono rimessi a giocare a carte. Stefania volge le spalle al tavolo dei fratelli albanesi che, per altro, non ci sono. Io, invece, sto di fronte e dalla mia posizione ho una visuale perfetta. Sempre che arrivino. Intanto ordiniamo due caffè. Dopo una decina di minuti si apre la porta d'ingresso e si capisce subito chi è il nuovo entrato dall'atteggiamento del barista immediatamente accorso con un atteggiamento ossequioso. Sì, perché è uno solo: alto, collo taurino e corto, occhiali neri, rolex d'ordinanza, abito scuro e maglione dello stesso colore, anello d'oro sul mignolo destro. Si va a sedere al tavolo riservato e fa segno al barista di portargli una birra che beve direttamente dalla bottiglia. Una sorsata lunga, da assetato o da chi utilizza droghe. Naturalmente non possiamo sapere chi sia fra i due fratelli quel tipo, ma è certamente uno dei fratelli albanesi.

Intanto abbiamo terminato i caffè da tempo e il barista, ogni tanto, c'invia uno sguardo non troppo amichevole. Così lo chiamo e chiedo se è possibile avere qualche panino. Certo, risponde il barista, con cosa lo volete? Intanto guarda di sottecchi Stefania. Prosciutto? Salame? A me prosciutto e formaggio, anzi no, dico, ci porti un piatto con formaggio e uno con il prosciutto che poi facciamo noi. E due bottiglie di birra.

Quando il cameriere-cerbero va per preparare quello che abbiamo ordinato, Stefania mi confessa che lei non ha fame e poi... la birra, dice, non è che la ami molto. Rispondo che deve fare un sacrificio e mangiare tutto. Se dovessimo lasciare le pietanze nel piatto o non bere la birra, daremmo troppo all'occhio. Quindi sacrificati sull'altare dell'informazione!

Proprio in quel momento entra quello che dovrebbe essere l'altro fratello. Questo è leggermente meno alto dell'altro, grosso allo stesso modo, con la stessa espressione beota ma, nello stesso tempo, furba. Giubbotto nero e catena d'oro al collo che spunta da una camicia aperta, naso camuso, da pugile. Dovrebbe avere qualche anno meno dell'altro e da come si avvicina al tavolo e si siede, capiamo che chi comanda è quello che è arrivato per primo nel bar. Io faccio a Stefania la "cronaca in diretta" di quello che vedo dalla mia posizione mentre mastico a tutto spiano come se avessi una grande fame e tracanno birra – di cui, pure io, non ne vado matto – direttamente dalla bottiglia. Naturalmente non riusciamo a sentire cosa si dicono i fratelli, certo che il primo deve essere molto incazzato perché gesticola animosamente mentre il più giovane risponde a monosillabi.

Intanto è entrata un'altra persona che si dirige, decisamente, verso di loro. È piccolo ed emaciato, avrà una quarantina d'anni. Si ferma da loro pochi minuti, resta in piedi e subito va fuori. Probabilmente un galoppino. I fratelli, nel frattempo, fanno diverse telefonate con i propri telefonini, ovviamente ultimo modello e fumano una sigaretta dopo l'altra. Il barista si guarda bene di far notare loro che esiste il divieto di fumo nei locali pubblici sin dal 2003. Entrambi i fratelli, al lobo sinistro dell'orecchio portano un orecchino. Quando essi muovono la testa, e il brillante cattura qualche luce, manda dei riflessi in diverse direzioni.

Poi entra una persona di oltre 60 anni. È curvo, indossa un abito grigio che ha visto tempi migliori e una cravatta nera. Si avvicina al tavolo con molta circospezione, in posizione di sudditanza. Confabula con i fratelli. Il minore di essi, caccia dalle tasche un libretto nero, lo apre e segna qualcosa mentre l'uomo curvo confabula o tenta di farlo. Il fratello maggiore fa segno con la mano di andare via. L'uomo s'inchina e arretra. Racconto tutto a Stefania la quale ipotizza che il pover'uomo debba restituire dei soldi ai fratelli e non li ha. Probabilmente, aggiungo io, deve essere sotto "schiaffo". Ha chiesto soldi, in prestito, ai cravattari e, ora, con gli interessi che aumentano ogni mese, non riesce a restituirli.

Spiego a Stefania che esiste un meccanismo perverso che sta alla base dell'usura. Quello che tu debitore che non riesci a restituire i soldi, trovi altre persone bisognose di denaro da portare al cravattaro. In questo modo ti concedono qualche mese di proroga e, intanto, gli usurai aumentano la loro platea di "clienti". Se non puoi fare neppure questo, allora i cravattari te la fanno pagare. Se possiedi una casa devi darla a loro. Se non hai nulla, ti danno una bella "ripassata", botte e violenze di tutti i generi per poi abbandonarti in qualche fosso. Inoltre, continuo, i crediti si appaltano e si rivendono ad altri criminali più modesti, ma non per questo meno pericolosi. Ad esempio ad alcune famiglie di zingari italiani.

Il tempo passa così. Le persone continuano ad arrivare e a recarsi al tavolo degli albanesi. Molti attendono il loro turno fermandosi a bere un caffè al bancone.

A un certo punto entra una donna e si vede subito che questa non è una supplicante. Avrà più di 50 anni e da giovane doveva essere stata bella. Ora sembra corrosa da qualcosa d'insopportabile che l'ha ingrigita tutta; sembra che le brutture che ha visto o perpetrato nella vita, le siano cadute tutte assieme, addosso. Dai fratelli ci resta più degli altri. Non ha un atteggiamento succube, sembra che tratti alla pari. A un certo punto, però, il maggiore dei fratelli, con le dita, pollice e indice a mo' di pistola, le appoggia sulla fronte della donna.

– Stefania, senza fretta usciamo e cerchiamo di seguire la donna. Ora ci alziamo, io vado a pagare alla cassa mentre tu ti fermi all'entrata. Con molta calma.

Facciamo così. Mentre pago, con la coda dell'occhio vedo la donna che si dirige verso l'uscita del bar. Stefania le cede il passo, anzi avendo la sua mano sulla maniglia è lei stessa che le apre la porta a vetri del bar. Se la donna è in auto siamo fottuti perché la nostra è posteggiata distante. Fortunatamente la donna s'incammina e noi, a beneficio, di chi ci guarda dall'interno del bar, ci abbracciamo e ci baciamo sulle guance. Vedere due "innamorati" che si baciano, d'altronde, è visione rassicurante. Abbracciati, facendo finta di ridere, cominciamo a camminare nella stessa direzione della donna. Fuori dal bar, parcheggiati in doppia fila ci sono due suv nuovissimi, neri, con vetri oscurati. Saranno senza dubbio dei fratelli albanesi e io penso a quei poveretti che debbono utilizzare la propria automobile impedita dai suv. Potranno mai avere il coraggio di entrare nel bar e chiedere di spostare i suv?

Stefania non s'aspettava il mio abbraccio e il mio bacio ed è molto imbarazzata. Lo sono anch'io. Intanto, però, non dobbiamo perdere di vista la donna e non dobbiamo farci scorgere. La donna, incurante di noi, continua a camminare e sembra si diriga verso la fermata della metropolitana. Quella gialla, la MM3. Saliamo, dopo aver fatto i biglietti, nella stessa vettura dove è salita la donna, ma in fondo, dalla parte opposta. Lei è immersa nei suoi pensieri, seduta con lo sguardo fisso. Noi restiamo in piedi, parliamo e facciamo finta di scherzare, di ridere. Le fermate si susseguono e io ho paura che la donna possa ricordarsi di noi, soprattutto di Stefania che le ha aperto la porta ed è una che non passa inosservata. Così le dico di scendere alla prossima fermata. Stefania, ovviamente, non è per nulla contenta della mia idea, ma io insisto. Facciamo finta di ridere ancora e poi, alla Centrale, Stefania scende.

La donna, invece, continua a restare seduta e fissare il vuoto. Le fermate si susseguono, Repubblica, Turati, Montenapoleone, Duomo... La donna continua a stare seduta. Arrivati alla fermata Porto di Mare, si alza, ma non scende dalla vettura. Scende alla fermata seguente, alla stazione di Rogoredo, vicinissima a dove è stato trovato il corpo massacrato di Likana.

Scendo anch'io. Seguo la donna che si dirige verso l'uscita della stazione. Prima di uscire si ferma a una cabina telefonica e fa una telefonata. Poi, esce. Esce e attende pochi minuti, certamente meno di dieci, sin quando arriva una Mercedes nera; la donna sale e l'auto si dirige verso Chiaravalle, verso il luogo dove gli assassini, hanno "gettato" il povero corpo di Likana. L'auto si dirige in quella direzione e io non posso che guardarla andare via, non posso seguirla. Non ho l'auto. Ci sarebbero alcuni taxi fermi, ma non mi va di "giocare" al poliziotto come nei film di serie B: «*Segua quella macchina!*». Mi sentirei terribilmente ridicolo. Non mi resta, quindi, che rifare al contrario il viaggio, arrivare di nuovo ad Affori e riprendere la macchina dove l'ho posteggiata.

In redazione racconto tutto a Stefania, poi ci mettiamo a fare il "normale" lavoro di tutti i giorni. C'è da seguire una conferenza stampa alla Camera del lavoro sugli ultimi dati dove emerge che la disoccupazione è al 6,8%, il livello più basso dal 1993. Continua a diminuire la disoccupazione, ma questo non corrisponde a un aumento del numero degli occupati, a crescere è, invece, il tasso d'inattività.

Non ho nessuna voglia di andarci e ci mando Stefania, mentre io sto in redazione a passare i comunicati-stampa nella speranza che non succeda nulla di grave costringendomi, così, ad andare, di nuovo, in giro. Il fatto è che la mia mente è occupata dall'investimento e morte di Campanella e di tutti gli avvenimenti che sono occorsi in questi giorni, da Scalia ai fratelli albanesi, dalla misteriosa donna che ho seguito sino a un certo punto e a come comportarmi nei prossimi giorni. Debbo cercare, anche, di far luce sull'assassinio di Likana.

Telefono in questura e mi faccio passare la squadra mobile, il commissario capo Luca Siviero. Con lui ogni tanto ci troviamo nel bar di fronte alla questura a bere qualcosa. Abbiamo rapporti se non d'amicizia, quanto meno corretti. Lui non si sbilancia mai troppo, io non scrivo avvenimenti che mi racconta e che non debbono apparire come notizia. Ci rispettiamo a vicenda. Maggiore di me, sarà sui 60 anni. Non alto, piuttosto "rotondo", ottimo investigatore, Luca Siviero, non è tipo di raccontare a un giornalista a che punto sono le indagini, ma qualcosa si riesce sempre a sapere. Rispetto reciproco e ognuno col proprio ruolo ben distinto.

– Pronto, sono Massimo Valle.

– Ah, Valle proprio a te stavo pensando.

– Sono qua. Di cosa hai bisogno?

– Era per quella giovane ragazza assassinata che abbiamo trovato a Rogoredo. Mi hanno detto che la conoscevi.

– Chi te l'ha detto. Il napoletano della "Politica?".

– Diciamo un uccellino...

– ... che cinguetta in dialetto napoletano. In realtà non la conoscevo. L'ho conosciuta, in Albania, tanti anni fa. Lei, in quel momento aveva tre anni. Suo padre mi ha nascosto e mi ha, così, salvato la vita. Tutto qui. Piuttosto ci sono novità nelle indagini?

– Nessuna novità. Sai, Anna Soffici non è una che parla troppo. Noi eseguiamo le sue direttive e indaghiamo in tutte le direzioni.

– Cioè non sapete dove indagare, ho capito. Ma i vostri "soffioni" non dicono nulla? Non avete informazioni sulla ragazza, dove abitava, dove batteva?

– Purtroppo si sono tutti chiusi a riccio. Mi sa tanto che non è stato il solito regolamento di conti, la solita puttana che si è ribellata... Ci deve essere dell'altro. La Soffici non è una che demorde, ma bisogna anche essere coscienti che, tutto sommato, la morta era solo una puttana, anche se molto giovane. Non era la figlia di un personaggio altolocato o di qualche ministro. Fra poco di lei non se ne parlerà più e il suo fascicolo finirà in cantina, fra i casi non risolti. È drammatico e vergognoso, ma è la realtà. Scusa se l'ho definita puttana... Tu cosa volevi?

– Senti, mi puoi dire qualcosa dei fratelli Bitil ed Erëzak Koroveshi? Sono albanesi.

– Qualcosa? Possiamo parlare per ore di questi due personaggi. Perché t'interessi di loro?

– Niente... Mi sono capitati per caso...

– ... sì, e io sono la Vispa Teresa! Senti Valle se sai qualcosa sull'omicidio di questa ragazza me lo devi dire. È l'unico modo per prendere gli assassini. Te lo dico al plurale perché sono convinto che non è stato un cliente occasionale a ucciderla, ma si deve trattare di qualcosa di organizzato. Allora Valle?

– Ora non sono in grado di dirti niente. Posso dirti, però, che i fratelli albanesi debbono aver avuto o hanno un legame con la ragazza uccisa. Per questo ti ho chiesto di darmi notizie di loro. Anzi Siviero, facciamo un patto. Io domattina vengo nel tuo ufficio e ti racconto quello che so di questa vicenda. Tu, in compenso, mi fai dare un'occhiata all'incartamento dei fratelli albanesi. Ci stai?

Passano momenti di silenzio. Mi sembrano lunghissimi. Poi, di nuovo, la voce di Siviero.

– D'accordo ti aspetto domattina. L'incartamento lo leggi, ma non lo porti via e neppure lo fotografi. Lo leggi soltanto. Non crearmi problemi, Valle. Intesi?

Restiamo d'accordo in questo modo. Chiudo la telefonata e mi appresto ad abbandonare la redazione.

In macchina, mentre mi dirigo verso casa, verso Francesco che mi attende con ansia, penso intensamente al colloquio con Siviero e convengo che ho fatto bene a interpellarlo. Forse non saprò molto dall'incontro di domattina, ma anche quel poco che riuscirò a sapere è certamente un piccolo passo in avanti su questa vicenda che mi sta coinvolgendo, ovviamente, anche dal punto di vista personale.

Appena a casa, mentre Francesco non mi lascia un minuto da solo, seguendomi in tutte le stanze, telefono, con la linea fissa, a Stefania e l'avverto che domattina non ci sarò perché ho un appuntamento in questura. Avverti tu, dico, Nunziante. Appena mi sbrigo, arrivo e parliamo su come comportarci nei prossimi giorni.

– Ah, a proposito Stefania. Non vorrei che tu pensassi male di me... quando siamo usciti dal bar di Affori... sì, insomma, il bacio... non è che ci provavo, è che...

– ... non preoccuparti, lo so benissimo che in quel momento era necessario per non insospettire gli albanesi. Non sia mai, poi, che il grande giornalista si metta a baciare una stagista!

– No, Stefania, non è questo. Il fatto è che non ho tempo né voglia d'impegolarmi con te in una storia anche perché potrei essere tuo padre. Voglio dirti una cosa. Io sono stato sposato e lasciato da mia moglie quando è nato nostro figlio Francesco, un bambino down...

– ... scusami, non lo sapevo. Non volevo scherzare...

– ... è naturale che non potevi saperlo. Io, però, te l'ho voluto dire affinché non ci siano malintesi fra noi. Io debbo stare con mio figlio Francesco, anzi, ora è proprio vicino a me... Francesco saluta questa amica al telefono. Passo la cornetta a Francesco che, molto seriamente, come sempre quando parla o tenta di parlare con le persone che non conosce, saluta gentilmente e poi precisa che lui si chiama Francesco Valle. Nome e cognome. Chiudo la telefonata e sono tutto per lui.

L'indomani mattina è una mattinata tersa come ogni tanto se ne vedono a Milano.

Siamo quasi alla fine di febbraio e forse s'intravvede l'avvicinarsi della primavera. O forse è un falso allarme e da domani riprenderà il freddo accompagnato da grigi pomeriggi. Intanto, però, il cielo è limpido e questo, almeno per uno come me che ama il sole, la luce, è di buon auspicio. Mentre guido, alle mie spalle intravvedo la Grigna imbiancata.

Alle 10 sono nell'ufficio del commissario capo Siviero. Racconto della ex Jugoslavia, di Beku, di Likana, della *casa gialla*, insomma di quello che, con Italo, abbiamo scoperto. Racconto, ovviamente, dell'assassinio di Leyla e Zlatan. I fratelli albanesi, dico, entrano in questa storia perché i loro nomi me li ha fatti una mia fonte, attendibile. Secondo questa fonte, essi hanno in mano il mercato delle slave. Luca Siviero mi guarda e annuisce, poi sbotta.

– Sono due criminali, pericolosi. Pericolosi, ma non stupidi. Ora ti faccio leggere il loro curriculum dove dentro trovi di tutto: dalle slave alla droga, dall'usura alle lotte sanguinose fra cani di grossa taglia con relative scommesse clandestine notturne. Solo questo settore, quello delle scommesse clandestine sui cani di grossa taglia, pittbull, rotweiler, bulldog, è un affare, solo in Europa, di 3 miliardi di euro l'anno che coinvolge almeno 15 mila animali. In Italia, la puntata minima delle scommesse è attorno ai 250 euro, ma si raggiungono anche vette da 10 mila euro, a puntata, quando si sfidano cani dal pedigree importante. Attorno al mercato del sesso, poi, ruotano tante altre cose, dalla droga all'immigrazione clandestina, alle armi.

Siviero apre un cassetto della sua scrivania e mi porge una cartella gialla, piuttosto voluminosa. Dentro, praticamente la vita dei due malavitosi. Vengono da Pristina e si sono fatti la guerra, del 1993, fra le milizie dell'Uck. Sono nati nel 1971 e nel 1973. A Milano arrivano nel 1996 e subito s'inseriscono, a forza di pallottole e di violenze, nel controllo della droga e della prostituzione. Poi viene l'usura, l'organizzazione delle scommesse clandestine e tanto altro. Fanno un sacco di soldi e hanno legami con la 'ndrangheta. Alcune intercettazioni provano colloqui con personaggi di Siderno e Reggio Calabria.

– E com'è che non li avete ancora arrestati?

– Le prove Massimo. Le prove. Semplicemente mancano. Qualcuno denuncia ma poi ritira la denuncia, qualcuno denuncia e poi non si trova più, scompare. Quelle poche volte che siamo riusciti a portarli in tribunale, gli accusatori dei due fratelli si sono rimangiati tutto, hanno detto che si sono sbagliati, si sono confusi e balle di questo genere. Hanno un sacco di avvocati disponibili, dietro compensi notevoli, a tirarli fuori dalle accuse di omicidio, traffico di droga, estorsione, sfruttamento della prostituzione, associazione per delinquere e tanto altro. In uno stato di diritto per condannare una persona ci vogliono prove. E noi, queste non l'abbiamo. Qua ci sono grandi interessi. Sai quanti sono i ragazzi e le ragazze che si prostituiscono? Sono ben 70 mila...

– ... che producono quanti soldi?

– Almeno 900 milioni di euro l'anno. Tanti soldi che vanno reinvestiti ad esempio acquistando coca. E sai la coca pura quanto costa? Circa 60 euro al grammo e tagliata rende cinquanta volte tanto.

– Sono gli albanesi a capo di tutto?

– Sì. Gli albanesi sono i più violenti. Secondo il gruppo Abele, quello di don Ciotti, le ragazze spesso sono rivendute ai romeni e gli albanesi si fanno pagare il pizzo oppure si fanno pagare il pezzo di strada dove "battono" le ragazze: 10 mila euro a chilometro!

– Mi stai dicendo che questi banditi possono impunemente fare ciò che vogliono, probabilmente uccidere, fra le altre cose, anche una ragazzina e la polizia non può intervenire?

– Sì. Proprio così. Sin quando non li pigliamo con le mani nel sacco non possiamo fare nulla. Saranno anche privi di discernimento, ma ti assicuro che una certa intelligenza o furbizia criminale i due albanesi la possiedono. Non sono solo degli spezzaossa. Speravo proprio che tu potessi darmi qualche dritta sui fratelli.

– Quello che so te l'ho detto. Io vado avanti a cercare per conto mio. Poi mettiamo assieme le mie e le tue informazioni e vediamo se qualcosa viene fuori. Che ne dici?

Siviero fa un segno di assenso, però, soggiunge «*prima di scrivere qualsiasi notizia, essa deve essere vista assieme a me*». Ci stringiamo la mano ed esco dal suo ufficio. Prima di lasciare la questura, vado al quarto piano, alla Digos. Mentre parlava Siviero, mi è venuto un dubbio che voglio verificare. Busso all'ufficio del vice ispettore Biagio Varriale, entro, cazzeggio un po' con lui, parlo della partita del Napoli, dei biglietti che gli ho fatto trovare. Poi, di getto: «*Sei tu l'uccellino canterino che canta in napoletano?*».

– Che vuoi dire?

– Voglio dire che non era necessario andare a raccontare a Siviero che conoscevo la ragazza trovata assassinata a Rogoredo.

– *Chello strunz!* È venuto a dirtelo. *Mancò dei poliziòtt ci si può cchiu' fidarè. Ca' bruttà gentè ...*

– ... non fare la sceneggiata. Piuttosto sei in debito con me, un debito che puoi subito assolvere. Dimmi qualcosa sui contatti tra malavita e gruppi di destra.

– *Uaglione, tienì a' capa dura!* Non voglio immischiarmi in questa storia.

– Dai Biagio, è il tuo lavoro. Dammi qualche notizia. Non m'interessano tanto i nomi, piuttosto i collegamenti esistenti. Così, per farmi un'idea. Partiamo dagli albanesi, vuoi?

– *Chilli* sono entrati nel giro come manovalanza ma, col tempo, sono diventati determinanti. Prima grazie al *traffic e' stupefacènt* e i contatti con Sudamerica e 'ndrangheta. Poi hanno capito *ca' era necessariò* un contatto politico. E dove l'hanno trovato? Lo hanno trovato negli ambienti ultras del calcio.

– Perché proprio in questo ambiente?

– Perché gli anni Ottanta sono stati il decennio d'oro per la sottocultura ultras. È il periodo che cominciano a infilarsi nei partiti e nelle liste elettorali, *personàgg impresentabìl ca' hannò ra' politìc nu' concètt privatistìc. Me aie capitò?*

– Beh, sì. Gente che vuole mungere dai fondi pubblici.

– Esattamente. Il risultato sono un sacco di quattrini, cocaina come se nevicasse, appalti, traffici sporchi, insospettabili in giacca e cravatta che stanno attorno al potere per goderne i vantaggi in cambio di favori illeciti. Proprio una *camorria*... molti soldi ti scivolano via e un vecchio detto della mala recita che "I soldi rubati non si contano" nel senso che non ti resta attaccato nulla. Mi sa, invece, che a questi, i soldi gli si appiccicano sopra.

– Mi hai parlato di ultras del calcio. Ti puoi spiegare meglio?

– Valle, *o' sannò tuttì* che la manovalanza parte da lì. Gli ultras dell'Inter non gridano solo slogan contro i giocatori avversari di colore, ma sono organizzati come fossero delle squadre d'azione. Ad esempio i Blood&Honour di Varese, gruppo di estrema destra, deve il nome alla traduzione, in inglese, del motto della Gioventù hitleriana. E *nun scurda'* caro Valle, i Boys San che utilizzano un acronimo molto simile alle Sam, le squadre d'azione di Benito Mussolini.

– E i milanisti?

– La stessa cosa, ma più sottotraccia. Loro sono più defilati. Secondo l'Osservatorio democratico sulle nuove destre, è iniziato l'avvento di soggetti legati all'estrema destra e alla criminalità organizzata. Tra i tifosi delle due squadre calcistiche milanesi si anniderebbero, infatti, membri di Avanguardia Nazionale e Lealtà e Azione. Come dite voi? *Te sett content?*

– Varriale lascia perdere il dialetto milanese, meglio che continui a parlare in napoletano. Piuttosto, dimmi un'altra cosa. Se è certo, come tu dici, questo legame fra frange della destra, albanesi e crimine organizzato, potrai anche farmi qualche nome di chi comanda tutta la "baracca"?

– No, perché non lo sappiamo chi sia *o' vertìc.*

– Se i fratelli albanesi sono solo manovalanza, sopra di loro chi ci sta? Possibile che non sai chi ci sta, pur senza riscontri e prove?

– *Nun o' sappiàm propeto.* E se lo sapessi non te lo direi, perché è segreto istruttorio. Una cosa però posso dirtela. Attorno a San Siro hanno gravitato anche *ommn dei Servìz segrèt*, l'ex Sismi. Del resto ci sono sempre stati legami fra questi e la destra. Adesso, se il grande giornalista permette, debbo lavorare. Non dimenticarti che la prossima volta che gioca il Napoli aspetto i biglietti. Non fare, come al solito, *o' strunz.*

Cap. 11 – Un viso opaco

Con Nunziante abbiamo deciso di mandare in rete un "assaggio" degli episodi riguardante la ragazza trovata assassinata a Rogoredo. Avevo avvertito Luca Siviero, commissario capo della questura, della nostra intenzione e, sommariamente, gli avevo raccontato cosa intendevo scrivere. Siviero si era detto d'accordo, soltanto mi aveva raccomandato di non raccontare in modo chiaro tutto quello che eravamo venuti a sapere, ad esempio che un certo racket è in mano ai fratelli albanesi. Lo tranquillizzo. L'articolo, dico io, dovrebbe servire solo come esca. Vediamo se qualcuno si "offende".

– Lo sai che questo è pericoloso, eh Massimo? Questa è gente che non sa neppure cosa significhi pietà. Se si sentono minacciati non esitano a uccidere.

– Sì, lo so perfettamente. Ma è l'unica arma che abbiamo per far uscire allo scoperto gli assassini. Io debbo trovare chi ha assassinato i miei amici di Sarajevo e non solo. Debbo sapere chi ha straziato il corpo di Likana. Lo debbo a suo padre che mi ha salvato la vita.

Inizio a scrivere il pezzo. Al mio fianco, Stefania. Con lei chiariamo certi passaggi, modifichiamo qualche concetto, limiamo qualche asperità. Indichiamo, alla fine del pezzo, anche un titolo di massima che poi con Nunziante valuteremo. Il titolo è d'impatto e racconta più di quello che poi, giornali, radio e Tv, si ritroveranno nell'articolo: «*Ragazza uccisa a Milano – Rogoredo». Una morte non troppo misteriosa*».

Ritorno sul ritrovamento della ragazza che abbiamo

dato a suo tempo. Ma in più ci metto la questione del rene mancante di cui sinora nessuno ha ancora scritto poiché la magistratura non ha divulgato la notizia. Parlo, anche, di una misteriosa organizzazione che tiene le fila per la tratta delle ragazze dai Paesi dell'Est europeo, che traffica con organi espiantati e cito la questione relativa all'usura e ai combattimenti clandestini dei cani. Non cito espressamente i fratelli albanesi, ma – in modo molto aleatorio – faccio risalire a non meglio definiti personaggi che hanno combattuto in Kosovo e che oggi, a Milano, hanno rapporti organici con elementi della destra extraparlamentare fascista.

Poi butto là, con noncuranza, una frase sibillina: «*Alcune fonti da noi interpellate a proposito, fanno risalire a una specie di cupola il centro di tutta questa organizzazione*». Aldo Nunziante legge più volte quello che ho scritto con l'aiuto di Stefania. Ha la faccia corrugata, poi, alla fine della lettura, sbotta: «*In pratica, non abbiamo in mano nulla!*».

– Hai ragione, Aldo. Ma il nostro intento è quello di far uscire allo scoperto qualcuno che ci possa dare così elementi per proseguire la nostra indagine e, soprattutto, far intervenire magistratura e polizia.

– Intanto, però, ci prendiamo qualche querela...

Interviene Stefania a darmi man forte.

– ... come potrebbero mai querelarci, ad esempio, i fratelli albanesi? Per querelarci si dovrebbero ritenere parte offesa e, in tribunale, dimostrare troppe cose. E questo, a loro, non conviene affatto.

– Ci penso. Intanto Massimo smussa queste righe che non mi piacciono troppo. Non definire, con esattezza, che a Rogoredo ci possa essere la "centrale" di queste ragazze...

– ... per quanto riguarda Roma?

– Se decido, mi prendo io la responsabilità e la mettiamo in rete. Poi vedremo.

Lasciamo Nunziante in preda alla scelta da compiere e torniamo nel salone della redazione. Ci sediamo ai nostri posti e attendiamo il responso. Sposto la tastiera del Pc per potermi appoggiare meglio alla scrivania e, in quel momento, guardando la redazione asettica, con i monitor appesi al soffitto, mi rendo conto come sia ormai finita un'epoca. Che non tornerà più.

Quando ho iniziato la professione, lavoravo per un piccolo quotidiano cartaceo. I Pc non c'erano ancora. Gli articoli si scrivevano sulle Olivetti, si facevano tanti errori di battitura, si buttava via la pagina e si infilava un foglio bianco intonso, per ricominciare a scrivere la nuova versione. Si parlava a voce alta, c'era un casino infernale. Il sottofondo era solcato dal ticchettio dei tasti delle Olivetti e dal rumore che producevano i "bussolotti" della posta pneumatica diretti in tipografia.

In tasca portavi, sempre, un pugno di gettoni telefonici perché quando eri in giro per qualche servizio, ti servivano per dettare, telefonicamente, da qualche bar, il pezzo ai dimafonisti. Quando stavi in redazione, durante qualche pausa, o andavi via dalla tua posizione, mettevi la Olivetti in posizione verticale.

Anche le luci sono cambiate. Prima si usavano molto le lampade da tavolo, orientabili, quelli con bracci bilanciati a molle, ora luci a led, fredde.

Le telescriventi non ci sono più e i menabò si "disegnano" a video; sembra di essere in una sala operatoria. Quando si era in "chiusura", ormai in piena notte, i visi di redattori e tipografi erano pesti, smunti. Si attendeva, con impazienza, il rumore sordo delle rotative, si attendeva la prima copia del giornale. Ora non più. Ora si stampa in città lontane dalle redazioni e il frastuono della rotativa è scomparso.

Aveva ragione Gatti quando, prima che partissi con Italo per Sarajevo, affermava che il nostro mondo, il nostro modo di lavorare stava cambiando e che presto alcune professionalità, nei giornali, sarebbero sparite. Proprio la mattina precedente, ero andato a seguire una manifestazione degli studenti e, mentre il corteo era fermo davanti al Provveditorato agli studi, in via Ripamonti, avevo notato un giovane seduto sul marciapiede con una piccola telecamera collegata a un Pc. Quel giovane, quel "giornalista", stava trasmettendo alla sede del suo giornale, probabilmente online, le riprese effettuate alla manifestazione. In pratica, da solo, doveva riprendere, fare le interviste, inviarle al giornale e scrivere l'articolo. Cominciava ad apparire, in modo prepotente, un termine sino ad allora usato poco: precario. Poco tempo dopo erano, anzi, eravamo tutti precari.

Mentre la mia mente vaga nel tempo, esce dal suo ufficio Nunziante. Viene da noi con il nostro articolo in mano. «Mandalo in rete!», esclama rivolto a me. Prendo i fogli dell'articolo e vedo che ci sono alcune correzioni, quelle che mi aveva sollecitato a fare poc'anzi su Rogoredo.

– Con Roma come sei messo?

– In nessun modo. Non li ho avvertiti perché in questo caso si sarebbe aperto un contenzioso, come al solito. Mi prendo io la responsabilità. Forza, fai le correzioni e manda in rete.

– Un'ultima cosa, Aldo. Il pezzo l'ho scritto con il contributo di Stefania. Mi sembra giusto che appaia anche la sua firma.

Aldo guarda in faccia Stefania poi continua:

– No. Niente firma. Mi spiace Stefania, per la firma

devi attendere un po' ancora. Firma solo Massimo. Al lavoro.

Stefania rimane basìta, ma non dice nulla. Faccio le correzioni indicate da Aldo, poi, velocemente mando in rete. Fra qualche istante quasi tutti i mezzi di comunicazione di massa saranno raggiunti da queste notizie e vedremo domani come e cosa metteranno in pagina e, fin da stasera, cosa diranno alla radio e in Tv. Poi dico a Stefania che ci meritiamo qualcosa da bere e che debbo parlarle e, anche se a malincuore, mi segue. Non andiamo nel bar interno, ma quello sulla piazza Cavour, di fronte al Palazzo dei giornali dove c'è una piccola galleria. Si vede che Stefania è arrabbiata e delusa e non ha nessuna voglia di andare al bar. Optiamo per andare a sederci su una delle panchine del vicino parco, quello che congiunge piazza Cavour con Corso Venezia.

– Cerca di non essere arrabbiata, Stefania. Nunziante è una brava persona, un bravo giornalista. Lui sa perfettamente come comportarsi. Se ha detto così non è che ce l'abbia con te, è che vuole proteggerti.

– Proteggermi? Ma possibile che quello che fanno le donne non va mai bene? Diciamolo chiaramente: se al posto mio ci fosse stato un "maschietto", la firma poteva anche starci...

– ... no Stefania stai proprio sbagliando. Quando Nunziante ha parlato di querele, non l'ha detto a caso. Ti ha protetta da una eventuale querela e non solo. L'articolo che abbiamo scritto è un articolo pericoloso. È probabile che a molti non andrà bene quello che leggeranno... ci potrebbero essere delle ripercussioni, anche di carattere personale.

Stefania mi guarda e nei suoi occhi mi sembra di notare una certa accondiscendenza nei confronti delle cose che ho affermato.

– Adesso cosa facciamo?

– Aspettiamo le reazioni. Però una cosa la potresti proprio fare, una cosa che è un po' che mi frulla per la testa. Ma su questo devi decidere solo tu e non ora. Io la dico, ci pensi e poi nei prossimi giorni mi dai la risposta. Pensaci bene perché ciò che ti propongo travalica il lavoro dell'agenzia, diciamo che è un extra e, purtroppo, anche questo ha un lato pericoloso e non piacevole.

– Di cosa si tratta?

– Ricordi quando Henry Scalia ti ha invitato a cena?

– Certo. Come potrei dimenticare quell'orribile individuo...

– ... ecco, appunto è di questo che ti volevo parlare. Scalia sa tante cose e da quello che mi ha raccontato Campanella prima che lo investissero mortalmente, ha un ego smisurato. Se sollecitato a dovere, potrebbe anche raccontare cose determinanti sulla questione relativa alle trame di quegli anni e alle ultime vicende su cui stiamo lavorando, la ragazza uccisa e altro.

– E io cosa dovrei fare?

– Ecco... dovresti accettare quell'invito a cena e cercare di farlo parlare...

– ... non se ne parla proprio. Toglietelo dalla testa.

– Hai ragione. Scusami. Ora torniamo in redazione; magari Nunziante ci cerca.

In redazione, la porta di Nunziante è chiusa. Si sente la sua voce alterata che risponde al telefono, grida e impreca. Poi silenzio assoluto.

Dopo una decina di minuti, mentre sto aggiustando un'intervista che Stefania ha fatto al presidente milanese dello Iacp, le Case popolari, Nunziante esce dal suo ufficio e mi chiama.

– Chiudi la porta.

Chiudo e vado verso la sua scrivania. Mi siedo di fronte a lui e attendo. Lui è tutto rosso in viso, incazzato nero. Ha le maniche della camicia rivoltate, la cravatta – che porta sempre – allentata, gli occhiali sulla fronte. Tamburella con le dita della mano sinistra sulla scrivania, ogni tanto guarda lo schermo del Pc e non dice nulla. Io attendo anche se so benissimo perché è così incazzoso e, infatti, dopo una manciata di minuti, si decide a parlare.

– Non ne posso più. Roma ha fatto storie. Da quando non c'è più Gatti è diventata l'agenzia dell'asilo Mariuccia. Per loro bisogna sempre sopìre, attendere i comunicati ufficiali... che merda!

Lo lascio parlare, non interrompo perché so che in certi momenti, per scaricare la tensione, ha bisogno di sfogarsi. Le coronarie dei giornalisti, soprattutto dei caporedattori, sono sempre in "zona Cesarini". È una pressione continua la nostra e, soprattutto, per coloro che nel giornale hanno più responsabilità, sempre in lotta con gli orari, la verifica delle cose che inviamo in rete, le tensioni con i politici.

Si mangia male, in modo disordinato e il fegato, giustamente, si lamenta. In realtà non per tutti è così. Per Aldo Nunziante, vecchia scuola giornalistica, il giornale è sofferenza e passione; per i nuovi, come il nostro direttore di Roma, è una vetrina per ambìti posti futuri. Loro non affaticano le coronarie. Loro trovano il tempo per le cene, per il tennis o il golf. Loro non frequentano malavitosi, non indagano su fratelli albanesi. Loro frequentano sì i ladri, ma quelli in guanti bianchi, quelli che dirigono aziende di Stato o private, quelli che quando sono condannati, in galera non ci vanno o se ci vanno, solo per pochi mesi. Poi si trova sempre la scappatoia per tornare ai vecchi traffici.

Frattanto Nunziante si è calmato e mi racconta che Claudio Tarquini, da pochi mesi direttore della *Asn*, non è stato per nulla contento che abbiamo mandato in rete quella notizia.

– Avrei dovuto consultarmi con lui prima di mandarla in rete. Mi ha accusato – lui che non ha esperienze giornalistiche, ma solo frequentazioni politiche – di aver causato un grave danno d'immagine all'agenzia. Mi debbo sentire dire queste cose da un bamboccio... Domani sono convocato a Roma per chiarimenti...

– ... mi spiace molto, Aldo... per causa mia...

– ... no, Massimo. Non per causa tua. Per causa dell'insipienza di certe persone messe in certi posti perché della stessa corrente politica di questo o quel personaggio. Altro che cani da guardia della democrazia. Questi, al massimo, sono barboncini che fanno le fusa, che scodinzolano ogni qualvolta vedono un potente.

– Domani cosa ti diranno?

– Cosa vuoi che mi dicano. Le solite baggianate, la libertà di stampa, il rispetto degli avversari politici, il bisogno di una narrazione consona con i tempi che attraversiamo... tutte minchiate. Poi il bastone e la carota o viceversa: hai fatto un buon lavoro a Milano, ma abbiamo bisogno di forze nuove, giovani al passo con i tempi, difficili, che stiamo attraversando. Insomma, mi faranno capire che me ne debbo andare. In pratica la pensione anticipata. Per noi, Massimo è finita. Si chiude un'epoca.

– Posso fare qualcosa per te?

– No. Anzi, sì. Continua a seguire questa vicenda della ragazza uccisa. Se riusciremo a venirne a capo, almeno avremo la soddisfazione di aver mandato in galera qualcuno, sempre se ci andranno in galera. Stai attento e non esporti troppo e non esporre neppure Stefania. Io ora vado a casa, così mi preparo per domani, a Roma. Tu cosa devi fare?

– Non credo di avere cose importanti da terminare. Vado a casa anch'io.

– Bene. Prima, però, andiamocene a prendere qualcosa, magari un aperitivo. Ho bisogno di rilassarmi un po'. Se arrivo a casa in queste condizioni, mia moglie se ne accorge subito... dopo debbo subìre il racconto di tutto quello che è avvenuto durante la giornata e con quattro figli non è una cosa semplice. Dai, andiamo.

Ritorno nel salone della redazione, prendo il giubbotto, avviso Stefania ed esco con Nunziante. Andiamo in un bar della vicina via Senato. Ordiniamo due aperitivi che ci portano con numerosi "assaggini", così come li chiamano ora. Aldo sembra più calmo. La sfuriata è stata salutare. Mangia con gusto le olive e le patatine. Il Campari è presto terminato e ne ordina un altro. Per te, Massimo? No. A me basta questo.

– So benissimo che in redazione mi chiamate *culo di pietra*...

– ... ma no, Aldo... chi ti dice queste cose...

– ... non negare perché so che è così. In realtà non mi offende per nulla il termine. Io, Massimo, amo molto il mio lavoro. Noi siamo della vecchia scuola. Il lavoro ci piace farlo bene, fino in fondo. Certo, questo porta spesso delle frizioni in famiglia. Non sono tanti i giornalisti sposati da trent'anni con la medesima persona. Io sono uno dei pochi. Massimo, ti confesso che preferisco gli scazzi del giornale piuttosto che sentire le reprimende e i casini che combinano o hanno combinato i miei figli. Mia moglie, nei primi tempi di matrimonio, si lamentava per le mie continue assenze. Io lavoravo a Verona, nel quotidiano cittadino ed ero sempre in giro a cercare notizie e da responsabile della redazione locale della *Asn*, ancora peggio. Così se n'è fatta una ragione, abbiamo trovato la nostra dimensione e tutto fila liscio. Ti racconto queste cose perché so che anche tu hai avuto problemi grossi in famiglia. Ora come te la cavi?

– I problemi io non li ho avuti perché ero sempre al giornale. Ma, come sai, per altro. Comunque ora le cose, non dico che vadano bene, ma ormai...

– ... ormai cosa? Sei ancora giovane. Puoi rifarti la vita...

– ... giovane? A parte che ho 50 anni, ma poi la mia vita è questa. Non voglio costringere nessuno a vivere con me e con Francesco. Non durerebbe troppo... Sai, a volte penso che non sia vero che siamo noi a sceglierci la vita. È il Fato. Forse aveva ragione Spinoza quando affermava che Dio guarda alle cose del mondo senza odio né amore per nessuno. Penso che tutto sia già scritto fin da quando si viene al mondo. Quando sono andato in Jugoslavia, ho visto cose terribili, povertà spaventose. Allora mi domandavo e mi domando: perché loro sono stati così sfortunati e, ad esempio, al mio vicino di casa sembra che tutto vada bene? Perché è già scritto. Se sei fortunato, in questa cabala nasci bianco in un Paese ricco e democratico; se va male nasci di un altro colore, fai la fame, hai malattie che non riesci a curare perché non hai la possibilità di acquistare medicine. Se sei favorito dalla sorte non vedrai mai la guerra; se non lo sei, da quando nasci vedrai solo violenza e depravazione. A me doveva andare così, con un figlio down che però, ti confesso, mi aiuta molto. Sembra una cosa strana eppure quando vado a casa, alla sera, sento il bisogno di rivederlo. Anche se...

– ... con la donna che lo assiste, come va.

– Questa sì che è una fortuna. Va benissimo, è attenta e disponibile. Non potevo trovare di meglio.

Poi ci alziamo e usciamo dal bar. Ognuno si dirige dove ha lasciato l'auto per raggiungere, così, la propria abitazione. Ciascuno con il proprio carico di problemi, con le proprie pene e aspettative che difficilmente si realizzeranno.

La maggior parte di giornali e Tv hanno ripreso la nostra notizia e messa in posizione molto visibile nel giornale oppure in apertura nel notiziario radiofonico e televisivo. Siviero mi ha telefonato facendomi i complimenti per il lancio, per il pezzo che ho scritto e ripreso dai giornali. A suo parere dobbiamo continuare, iniziando dall'usura. Questa è una faccenda – afferma – non riconducibile a piccoli malfattori che agiscono nei quartieri milanesi. È una organizzazione che funziona perfettamente, altro che malavitosi locali.

In agenzia lavoro come al solito. Nunziante è tornato da Roma con la faccia molto scura e mi ha confermato quanto mi aveva già anticipato: in pratica gli hanno detto che se ne deve andare perché ormai è vecchio e inadeguato.

– Pensa, Massimo, che invece di parlare delle nuove sfide che ci aspettano, delle tecnologie che cambieranno ancora di più questo mestiere, cosa fa il nuovo direttore, di cosa parla il nuovo direttore su indicazione dei nuovi referenti politici? Di tagli. Parla di non fare sostituzioni, straordinari, diminuire i servizi esterni, risparmiare sulle fotocopie. Lui le chiama "economie di scala". A questo siamo ridotti. Il giornalista con il gusto della scoperta di una notizia e della scrittura, quello che scarpina a destra e manca per approfondire, per far risaltare, per informare l'opinione pubblica il marcio che ha scoperto non esisterà più. Ora ci saranno solo giornalisti-impiegati, attenti a non fare troppe fotocopie. È la morte del giornalismo, almeno come l'abbiamo sempre inteso noi. Siamo residuati bellici, Massimo, anzi, dinosauri in via d'estinzione. È finita! Pensa, che a un certo punto della riunione, il direttore si è lamentato che Milano fra tutte le sedi italiane dell'agenzia spende più di tutte le altre. E per suffragare questa ridicola tesi, ha affermato che consumiamo più carta igienica di tutte le altre sedi...

– ... e tu cosa gli hai risposto?

– Cosa vuoi rispondere davanti a una affermazione del genere? Gli ho risposto che evidentemente a Milano abbiamo il vizio di pulirci bene dopo aver cagato. Non ho mai usato un frasario volgare nella mia vita, ma questa volta non mi sono trattenuto. Dopo, me ne sono andato sbattendo la porta. È finita, Massimo. Noi siamo finiti.

Esco dall'ufficio di Nunziante amareggiato, deluso. Mi guardo attorno. Vedo i colleghi che "pestano" sui tasti dei computer. Stefania lavora e non mi dà troppa confidenza. Mi domanda solo cose relative al lavoro, qualche pezzullo da correggere, quale termine utilizzare per una determinata rapina. Cose di piccolo calibro. Soprattutto, non ha mai risposto alla proposta di uscire con l'investigatore Henry Scalia. Mi domando se vale la pena continuare a indagare su questa storia dopo il colloquio che ho avuto con il responsabile della redazione milanese.

La risposta di Stefania si concretizza dopo cinque giorni. Non ho fatto nessuna pressione nei suoi confronti, l'ho lasciata meditare e decidere da sola. Anche se mi rendo conto, di aver chiesto troppo. Uscire, da sola, a cena con un tipo come Scalia non è certo il massimo, un piacere. Oggi abbiamo entrambi il turno pomeridiano. Quando entro in redazione, Stefania sta chiacchierando e ridendo con un gruppo di redattrici e redattori, più o meno tutti della sua età. Io vado alla mia postazione e comincio a lavorare.

Guardo i comunicati che mi sono arrivati, entro nella mia posta, apro le buste consegnate a mano. La maggior parte di tutta questa carta va a finire – come al solito – nel cestino. Sono soprattutto i galoppini di politici locali che scrivono per annunciare prese di posizioni su tutto lo scibile umano del loro politico di riferimento, assessori e consiglieri comunali che invitano l'agenzia a seguire questo o quel convegno dove loro prenderanno la parola. Una noia mortale.

Quando Stefania s'avvicina, le dico di fare il giro telefonico, cioè telefonare a pronto soccorsi, carabinieri, polizia, guardia di finanza così da conoscere cosa è avvenuto in mattinata, se c'è qualche avvenimento che vale la pena seguire e darne notizia. Ed è mentre dico queste cose che Stefania mi guarda ed esclama: «*Hai vinto!*». La guardo in modo interrogativo.

– Cosa ho vinto?

– Esco con Scalia.

Non so cosa dire anche perché, ormai, le mie speranze si erano affievolite.

– Stefania non devi sentirti obbligata. Ti ho chiesto una cosa grossa e posso capire benissimo se non te la senti...

– ... no. Ormai ho valutato e deciso. Come mi debbo muovere?

– Beh, intanto dovresti chiedere un colloquio con l'investigatore. Racconta pure che sei in rotta con me, che non voglio farti scrivere gli articoli e così, autonomamente, hai deciso di "battere", per conto tuo, gli argomenti che abbiamo trattato la volta scorsa... Devi far leva sul suo egocentrismo... farlo parlare di qualche sua impresa particolare... Se ho capito che tipo è, a questo punto rinnoverà l'invito a cena. Alla proposta fai un po' di "cinema", ma no, non posso, fai la preziosa, inventati dei pretesti e, alla fine, accetta l'invito. Bada bene che l'incontro deve avvenire in un locale pubblico, sii decisa in questo senso. Se ti offre una "serati-na" nel suo appartamento, non accettare.

– Come mi devo vestire per l'occasione?

– Beh... hai visto anche tu la segretaria. Gli piacciono, senza dubbio, le donne appariscenti... vedi tu.

– Ho capito. Da puttana.

– Non esagerare, ora. Le donne sanno sempre come debbono vestirsi.

Il giorno dopo Stefania mi conferma che ha telefonato a Scalia e l'incontro è stato fissato la mattina del giorno dopo, alle 11.

Sto facendo la "posta" alla donna che è stata ad Affori a parlare con i fratelli albanesi. Non ho nessun dato dove poterla trovare, non so dove abiti, nulla. Così ho deciso di attenderla nel piazzale prospiciente la stazione Fs di Rogoredo e della MM. Potrebbe essere un buco, una inutile perdita di tempo. Però l'istinto mi dice che, in genere, si tende a fare sempre le medesime cose. Penso che la donna potrebbe anche ricapitare alla stazione per prendere la metropolitana.

Certo, a questo punto, il problema sarebbe quello di come fermarla e parlarle. Ma è inutile pensarci ora. Ora sono sul piazzale della stazione e guardo in direzione della strada che porta a Chiaravalle, dove l'altra volta si è diretta dopo essere salita su una Mercedes nera. Non c'è pericolo che la mia presenza possa suscitare sospetti; il piazzale, di mattina, è sempre gremito di persone che si recano alla metro o alle ferrovie. Ormai sono quattro giorni che passo le mattinate in questo piazzale della periferia meridionale della città, senza risultato. Ed è proprio la mattina del quarto giorno che vedo spuntare la sagoma della Mercedes. Si ferma quasi sulla curva che porta alla stazione e scende la donna. La prima cosa che faccio è quella di segnarmi la targa dell'auto.

La donna si dirige verso la metropolitana. Indossa una gonna blu a righe e un cappotto grigio. La seguo e ho occasione di guardarla bene, da vicino. Sì, deve essere stata una bella donna ai suoi tempi, ora – come avevo già notato la prima volta che l'ho vista – è come sfiorita. Ha la faccia stanca, occhi sgranati, occhiaie profonde, tipico di chi non riposa bene. Ed è grigia, l'incarnato grigio, i capelli al centro della testa mancanti. Probabilmente è alopecia androgenetica galoppante. Ma ha delle caviglie splendide, le gambe, per quello che posso vedere, forti e dritte. Il cappotto nasconde le forme, ma non quelle del seno che è pronunciato. È l'ombra che la intristisce. Un'ombra, una velatura che la rende opaca. Avrà una sessantina d'anni, ma è difficile dirlo.

La seguo sulla vettura della metropolitana. Mi metto, come la volta scorsa, dalla parte opposta a dove si è fermata lei. Faccio finta di leggere il giornale, ma la tengo d'occhio.

Questa volta si ferma a Crocetta, sale in superficie e si dirige verso via Lamarmora, in direzione del Policlinico. A metà via entra in un istituto bancario. Entro anch'io e la tengo d'occhio facendo finta d'interessarmi ad alcuni depliant che magnificano gli investimenti ad alto rendimento. Una delle tante truffe, legali, delle banche. La donna va agli sportelli, scrive qualcosa su dei moduli, si reca alla cassa. Terminate le operazioni esce. Ed è quando è su via Lamarmora che decido di parlarle.

– Mi scusi, signora...

La donna si è voltata immediatamente. Sul suo viso solo terrore.

– ... non volevo spaventarla... mi scusi ancora. Mi chiamo Massimo Valle e avrei bisogno di parlarle un momento.

– Non la conosco neppure. Non ho tempo. Se deve vendermi qualcosa le dico subito che non mi serve nulla. E ora debbo andare via.

– No... aspetti solo un momento. Sono un giornalista che ha seguito e segue la vicenda della ragazza uccisa a Rogoredo. Vorrei parlarle della ragazza e dei fratelli albanesi...

Alle mie parole, la donna si è come irrigidita, le labbra strette come se avesse avuto, improvvisamente, un rictus, una contrazione spasmodica dei muscoli facciali.

– Lei è pazzo... Come si permette. Se non se ne va subito chiamo quel vigile. Mi lasci perdere!

Sta per andarsene ma la blocco con un braccio.

– Ha ragione. Se però dovesse cambiare idea e volesse parlare con me, mi telefoni senza problemi, a qualsiasi orario. Sono sicuro che parlare con me, confidarsi, le farà bene. Grazie.

Le ho piazzato in mano il biglietto da visita. Le volto le spalle e mi dirigo verso il Policlinico lasciandola in mezzo al marciapiede.

Quando si hanno questi abboccamenti, per strada, è un errore insistere troppo e seguire la persona, infastidendola. Meglio lasciare il contatto prima che sia lei a farlo. Dal punto di vista psicologico ti poni in posizione di forza, non stai supplicando un incontro. È lei, a questo punto, che deve prendere una decisione.

Non sono, naturalmente, convinto che la donna prenda la decisione di parlare con me. Tuttavia questo tentativo lo dovevo fare così da non lasciare nulla d'intentato.

Il numero di targa della Mercedes l'ho girato al commissario capo Luca Siviero che scoprirà a chi è intestata. Non mi faccio illusioni e anche Siviero mi conferma che sarà intestata a qualche "testa di legno" o a qualche società di comodo.

Per fare gli "appostamenti" alla donna, mi sono preso giornate di ferie e quando ritorno in redazione, Stefania è pronta a raccontarmi l'incontro con l'investigatore Henry Scalia. «*Ho parlato molto poco io* – mi racconta –. *Ha parlato quasi sempre lui, magnificando le azioni che ha compiuto nella sua carriera. Di una cosa era felice però, che avessi litigato con te e mi ha sollecitato a essere più autonoma. Se poi, ha soggiunto, hai bisogno di andare a lavorare in qualche altro giornale, non preoccuparti perché io conosco tante persone che potrebbero aiutarti a trovare la tua strada*».

– Gentile, però.

– Vorrai dire viscido. Figurati se chiedo a lui una raccomandazione.

– L'invito a cena?

– Risolto. È per domani sera al ristorante *Chic and Minimal*, in viale della Liberazione.

– Uhmm... Si tratta bene l'investigatore... Vuole fare colpo e ti porta in uno dei ristoranti più cari di Milano.

– Per quello che importa a me, poteva portarmi anche a mangiare un panino.

Poi parliamo di come organizzare l'incontro con Scalia e restiamo d'accordo che, a fine cena, a qualsiasi orario, attendo la sua telefonata. Stefania ha la faccia di una condannata a morte. Cerco di scherzare, di tirarla su. In realtà, se fossi una ragazza, non mi alletterebbe certo andare a cena con Henry Scalia.

La giornata passa normalmente fra telefonate, controlli delle altre agenzie, scrittura di lanci. Poi vado a casa dove mi aspetta con un grande sorriso Francesco. Quando faccio tardi per motivi lavorativi, Francesco diventa ansioso e anche se il suo comportamento non richiede cautele particolari, è preferibile cercare, a fine giornata, di essere con lui. Angelina, per quanto possa fare e fa, non è la sua famiglia. Lui queste cose le capisce. Le manca la famiglia, la mamma e i suoi problemi comportamentali potrebbero essere gestiti meglio se fossimo una famiglia come tutte le altre. Inutile, comunque, pensarci. Le cose sono andate così e non c'è nulla da fare, anche se in me vi è sempre un sentimento d'angoscia.

Mi sono svegliato più tardi del solito. Francesco, che dorme sempre poco, è venuto nel mio letto a svegliarmi, saltandomi addosso. Al lavoro vado più tardi perché debbo fare un servizio sulla Onlus "Pane Quotidiano" di viale Toscana. Avevo già scritto del fatto che abbiamo una disoccupazione, in diminuzione, al 6,8%. Una antinomia perché non corrisponde a un aumento del numero degli occupati. Nunziante mi aveva proposto di scrivere su questo tema e vedere chi sono le persone che a mezzogiorno si mettono in fila per ricevere cibo, bevande e qualsiasi cosa possa essere loro di aiuto, così da superare un periodo difficile della loro vita.

Quando arrivo, attorno a mezzogiorno, la coda in attesa di poter entrare, è piuttosto lunga. Lunga e ordinata. Sono donne, uomini, italiani e stranieri, anziani e meno anziani. Sono arrivati in viale Toscana costeggiando il campus della Bocconi. Le solite contraddizioni di questa società: da una parte il luogo principe di chi si sta formando per diventare economista, dall'altra quelli che stanno in fila per un pasto.

All'entrata del centro, un cartello riassume la filosofia di questa Onlus: «*Sorella, fratello, nessuno qui ti domanderà chi sei, né perché hai bisogno, né quali sono le tue opinioni*». Volontarie e volontari offrono pacchi di cibo senza chiedere documenti o altro.

Se fino a qualche tempo addietro si vedevano prevalentemente stranieri, oggi ci sono in coda tantissimi italiani, con un'età attorno ai 50 anni. Purtroppo, anche giovani. Mi avvicino e tento di parlare con qualcuno di loro; non è facile. Molti volgono la faccia da un'altra parte, non vogliono rispondere. Una sorta di ritrosia, di dignità, la stessa che a causa della mancanza di lavoro, hanno perso. Qualcuno, però, parla. È il caso di due anziani, marito e moglie che mi spiegano che sono costretti a stare lì perché fra affitto e spese non ce la fanno più a vivere. Inoltre hanno un figlio, a casa, paraplegico. Si avvicina un uomo che avrà una sessantina d'anni, anch'esso italiano, e mi racconta che abita nelle case popolari. La moglie ha un tumore, il figlio è disoccupato da tempo. Anche un ragazzo con la pelle nera vuole dire la sua. Lui proviene dal Mali, in regola con i documenti. Ha trovato lavoro presso un'azienda di facchinaggio. Ora, con la crisi, è stato licenziato. Non riesce a trovare altro e quindi, per mangiare, ogni giorno si mette in fila.

Storie ordinarie di questa Milano scintillante dove, a prima vista, sembra non ci siano problemi, dove i ristoranti sono pieni e il rito dell'aperitivo è diventato quasi tassativo, la città della moda, dell'arte, di chi evade le tasse e di chi si mette in fila per un piatto di pasta. Disoccupati, stranieri, anziani che, improvvisamente, la loro vita ha preso un'altra direzione. La direzione della precarietà.

Quando arrivo in redazione, Stefania è al suo posto di lavoro e sta battendo sui tasti del Pc. Vado nell'ufficio di Nunziante e lo informo che ho fatto alcune interviste alle persone in coda al "Pane Quotidiano". Bene, mi dice, fai un take. Mentre scrivo il pezzo, Stefania non ha dato segno di avermi visto, continua a lavorare. Una decina di minuti dopo, si alza e si avvicina.

– Allora, Massimo, questa sera vado al ristorante con Scalia, però faccio come dico io. Mi porto il registratore e registro tutto. Se non ti va bene vacci tu a cena con Scalia.

– Non è che non mi vada bene. Dico semplicemente che è scorretto. Ti chiedo solo, considerato che ormai hai deciso e non riuscirò certo a farti cambiare idea, di stare molto attenta. Se Scalia si accorge che stai registrando... allora sì che siamo nella merda.

– Non ti preoccupare. Le donne sanno come vestirsi, ma anche come fare per non essere scoperte se hanno un registratore addosso.

Poi si alza e se ne torna al suo posto, per continuare a lavorare. So benissimo che è ancora in collera con me per quello che le ho "imposto" di fare. Ma è anche vero che solo una bella ragazza come lei potrebbe carpire all'investigatore qualche segreto, qualche indicazione utile per la nostra indagine. Io debbo, assolutamente, sapere chi ha ucciso i miei amici e la figlia di Beku. E perché.

Cap. 12 – Carne marcia

Oggi è una bella giornata di marzo. Sembra proprio che l'inverno stia terminando. In realtà non è così, ma a me piace cullarmi in questa illusione. Sono in redazione e sto leggendo i vari comunicati relativi al rapimento, in Afghanistan, del giornalista di *Repubblica*, Daniele Mastrogiacomo. Successivamente, inizio a scrivere sul rinnovo del contratto dei pubblici dipendenti. In mattinata ero andato alla conferenza stampa del sindacato e avevo intervistato alcuni dipendenti del Comune di Milano.

Sto per terminare l'articolo e mandarlo in rete quando il centralino mi comunica che una donna chiede di parlare con me. Mi alzo e vado in corridoio per riceverla. La vedo, seduta composta, nell'ufficio del centralino. Guarda per terra, il volto magro, gli occhi scuri e incavati. Dopo cinque giorni dal nostro incontro in via Lamarmora, la misteriosa donna che avevo visto nel bar di Affori e che avevo seguita, è ora da me.

Ha deciso, quindi, di parlare. Non avevo molte speranze di rivederla e ora è necessario non fare errori, darle tempo e fiducia affinché parli, cercare di sapere se è a conoscenza di qualcosa che possa fare luce sull'assassinio di Likana e non solo.

Quando mi vede apparire al centralino, si alza, pronuncia un flebile *buongiorno* e non mi dà la mano. Sono imbarazzato anch'io, ma cerco subito di recuperare.

– Buongiorno signora. Venga che ci spostiamo nella sala riunioni così stiamo più tranquilli.

La donna non risponde. Mi segue per il corridoio, sempre con la testa bassa. Entriamo nella sala che utilizziamo per le riunioni di redazione. Un grande e lungo tavolo al centro della sala, le sedie già predisposte, alcuni mobili bassi addossati ai muri. La faccio accomodare e cerco di rompere la tensione che si è creata partendo dalle presentazioni.

– Signora, intanto la voglio ringraziare per aver voluto accettare l'invito a parlare con me. Come le ho già detto quando ci siamo visti in via Lamarmora, mi chiamo Massimo Valle, sono un giornalista di questa agenzia e sto seguendo la vicenda della ragazza trovata assassinata vicino l'abbazia di Chiaravalle, Likana Begu. Le assicuro che non ho nessuna intenzione di metterla in difficoltà, voglio solo aiutarla e scoprire il perché di quell'assassinio, un assassinio legato ad altri omicidi avvenuti in epoca diversa dove lei non c'entra nulla. Prima di farle qualche domanda, mi permetta, però...

– ... nessuno mi può aiutare e poi non è detto che io abbia bisogno di aiuto.

– Certo, capisco. Diciamo, allora, che sono io che ho bisogno del suo aiuto per capire meglio alcune situazioni e, prima di tutto, quella relativa all'omicidio di Likana. Questa vicenda non la seguo solo io. Con me sta lavorando anche un'altra giornalista e il mio caporedattore è perfettamente informato di ogni passo che compio in questa direzione. Per questo le chiedo se posso chiamare e far assistere al colloquio queste due persone.

– Penso proprio che abbia fatto male ad accettare il suo invito. Se sapevo che anche altre persone avessero partecipato all'incontro, non sarei venuta.

La voce le trema un po', ma il concetto è ben preciso. Un chiaro segno che ha paura. Si muove sulla sedia come se cercasse un appoggio per alzarsi.

– Senta signora, facciamo così. Io non chiamo nessuno e le garantisco che questo colloquio resterà fra noi. Si deve rendere conto, però, che alcune cose le dovrò scrivere. Quindi ho bisogno di dati certi, non aleatori. Posso però, se lei lo desidera espressamente, non rivelare il suo nome. Io, però, lo debbo conoscere.

– Non ha capito niente... Non posso apparire sul giornale. Se ciò dovesse accadere, io sono fottuta... Lei non ha la più pallida idea di cosa sto rischiando a essere venuta da lei... non se ne rende conto...

–... e invece lo capisco benissimo. So che non è facile avere a che fare con i fratelli Bitil ed Erëzak Koroveshi, so che sono violenti e che stanno a capo di traffici relativi alla prostituzione, usura, combattimenti di cani e quant'altro. So che sono quasi intoccabili perché debbono avere un santo in paradiso, mentre in terra pagano fior di avvocati per tirarli fuori dai guai quando incappano nella giustizia. So che hanno combattuto in Kosovo e che hanno un rapporto continuo e costante con ambienti della destra milanese. E, per ultimo, so che le ragazze, prima di arrivare in Italia, sono sottoposte a operazioni chirurgiche. Prima le massacrano togliendo loro parti del corpo per fare soldi. Poi le mandano a "battere" e se si ribellano, le ammazzano. Come può tollerare queste cose? Se lei è a conoscenza di qualche elemento che ci possa far arrivare alla verità e salvare, così, le ragazze, deve parlare, deve raccontarmi quello che sa. In caso contrario l'incontro può anche terminare qui. Lei può tornarsene a casa con i suoi rimorsi. Perché io so che lei ha il rimorso di non aver potuto aiutare Likana.

Avevo un po' alzato la voce e fatto l'azzardo sul rimorso. La donna non si aspettava, probabilmente, che io conoscessi queste cose, il ruolo dei fratelli albanesi e altro. Mi guarda come se cercasse qualcosa cui aggrapparsi.

Il volto è ancora più pallido di quando si è presentata, ma sono gli occhi che più m'impressionano. Ora, pur belli, sono arrossati e sempre più incavati. Sulle guance ci sono solchi profondi di rughe che prima non avevo notato. È senza trucco, ma è sempre bella, le labbra esangui, le mani stringono talmente forte il bordo del tavolo che le nocche sono bianche.

Dentro di lei ci deve essere una tensione difficilmente governabile; sembra che da un momento all'altro i nervi possano cedere e abbandonarsi così, finalmente, a un pianto liberatorio. Riesce però a controllarsi, non piange, ma si morde le labbra. E io ne approfitto.

– Signora, mi creda. Io non ho nessuna intenzione di metterla sul giornale. Ho il dovere di proteggerla come fonte e lo farò come ho sempre fatto nella mia professione. Conosco persone serie che stanno in polizia che potrebbero aiutarla. Possiamo prendere contatto con loro e vedere, assieme, come fare. Lei, però, deve avere fiducia in me, deve fidarsi.

La donna mi guarda con un velo di stanchezza negli occhi. Si rilassa sulla sedia, si lascia andare, sembra che ormai tutte le difese si siano affievolite e, finalmente, parla. Parla molto lentamente come se facesse fatica a esprimersi, come se dovesse cercare le giuste parole compiendo una fatica immane.

– Mi chiamo Gianna Gamberini. Sono nata a San Lazzaro di Savena, in provincia di Bologna. Ho 57 anni. Le cose che ha detto, corrispondono a verità. E ha ragione, ha visto giusto. Io ho un grande rimorso che mi porto dentro. Un rimorso che è diventato insopportabile, troppo pesante da portare. Finora ho convissuto con il rimorso, con lo schifo che vedevo e facevo. Oggi non ce la faccio più. Ho rimorso, certo, ma c'è qualcosa che è ancora più forte ed è la paura. Perché io ho paura. Oggi vorrei scomparire dalla terra, scappare via dai fratelli albanesi, via dalle povere ragazze rapite, via dal prendere soldi attraverso la loro prostituzione... via, via! Invece non posso farlo. E sa perché? Perché io sono, allo stesso tempo, vittima e carnefice, sono – come si dice nel gergo – *carne marcia*. Marcia perché sono finita... Scriva quello che vuole tanto io non valgo più nulla...

Nel pronunciare queste parole si vede sul suo viso la grande sofferenza del ricordo, il peso insostenibile del tormento interiore. Cerco, quindi, di aiutarla in qualche modo.

– No, signora Gianna. Abbiamo ancora la possibilità di mettere nelle condizioni di non nuocere i fratelli albanesi. Si fidi di me, mi racconti tutto e io le faccio avere un incontro con un poliziotto di cui mi fido... Mi dia retta.

– A cosa servirebbe? Se parlo sono morta e se non lo faccio, sono morta ugualmente perché ormai di me non si fidano più da quando ho cercato di aiutare la ragazza. Perché io ho cercato di darle una mano... ma lei era caparbia, insisteva, voleva denunciare tutti...

– ... cominciamo dall'inizio, vuole?

Gianna fa una risata isterica.

– L'inizio? Qual è l'inizio? Ci sono diversi inizi. Quello della ragazzina che aspira alla grande città e ai soldi facili. Oppure c'è quello della violenza e della prostituzione. Oppure, ancora, quello dello sfruttamento di altri corpi, corpi giovani per ricchi e vecchi uomini. Quale vuole? E poi c'è l'inizio più terribile, quello dei fratelli albanesi. Allora da dove comincio?

Lo domanda con scherno. La guardo attentamente negli occhi e le dico di cominciare dalla ragazzina che aspira alla grande città e ai soldi facili.

– Ah, avrei giurato che volesse cominciare dai fratelli albanesi... La mia storia non è molto interessante. Ed è comune a tante altre storie di ragazze. Molte, a quel tempo, partecipavano al '68, giocavano alla rivoluzione. Io di tutto questo me ne fottevo, a me interessavano i ragazzi e fare soldi. Famiglia operaia e comunista, la mia. Comunisti e timorati di Dio. Ho cominciato a scappare da casa, ero bella, allora, e non ho avuto nessuna difficoltà a trovare gente disposta a darmi tanti soldi, a invitarmi alle feste, della cosiddetta Bologna-bene. In una di queste, mi hanno violentata in tre. Da quel momento sono andata in caduta libera: ho cominciato a prendere delle pastiglie per tenermi su e a prostituirmi. Tutti gli uomini che conoscevo, la prima cosa che facevano era mettermi le mani addosso e portarmi a letto. Però pagavano, pagavano molto. A me andava bene così, avevo bei vestiti, mangiavo bene, la macchina. Con uno che avevo conosciuto a una festa sono andata a Roma. Questa persona mi aveva spiegato che si potevano fare più soldi se avessi messo il mio corpo a disposizione dei "polli" come li chiamava lui. In pratica si trattava di agganciare qualche ricco signore, sposato, circuirlo, fotografarlo mentre era in mia compagnia e, in seguito, ricattarlo. La cosa era andata avanti così per un po'. I soldi aumentavano e, contemporaneamente, anche le pastiglie, la droga che mi teneva su. Non tanta, ma abbastanza per continuare, per essere sempre su di giri. Lei non sa quanti coglioni ci sono in giro, che per stare con una ragazza giovane si venderebbero la casa... Soltanto che a un certo punto il giochetto si è inceppato. Uno non ha abboccato al ricatto e ha denunciato il tutto alla polizia. La moglie l'ha lasciato e noi siamo finiti in carcere. Quando dopo cinque anni sono uscita, non avevo certo molte strade da percorrere. L'unica cosa che sapevo e potevo fare, era prostituirmi.

– Con gli albanesi come "magnaccia"?

– No. Quelli sono venuti dopo. Prima in strada, poi gestendo una casa d'appuntamenti per conto di alcuni mafiosi italiani. In seguito con la ricerca di "carne fresca", di giovani ragazzine da dare in pasto a vecchi libidinosi. Una cosa, questa, che mi faceva schifo, ma per la quale venivo pagata profumatamente. Di nuovo sono finita in carcere e lì, una mia compagna di cella, mi ha informato che quando uscivo potevo rivolgermi a lei se avessi avuto problemi. Due anni dopo ero da lei. Così ho conosciuto gli albanesi. Prima a Roma, poi a Milano. Si trattava, in pratica, di gestire le ragazze che arrivavano, periodicamente, dall'estero, in particolare dai Paesi slavi. Erano e sono tutte molto giovani. Come affermava lei poc'anzi, dapprima tolgono loro organi non vitali, poi vengono violentate e sbattute sui viali a prostituirsi. Sino a quando crepano. Ogni notte, quando rientrano, debbono consegnare a me tutto l'incasso. Una cifra prestabilita dai fratelli albanesi. Se non portano la cifra prefissata, io debbo denunciare le ragazze e loro, gli albanesi, provvedono a picchiarle. Io ho fatto questo per anni. L'ho fatto tranquillamente, senza nessun problema. Non ho scusanti.

– Sino a quando è arrivata Likana...

– ... sì, ma era già un po' che non riuscivo a sopportare gli atti che compivo. Gli albanesi, i fratelli, sono al comando, ma poi ci sono anche gli altri, la truppa. Questi, se sono arrapati, arrivano e le ragazze, dopo essere state a battere sui vialoni di Milano, debbono soddisfare le voglie di queste bestie e non sono voglie leggere... Quando è arrivata Likana mi ha impressionato perché, in un certo senso, era come me, come ormai lo sono da tanto, cioè rinunciataria. Le altre piangevano, si dibattevano, facevano resistenza almeno fino a quando le picchiavano. Likana no. Likana accettava tutto: le bestie sopra di lei, i pugni, gli sputi in faccia, la violenza di ogni notte... tutto. Come se non le importasse niente di quanto accadeva attorno a lei.

– Poi cosa è successo?

– A un certo punto ho compiuto un atto che ha determinato la morte di Likana perché sono stata io a farla ammazzare...

Gianna sospende di parlare e dagli occhi le scendono alcune lacrime.

Piange in modo sommesso, debole, quasi silenziosamente. Non la interrompo perché non voglio guastare questi momenti di grave e penosa sincerità. Le devo dare lo spazio necessario per continuare.

Lo fa dopo almeno cinque minuti che in una grande stanza occupata da sole due persone che non parlano, sembrano un'eternità. Poi, lentamente, riprende.

– Le debbo confessare che ho trovato un biglietto, nascosto, cucito all'interno di un cappellino di lana di Likana. Su quel biglietto c'era scritto il suo nome: Massimo Valle, *gazetar*, Milano. Non ci ho pensato molto, facendo male ma, questo, con il senno di poi, e l'ho consegnato agli albanesi che si sono molto preoccupati e hanno telefonato immediatamente a qualcuno.

– Chi era?

– Non lo so. Parlavano nella loro lingua che non capisco. Conosco solo qualche parola, e l'interlocutore telefonico doveva essere un personaggio importante perché il fratello che telefonava, Erëzak, era molto sottomesso, continuava ad annuire e dire «*Po, po...*». In pratica diceva sempre di sì.

Sono annichilito. Perché Likana aveva il mio nome sul foglietto? Restiamo tutti e due in silenzio. Cerco di ricordarmi cosa fosse avvenuto 14 anni prima a Burrel, quando il padre di Likana aveva nascosto me e Italo salvandoci così dai miliziani. Ma cosa aveva detto... Gianna Gamberini mi guarda, in silenzio. Debbo ricordare di Burrel, di cosa abbia detto il padre di Likana... Italo non c'è più per aiutarmi. Devo risolvere da solo questa questione. Decido di sospendere la mia ricerca mentale e far continuare il racconto a Gianna.

– Mi scusi Gianna... stavo pensando. Dopo cosa è avvenuto?

– Una mattina, sul tardi, arrivarono i due fratelli. Likana era ancora a letto e mi ordinarono di svegliarla e di portarla da loro. Esiste nel capannone una specie di ufficio dove le ragazze vengono a versarmi, ogni mattina quando rientrano, l'incasso della nottata. Likana era entrata assonnata e scarmigliata. I fratelli avevano cominciato a gridare parole di fuoco nei suoi confronti. Likana piangeva. Poi Bitil, a un certo punto, le aveva dato un manrovescio. Il grosso anello che porta sul mignolo destro aveva procurato un taglio sulla guancia destra della ragazza e fuoriusciva sangue. La ragazza era finita a terra ed Erëzak le aveva messo il piede destro sulla pancia e premeva con forza. Lei gridava di smetterla, ma Bitil, ridendo sguaiatamente, si era inchinato, aveva infilato una mano dentro la camicetta di Likana e aveva fatto fuoriuscire un seno. Sul seno aveva spento la sigaretta che stava fumando. A quel punto ero intervenuta, avevo preso per un braccio Bitil e l'avevo tirato indietro gridando contemporaneamente di smetterla di fare del male a Likana.

– Loro come hanno reagito?

– Come sanno fare loro. Erëzak mi ha afferrato la gola e spinta violentemente contro una parete. Mentre mi teneva ferma per la gola, il fratello Bitil ne ha approfittato per darmi un pugno nello stomaco. Sono caduta per terra, svenuta.

I due fratelli non s'aspettavano la reazione di Gianna, la difesa nei confronti di Likana. Erano furenti. Avevano preso un bicchiere d'acqua e l'avevano sbattuto addosso al viso di Gianna per farla rinvenire. Poi le offese, le minacce in italiano e albanese: «Troia maledetta, kurvë e mallkuar, puttana schifosa. Devi stare al tuo posto se vuoi continuare a prendere i soldi. In caso contrario Ke vdekur! Sei morta! Chiaro?». *Poi l'avevano presa per i capelli e tirata in piedi, la schiena contro la parete.* «Ricordati sempre – *le aveva sussurrato Erëzak a distanza ravvicinata dal suo viso –* che tu non conti un cazzo e quando vogliamo ti rimandiamo nella fogna da cui provieni. Sei solo una troia che ormai non vuole più nessuno. Vedi di sistemare la tua protetta perché stasera deve andare a lavorare come sempre e deve portare a casa quanto stabilito. Se non lo fa, ne rispondi tu, schifosa troia».

Gianna sentiva il suo alito pesante sul viso. Le faceva male tutto, la testa, lo stomaco, la gola dove Erëzak l'aveva afferrata. Appena i fratelli erano usciti dall'ufficio, era andata fuori dal capannone e aveva vomitato. Quando era rientrata, aveva aiutato Likana ad alzarsi. Le aveva dato una pomata da mettere sul seno bruciacchiato. Ed era stato in quel momento che Likana le aveva detto che era sua intenzione andare dalla polizia a denunciare tutto.

– Non so come i fratelli fossero venuti a conoscenza di questo particolare, forse qualche ragazza aveva ascoltato... non so. Ho cercato di farla desistere, di convincerla a non andare dalla polizia, che era pericoloso per la sua vita. Lei era stata irremovibile e mi aveva confessato che comunque della sua vita non le interessava nulla. Potevano anche ammazzarla, aveva detto, tanto a lei non importava. Il giorno dopo Likana è sparita e poi è stata ritrovata, assassinata.

– Non ha più avuto contatto con i fratelli?

– Sì. Mi avevano fatto andare ad Affori e di nuovo minacciata. Erano venuti anche al capannone, ma non avevano più nominato Likana. Le altre ragazze erano impaurite e nessuna parlava.

– Gianna, non si ricorda proprio con chi parlava al telefono Erëzak? Faccia uno sforzo perché è molto importante.

– No, non ricordo anche perché non ha fatto nessun nome. Solo alla fine della telefonata, nel salutare l'interlocutore, ha detto «*generale*».

– Solo «*generale*», niente nomi?

– No, nulla. Solo una specie di saluto... come «*non si preoccupi, generale*» o una cosa così. Ricordo solo «*generale*».

– Va bene, Gianna. Ora si tratta, però, di metterla in sicurezza, proteggerla dagli albanesi. Prenderò contatto con il mio amico in questura e vedrà che si troverà la soluzione per la sua protezione. Nel frattempo lei non faccia nulla che possa far incattivire maggiormente i fratelli albanesi, non gli dia adito a qualche loro reazione. Appena avuto l'approccio con il poliziotto, come faccio a trovarla?

– Mi metto in contatto io. Preferisco venire di nuovo qui. Telefonarmi sarebbe troppo pericoloso. Fra due giorni, ritorno da lei.

Gianna si alza per accomiatarsi. Il viso mi sembra più rilassato anche se è presente, sempre, un'ombra che non l'abbandona.

Ci salutiamo tutti e due un po' imbarazzati. Vorrei infonderle coraggio, abbracciarla, ma mi sembra di fare un gesto inopportuno. Così le stringo solo la mano e l'accompagno alla porta che dà sulle scale. Prima di uscire, Gianna

mi guarda, da vicino, negli occhi poi esprime una raccomandazione: «*Io sono stata sincera con lei... non mi tradisca.
Dica al suo amico poliziotto che i due debbono pagare per quello
che hanno fatto, per tutto il male che continuano a fare. E dica
anche che io sono disponibile a pagare. Se liberano le ragazze e
arrestano i due, sono pronta ad andare in galera. Arrivederci, ci
vediamo fra due giorni, attorno alle 15, qui da lei*».

Appena Gianna Gamberini lascia il Palazzo dell'informazione, vado nell'ufficio di Aldo Nunziante. Prima passo
da Stefania e le dico di venire anch'essa nell'ufficio del
capo redattore. Quando siamo seduti comincio a raccontare dell'incontro con la donna. Riferisco tutto ciò che mi ha
raccontato, dalle percosse alle minacce, al fatto che, probabilmente, l'ordine di uccidere Likana è venuto da un misterioso *generale*.

I due seguono il mio racconto con apprensione. Non
m'interrompono mai. Nunziante mi chiede come intendo
muovermi.

– Beh, per prima cosa vado in questura, da Siviero, e
racconto tutto. Mi deve garantire, per Gianna Gamberini,
un'adeguata protezione. Gli chiederò di venire qui in redazione, fra due giorni, quando tornerà Gianna.

Stefania m'interrompe di getto.

– La cosa più importante è quella di proteggere la donna, da subito. La Gamberini sta correndo un pericolo enorme. Non possiamo lasciarla in mano a quelle due bestie di
albanesi. Quelli non ci pensano troppo ad ammazzarla
come Likana. Su questo, con Siviero, devi insistere.

Anche Nunziante condivide quello che ha detto Stefania, ma aggiunge anche qualcosa d'altro.

– Intendi scrivere quello che hai appreso oggi?

– No, perché non ho riscontri. Ho bisogno di conferme. Le fonti incrociate, per me, hanno sempre rappresentato una regola tassativa. Ma in questa storia come posso trovare altre fonti che possano confermare quello che mi ha raccontato Gianna Gamberini? No. Per ora non scrivo nulla e, comunque, voglio parlare con Siviero perché la cosa che diceva Stefania è effettivamente una cosa da fare subito.

Restiamo ancora un po' nell'ufficio di Nunziante, mi chiedono precisazioni, notizie su Likana, su Gianna. Terminata la riunione, io esco e mi dirigo in questura. Siviero è occupato in un interrogatorio e debbo attendere che termini. La cosa non mi piace per niente perché penso che Gemma sia in pericolo, ma d'altronde ho bisogno espressamente di Siviero non di un altro funzionario. Lui conosce tutta la vicenda e solo lui può decidere cosa fare.

Dopo circa un'ora, mentre sono in corridoio seduto su una panca, si fa vivo Siviero. È in maniche di camicia, alzate sugli avambracci. Ha un viso stanco e provato, la cravatta allentata. Non per questo, però, è meno educato del solito.

– Ciao Massimo, sei arrivato in un momento difficile.

– C'è qualcosa che debbo sapere? Magari ho fatto bene a restare qui ad attenderti.

– No, era solo un interrogatorio di routine che però mi ha fatto perdere molto tempo. Vieni nel mio ufficio... 'Sto coglione non si decideva a confessare. È un vecchio malavitoso, ma di quelli "bravi", quelli che non fanno violenza. Esperto di casseforti, è stato beccato, praticamente, sul fatto. Aveva aperto la cassaforte di una villa momentaneamente disabitata di Arosio, in Brianza, poi, pensa un po' te, aveva pulito tutto perché lui non lascia mai una casa "visitata", sporca. Uscendo, aveva rimesso a posto gli allarmi, tutto come prima. In quel momento è transitata una volante e lui si è lasciato prendere dalla paura di venire scoperto e si è messo a correre. Ha 75 anni! Figurati... L'hanno preso subito con addosso la refurtiva. Lui ha continuato a negare, che i soldi in tasca erano suoi, che non stava uscendo dalla villa... insomma un sacco di balle. Sai cosa mi ha detto dopo la confessione: «*Dutur son giò de còrda. Questa l'è stata una salassada. Vuraria minga andà a San Vitur. Vuraria andà in preson dove ghe il mar. L'è la mia speranza chesta chi*». Hai capito il tipo? Vorrebbe essere mandato in galera in una città di mare. Mah! Dimmi tu, piuttosto.

– Senti Luca, poco fa ho avuto un incontro con la donna che coordina le ragazze che si prostituiscono per i fratelli albanesi. È stato un incontro sofferto da ambo le parti. La donna, che si chiama Gianna Gamberini, mi ha raccontato gli ultimi momenti di vita di Likana, la ragazza trovata uccisa a Rogoredo. Lei l'ha difesa ed è stata picchiata. Sarebbe disposta a parlare, a raccontare come funzionano i traffici degli albanesi e tanto altro. Ha bisogno, però, di essere protetta perché se gli albanesi dovessero apprendere che è stata da me, per lei è finita. È possibile questo?

– Per ufficializzare la protezione debbo andare dal questore e farmi rilasciare l'autorizzazione. Lui andrà dal magistrato. Questore e magistrato, ovviamente, vorranno sapere tutta la storia... No, mi sembra una cosa troppo elaborata. Quello che possiamo fare è inviare una pattuglia, periodicamente, che la segua. Una pattuglia senza insegne. Ti dico francamente, però, che non servirà a nulla. Se hanno deciso di fargliela pagare, lo faranno. A meno di trasferirla da qualche parte...

– Fra due giorni verrà da me, in redazione. L'ho già informata che sarai presente anche tu. Se le parliamo assieme, ti renderai conto che è in difficoltà estrema, paura...

– ... e chi non l'avrebbe nella sua posizione...

–... è importante, Luca, che tu possa essere presente all'incontro.

–... Io fra due giorni ci sarò. In quell'occasione cercherò di convincerla a fare una denuncia. Solo in questo modo potrò riuscire a farle avere una protezione come si deve. Fra l'altro la legge fa una fondamentale distinzione tra il collaboratore di giustizia e il testimone. Questa donna rientra nel secondo caso, è una testimone. Ci sono più uffici che decidono le misure di protezione: il magistrato, la Commissione centrale per la definizione e l'applicazione delle speciali misure di protezione, cui spetta il compito di concedere tali misure (ma anche di revocarle) e il Servizio centrale di protezione, struttura della Direzione centrale della polizia criminale, chiamato ad attuare le decisioni prese.

– Mi stai dicendo che è difficile farle avere la protezione? Ma questa l'ammazzano! Ti rendi conto che senza protezione, per lei è la fine?

– Stammi bene a sentire. Fra due giorni ci vediamo e verifichiamo con lei in che situazione è in quel momento. Dopo averla ascoltata, potrei anche cercare di fare pressioni e saltare qualche passaggio per farle avere la protezione celermente. Ho però bisogno di parlarle, ascoltarla. Nel racconto che ti ha fatto, oltre ai fratelli albanesi, ti ha nominato qualcun altro?

– No, solo loro. D'altronde non è in una posizione di comando. Lei esegue gli ordini e organizza il lavoro delle ragazze, ricevendo da loro quello che ogni sera guadagnano. Mi ha fatto solo un soprannome nel racconto, un certo *generale*. Ma non sa proprio chi possa essere perché l'ha sentito mentre uno dei fratelli telefonava.

– Va bene. Restiamo d'accordo che ci vediamo da te fra due giorni. A che ora?

– Alle 15. Ti prego Luca di non ufficializzare la cosa. Non dirlo a nessuno almeno fin quando le avrai parlato. Un'altra cosa: non potresti iscrivere i fratelli albanesi nel registro indagati?

– No, meglio iscriverli nel modello 21, il registro delle notizie di reato a carico di persone note. Così si aprono le indagini preliminari.

Ci stringiamo la mano. Luca Siviero è un ottimo investigatore, serio e disponibile. Certo, mi aspettavo di più, più partecipazione, ma so anche che i poliziotti non debbono forzare troppo la mano in certi casi. Siviero conosce bene l'ambiente poliziesco, che io conosco solo superficialmente. Se ha deciso in questo modo, mi debbo fidare.

I due giorni d'attesa sono lunghissimi da passare. Con Stefania ci siamo recati, di nuovo, a Rogoredo. Siamo arrivati in auto sino al Cimitero. Lì, nel piazzale prospiciente, abbiamo posteggiato. Poi, ci siamo incamminati superando l'entrata del cimitero e lasciandolo alle nostre spalle. Non essendoci più il marciapiede, siamo costretti a scendere sulla carreggiata che è, comunque, una strada asfaltata, ma piuttosto stretta. Dopo una decina di minuti che camminiamo, sulla nostra sinistra, si palesa un sentiero che s'inoltra nei campi. Specularmente a questo sentiero, ce n'è un altro dalla parte opposta. Questo si vede bene dove termina: su un'aia, dove s'intravvede un'abitazione e un fienile.

Decidiamo di andare a chiedere informazioni in quella casa. Sull'aia, un trattore, galline che razzolano, puzza di concime.

A ridosso del motore del trattore, ci sta un uomo un po' rinsecchito e pelato. Avrà una sessantina d'anni. Sta smontando qualcosa dal motore. Non si è accorto della nostra presenza fin quando Stefania le grida *buongiorno*. L'uomo alza la testa e non mostra di essere contento della nostra presenza. Risponde in modo sgarbato. Anzi, non risponde affatto al nostro saluto, ci fa subito delle domande.

– Chi siete? Cosa volete?

– Scusi se la disturbiamo. Siamo giornalisti e vorremmo chiedere qualche informazione...

– ... non so niente io e non ho niente da dire. *Gho minga temp.*

– Ma se non sa neppure cosa le dobbiamo chiedere.

Frattanto Stefania si è allontanata e si è diretta verso la casa. Io continuo a fare domande al contadino.

– Senta, ma quelli che abitano di fronte a lei, oltre la strada asfaltata. Li conosce?

– *Cunusi nesun. Gho de laurà, mi.*

– Ma possibile che non ha mai visto una Mercedes nera che percorre quel sentiero?

– Io mi faccio gli affari miei e non ho tempo di guardarmi in giro. Degli altri non m'interessa niente.

– Mi vuole dire che non ha saputo della ragazza trovata morta a poca distanza da casa sua?

– L'ho già detto. Non ho visto nessuno. E *adess se va minga via, ciami la pulizia.*

Beh, se non altro ha fatto la rima. In quel momento esce dalla casa Stefania con una donna che inveisce nei nostri confronti. Meglio andarcene. Mentre camminiamo ritornando verso il posteggio, Stefania mi racconta che ha cercato di far parlare la donna, ma è stato inutile. Anche lei il solito ritornello: non abbiamo visto e non vediamo niente. E poi dicono – aggiungo rivolto a Stefania – che al Sud c'è omertà. Questa come la dobbiamo chiamare? Stefania mi propone di percorrere, in auto, quel sentiero facendo finta di essere una coppietta in cerca di un posto intimo. Ci avevo pensato anch'io, ma è troppo pericoloso. No! Meglio ritornare, le dico.

Due giorni dopo, qualche minuto prima delle 15, entra in redazione Luca Sivero. Lo porto nella sala delle riunioni. Lì ci sono già Stefania e Aldo Nunziante. Ho deciso di far partecipare anche loro anche perché, ormai, non credo che Gianna Gamberini possa avere da ridire.

Nell'attesa di Gianna, facciamo il punto della situazione e Sivero ci fa presente che per quanto riguarda gli interessi che i fratelli albanesi hanno, nel campo del traffico degli stupefacenti, la polizia ha scoperto un loro laboratorio a Parma dove trasformano l'eroina pura in eroina da strada con guadagni stratosferici.

Pensate che 60 chili di eroina – aggiunge Sivero – diventano, dopo averla tagliata, 480 chili di eroina da strada per un valore finale di 20 milioni di euro.

– Con cosa viene tagliata?

– Caffeina. Soprattutto caffeina perché essa si presenta come una polvere bianca, molto simile all'eroina, che si può sintetizzare in laboratorio. Secondo la professoressa Barocelli, del Dipartimento di Scienze degli Alimenti e del Farmaco dell'Università di Parma, questa serve ad aumentare l'effetto della droga diminuendo la dispersione del principio attivo dell'eroina quando viene bruciata e inalata. Il paracetamolo è un antipiretico e analgesico usato in molti farmaci da banco come la Tachipirina e l'Efferalgan che sono facilmente reperibile anche attraverso internet. Inoltre, viene tagliata anche con Flectadol.

Intanto è passata mezz'ora. Sono le 15,30 e Gianna non si vede. Sono nervoso, nervoso e preoccupato. Una preoccupazione che ha contagiato anche gli altri. Lo si vede dai loro gesti, da come si comportano: versano acqua nei loro bicchieri, bevono solo un sorso e, di nuovo, versano dell'altra acqua nel bicchiere già pieno. Chiedo a Siviero se ha parlato con il magistrato. Lo ha fatto, in modo informale. Anche il magistrato ritiene che sia giunto il momento di bloccare i fratelli albanesi e ha dato indicazioni affinché Gianna sia protetta subito dopo aver rilasciato una deposizione.

I minuti passano lentamente. Nessuno viene ad annunciare che è arrivata Gianna. Ormai sono le 16,10. Siviero dice ad alta voce quello che tutti pensiamo: è successo qualcosa di grave, Gianna Gamberini è stata scoperta. Non ci sono altre ipotesi per il suo ritardo. A questo punto, ribadisce, invio subito una volante al capannone di Rogoredo. Telefona l'ordine in questura poi si appresta a uscire. Vado, ci informa, anch'io sul posto.

– Io e Stefania veniamo con te.

– Non mi sembra una buona idea. Potrebbe esserci un conflitto a fuoco... No, meglio che vada da solo. Appena arrivo, vi telefono.

– Non se ne parla proprio. Gianna è una nostra fonte. Se le è accaduto qualcosa non potrei mai perdonarmelo. Con Stefania ci abbiamo lavorato tanto a questo caso, siamo noi che abbiamo trovato Gianna, l'abbiamo seguita e convinta a raccontarci quelle cose sulla morte di Likana. Noi veniamo con te.

Siviero guarda Nunziante nella speranza che parteggi per lui. Il caporedattore, invece, allarga le braccia e afferma che si trova perfettamente d'accordo con me. È giusto che il giornalista tenti di sapere cosa è successo alla propria fonte e che la protegga.

Siviero ci guarda in faccia, poi mentre è già sulla porta ci dice di seguirlo. «*Ma sia ben chiaro* – ci dice guardandoci negli occhi – *che non dovete prendere nessuna iniziativa. Voi restate, in caso di conflitto a fuoco, dove vi ordino io di restare. Chiaro?*».

In macchina, Siviero mette il lampeggiante blu sulla capote e aziona la sirena. Io sono seduto vicino a lui, Stefania dietro. Nessuno di noi parla. Siamo tutti preoccupati. A Rogoredo ci arriviamo in brevissimo tempo. Mentre guida, Siviero, per radio, ha informato la questura e ordinato d'inviare le volanti libere a Rogoredo e una squadra della Scientifica. Quando arriviamo, all'imbocco che porta verso il sentiero che precedentemente avevamo notato, è presente già una volante che fa deviare il traffico. A tutta velocità percorriamo la stradina non asfaltata e sbuchiamo in una radura dove si erge un capannone, uno dei tanti dismessi che si vedono nelle periferie delle città. Una volta, dentro quei capannoni si lavorava; oggi, lasciati liberi, sono stati occupati da rom e senza casa, dagli ultimi degli ultimi. Spesso si spaccia droga, si confezionano bustine che poi saranno portate ai pusher per lo smercio.

Appena fermi, i poliziotti di servizio c'informano che nel capannone sono rimaste solo un gruppo di ragazze, molto giovani. Gli albanesi sono fuggiti. Di gran fretta, sembra, considerato che hanno lasciato della droga, una mitraglietta Skorpion e molti vestiti da donna. Purtroppo, continua, anche un cadavere di donna e non è un bello spettacolo...

Mi metto a correre verso il capannone e Siviero non fa in tempo a fermarmi. Mi viene dietro, di corsa, anche lui e Stefania.

Quando entro nel capannone, faccio fatica a mettere a fuoco perché è molto buio. Intravvedo, quasi nel mezzo di quel grande spazio, cinque o sei poliziotti attorno a qualcosa che non riesco a individuare.

Mi avvicino. Ormai anche Siviero, che ha capito perfettamente, non cerca di fermarmi.

Su una sedia, nuda, c'è Gianna Gamberini. Le braccia

sono legate dietro, alla spalliera, i piedi legati alle gambe della sedia. La testa reclinata completamente. Siamo ammutoliti.

Non riesco a dire nulla, ho la bocca secca. Guardo quel povero nudo corpo messo così allo scoperto, come fosse uno sfregio nei nostri confronti. Un corpo straziato, massacrato non da uomini ma da animali incattiviti, violato e torturato. Io, penso, sapevo che poteva finire così. Gianna doveva essere protetta e non sono riuscito a farlo.

Nel frattempo sono arrivati quelli della Scientifica, quelli dell'Ert, gli esperti nella ricerca delle tracce sulla scena del crimine, con le tute bianche e iniziano a scattare, ripetutamente, fotografie del cadavere di Gianna da tutte le angolazioni.

Le hanno alzato la testa, vedo gli occhi sbarrati, occhi pieni di orrore, la bocca semiaperta e del sangue ormai secco che cola dal naso, l'avulsione di un dente. Le dita delle mani, saprò in seguito, sono tutte fratturate.

Vicino alla sedia, per terra, noto una specie di caricabatterie per auto. Invece che le pinze da attaccare alla batteria scarica, vi è un puntale ovale. Un poliziotto con la tuta bianca confabula con Siviero. Poi il commissario capo viene verso di me.

– Massimo posso capire come ti senti, ma tu hai fatto il possibile...

– ... no. Non ho fatto il possibile. Dovevo proteggerla, portarla via da qui, trovarle un'abitazione o portarmela a casa. Invece l'ho data in pasto a questi banditi... Cosa le hanno fatto?

– È morta Massimo. Come l'abbiano ammazzata è secondario e riguarda solo le nostre indagini.

– Voglio sapere Luca... A cosa serviva quel puntale?

Siviero mi guarda con spossatezza. Ha il viso stravolto, gli occhi rossi. Vicino a me, Stefania si è attaccata al mio braccio sinistro, lo stringe, quasi a significare la sua vicinanza nei miei confronti.

– Va bene, te lo dico. Gianna Gamberini è morta perché le ha ceduto il cuore. E, forse, questo è stato un bene per lei. Prima l'hanno torturata. Una delle torture è stata quella di utilizzare quel puntale. Viene utilizzato, di solito, per le vacche quando le portano al macello, per stimolarle a entrare nella sala macellazione. A Gianna, purtroppo, il puntale l'hanno messo sia nella vagina che nell'ano. Poi hanno dato corrente... deve essere stata una cosa terribile... Mi spiace Massimo...

Si stacca da noi e va verso l'uscita del capannone. Io parlo con Stefania.

– Telefona in agenzia e richiedi un fotografo e un paio di redattori. Il servizio lo fai tu. Io non ce la faccio. Vado a casa. Quelli che arrivano, mandali a intervistare i "nostri amici" della cascina di fronte. Raccogli anche le testimonianze di Siviero e del responsabile della Scientifica. Non è necessario dilungarti sulle torture subìte da Gianna. Almeno da morta, trattiamola con dignità.

Vado via. Luca Siviero vuole farmi accompagnare da un'auto. Rifiuto. Ho bisogno di stare da solo, di camminare. Arrivo a Rogoredo, gli dico, e prendo la metropolitana. Siviero capisce e non insiste e io m'incammino sul lungo stradone che porta alla stazione di Rogoredo.

In piazza Cavour non salgo in redazione. Prendo la macchina dal posteggio e mi dirigo a casa. Mentre guido, improvvisamente, mi viene in mente cosa non ricordavo più, cosa mi aveva detto il padre di Likana quando ci siamo salutati. Sì, ora ci sono: «*Se un giorno avrò bisogno di voi, non esiterò a venirvi a cercare*».

Ecco perché Likana aveva cucito, nel suo cappellino di lana, il mio nome. Il padre deve averle raccontato tutto e chissà quante volte le aveva raccomandato che se un giorno fosse capitata a Milano e avesse avuto bisogno di qualcosa, doveva rivolgersi a Massimo Valle, *gazetar*, giornalista di Milano. Perché io ero in debito con lui. Ma Likana non aveva fatto in tempo a rivolgersi a me, per cercare aiuto e ora anche Gianna è stata uccisa. Sembra una maledizione. Tutti coloro che hanno, in un modo o nell'altro, contatti con me, finiscono male. Come l'ex capitano Nestore Campanella, come Leyla e Zlatan. E Italo, ucciso dal "fuoco amico", ucciso perché i militari hanno scambiato, incredibilmente, il teleobiettivo per un'arma!

A casa mi attende Francesco. Festoso come sempre, desideroso come sempre di abbracciarmi, di giocare con me. Io, però, non ne ho proprio voglia. Vorrei potermene stare, da solo, in camera mia, sdraiato a letto, senza pensare a nulla.

Vorrei poter cancellare dalla mia mente lo sporco, lo schifo, la nausea che mi attanaglia. Cancellare l'orrore che ho visto oggi. Sono cosciente, però, di non potermelo permettere. Angelina capisce al volo che ho qualcosa che non va e cerca di staccarmi Francesco. Lui è inflessibile. Esige, giustamente, che giochi con lui dopo un giorno che non ci vediamo. Non sente ragioni e alla fine vince lui. Giocare con Francesco fa bene anche a me. In quei momenti non penso a nulla.

Forse non è vero che non pensi a nulla. Mi distraggo, sì, ma continuo a pensare alla morte, terribile, di Gianna e non solo .

In certi momenti particolari, non so perché, penso anche a Sandra. Molte volte non riesco neppure a ricordare le fattezze del suo viso. Quello che mi manca è però molto

chiaro dentro di me. Mi manca una persona che possa gestire, assieme a me, Francesco. Mi manca una persona cui,
una volta a casa, raccontare le mie pene, sentire da lei il
racconto della sua giornata, i suoi problemi di lavoro... Di
ascoltare una voce amica.

Cap. 13 – A cena con Scalia

La cena era stata fissata per le 21. La Mercedes nera di Scalia si era fermata in piazza Cavour, quasi all'angolo con via Manin. Stefania, alle 21 esatte, era scesa dalla redazione, aveva attraversato, con calma, la piazza e si era diretta verso via Manin dove aveva individuato, immediatamente, l'auto di Scalia, ferma in doppia fila. Si era presentata con un tubino nero con sopra un blazer dello stesso colore. Al collo una paschmina chiara così da rompere tutto quel nero. Alle orecchie, orecchini a pendaglio Swarovski. Ai piedi, tacchi alti.

Vestita così e con i riccioli rossi in capo, Stefania era proprio uno "schianto". Appena Scalia l'aveva vista si era umettato le labbra ed era sceso per aprirle lo sportello da perfetto gentiluomo. In realtà Scalia non lo sarebbe mai stato un gentiluomo. Era solo un rozzo investigatore privato e anche in quell'occasione aveva un vestito scuro stazzonato. L'interno della costosa auto era in linea con il proprietario, trasandata e puzzolente di sigarette. Ma a Stefania tutto ciò non interessava minimamente. Lei voleva concludere presto quell'incontro e, soprattutto, portare a casa le notizie che interessavano a lei e a Massimo.

Da via Manin a via della Liberazione ci si mette pochissimo tempo. Avevano posteggiato ed erano entrati nel ristorante «Chic and Minimal». Mentre erano in auto, Scalia aveva fatto a Stefania i complimenti per la sua mise. *Stefania aveva risposto ringraziando e aveva detto che era contenta di uscire a cena perché al lavoro aveva avuto una giornata pesante e gli scontri con Massimo aumentavano di giorno in giorno. Con la coda dell'occhio aveva notato che Scalia guardava più le sue gambe che la strada, ma in fondo questo se l'aspettava. L'importante era poterlo contenere al-*

l'interno di certi limiti. Avevano posteggiato e, prima di entrare, Scalia aveva acquistato una rosa da regalare a Stefania, da un giovane venditore pakistano.

Il ristorante era veramente bello, elegante, minimal come si usava dire, essenziale e pratico, come diceva anche l'insegna, ma con lampadari dal design raffinato. Scalia aveva prenotato una saletta privata con poltroncine in pelle.

Dopo essersi accomodati, si era palesato un cameriere che restava a una certa distanza dal loro tavolo per raccogliere le ordinazioni. Scalia aveva chiesto a Stefania cosa preferisse bere. Champagne? E qui la prima delusione da parte dell'investigatore perché Stefania aveva risposto che lei era astemia. Sì, Scalia c'era rimasto male perché la voleva allegra e con i freni inibitori allentati.

In realtà essa beveva sia vino che liquori, ma quella sera aveva bisogno assolutamente di essere sobria e attenta. Aveva aperto la borsetta e, con la scusa, di prendere un fazzolettino, aveva azionato il registratore. Da quel momento avrebbe registrato ogni cosa che l'investigatore avrebbe detto. Stefania aveva scelto il menu "Brodo" che prevedeva un diverso tipo di brodo caldo o freddo per ogni portata. Ad esempio pomodori e pesto con brodo di cetriolo e uova soufflé con tartufo bianco.

Da bere, acqua minerale. Scalia aveva iniziato con un antipasto di gamberi, risotto alla pizzaiola con acqua di mozzarella, trippa di baccalà con fagiolini e brodo di prosciutto. Da bere, un Merlot Nero d'Avola Doc "Ramione" 2005 - Baglio di Pianetto.

– Vede Stefania, questo ristorante è molto buono, ma come tutti gli ottimi ristoranti, le porzioni, almeno per uno come me, sono troppo esigue. Quando esco da questi ristoranti, ho sempre fame.

Poi si era messo a ridere della propria battuta. Stefania anche, per fargli piacere. Ora stava a lei cominciare a lavorarselo.

– Henry, perché non ci diamo del tu?

– Ah bene. Non chiedo di meglio, Stefania.

– Senti Henry... non so come dirtelo... è difficile per me parlarti di certe cose, ma so che tu mi puoi capire...

– ... certo. Dimmi.

– Il fatto è che, come ti dicevo, io sto attraversando un momento difficile al lavoro. I miei rapporti con Massimo Valle peggiorano ogni giorno e siccome sarà lui a fare la relazione finale su di me, alla direzione dell'agenzia, sono sicura che darà un parere negativo e, quindi, mi sarà interdetta l'assunzione.

Intanto Scalia aveva allungato il braccio sinistro appoggiato sul tavolo verso Stefania e aveva racchiuso la mano di Stefania nella sua. Stefania si era irrigidita. La mano di Scalia era umidiccia, sembrava una polpetta lessata.

Stefania resistette al disgusto di quel contatto, ma per fortuna arrivò il cameriere con l'antipasto per Scalia e le uova al tartufo bianco per Stefania. Il cameriere versò l'acqua a Stefania e il Merlot Nero d'Avola nel bicchiere di Scalia il quale lo assaggiò e diede il suo benestare. Appena il cameriere si fu ritirato, Scalia riempì il bicchiere e lo tracannò in un solo colpo. Dall'espressione del viso sembrava gradire molto il vino. Poi cominciò a parlare.

– Non preoccuparti di Valle, Stefania. Valle è un fallito, non è nessuno e non conta nulla. So per certo che alcuni amici se ne stanno occupando...

– ... in che modo?

– Ora ti dirò una cosa che deve rimanere fra noi. Valle – ma non chiedermi chi me l'ha detto perché non te lo direi mai – fra poco in agenzia non conterà più nulla. Il suo capo, Nunziante, sarà messo a riposo e gli toglieranno la possibilità di lavorare. In pratica lo metteranno in condizione di licenziarsi.

– Ma come sai queste cose?

– Eh, mia cara. Te l'avevo detto che io sono importante. Oggi, il migliore investimento non sono i Fondi, ma le informazioni e io di queste ne ho tante perché è il mio mestiere.

– Secondo te, questo, avverrà presto?

– Vedi, in questo campo, la fretta non deve esistere. Le cose debbono maturare, i tempi debbono scorrere senza scossoni così da non fare errori. Se tu non puoi attendere oltre perché quello stronzo ti perseguita, allora ci penso io a farti lavorare in un altro giornale. Ad esempio, ti andrebbe di lavorare al settimanale *Charm&Style*? Oppure in un quotidiano, a Milano o a Roma? Come preferisci. Io preferirei a Milano così ogni tanto potremmo vederci

Si era fatto un'altra risata. Aveva cacciato fuori dalle labbra la lingua come faceva in continuazione. Il solito tic volgare come, in realtà, volgare era lui, malgrado la Mercedes e il ristorante di lusso. Intanto, il cameriere aveva portato altri piatti e Scalia continuava a tracannare il rosso siciliano e a mangiare in continuazione. Aveva ordinato anche un piatto di ravioli con brodo di cicale.

– Henry, ma un investigatore privato come fa ad avere così tanto potere nei giornali?

– Io ho lavorato, come investigatore, per diversi giornali e ho risolto i loro problemi.

– Sai, io sono sempre stata interessata, fin da quando ero piccola, al mondo delle investigazioni. Per me fare la giornalista è come fare la poliziotta. Tu prima mi parlavi che hai risolto i problemi di alcune testate giornalistiche. Fammi capire in che modo?

Ora Scalia aveva il viso tronfio, pomposa albagia. Era al centro dell'interesse di Stefania e questo facilitava il suo piano, quello di portarsela nel residence dove abitava e passare assieme la notte.

– Attraverso le intercettazioni. Molte volte c'erano giornalisti che non si comportavano bene. Volevano assolutamente scrivere quello che dicevano di aver scoperto e cose del genere. Allora intervenivo io. Seguivo i giornalisti, li fotografavo, mettevo il loro telefono sotto controllo, cercavo se nella loro famiglia c'era qualche falla, chessò il figlio drogato o la moglie che se l'intendeva con il vicino di casa oppure era lui che aveva l'amichetta. Poi andavo a parlargli. Nella stragrande maggioranza dei casi, quel giornalista non rompeva più le palle e si metteva in riga.

Grande risata da parte di Henry Scalia, ma subito dopo riprese a parlare.

– I padroni del giornale avevano, così, risolto il problema. Io prendevo il pattuito, il giornalista rientrava all'ovile, la moglie non gli faceva più le corna ed eravamo tutti contenti.

– Un ricatto, in pratica.

– Che brutta parola! No, non un ricatto. Cercavo di persuaderlo con le buone e, lo confesso, qualche volta con le cattive, ma sempre a fin di bene.

Ancora una volta si era messo a ridere sguaiatamente. Si era allentato la cravatta, le guance rosse, conseguenza dei numerosi bicchieri bevuti. La bottiglia era ormai alla fine. Sembrava un sensale alla vendita di buoi e cavalli. Stefania doveva mostrarsi interessata sì, ma non doveva far capire, nello stesso tempo, che pendeva dalle sue labbra per conoscere certe cose. Sapeva che doveva anche concedere qualcosa a Scalia. Così, buttando indietro la ripugnanza che le faceva quell'uomo, fra un piatto e l'altro, aveva preso la mano dell'investigatore, stringendola. Scalia, non aspettava altro e mentre Stefania gli stringeva la mano sinistra, con la gamba aveva toccato quella di Stefania che era indietreggiata, ma in compenso le aveva fatto un gran sorriso.

– Quando ci siamo visti la prima volta nel tuo studio, mi hai detto che mi avresti raccontato cose interessanti sulle bombe di piazza Fontana se solo fossi venuta a cena con te. Ecco, stasera è l'occasione giusta. Com'era la campagna giornalistica cui alludevi... Cosa avevi detto? Ah, sì, ora ricordo «*mirate e finalizzate a premiare una volta questo e una volta l'altro contendente*». Giusto?

– Ricordi bene, eh!

– Te l'ho detto, sono curiosa. Non ho fatto la poliziotta, ma cerco di fare la giornalista. Cosa sono queste campagne mirate e finalizzate?

– Diciamo che dopo lo scoppio delle bombe, era necessario dare degli obiettivi di colpevolezza ai cittadini, indicare loro un possibile colpevole. Come era possibile? Con quali strumenti? Allora, nel 1969, non c'era Internet, i quotidiani erano al centro dell'informazione. E così mi sono dato da fare affinché la stragrande maggioranza dei quotidiani indicasse negli anarchici i colpevoli. Per fare questo ci sono voluti molti soldi. Questi, però, non erano un problema. I soldi arrivavano da diverse parti. Tu non hai idea di quante persone, industriali, prelati, magistrati, professori, in quel periodo erano disposti a tirare fuori tanti soldi pur di farla finita con i sovversivi, gli anarchici, i comunisti. Molti erano scappati in Svizzera perché convinti che fossimo a un passo dalla rivoluzione. Diciamo che io, e altri, abbiamo tamponato la falla. Ci siamo dati da fare per spostare l'attenzione dell'opinione pubblica, abbiamo convinto il cittadino medio, timorato di Dio, che la vera peste era la sinistra che metteva le bombe.

– Ma non era vero. Come ci siete riusciti?

– Non era vero, ma plausibile. Quando hai tanta disponibilità economica non c'è nulla d'impossibile. Bastava pagare e i giornali, certo non tutti purtroppo, scrivevano quello che noi dicevamo di scrivere. Tanti tuoi colleghi non vedevano l'ora di mettersi al nostro servizio perché i soldi fanno gola a tutti. Certo, qualcuno, non collaborava come avrebbe dovuto e allora usavamo metodi più drastici. In quel periodo abbiamo comprato e venduto giornali.

– Erano i politici che ordinavano questo?

Scalia non risponde perché il cameriere ha portato l'amuse bouche *che in italiano significa "divertire la bocca" e in effetti il cono d'alga è squisito. Il cameriere ha lasciato sul tavolo la* petite pasticcerie. *Scalia ordina una bottiglia di brut e risponde alla domanda di Stefania.*

– Non c'era bisogno d'ordinare. Sapevamo cosa fare.

– Debbono essere stati anni difficili, ma nello stesso tempo esaltanti. Avrei voluto esserci anch'io. Mi sarebbe piaciuto seguire quelle campagne di stampa. Dicevi che non c'erano problemi di soldi, ma è stato sempre così?

– Esaltanti, hai detto bene. I soldi si trovavano sempre e quando eravamo, in "riserva" facevamo qualche operazione, qualche traffico per far affluire soldi nelle nostre casse.

– Tipo?

– Sei proprio una giornalista impicciona. Io ti dico alcune cose e tu, dopo, vai subito a scriverle... Non è meglio che dopo ci divertiamo? Potremmo andare a ballare, cosa ne dici?

– No, non scrivo nulla anche perché quello stronzo di Valle me lo impedirebbe. È talmente preso di sé che tutto quello che scrivono gli altri, io in particolare, per lui è merda...

– ... e allora accetta la mia proposta. Ti faccio lavorare in un altro giornale. Certo, io mi spendo per te in cambio tu dovresti essere, come dire, gentile con me...

Stefania gli dà corda e si fa una risata. Ride anche Scalia che si umetta le labbra con la lingua.

– Vedremo caro Henry, vedremo. Diamo tempo al tempo. Io, fra l'altro, ho un ragazzo che è molto geloso... mi ha proprio rotto con questa gelosia. Voglio fare quello che voglio, con chi voglio. E ora voglio sapere come lavoravi, quali erano i cosiddetti "traffici" di cui dicevi prima. Scusa un momento. Debbo andare in bagno a rinfrescarmi.

Stefania aveva preso la borsetta e si era allontanata verso i servizi. Appena dentro l'elegante e capiente servizio, aveva aperto la borsetta, estratto il registratore e, per sicurezza, aveva cambiato il nastro. Poi si era seduta sul water a riflettere. Doveva insistere con Scalia perché, per ora, non si era troppo lasciato andare.

Quando era tornata al loro tavolo, l'investigatore stava addentando una fetta di torta. Si era seduta regalando un largo sorriso pieno di promesse a Scalia. Questi le aveva offerto la torta che aveva rifiutato adducendo di essere sazia. Aveva poi riportato il discorso sui soldi. Scalia aveva introdotto la sua gamba fra quelle di Stefania e la guardava con occhi concupiscenti, bramosi. Lei aveva lasciato fare nella speranza che l'investigatore si mostrasse più disponibile nelle risposte.

– I soldi? Ancora i soldi? È un'ossessione la tua. Facevamo soprattutto contrabbando e cose del genere. Portavamo in Italia sigarette e anche altro. Tutto quello che capitava. Così ci finanziavamo per tante attività, anche per le campagne di stampa mirate. Debbo però dirti che questo è un tasto delicato e pericoloso. Non posso andare oltre perché è, ripeto, pericoloso.

– Dici così per impressionarmi, per farmi desistere. Ma io non m'impressiono, anzi, mi appassiono a queste vicende. Sarò anche distorta, ma i segreti, le trame mi sono sempre piaciute. Mi piacerebbe essere una di voi, lavorare con voi.

Scalia aveva abbassato ancora di più la voce anche se nella saletta loro riservata, il cameriere non c'era. Si era guardato attorno sospettoso, poi aveva ripreso a parlare.

– Dovevi nascere prima. Ormai è tutto finito. Sì, facciamo ancora qualcosa, ma i tempi sono cambiati e non sempre siamo utilizzati come dovremmo. Ora ti racconto un episodio abbastanza recente. Con un mio collega di Roma, investigatore anch'esso, abbiamo fatto un lavoro investigativo per una società industriale. Sai nelle lunghe notti d'appostamento, si entra in confidenza, ci si racconta della propria famiglia, le cose che non vanno, i problemi con i figli. Insomma, non dico che si diventa amici, ma quasi.

Stefania l'aveva interrotto con una domanda futile per non far sembrare troppo interessata a quello che stava per raccontare.

– Ma come fate in questi casi... se vi scappa la pipì...

L'investigatore aveva riso e aveva spiegato che in quei casi la facevano nelle bottiglie che portavano sempre in macchina. Certo per te, aveva aggiunto, sarebbe stato diverso e più difficile. Poi ancora una risata. Stefania lo aveva riportato al suo racconto.

– Dicevo che si parla, ci si racconta. Abbiamo parlato anche del nostro lavoro perché anche lui ha una sua personale agenzia investigativa, dei problemi che ci sono, i clienti che non pagano... insomma, tanto per far passare la nottata. E gli ho raccontato alcune cose del mio lavoro parallelo che facevo. Mi era simpatico il romano e mi sarebbe piaciuto ingaggiarlo...

– ... ingaggia me, Henry. I soldi non m'interessano, non lo farei per questo.

– Sei troppo giovane. Tu vai meglio per altre cose. Dicevo che mi sarebbe piaciuto che lavorasse con me e così ho detto a lui, per convincerlo, alcuni episodi avvenuti nel nostro Paese dove dietro c'eravamo noi. Quel collega romano ha fatto un errore madornale che uno della sua esperienza non avrebbe dovuto compiere. È andato a raccontare tutto al tuo amico. E per questo ha pagato.

– Cosa significa? Come ha pagato? Quindi c'entra anche Massimo Valle... che stronzo! Penso proprio che verrò via da quella schifezza d'agenzia. Sono convinta che quando sai delle cose riservate, devi stare attenta a come ti muovi... non devi parlarne con nessuno... devi chiuderti come una cozza...

– ... si vede che sei giovane. Nella vita si fanno però degli errori e il mio collega romano questo errore l'ha commesso.

– Ma la tua organizzazione, come si chiama? Come posso entrare in contatto con chi comanda, con il "capo", chessò, il dirigente, il vostro responsabile o come cazzo si chiama?

– No, il nome è riservato; non è mica un'azienda dove si fa domanda per lavorarci. Nomi non se ne fanno. Ci si chiama con soprannomi...

– ... dimmene qualcuno.

– Beh, ce n'è tanti... ad esempio *giornalista*, a indicare una nostra fonte che lavora in qualche giornale oppure la fonte *nave* a indicare uno che lavora nel settore navale, oppure *generale* per indicare uno che organizza e così via.

– «Generale», allora è quello che comanda?

– Adesso basta che si è fatto tardi e ho parlato sin troppo. Ho parlato sempre io. Tu non mi hai raccontato niente di te. Ma di questo avremo tempo stanotte.

Scalia aveva fatto segno al cameriere per il conto. Aveva lasciato sul vassoio del cameriere parecchi soldi. A Stefania sembravano 200 euro, forse qualcosa di più e si erano diretti alla macchina. Ora, per Stefania, veniva il momento più difficile. Appena saliti in macchina, Scalia si era rivolto verso Stefania e con la mano destra le aveva accarezzato la coscia restata scoperta dal tubino che sedendosi si era alzato. Stefania l'aveva allontanato, ma sempre con un largo sorriso.

– Senti Henry io debbo tornare in redazione a preparare l'intervista per domattina al presidente dell'Assolombarda. Per venire a cena con te stasera, ho dovuto promettere al caporedattore che avrei ugualmente svolto il mio lavoro, recuperando. Quindi, ti prego di accompagnarmi in piazza Cavour.

Scalia, a quelle parole, era rimasto male. Si era, comunque, avvicinato ancora di più a Stefania, le aveva preso la testa fra le mani e tentato di baciarla. Stefania si era allontanata andando così a sbattere contro lo sportello.

– L'hai detto anche tu Henry. Mi ha colpito quello che mi hai detto stasera. Com'era? Ecco, sì, ora ricordo bene: «*La fretta non deve esistere. Le cose debbono maturare, i tempi debbono scorrere senza scossoni così da non fare errori*».

– Ma io non intendevo fra noi. Intendevo altro.

– Sì, lo so, ma ti prego di aver pazienza. Vedrai che tutto si sistema e presto potrò venire a casa tua. Anzi, la prossima volta che ci vedremo, non andremo al ristorante. Preferirei farci portare qualcosa da queste aziende che consegnano a domicilio. È più intimo e comodo. A proposito, dove hai detto che abiti?

– Non l'ho detto. Te lo dirò quando verrò a prenderti per portarti a casa mia e, quella sera, non dovrai accampare scuse di nessun tipo.

Poi aveva aggiunto in tono duro: «In caso contrario, il posto in qualche altro giornale te lo scordi perché io non sono il tuo moccioso di fidanzato».

Scalia aveva messo in moto ed era ripartito per piazza Cavour. Si era fermato proprio davanti all'entrata del Palazzo del-

l'informazione. Stefania sapeva che ora l'iniziativa per chiudere la serata doveva partire da lei. Così, vincendo il ribrezzo che le faceva quell'uomo, si era spostata verso il suo viso e lo aveva baciato sulla grassa e flaccida guancia. Poi era corsa verso l'entrata dell'agenzia.

In redazione c'era, in quel momento, solo il redattore di turno. Gambe sul tavolo, stava seguendo, in televisione, un film western. Si era meravigliato di vedersela davanti, a mezzanotte e trenta, tutta elegante e aveva domandato cosa mai ci facesse in redazione a quell'ora. Stefania aveva risposto che era andata a cena con amici, ma che era passata dall'agenzia perché doveva preparare del lavoro per l'indomani. Il redattore era tornato a guardare il film western mentre Stefania telefonava a Massimo il quale aveva immediatamente risposto alla sua telefonata, segno che stava, in ansia, vicino al telefono.

– Massimo, sono io. Tutto bene. Sono in redazione.

– Ottimo. Ora fa come avevamo concordato. Non dirmi nulla. Ci parliamo a voce domattina.

Stefania aveva chiuso la comunicazione. Poi si era recata nell'ufficio di Nunziante e, con la chiave che aveva ricevuto quel pomeriggio dallo stesso Nunziante, aveva aperto una piccola cassaforte a muro e inserito i due nastri incisi con la voce di Henry Scalia. Dopo averla richiusa, era andata in bagno a lavarsi i denti, salutato il collega e si era diretta all'uscita, ma non da quella principale. Dalla parte opposta al corridoio, si apriva una porta che dava sulle scale che portavano al bar, al piano inferiore e poi ancora sotto c'era un'uscita secondaria sul fianco del palazzo. Andando sulla destra, si sbucava su una piazzetta dove i redattori, quando trovavano posto, depositavano l'auto. Lì Stefania era salita sulla propria auto e si era diretta verso casa, verso via Curtatone, una traversa di viale Caldara.

L'indomani mattina, con Massimo, aveva trascritto le parole di Scalia incise sui nastri. Letto e riletto, fatto leggere a Nunziante.

Massimo aveva voluto ascoltare, diverse volte, il racconto sulla serata. Poi le aveva fatto i complimenti. Era stata brava a districarsi dalle grinfie di Scalia, ma so-prattutto carpirgli alcune notizie. Ora era tutto più chiaro. Ora avevano la conferma che esisteva ed era esistita una "cupola", sganciata dai Servizi segreti e utilizzata per i "lavori sporchi", quelli che non si potevano nominare. L'Anello come raccordo fra il prima e il dopo, fra il periodo fascista e quello "moderno". E, guarda caso, anche Scalia aveva nominato un fantomatico generale.

Cap. 14 – Uno studioso dell'Anello

Era parecchio tempo che mi frullava per la testa di andare a trovare un mio vecchio amico di università, Giovanni Rottesi. Mi frenava il fatto che per tanti anni non c'eravamo più visti né sentiti, neppure telefonicamente. Dopo l'università, ognuno di noi aveva scelto la propria strada. Gli amici erano cambiati e quella solidarietà che avevamo allacciato negli anni universitari e che sembrava dovesse durare all'infinito, era venuta a mancare. I primi tempi, qualche telefonata. Poi, tutti presi a cercare la nostra strada, ci eravamo dimenticati uno dell'altro.

Frequentavamo Scienze Politiche in via Festa del Perdono, alla Statale di Milano. Nel corso degli anni, la facoltà si era spostata in via del Conservatorio ma, a quel tempo, era ancora presso la sede della Statale. Tutte le vie attorno alla Statale erano il nostro regno e io, come del resto la stragrande maggioranza degli studenti, ci arrivavo con i mezzi pubblici. Giovanni Rottesi, invece, ci arrivava con un'automobile rossa fiammante, una potente e invidiata Alfa Romeo "Duetto". Lui non abitava a Milano o dintorni. Abitava in una bella villa a Inverigo dove, per altro, ci avevo passato anch'io interi pomeriggi a studiare o a ballare. I suoi genitori avevano, vicino a Como, un'industria di lavorazione della seta. La madre era molto simile a Giovanni, alta, slanciata, quasi diafana, taciturna. Il padre, l'opposto. Era il tipico "bauscia" brianzolo che aveva fatto i soldi. Rumoroso e rodomonte.

Era ricco Giovanni, ma non si dava affatto delle arie. Baciato da una natura molta benigna nei suoi confronti, era alto, viso perfetto, capelli chiari lunghi che portava raccolti in un codino. In più con un'automobile che nessuno di noi se la poteva permettere. Io, no di certo. Quando andavamo a casa sua, magari in dieci o più studenti, fra ragazzi e ragazze, lui non metteva a disposizione solo la casa, ma anche il cibo, i beveraggi, insomma tutto. Spesso capitava di andare in tre/quattro studenti a mangiare in qualche locale attorno a via Larga e, con noncuranza, senza iattanza alcuna, senza farlo pesare, pagava il pranzo a tutti. Inutile dire che era anche molto invidiato, considerato che non faceva nessuna fatica a "rimorchiare" le studentesse, anche quelle di altre facoltà.

Tutto bene, certo. Almeno sin quando, dopo la laurea decise, in un'intervista al *Corriere della Sera*, di confessare di essere omosessuale. Il *Corriere* stava facendo una serie di servizi su quelli che sarebbero divenuti i nuovi "padroni", la nuova classe dirigente del futuro. Insomma, coloro i quali avrebbero preso le redini dell'industria, sostituendo i padri. Ci fu uno scandalo notevole perché Giovanni dichiarava, contemporaneamente, di essere profondamente cattolico, credente e questo suo essere omosessuale gli procurava parecchi problemi interiori. Inoltre, aveva dichiarato al giornalista che lo intervistava, di non essere per nulla interessato a dirigere l'industria del padre. Lui, voleva fare il ricercatore nel settore della facoltà che aveva frequentato. Voleva studiare i meccanismi della politica non la produttività della fabbrica di famiglia.

Era stato, in pratica, sbattuto fuori di casa. Certo, non a mani nude nel senso che, in pratica, l'avevano liquidato. Però con l'accordo che non avrebbe dovuto più rivolgersi a loro per qualsiasi motivo. Per i genitori, gente abituata a lavorare sodo, per cercare d'ingrandire l'industria e fare soldi, avere un figlio così era una vergogna assoluta. Con il figlio avevano chiuso e non volevano aver più nulla a che fare con lui e con le sue idee.

Da quel momento attorno a Giovanni s'era creato il vuoto. Lui, invece, cominciava a rivivere. Aveva ripreso gli studi, collaborava a riviste politiche specializzate, analizzava flussi e voti dopo i risultati elettorali e tanto altro. Col tempo, aveva ottenuto la cattedra di Scienze politiche alla Statale, la stessa facoltà che aveva frequentato dove si era laureato con il massimo dei voti. Aveva pubblicato anche dei libri, uno, in particolare, sulla Democrazia, «*Dalle critiche di Platone e di Aristotele al modello democratico*» e uno sul Liberalismo, «*Verso la crisi del liberalismo classico*». Insomma, uno studioso. D'altronde, la sua tesi universitaria era profonda e citata da numerosi professori come esempio importante di ricerca. Aveva avuto anche un'esperienza, deludente, come consigliere comunale a Milano, per la Dc. Quel suo essere cattolico lo aveva convinto che era necessario impegnarsi in prima persona nella società e non solo nel chiuso delle biblioteche. Era durato poco, un anno. Poi si era dimesso, inorridito - come aveva dichiarato a un giornale - di come funzionava o, meglio, non funzionava la politica.

Nella mia mente l'avevo individuato come la persona che avrebbe potuto aiutarmi a capire qualcosa delle trame dell'Anello. Uno studioso come Giovanni avrebbe potuto rischiarare le idee nebulose che avevo in testa su quegli anni che riguardavano, appunto, l'Anello ma non solo. Certo, qualcosa sapevo grazie a quanto raccontato da Nestore Campanella e, soprattutto, dalla cena di Stefania con Scalia. Ma io volevo qualcosa di più preciso, di più scientifico.

Dopo alcuni tentativi, ero riuscito a parlargli, telefonicamente, fra una lezione e l'altra dell'Università. Quando mi ero presentato, Giovanni era stato in silenzio, forse perplesso per come, dopo così tanto tempo, mi facevo sentire. Non l'avevo fatto dopo la sua dichiarazione al *Corriere* probabilmente per viltà. Non avevo solidarizzato con lui e questo, a distanza di tempo, mi sembrava una vigliaccata nei suoi confronti. Ormai, però, erano passati tanti anni. Ognuno di noi aveva preso la propria strada.

Dopo le solite frasi fatte che si utilizzano quando telefoni, dopo tanti anni a una persona, avevo spiegato di aver bisogno d'incontrarlo. Lui si era mostrato disponibile e mi era sembrato anche contento di rivedermi dandomi appuntamento, in Facoltà, alle 10. E, oggi, sto andando a parlare con il professore Giovanni Rottesi.

Ritornare in via Festa del Perdono, mi procura una certa emozione. Naturalmente è tutto cambiato. Molti localini che c'erano quando frequentavo io l'università non ci sono più. Ne sono sorti altri, con altre specialità, meno panini e più sushi.

Sono rimaste, invece, quelle che una volta erano le copisterie, dove avevamo fatto stampare e rilegare le nostre tesi. Oggi si utilizzano altri strumenti, però. Oggi la tesi la puoi inviare online a loro senza spostarti da casa e dopo al massimo 48 ore, la ricevi bella rilegata a casa, con le pagine a colori se necessario. Una volta era tutta battuta con la macchina per scrivere; poi i primi tentativi con il computer, chiavette Usb, stampa laser.

Entrando dal portone principale di quella che una volta era la Ca' Granda, si sbuca nel cortile del Filarete, bellissimo e maestoso con il porticato e il loggiato del Rettorato. Oggi si fanno eventi, si affitta per concerti, manifestazioni per la cittadinanza, cene di gala, installazioni artistiche. Oggi il Filarete è diventato, come si usa dire, una *location* molto ambìta dalle aziende e non solo. Una volta, il tutto, era la sede dell'Ospedale Maggiore, opera dell'architetto fiorentino Filarete, uno dei primi edifici rinascimentali a Milano, commissionato da Francesco Sforza.

Ci sono tantissimi studenti nel cortile e sotto il portica-to. Molti sono seduti sui muretti, leggono o studiano, altri si recano nelle varie facoltà. Io mi dirigo verso il loggiato, al primo piano e chiedo dove sta il professore Giovanni Rottesi. Il suo ufficio è in fondo, un po' staccato dal corpo principale. Un ufficio, come vedrò, con una libreria che raggiunge il soffitto, poltrone avvolgenti e comode, odore di cuoio e di cultura. Giovanni poi mi dirà che, in realtà, non è il suo ufficio quanto, piuttosto, uno spazio che utiliz-zano vari docenti durante il periodo della presentazione delle tesi, per ricevere gli studenti e concordare tempi e contenuti del loro lavoro finale.

Appena entro, dopo aver bussato, Giovanni si alza dalla scrivania e mi viene incontro a braccia aperte. Mi abbrac-cia calorosamente.

Indossa bluejeans e una camicia azzurrina. La cravatta è allentata, le maniche della camicia arrotolate sugli avam-bracci. La giacca, di velluto leggero, è rimasta appesa all'at-taccapanni. Certo, sono passati tanti anni. Ha più o meno la mia età, quindi 50, eppure la natura continua a essere benigna con lui. È sempre molto bello e ora, con l'età, i tratti del viso si sono addolciti. Il taglio del naso perfetto. Un po' più appesantito, non porta più il codino, ma i capel-li – contrariamente a me – non li ha persi; sono lunghi, or-dinati e la "spruzzata" bianca non fa altro che aumentare il suo fascino. La postura del corpo tende a incurvarsi, tipica delle persone alte che hanno passato l'esistenza a curvarsi nei confronti dell'interlocutore.

- Massimo, quanti anni! Ormai siamo tutti vecchi.

- Beh, non è un modo di dire, ma per te gli anni non passano mai.

- No, no, passano eccome. Vieni, siediti. Vuoi bere qualcosa?

- No, grazie ho appena preso un caffè.

Mi siedo su una poltroncina di fronte alla sua scrivania colma di cartellette, giornali, libri. So benissimo che debbo essere io a cominciare, ma non voglio cominciare subito dal chiedere informazione sull'Anello. Sento il bisogno di scusarmi, di chiarire la mia posizione per non averlo mai chiamato, per non essermi fatto vedere dopo la sua confessione di essere omosessuale.

- Giovanni, prima di cominciare mi volevo scusare del mio comportamento, del fatto che quando avresti avuto bisogno di un aiuto, di solidarietà, non mi sono fatto né vedere e neppure sentire telefonicamente...

- ... lascia perdere Massimo. Erano altri tempi, tempi difficili per tutti... Non era semplice schierarsi dalla parte di un gay, come si dice oggi. Io non me la sono presa, sai. Negli anni a seguire molte volte ho avuto la tentazione di telefonarti, di parlarti. Ma poi non l'ho fatto. Dovevamo fare il nostro percorso di vita, siamo stati subissati da tanti problemi, esistenziali ed economici, dovevamo trovare la nostra strada, il lavoro. Decidere cosa avremmo fatto "da grandi". Io, Massimo, sono stato fortunato perché provenivo da una famiglia ricca. Sono stato tollerato da quel tipo di società pur essendo un «diverso». Pensa se invece fossi stato un operaio! Con lui non ci sarebbe stata la stessa tolleranza. Poi ho capito che non era tolleranza la loro, ma complesso d'inferiorità. La mia famiglia aveva rotto con me e io con loro, ma i loro amici mi continuavano a invitare alle loro cene, ai loro ricevimenti. Poter esibire in una cena il pittore o il poeta gay, faceva e fa tendenza, dimostrava e dimostra la loro apertura, il loro non essere omofobi. Avevano un complesso d'inferiorità verso tutti coloro che erano acculturati, che non facevano parte del loro mondo, il limitato mondo della "fabbrichetta", dove non c'era l'obiettivo della cultura o di una società più giusta o equa, ma solo quello di fare i soldi, tanti soldi, il più in fretta possibile. Erano diffidenti nei confronti di tutti coloro che si erano elevati culturalmente. Loro non leggevano niente se non i bilanci delle loro aziende, sapevano di non poter competere con le persone che avevano cultura, non quella derivata dalla laurea, quanto piuttosto di quelli che avevano la curiosità intellettuale, quello stimolo che a loro mancava. Una curiosità intellettuale che loro non avevano. Per questo odiavano tutti quelli che non facevano parte del loro ristretto mondo. Le cose che non si capiscono fanno paura, sono messe all'indice. Pasolini, ad esempio. Non hanno letto nulla di lui, ma nei salotti si pontifica su di lui. Non sanno quanto è stato preveggente Pasolini. Quello che sarebbe avvenuto nella nostra società, lui l'aveva visto e descritto almeno dieci anni prima. Ma nella loro testa c'è solo che era un «culattone», un «frocio». Pasolini, nel suo incompiuto "Petrolio", scrive delle cose che poi si sono rivelate di una drammaticità sconvolgente. Aspetta che ti cito esattamente cosa scriveva Pasolini.

Giovanni si alza, si dirige verso gli scaffali della libreria e "pesca" un libro che comincia a sfogliare velocemente.

- Un momento che trovo il passo... un momento solo. Ah, eccolo qua. Pasolini parla dei ragazzi sottoproletari che il "progresso" sta rovinando e scrive che non c'è più orgoglio popolare. «Anzi - scrive lo scrittore - *le mille lire di più che il benessere aveva infilato nelle saccocce dei giovani proletari, avevano reso quei giovani proletari sciocchi, presuntuosi, vanitosi, cattivi*». Questo lo scriveva fra il 1972 e il 1975. Chi sono questi giovani proletari? Se pensi alla Banda della Magliana, queste parole si identificano perfettamente con loro, con il loro criminoso cammino. Guarda le date. Pasolini interrompe la scrittura di "Petrolio" nel 1975 quando viene ucciso; la Banda opera, soprattutto, in tutti gli anni '80 consolidando i legami anche con il Potere e una parte della Politica. La prima operazione malavitosa, di un certo spessore, della Banda della Magliana è del novembre 1977 con il rapimento del duca Massimiliano Grazioli Lante della Rovere, poi ucciso. E i componenti della banda criminosa, hanno tutti soprannomi pasoliniani: *er negro, roscio, accattone, operaietto, palle d'oro, er cane, er ciambellone, Dandy* ecc. I soldi che guadagnano con rapimenti, omicidi, traffico di droga e quant'altro non li hanno resi, forse, «*sciocchi, presuntuosi, vanitosi, cattivi*»? Ecco la grande capacità di Pasolini di prevedere il futuro fin da quando capì, prima di tanti altri, l'operazione nefasta di "Carosello" e della pubblicità televisiva. Ma per la stragrande maggioranza della popolazione italiana, Pasolini resterà sempre e comunque un pederasta. Quando ho rilasciato quella intervista al *Corriere*, ho praticamente fatto quello che Pasolini enunciava e cioè che fosse necessario «*gettare il corpo nella lotta*». Io l'ho fatto e non me ne pento affatto. Dimmi di te, piuttosto. Immagino che ti sarai sposato, hai figli?

- Beh, qua entriamo in un campo minato nel senso che non è andata troppo bene. Sì, mi sono sposato, ma mia moglie, quando è nato nostro figlio, mi ha lasciato. Purtroppo ho un figlio down. Tu, invece?

- Mi spiace... ovviamente non lo sapevo. Io, naturalmente, non mi sono sposato. Quando stavo all'università, come studente, ho avuto molte ragazze. Con molte di loro ci sono andato anche a letto, ma non ero mai soddisfatto, mi mancava qualcosa che mi legasse a loro. Poi, col tempo, ho capito che non ero fatto per stare con loro. Preferivo i ragazzi. Sì, ho avuto varie convivenze, ma niente di duraturo. Oggi sto, da qualche anno, con Federico, uno steward dell'Alitalia. Per ora andiamo d'accordo, poi si vedrà.

- E tuo padre? Tua madre?

- Mia madre è morta qualche anno fa. Si era ammalata di Alzhaimer. Quando c'è stato il funerale, a Inverigo, mio padre non mi ha neppure salutato. I suoi amici, invece, sì. Baci e abbracci a dimostrazione di quanto essi fossero aperti. Le apparenze, Massimo. Le apparenze in quel mondo vanno salvaguardate. Io ricordo bene quando vivevo ancora con i miei che su alcune cose non si transigeva. Una di queste era andare a messa la domenica tutti assieme e, soprattutto, non mancare, tutti naturalmente, alla messa di mezzanotte, a Natale. Dovevamo apparire, farci vedere, dimostrare di essere una famiglia unita, rispettosa delle tradizioni. Fa niente se mio padre toccava il culo alle operaie della fabbrica mentre passava nei reparti, se non pagava le tasse, se fregava gli operai sugli straordinari. L'importante era che a Natale, fossimo tutti alla funzione, assieme. Mio padre, e tanti come lui, erano convinti che il loro mondo sarebbe durato in eterno. Non avevano capito che dove non era arrivata la "contestazione" ad abbattere il loro potere, ci aveva pensato il mercato. Oggi non è più il proprietario della fabbrica. Il proprietario, oggi, è una società cinese. Lui ha una qualifica onorifica e nulla più.

- Ormai, almeno in apparenza, i gay sono accettati un po' da tutti...

- ... non è proprio così. Come ti dicevo, un conto è essere un uomo o donna di spettacolo, uno scrittore, un attore. E un altro conto è essere operaio e gay. Per questi ultimi non c'è salvezza, a loro non viene aperta nessuna porta. Oggi tutti si riempiono la bocca del grande genio di Leonardo da Vinci. Ma quanti sanno, ad esempio, che nel 1476, a 24 anni, fu denunciato per aver praticato sodomia con un prostituto, Jacopo Saltarelli? Erano gay Alessandro Magno, Giulio Cesare, Michelangelo Buonarroti e tanti altri. E, anche, il grande matematico Alan Turing, quello che ha inventato l'algoritmo. Potrei continuare... scusami ti sto facendo perdere tempo e anch'io debbo ricevere i miei studenti. Di cosa volevi parlarmi?

- Giovanni io mi sono imbattuto, durante il mio lavoro, in una organizzazione segreta che ha tentato di sovvertire la democrazia nel nostro Paese, ha tramato, ha ucciso innocenti, ha ordinato di mettere bombe e tanto altro. Non ultimo ha speculato sull'indigenza di persone prive di tutto, costringendoli a vendere parte del loro corpo.

- Non ci siamo visti per tanti anni, ma ho seguito il tuo lavoro. So che sei stato inviato nella ex Jugoslavia e so degli articoli che hai scritto sul traffico di organi. Tu non l'hai nominata, ma quella organizzazione malavitosa si chiama Anello.

- Sì. Io ho bisogno di conoscere più profondamente questo Anello. Non tanto quello che ha fatto perché ormai lo so, ma l'ambito dove ha agito e, soprattutto, il perché, chi stava dietro a questa organizzazione, chi dava ordini. Insomma, tutto quello che puoi dirmi.

- Non è poco quello che mi chiedi. Ci vorrebbe una settimana.

- Possiamo almeno definire una data d'inizio dell'operatività di questo Anello. Perché Anello?

- Praticamente è l'anello di congiunzione tra i servizi segreti (usati in funzione anticomunista) e la società civile. L'anello di congiunzione tra l'Italia fascista da cui, dopo la Resistenza, avremmo dovuto uscire e i nuovi equilibri, con lo Stato a sovranità limitata. Ricordati che dopo la Resistenza, i partigiani che entrarono nella polizia, furono tutti estromessi a beneficio di ex fascisti. Lo confessa, molto candidamente, Mario Scelba, ministro dell'Interno, poco prima di morire, nel 1991: «Allontanai con buonuscite o con trasferimenti nelle isole, per tutto il 1947, gli 8 mila comunisti infiltratisi nella polizia e assunsi 18 mila agenti fidatissimi... Si diceva che i comunisti avessero un piano insurrezionale, il famoso piano K, ma io a quel piano non ho mai creduto...». Addirittura i loro comandanti provenivano dalla Rsi. Furono riciclati ex fascisti che poi troviamo anche nell'Anello come Adalberto Titta e Junio Valerio Borghese. Non solo. Anche personaggi come il bandito Salvatore Giuliano. Il tutto per impedire, a ogni costo, con qualsiasi mezzo, una fantomatica insurrezione comunista che non era neppure nelle menti dei dirigenti comunisti, considerato gli equilibri sottoscritti a Jalta.

– Quando inizia a operare l'Anello?

– Sì, hai ragione. Mi stavo dimenticando. Ho fatto degli studi e delle ricerche e, a mio parere, possiamo definire l'inizio di questa operatività con la presenza di Mario Roatta, generale, già capo del Sim (Servizio informazioni militari), comandante dei volontari a fianco di Franco nella guerra di Spagna. In seguito si rese responsabile, in Jugoslavia, di rappresaglie, incendi di case e villaggi, esecuzioni sommarie, raccolta e uccisione di ostaggi. In Croazia, diede inizio a una vera e propria azione di terrore contro i civili che davano supporto logistico alle bande partigiane. Roatta è stato indiziato anche per l'assassinio dei fratelli Rosselli in Francia. Questo nel 1937. Ma in un periodo più vicino a noi, nel 1972, Roatta fu la persona che prese contatto con un ufficiale polacco, sembra di nome Otimski, e presentò a lui una serie di persone di cui ci si poteva fidare. Quando Roatta fu incriminato e poi arrestato, Otimski prese il comando dell'Anello. Roatta fugge in Spagna in aereo, grazie a un pilota della ex Rsi, la Repubblica sociale italiana, Adalberto Titta personaggio che ti ho appena accennato, da non dimenticare perché è uno dei protagonisti di questa storia poco conosciuta. Fra l'altro Titta fu quello che trasportò Kappler in salvo.

- Salvatore Giuliano significa Portella della Ginestra, la strage nei confronti dei contadini riuniti per festeggiare il 1° Maggio.

- Certo. Bisogna però ricordare che la strage avviene per un motivo ben preciso: la vittoria della coalizione Pci-Psi alle elezioni dell'Assemblea regionale siciliana, svoltesi pochi giorni prima, il 20 aprile 1947. La coalizione di sinistra aveva conquistato 29 rappresentanti su 90 (con il 32% circa dei voti) contro i 21 della Dc che era franata al 20% circa. È quella che viene definita - e non a caso - la prima strage di Stato. A seguito dell'attentato, sul terreno rimasero 11 persone fra cui una bambina di 8 anni. Furono ammazzati anche alcuni ragazzi di 12 e 14 anni. I feriti furono 27 e altre tre persone morirono poco dopo a causa, appunto, delle ferite.

- Una strage del genere non può essere solo parto del cervello di Giuliano. Per usare un'espressione che rubo al giudice Falcone, per far questo ci vogliono «*menti raffinatissime*».

- Sì, dopo il fallito attentato dell'Addaura, nel giugno 1989, Falcone pronunciò quella famosa frase, parlò, infatti, di «*menti raffinatissime*», facendo così capire che in quel fallito attentato non c'era soltanto la mafia implicata. Quell'attentato era forse la saldatura fra una cosca mafiosa e apparati dello Stato? Tra mafia e Servizi deviati oppure occulti? Non lo possiamo sapere perché Falcone è stato ammazzato. Per fare attentati come quello subìto da Giovanni Falcone, ma non solo, ci vogliono uomini delle istituzioni che hanno tradito il loro giuramento di fedeltà alla Repubblica nata dalla Resistenza. Per tornare a Portella della Ginestra, hai ragione. Dalle mie ricerche, ritengo che Giuliano avesse avuto l'appoggio, non solo strategico, dei Servizi segreti statunitensi, l'Oss di James Angleton che poi divenne Cia, della X Mas di Junio Valerio Borghese e di personaggi dell'Anello. Lo stesso Borghese fu salvato dalle sue malefatte, nel 1945 da Angleton.

– Possibile che nessuno seppe nulla di questo "movimento"?

– Tieni conto che quegli anni erano molto particolari. Era appena terminata la guerra mondiale, c'era l'ossessione anticomunista, i "rossi" che avrebbero potuto prendere il potere. Ecco, allora, la coalizione anticomunista sotto la supervisione degli americani, del Vaticano e il fatto che non avevamo una classe dirigente all'altezza, una classe dirigente fiera di appartenere a uno Stato democratico. D'altronde c'era l'Italia da ricostruire, l'Italia distrutta dai bombardamenti. Un'Italia povera, bisognosa di lavoro, di case, di servizi, di scuole. Non è vero che nessuno sapesse. Per certo sapevano Alcide De Gasperi, Aldo Moro, Giulio Andreotti. Per venire ai tempi nostri, sapeva anche Bettino Craxi, come ha scritto lui stesso in una nota del 1991. Anche il controverso giornalista Mino Pecorelli, assassinato nel 1979, in un suo articolo – con la sua solita tecnica di scrittura di dire e non dire, di lanciare messaggi – scrive dell'Anello ancora prima della sua scoperta ufficiale. Non solo. Il 5 novembre 1972 il segretario della Dc, Arnaldo Forlani, in un comizio a La Spezia, aveva pronunciato una frase sibillina mai chiarita in seguito. In occasione delle elezioni del 7 maggio di quell'anno – così aveva sottolineato Forlani – la Dc aveva dovuto fronteggiare il «*tentativo più pericoloso che la destra reazionaria abbia tentato e portato avanti dalla Liberazione a oggi*». Aggiunse che il tentativo aveva alle spalle reti organizzative e finanziarie consistenti e poteva contare su appoggi sia nazionali che internazionali e che: «*Questo tentativo non è finito: noi sappiamo in modo documentato e sul terreno della nostra responsabilità, che questo tentativo è ancora in corso*». Accuse gravi. A cosa si riferiva Forlani?

- Milano è stato un po' il centro di questa organizzazione eversiva. Mi puoi confermare questo e indicarmi i personaggi che gravitavano attorno all'Anello o ne facevano parte?

- Il primo nucleo formato dal generale Roatta era composto da 170 persone. Militari, politici, giornalisti, faccendieri. Sì, Milano è la città con un nucleo importante di questa organizzazione. La loro sede era in un palazzo che stava fra via Statuto e via Lovanio, a pochissima distanza dai carabinieri di via Moscova, dove erano "stoccate" armi di questa organizzazione conosciuta, oltre che come Anello, anche come "Noto servizio". Fra i personaggi importanti dell'Anello, dobbiamo necessariamente ricordare Adalberto Titta, ex pilota dell'Aeronautica della Repubblica di Salò. Esso è, senza dubbio, al vertice operativo della struttura segreta. Personaggio interessante, un po' guascone e chiacchierone. Coinvolto nella fuga di Kappler dall'ospedale, si dà un gran daffare per il caso Moro e Cirillo. Morirà d'infarto proprio dopo la liberazione dell'assessore Ciro Cirillo. Secondo il giornalista Paolo Cucchiarelli, i Servizi di sicurezza francesi mandarono a misurare la lunghezza del cadavere, per accertarsi che fosse proprio Titta il morto. D'altronde, Titta era obeso e pesava 130 chili. Facile, quindi, l'accertamento.

- Altri personaggi?

- Oltre a Titta, posso citare Alberto Grisolia, nome in codice *giornalista*, un tuo collega che lavorava al *Corriere della Sera*, già appartenente alla Squadra 54 dell'ufficio milanese degli Affari Riservati di Federico Umberto D'Amato, molto attivo nel periodo delle bombe di piazza Fontana e iscritto alla P2. Pensa che questo personaggio, teneva una rubrica di cucina sull'*Espresso*. Sono stati ritrovati dei documenti in cui sono indicate alcune persone che Grisolia ritiene vicine all'Anello e, quindi, vicine al Titta: il faccendiere Felice Fulchignoni, l'imprenditore Sigfrido Battaini, l'industriale chimico Angelo Boate, ex repubblichino, il politico democristiano Massimo De Carolis, iscritto anche alla P2, quello della "maggioranza silenziosa", Giorgio Pisanò, giornalista di destra, direttore del *Candido*, Giuseppe Cabassi, costruttore, padre Enrico Zucca, dell'Angelicum, francescano famoso per aver custodito la salma di Mussolini dopo il trafugamento, l'investigatore privato Tom Ponzi, il chirurgo Giovanni Maria Pedroni, gli estremisti di destra Gianni Nardi e Carlo Fumagalli, ex partigiano "bianco". E, naturalmente, molti altri come l'attore radiofonico Febo Conti. Molti dei personaggi che ti ho citato li ritroviamo nel 1965, partecipanti al famoso convegno dell'hotel Parco dei Principi di Roma. Nessuna di queste persone ha mai confessato di far parte dell'Anello, pur ammettendo di conoscere o di aver avuto rapporti con Titta.

- Una bella congrega. Tutte persone di destra che si richiamano ai tempi passati...

- ... sì, certo. Voglio ricordarti che nel 1945, quando Mussolini venne appeso a piazzale Loreto, un giornalista inglese, Herbert Matthews, scrisse un articolo dal titolo «*Non l'avete ucciso*». Sai cosa diceva l'articolo? Era un monito nei nostri confronti: «*Il fascismo sotto forme diverse, magari di finta democrazia, ve lo porterete dietro per un centinaio d'anni*». Una frase molto attuale, visto come sono andate le cose. Sarà anche un caso, ma dopo che un gruppo di fascisti milanesi, nella notte fra il 23 e 24 aprile 1946, trafugarono la salma di Mussolini, la stessa venne consegnata ai francescani Enrico Zucca e Alberto Parini, fratello del prefetto fascista di Milano che la nascosero in alcuni conventi. Per questo atto finirono a San Vittore. Padre Zucca era in cella con Adalberto Titta. Solo una coincidenza?

- Ma come e chi ha scoperto questo nucleo eversivo?

- Per caso. Nel 1996. Il giudice Guido Salvini che stava indagando sugli attentati dello stragismo nero, incarica lo storico e perito del Tribunale Aldo Giannulli, di valutare le carte conservate in un polveroso archivio del Viminale, in via Appia a Roma. Consultando i 256 fascicoli conservati, Giannulli si trova fra le mani una nota, datata... aspetta che controllo.

Giovanni Rottesi si alza dalla scrivania, va verso la libreria, sfoglia alcune carte.

- Ecco qui: 4 aprile 1972. Questo è il testo della nota: «*Questa è la storia di un servizio d'informazione che opera in Italia dalla fine della guerra e che è stato creato per volontà dell'ex capo del Sim Generale Roatta... Compito del servizio fu sempre quello di ostacolare l'avanzata delle sinistre e d'impedire una sostanziale modifica della situazione politica italiana*». Tra quelle carte, praticamente, la storia degli ultimi 50 anni del nostro Paese.

- Da un'informazione che ho appreso, pare che l'Anello non c'entrasse nulla con Gladio e organizzazioni simili? Secondo te è giusta questa interpretazione?

- Corretta, sì. L'Anello è diverso da Gladio. Questo ha finalità militari e opera sotto il mantello della Nato, pronti a entrare in azione se i comunisti fossero mai giunti al potere.

- È Andreotti che rivela l'esistenza di Gladio?

- Sì. Un anno dopo la caduta del Muro di Berlino è lo stesso Andreotti, presidente del Consiglio, che rivela l'esistenza di Gladio e i nomi di 622 "gladiatori" suscitando riprovazione in Francesco Cossiga, in quel momento presidente della Repubblica. L'Anello - o Noto servizio - entra in azione per sistemare quelle operazioni che, ufficialmente, non si possono risolvere: organizza campagne di stampa contro personaggi a loro invisi, insabbia, fa il doppio e triplo gioco. Partecipa e organizza scandali, ricatti, fa sparire documenti, fa intercettazioni illegali, dossieraggio, incidenti stradali che forse sono omicidi, insomma i cosiddetti "lavori sporchi". Non aveva proprio progetti golpisti quanto, piuttosto, eseguire quei "lavori" che avrebbero potuto compromettere i Servizi segreti ufficiali. Dalle note di Grisolia, la fonte *giornalista*, presentate al processo di Brescia, si viene a sapere che l'Anello si è attivato per eliminare, fisicamente, alcuni oppositori socialisti attraverso incidenti stradali. Tra questi il sindaco di Mantova Eugenio Dugoni e il segretario della Camera del Lavoro di Milano, Bruno Di Pol, entrambi morti in distinti sinistri automobilistici negli anni Sessanta. In programma l'Anello aveva anche il rapimento di Aldo Aniasi, sindaco di Milano ed ex partigiano, di Mario Capanna, leader del Movimento studentesco, dell'editore Giangiacomo Feltrinelli, del deputato democristiano Luigi Granelli e del segretario della Federazione socialista di Milano, Demetrio Costantino. Rapimenti che, per fortuna, non furono, però, attuati.

- Quindi l'Anello non ha compiti militari e possiamo concludere che non è un Servizio deviato.

- Certo. Lo spiega bene la ricercatrice e storica Stefania Limiti. Secondo le sue ricerche «*l'Anello svolge servizi informativi di tipo politico, fa pulizia, insabbia e non è definibile come una struttura deviata. Questa nasce laddove più persone agiscono di comune accordo in funzione di scopi diversi da quelli ufficiali. In questo caso ci troviamo di fronte a una struttura a parte, non deviata... I protagonisti* [dell'Anello] *non hanno nessuna divisa. Basti pensare che Titta è un civile».*

- Sempre secondo questa mia fonte, l'Anello ha partecipato a far fuggire il nazista Kappler in cambio di un sostanzioso prestito da parte della Germania all'Italia ed è stato attivo nella vicenda Moro e Cirillo nonché per la liberazione del generale Usa Dozier. È corretto questo?

- Assolutamente corretto. Ci sono tanti misteri irrisolti ancora come quello della morte di Enrico Mattei. Il rapimento e l'omicidio dell'onorevole Aldo Moro è una di quelle vicende che ci porteremo appresso per tanti anni. Sembra che Adalberto Titta sapesse che Moro sarebbe stato rapito in via Fani, la mattina del 16 marzo 1978. Quel giorno, attorno alle 9, ci fu un black-out dei telefoni in tutta la zona del rapimento. E Titta riapparve durante i 55 giorni del rapimento. Secondo Michele Ristuccia, aderente all'Anello, «*Titta mi disse di essere a conoscenza del luogo dove Moro era detenuto. Lo aveva detto anche ai senatori Andreotti e Cossiga... Quando informò i suoi referenti di essere in grado d'intervenire in via Gradoli, ricevette un secco diniego da Andreotti che, mi disse, gli fece capire che non era auspicabile una soluzione positiva del processo. La frase che ricordo distintamente è* - ricorda ancora Ristuccia - "Moro non serve più a nessuno"». E non è finita: non dimentichiamo che in via Gradoli, di fronte al covo-prigione di Moro c'era un covo, guarda caso, della Banda della Magliana. A mio parere anche le Br furono "inquinate" dall'Anello. Titta è morto e non potrà più parlare così come tanti altri testimoni di questa vicenda. Mi riferisco a Pecorelli, al generale Dalla Chiesa e tanti altri. D'altronde, l'Italia è piena di misteri, di cose non risolte, di verità nascoste. Pensa che alla fine degli Anni '80, i latitanti mafiosi in circolazione a Palermo erano ben 700. Sai quanti erano gli addetti alla loro cattura, quelli della "catturandi"? Venti, solo 20 poliziotti! Riina latitante aveva rapporti con tantissime persone e il suo patrimonio residenziale sai da chi era amministrato? Dall'ingegnere Giuseppe Montalbano esponente che potremmo definire frivolo del Pci siciliano e figlio di una delle icone antimafia del partito, il senatore Montalbano, difensore dei braccianti uccisi proprio a Portella della Ginestra nel 1947. Come vedi tutto torna, si riparte sempre dalla strage di Portella. Per la liberazione di Ciro Cirillo si sono mossi in tanti, fra cui il camorrista Raffaele Cutolo che lo fece - senza risultati - anche per Moro. Cirillo, contrariamente a Moro, *doveva* vivere costringendolo, però, a ritirarsi da ogni attività politica. Te ne dico una su questo caso, una delle tante stranezze: il 25 luglio 1981, il brigadiere Biagio Ciliberti portò a casa sua l'assessore dc Cirillo, appena liberato, per mezza giornata, sottraendolo così ai magistrati. Ti sembra normale questo comportamento?

- Nella vicenda Moro ci furono anche tanti falsi per disorientare sia gli inquirenti sia l'opinione pubblica.

- Certo. Pensa al comunicato n. 7 delle Br, quello in cui si diceva che il cadavere di Moro era nel lago della Duchessa, un lago ghiacciato a 1.800 metri d'altezza. L'autore del falso comunicato era Tony Cucchiarelli, un falsario molto bravo, legato sia ai Servizi militari sia alla banda della Magliana. Sempre Ristuccia affermò che quello stesso giorno Titta gli disse che quella notizia era una "bufala". Lo informò prima che si sapesse che il comunicato n. 7 era falso. Come vedi esiste una saldatura anche con la criminalità organizzata.

- Perché tutto questo interessamento della malavita per la vicenda di Aldo Moro e non solo? Perché si danno da fare per liberarlo?

- Per una questione pratica, d'interessi. Per Moro furono attuati 72.460 posti di blocco, 37.702 perquisizioni domiciliari, 6.413.713 le persone controllate e tanto altro. Questo ha disturbato i traffici criminali ed è per questo che la malavita si era detta disponibile ad aiutare a ritrovare Moro.

- Il referente politico? Chi è il politico che organizzava tutto ciò?

- So già dove vuoi arrivare e te lo dico subito. Non era Andreotti il loro referente. Diciamo che Andreotti è stato il beneficiario politico delle azioni dell'Anello. Come, del resto, è stato beneficiario anche della morte del discusso giornalista Mino Pecorelli. Il giornalista, il 20 marzo 1979, viene raggiunto da quattro colpi di pistola, mentre si appresta a salire in macchina, appena uscito dalla redazione.

– Per quel fatto, Andreotti fu inquisito.

– Il mandante viene individuato in Giulio Andreotti proprio per gli articoli-accusa di Pecorelli. Circa venticinque anni dopo quell'omicidio, nel novembre 2002, la Corte di assise d'appello di Perugia condannerà l'uomo politico democristiano a 24 anni di carcere per questo delitto. Un anno dopo, la Corte di Cassazione dichiarerà nullo tutto il processo e proclamerà definitivamente assolto Andreotti. Licio Gelli in una intervista a *Oggi* ha dichiarato: «*C'era la mia P2, la Gladio di Cossiga e poi... c'era il Noto servizio*». Come al solito allusivo.

- Nella tua ricerca non ti è mai capitato d'imbatterti in uno definito *generale*?

- No, non mi sembra proprio. Per quanto mi riguarda, mai sentito, uno sconosciuto.

- Un'ultima cosa. Sulla questione relativa al traffico di organi umani, ti è mai capitato di avere notizie in questo senso?

- No. D'altro canto la mia ricerca non era particolare. Io ho indagato, soprattutto, negli archivi e lì certi particolari, ovviamente, non emergono. Bisognerebbe tentare di parlare con qualcuno dell'Anello. Ma questo esula dalla mia ricerca.

Ormai si è fatto tardi. Sono passate più di due ore da quando sono entrato nell'ufficio di Giovanni Rottesi. Già uno studente ha bussato e si è ritirato quando ha visto che il professore era impegnato con me. È arrivato il momento di accomiatarmi.

Saluto Giovanni Rottesi, lo abbraccio, lo ringrazio per il tempo che mi ha concesso. Infine, i soliti proponimenti che difficilmente si avvereranno. Promesse che sappiamo, entrambi, che non si realizzeranno.

- Allora, Massimo. Quanto tempo passerà prima di rivederci? Se ti va, qualche sera andiamo a cena.

- Vedremo. Intanto veramente un grosso grazie per le informazioni che mi hai dato. A questo proposito, la tua ricerca finirà in un libro?

- Sono in contatto con un paio di case editrici. Vedremo se la cosa si potrà concretizzare anche perché, come sai, questi temi non "tirano" più come una volta. Oggi va di moda scrivere del "nulla", di cose fatue. Va benissimo, ad esempio, la vendita della saga di Harry Potter. Sai quante copie ha venduto l'ultimo romanzo fantasy di J.R.R. Tolkien, "I figli di Hurin"? Ben 120 mila copie! Per un Paese come il nostro dove ogni persona, in media, legge solo un libro all'anno, è certamente un eccezionale primato. Comunque ti consiglio di leggere, sull'argomento che ti sta a cuore, i libri di Aldo Giannulli e Stefania Limiti.

Lascio Giovanni Rottesi ai suoi studenti che debbono discutere delle loro tesi. Esco in via Festa del Perdono e m'incammino verso via Larga. L'attraverso e mi dirigo in piazza Fontana. Mi fermo a guardare la Banca dell'Agricoltura. Sulla facciata, vicino all'entrata principale, vi è una lapide con i nomi dei 17 morti.

Di fronte, nei giardinetti, piantate nella terra, due lapidi in memoria di Giuseppe Pinelli, l'anarchico innocente morto nei locali della Questura di Milano. Una - posta nel 1977 e che nel corso degli anni è stata distrutta, sporcata, rimossa, è firmata «*Gli studenti e i democratici milanesi*» – afferma che è stato «*ucciso innocente nei locali della questura di Milano*». L'altra – posta nel 2006, di notte, così da evitare incidenti – definisce Pino Pinelli un «*innocente morto tragicamente*». Le due lapidi convivono, a poca distanza una dall'altra. Ma nel mezzo c'è un abisso, una memoria che non è condivisa e rappresenta anche il fallimento della giustizia.

Guardo le lapidi, rileggo i nomi dei 17 morti. A fianco dei loro nomi, l'età.

Il più giovane di loro, al momento della morte, aveva 32 anni; il più vecchio, 78 anni. Cosa sarà passato nella testa della persona che ha deposto la bomba sotto il grande tavolo centrale della banca? Cosa avevano in testa i mandanti di quella strage? Cosa facevano di male quegli agricoltori che si trovavano in quel momento all'interno della Banca dell'Agricoltura? E che male aveva fatto Giuseppe Pinelli? E gli 88 feriti che avevano subìto dolorosissime operazioni, per anni?

Attraverso piazza del Duomo e la Galleria. Poi da piazza della Scala prendo via Manzoni e, in breve tempo, sono in piazza Cavour, nella redazione dell'*Asn*. L'incontro con Giovanni Rottesi forse non ha portato un grande aiuto per la mia inchiesta. Di certo, però, mi ha fatto capire il contesto in cui si è svolta l'attività dell'Anello e conoscere i principali protagonisti anche se, fra questi, il *generale*, purtroppo, non appare.

Cap. 15 – Il passato che ritorna

Come mi ha consigliato Giovanni Rottesi, mi sono procurato i due libri e iniziato la loro lettura. Sono testi documentatissimi e, nello stesso tempo, di facile lettura. Ho cominciato così a capire meglio il ruolo nefasto che ha avuto l'Anello per il nostro Paese.

Oggi sono uscito dalla redazione poco dopo mezzogiorno per andare a mangiare un panino nel bar convenzionato con l'agenzia, che sta all'inizio di via Fatebenefratelli. Stefania è fuori per un servizio, gli altri pochi colleghi presenti in questo momento in agenzia, stanno tutti incollati ai loro Pc. D'altronde, non mi dispiace affatto pranzare da solo e non essere costretto a fare conversazione. Sento il bisogno di riflettere, di ripensare agli avvenimenti degli ultimi giorni, ripensare alla terribile tragedia di Gianna. Sono appena rientrato da Torino dove mi avevano inviato a seguire le ultime fasi del processo nei confronti di Annamaria Franzoni per il delitto di Cogne. Ero di "rinforzo" ai colleghi di Torino. Il 27 aprile, la sentenza: la condanna alla Franzoni, in appello, è stata ridotta a 16 anni.

I tavolini del bar sono tutti occupati da persone che mangiano pizzette e panini o che centellinano l'aperitivo. Così mi siedo su un alto sgabello, al bancone del bar, e ordino un panino con il formaggio e un'acqua tonica. Mentre mi appresto al primo morso, un saluto mi blocca.

- Generale carissimo! Che piacere rivederla!

Il saluto, ad alta voce, dietro le mie spalle mi ha fatto sobbalzare con la conseguenza di urtare il bicchiere con l'acqua tonica, far finire il contenuto sui miei pantaloni e lo stesso per terra, frantumato. Per un attimo nel bar piomba il silenzio e, contemporaneamente, sguardi di riprovazione nei miei confronti. Arriva un cameriere con scopa e paletta e gli avventori riprendono chi a parlottare e chi a celiare.

Con la scusa di spostarmi per facilitare l'opera di pulizia, mi piazzo in testa al bancone del bar. Ora ho sotto controllo tutta la saletta, i tavolini occupati, chi entra e chi esce. La mia attenzione, però, è rivolta alla persona che ha salutato con enfasi il generale. Un uomo anziano senza capelli, non troppo alto. Ha un vestito grigio di buona fattura a doppio petto. Si è seduto al tavolino di quello chiamato generale dandomi la schiena e limitando, in questo modo, la mia visuale nei confronti della persona chiamata generale e che ha attratto il mio interesse al punto da farmi rovesciare il bicchiere con tutto il contenuto, macchiandomi così i pantaloni come se mi fossi pisciato addosso. D'altronde, questo termine - generale - è incistato nel mio cervello e sono molto sensibile a questa qualifica tenendo conto anche della vicenda dell'assassinio di Gianna Gamberini.

Da quello che vedo dalla mia posizione, il generale è una persona molto magra e anziana, baffetti bianchi ben curati. Indossa, malgrado siamo al chiuso e la primavera avanzi, un pesante cappotto di cammello. Sotto, s'intravvede una sciarpa. I capelli, pochi, sono bianchi, pettinati all'indietro.

Il cameriere porta loro due bicchieri con un liquido chiaro. Dai tipi di bicchieri e dal colore del liquido, dovrebbe essere vino, vino bianco. I due discutono e ogni tanto ridono e bevono un sorso di vino. Non riesco ad ascoltare ciò che dicono. Sono troppo lontani da dove sto io e, per di più, nel locale c'è frastuono, tutti parlano a voce alta.

A un certo punto, nel bar entra una donna. Avrà una sessantina d'anni, piuttosto massiccia, ma non grassa. Tiene i capelli bianchi raccolti sulla nuca, uno *chignon* e, da come si muove, sembra molto autoritaria, abituata a comandare. Con decisione si dirige verso il tavolino che sto tenendo d'occhio. Ha un viso molto cupo, arrabbiato e non fa nulla per mitigare l'espressione arcigna. Appena arriva al tavolino, prende il bicchiere di vino del generale e fa segno al cameriere di portarlo via. Subito il cameriere esegue l'ordine e sul tavolino resta un solo bicchiere, quello dell'altro anziano commensale.

Non capisco cosa si dicano la donna e quello definito generale. Sembra, comunque, il gioco delle parti: la donna-cerbero che proibisce di bere, l'anziano generale che protesta flebilmente per poi adattarsi a non bere. La donna è rimasta in piedi, a fianco, anzi alle spalle dell'anziano. Quindi non è una di famiglia; forse la donna che l'assiste.

Mentre continuo lentamente a mangiare, cerco di osservare il più possibile l'uomo seduto al tavolino, quello chiamato generale. Se non il viso, ma la postura del corpo, come si muove, mi ricorda qualcuno. Non riesco però a definire meglio questo mio ricordo smorzato. Il fluire dei pensieri continuano incessanti, ma per quanti sforzi faccia, non riesco a collocare il generale in una ben determinata situazione, così da poterlo riconoscere, rammentare il suo ruolo.

Dopo un tempo che mi sembra lunghissimo, il generale ha deciso di alzarsi. Saluta la persona che era al tavolo con lui e si dirige verso l'uscita. La donna lo prende sotto braccio. Il vecchio cammina lentamente. Fa piccoli passi. Così non mi può sfuggire perché nel momento in cui si è alzato dal tavolino, ho deciso di seguirlo. Con calma, mi reco alla cassa a pagare la consumazione. Dai vetri del bar vedo che la coppia si dirige verso via Fatebenefratelli. Non voglio farmi scoprire e, quindi, prima mi fermo fuori dal bar come se non sapessi dove andare. Potrei accendermi una sigaretta così da perdere tempo, ma non fumo, quindi... Lentamente li seguo. I miei pantaloni sono ancora bagnati e si vede l'alone dell'acqua; sembra proprio che mi sia pisciato addosso e non è certo un bel vedere. Per fortuna è una giornata di sole e dovrebbero asciugarsi presto.

Mi fermo parecchio davanti a una vetrina di macchine fotografiche, le osservo lentamente mentre con la coda dell'occhio destro seguo il lento incedere dei due. Poi riprendo a seguirli. È molto defatigante comportarmi in questo modo con il pericolo di essere notato dalla donna. Per questo, spesso, cambio marciapiede, poi ritorno in quello dove sta la donna e il generale e mi fermo a guardare le ultime vetrine. Ultime, perché da lì in avanti non ci sono più vetrine né negozi. Questo mi preoccupa un po', ma per fortuna, la coppia devia sulla sinistra, in una via laterale, via dei Giardini. La via sbuca in via Montenapoleone; siamo proprio al centro del cosiddetto "Quadrilatero della moda".

Affretto il passo perché non li vedo più e appena svolto anch'io a sinistra, li vedo, di schiena che entrano nel primo portone di un palazzo, sulla loro destra, al numero civico 2. Un palazzo come se ne vedono ancora tanti nella zona centrale di Milano e in viale Majno, palazzi costruiti nell'Ottocento e rimodernati negli anni Trenta, palazzi stile liberty.

Faccio finta di nulla e proseguo, oltrepassando il portone dove sono entrati i due. Percorro tutta la via poi torno indietro. I palazzi che si affacciano su via dei Giardini, sono quasi tutti stile liberty, ben tenuti e, probabilmente, carissimi. Una via silenziosa a beneficio degli abitanti. I rumori esterni non ce la fanno a entrare nelle case, considerato le dimensioni dei muri. Mi fermo davanti alla pulsantiera dei citofoni del numero 2. La speranza è di trovarci qualche nome che mi possa aiutare a individuare il generale. Speranza mal riposta perché al posto dei nomi, sul citofono, ci sono solo numeri.

Un'abitudine, questa, invalsa ormai da diversi anni. Soprattutto fra le persone facoltose, che non amano far sapere a tutti dove abitano. Una convenzione che è cominciata subito dopo l'epoca delle Brigate rosse.

Mi rendo conto che non sarà facile entrare nel palazzo e che ci sarà un portiere-guardiano che già mi avrà individuato, poiché vedo in alto, ai lati del portone d'ingresso, due telecamere.

Allora è necessario fare un po' di "cinema", fingere di fare qualcosa così da costringere il portiere a uscire dal palazzo e avere un contatto con me, farlo parlare, estorcergli qualche informazione.

Prendo dalla tasca il telefonino e comincio a fotografare. Fotografo il palazzo dal marciapiede opposto, poi mi avvicino, fotografo l'ingresso, il portone.

Insomma, faccio di tutto per farmi notare e, infatti, poco dopo si palesa un portinaio tutto gallonato. Una divisa molto elegante, blu. Fisico da ex militare, modi decisi e spicci.

– Cosa sta facendo? Qui è proibito fotografare.

– Ah, buongiorno. Non sapevo che non si potesse fotografare anche perché sono su una pubblica via. Comunque, sono un giornalista di *Case d'autore* e debbo fare un servizio sulle dimore prestigiose esistenti a Milano. Questa, ad esempio, è proprio tenuta bene. È lei che si occupa di tutto?

– Figuriamoci. Lei non immagina neppure quanto è grande. Io dirigo, sovraintendo. Un'impresa si occupa della pulizia dello stabile e della manutenzione, di tutto ciò che riguarda la parte tecnica.

- Certo che il suo non deve essere un lavoro facile... è necessario stare attenti a tutto, seguire gli operai che non facciano danni... un bell'impegno.

- Non mi ci faccia pensare. Altro che danni. La scorsa settimana hanno fatto cadere un'antenna della Tv su un capitello in giardino, perché all'interno, c'è anche un giardino e hanno fatto un bel danno. In quale giornale ha detto che lavora?

- *Case d'autore*. È un mensile. Ogni mese pubblica una casa importante, prestigiosa.

- E volete pubblicare anche questa?

- Così ha detto la direttrice del mensile. Ma noi non vogliamo solo pubblicare le case belle, vogliamo anche capire come vivono le persone che ci abitano, gli addetti alla sicurezza, quelli dei servizi tecnici. Per questo, prima le domandavo del suo lavoro.

È sempre così. Molte persone appena vedono la possibilità di finire sui giornali o in Tv, ci si infilano subito, abbassano la guardia, diventano subito disponibili. E pensare che *Case d'autore* non esiste neppure.

Chiedo al portiere il suo nome e da quanto tempo lavora in quel palazzo.

- Ormai sono 15 anni. Mi chiamo Tarcisio Belletti. Quando sono arrivato non era mica come lo vede oggi lei, questo palazzo. Era trasandato. Io ho raddrizzato le cose e gli abitanti me ne sono grati.

Faccio una risata e poi domando se la "gratitudine" degli inquilini significa anche "mance" sostanziose o è solo "grazie e arrivederci". Anche Tarcisio ride. Poi si avvicina e, a voce bassa, m'informa che per le mance non si può lamentare. D'altronde - afferma - in questa zona, sono tutte persone facoltose. Poi mi prende per un braccio e mi spinge verso il centro strada.

- Vede quel palazzo sulla destra? Sa chi ci abita? No? Glielo dico io. Quella si chiama Villa Santo Versace ed è in vendita. Sa quanto vogliono per venderla? Ben 49 milioni di euro! Sono quattro piani per 2.100 metri quadri più di 442 di giardino. Più un seminterrato. Capito che gente abita qua?

- Certo. Infatti noi facciamo solo servizi per case di questo tipo. Sapevo che qua ci stavano persone facoltose e per bene. Anche prima, ho visto il generale rincasare... sì... come si chiama...

- ...Giacoboni...

- ... ah ecco, bravo, generale Giacoboni... una persona per bene...

- ... certo, per bene, discreta, educata. Un vero signore, sempre gentile, anche se la sua badante, la "tedesca", come la chiamo io, è troppo esagerata e lo tiene a stecchetto.

È stato un colpo. Giacoboni! Ecco chi era la persona che non riuscivo a individuare nei miei ricordi. Ho il cuore che mi batte, la vista annebbiata per un improvviso giramento di testa. Cerco di recuperare il sangue freddo e dico al portiere gallonato e fiero del proprio lavoro che, la prossima settimana, cominceremo a fare il servizio fotografico. Poi annuncio che avrò bisogno del suo aiuto, per cercare di parlare con qualcuno che ci abita. Potrei cominciare, dico, dal generale Giacoboni.

Il portiere è d'accordo. Ci stringiamo la mano e ci accordiamo per rivederci la prossima settimana. Poi s'informa se per le fotografie può restare in uniforme oppure si deve mettere in borghese. Lo rassicuro che è meglio presentarsi con la "bella" uniforme che indossa. Mi sembra felice, Tarcisio Belletti. Difficile resistere al fascino di farsi immortalare con in testa un cappello con visiera.

Io, invece, non sono per nulla felice. Mentre ritorno sui miei passi per raggiungere piazza Cavour, penso intensamente a quello che ho scoperto oggi. Giacoboni! Dopo più di un decennio, quel fantasma riappare con tutta la sua negatività, i misteri che si porta appresso. Quindi il *generale* è lui. È lui quello che parlava al telefono con i fratelli albanesi. È lui che ha ordinato di uccidere Gianna Gamberini, che ha organizzato la tratta delle ragazze slave. Ed è sempre lui che ha organizzato gli espianti dai corpi delle povere ragazze.

Giacoboni! Che abita vicinissimo alla Questura milanese. Verrebbe da dire "casa e bottega", ma non è così perché Giacoboni non c'entra nulla con la Questura. Abita nel quartiere vicinissimo a dove lavoro. Chissà quante volte ci siamo incrociati, chissà quante volte stavamo seduti vicino dove, di tanto in tanto, vado a mangiare in quel bar. E come potevo riconoscerlo? Quanti anni avrà? Del resto, anch'io, quando l'ho conosciuto avevo 36 anni; ora ne ho ben 50.

Quando entro in redazione debbo avere una faccia sconvolta perché Nunziante mi domanda subito se non sto bene. Racconto l'incontro che ho avuto in modo fortuito, so dove abita, aggiungo e, soprattutto so, che quello che chiamano il *generale* è Mauro Giacoboni. Le prove? Mi chiede Nunziante.

Già, le prove! Non ho prove. Solo una mia convinzione, una intuizione, una sensazione. Mi sono sempre fidato del mio sesto senso. Certamente riconosco, però, che è un po' poco.

- Massimo, sai bene che senza prove l'articolo, la denuncia non sta in piedi. Comprendo quello che ti sta passando per la testa; probabilmente sei a un passo per riuscire a collegare tutti i fili di questa vicenda. Stai però attento perché se non riesci a trovare le prove a suffragio di quello che scriverai, allora sei finito. Ti arriveranno addosso tante querele se non peggio. Ti stritoleranno. Ricordati che è necessario non farsi coinvolgere troppo da vicende personali. Ne va di mezzo l'obiettività giornalistica.

- Lo so Aldo. Hai ragione. Ma io mi porto dietro da 14 anni questo cruccio. Io devo sapere chi e perché hanno ucciso i miei amici di Sarajevo, perché Italo è stato ucciso dal "fuoco amico". Ho bisogno di sapere chi ha ordinato di ammazzare Likana, Gianna Gamberini e il capitano Nestore Campanella. Chi tirava le fila dell'orribile traffico di organi umani e chi ci guadagnava. Io continuo, se sei d'accordo, a investigare in questo senso. La prossima settimana ritorno nel palazzo dove abita Giacoboni e tento di parlarci, considerato che ho fatto conoscenza con il portiere del palazzo.

- Va bene Massimo. Per me puoi continuare. Soltanto, mi raccomando massima attenzione e aggiornami sempre su quello che scopri.

Ritorno nel salone della redazione. Stefania è al suo posto e sta scrivendo. Mi siedo di fronte a lei e le faccio una domanda.

- Quando hai trovato le notizie sui fratelli albanesi, mi hai detto che te le aveva forniti una specie di parente tuo, uno dei carabinieri. Ricordo bene?

- Sì. Un colonnello dell'Arma. Amico di famiglia, da sempre. Come ti avevo detto, con mio padre hanno frequentato lo stesso liceo, stavano nella stessa classe.

- Stefania riusciresti ad avere notizie su una determinata persona? Se ti fornisco il nominativo, potresti dire al colonnello se ti recupera delle informazioni inerenti a questa persona?

- Posso provarci. La volta scorsa non è stato molto contento della mia richiesta sui fratelli albanesi. Ho dovuto raccontare che era importante per me, per la mia assunzione in agenzia. Dovrò raccontare un'altra balla. Chi è questa persona? C'entra con la nostra inchiesta sulle ragazze e sull'omicidio di Likana e Gianna?

- Sì. È molto inerente a quei fatti. La persona si chiama Mauro Giacoboni. Cerca di sapere tutto quello che puoi, dove e quando è nato, cosa faceva prima di lavorare per il ministero degli Esteri visto che nel 1993 era dipendente di quel ministero, se è sposato, se ha figli... insomma, tutto quello che puoi sapere.

Stefania prende nota di tutto. Poi mi chiede chi sia Mauro Giacoboni. Faccio una veloce panoramica di come l'ho conosciuto, a Sarajevo. Per ultimo, racconto dell'incontro di oggi, di come l'abbia seguito per sapere dove abita e del fatto che la prossima settimana tenterò di parlare con lui. Stefania mi chiede se può partecipare anch'essa all'incontro. Non ho nessun problema. Prima, però, debbo avere informazioni precise su Giacoboni, le informazioni che mi devi portare tu, dico a Stefania.

Passano tre giorni, poi con il viso raggiante, Stefania mi porge la solita cartellina verde con le notizie, spero esaustive, su Mauro Giacoboni. È una cartellina smilza, non sembra ci sia molto all'interno. L'apro subito, inabissandomi nella lettura. Vengo così a sapere che Giacoboni è nato nel 1928 in provincia di Perugia, a Trevi. Quindi, in questo momento, ha 79 anni! Portati male, direi. Nei primi mesi del 1945 entra, come volontario, nella Rsi, la Repubblica sociale italiana. Ha 17 anni e s'interessa, in particolare, dei renitenti alla leva. Sembra, così dice l'informazione, che molti di loro siano stati mandati alla fucilazione su sua espressa richiesta. Denunciato dagli stessi fascisti per sospetto traffico di beni razziati ai condannati, viene spostato di ufficio e lo mandano alla stampa e propaganda, nell'ufficio diretto dal capo di gabinetto del ministero della Cultura popolare, Giorgio Almirante. Nelle ultime settimane, prima della Liberazione, Mauro Giacoboni partecipa a rappresaglie contro abitanti indifesi nelle valli del Lecchese e del Comasco. Contemporaneamente, prende contatti con militari Alleati, fa il doppio gioco, consegna a loro documenti importanti cercando - in questo modo - di crearsi una verginità politica.

Con la Liberazione, Giacoboni sparisce per un po' di mesi. Lo ritroviamo, nel febbraio 1946, a 18 anni, in forza alla polizia di Trieste, nella polizia della Repubblica nata dalla Resistenza. In realtà, come spiega il documento, si trattava della Venezia Giulia Police Force diretta dal colonnello inglese Gerald Richardson. Da quel momento in poi di Giacoboni si perdono le tracce. Le notizie su di lui riprendono negli anni Novanta quando Mauro Giacoboni risulta in forza al ministero degli Esteri. Dal 1946 al 1990 cosa ha fatto? Dove è stato? Per conto di chi? Mistero assoluto. Il dossier non lo dice.

Come d'accordo, con Stefania, ci rechiamo a casa di Mauro Giacoboni. Il tentativo è quello di parlare con lui e riuscire a fargli dire qualcosa sulla morte di Likana, Gianna e non solo. Non sarà facile, ma è un tentativo che debbo fare. In tasca ho il registratore e ho istruito Stefania sul portiere dello stabile, della sua voglia di apparire sul fantomatico giornale *Case d'autore*. Per questo ci siamo fatti prestare una macchina fotografica dai nostri fotografi con un teleobiettivo, così da far scena e Stefania ha il compito di fingere di fotografarlo e fotografare stabile e giardino.

Quando arriviamo in via dei Giardini, Tarcisio Belletti,

il portiere-guardiano non c'è. Ci fermiamo nell'atrio e chiacchieriamo su come organizzare l'incontro con Giacoboni. Poco dopo arriva Belletti e io non gli do molto tempo per organizzarsi.

- Buongiorno signor Belletti. Lei si chiama Daniela ed è la persona che mi assisterà per il servizio che faremo su questa bella dimora. Seguirà il *backstage* e il piano fotografico. Comincerei con farle uno *shooting* fotografico. Vede Belletti, per noi è fondamentale conoscere l'attività del cliente in modo da individuare lo stile fotografico più adatto a lui, quindi le categorie *visual* degli argomenti da inserire nel piano editoriale.

Ho detto un sacco di cazzate proprio per disorientare il portiere, ma Stefania-Daniela sta al gioco e comincia a inquadrare Belletti il quale è un po' disorientato e afferma che se avesse saputo prima della nostra visita, si sarebbe sistemato meglio. Intanto che parla, s'aggiusta il nodo della cravatta e il cappello che, per la verità, è fuori linea nel senso che lo porta a sghimbescio,

- Non si preoccupi Tarcisio. Queste sono fotografie che dobbiamo portare alla nostra direttrice, così da fare un piano di lavoro... Ah Daniela, fai qualche foto anche al portone d'ingresso che è molto bello e all'ingresso del giardino. A proposito Tarcisio, permette che la chiamo per nome?

- Certo. Ormai ci conosciamo...

- ... appunto. Dovrebbe essere così gentile da avvisare il generale Giacoboni che saliamo da lui per un primo contatto informale...

- ... ecco. A questo proposito la debbo informare che non è possibile andare da lui. Purtroppo il povero generale Giacoboni, la notte scorsa è stato male ed è stato ricoverato in clinica.

- Ma è grave? Cosa ha avuto?

- Non lo so di preciso. Mi sembra qualcosa al cuore se ho capito bene. Non so se è grave. La sua donna lo ha seguito sull'autoambulanza.

- Un bel guaio questo, anche per noi. Dovremo rivedere i nostri piani di lavoro...

- ... senta, se vuole invece che con il generale la posso far parlare con l'avvocato Abate del terzo piano.

- Debbo prima informare la mia direttrice. Lei capirà, caro Tarcisio... avevamo costruito tutta una situazione molto particolare... sa... il generale, che si ritira in una bella dimora per riposare dopo essere stato in vari campi di battaglia, dopo situazioni pericolose... insomma, racconti di vite avventurose. Cose che piacciono ai lettori...

- ... anche l'avvocato è un bel personaggio.

- Non lo metto in dubbio e non è detto che una scappata la possiamo fare anche da lui. A proposito, Tarcisio, mi dica un'altra cosa. In quale clinica l'hanno ricoverato il povero generale?

- Attenda che guardo.

Belletti entra nel suo ufficio-gabbiotto e lo vedo, dai vetri, che sfoglia un quaderno. Scrive su un foglio qualcosa e ritorna da me.

- Ecco, ho scritto l'indirizzo della clinica. È una clinica riabilitativa e non sta a Milano, ma a Costa Masnaga. Non so altro.

- La ringrazio Tarcisio. Sa cosa le dico: se tutti i palazzi di Milano potessero avere un portiere come lei, le cose andrebbero meglio. Gli inquilini di via dei Giardini 2, sono proprio fortunati ad avere lei, una persona attenta e affabile. La ringrazio ancora e ci vediamo fra un po' di giorni, magari, per parlare con l'avvocato Abate.

Tarcisio Belletti si è messo quasi sull'attenti. Stefania

ha riposto la macchina fotografica e io sono incazzato. Mentre torniamo in agenzia, impreco la malasorte. Proprio ora si doveva ammalare Giacoboni!

- Possiamo andare a Costa Masnaga.

- Stefania, a Costa Masnaga ci andrò da solo. Non offenderti. Non è per mancanza di fiducia nei tuoi confronti, ma ho pensato che assieme potremmo indurre Giacoboni a non dire nulla. Diventa una cosa troppo ufficiale, due giornalisti addirittura... Lui mi conosce e certamente, certe cose, preferirà dirle in privato, sempre che le dica. La tua presenza, il fatto che sei giovane... insomma, sarebbe inopportuna. Ti prego di non prendertela.

- Se non fosse stato ricoverato, oggi ci sarei stata anch'io al colloquio.

- È vero, ma il contesto sarebbe stato diverso. Oggi c'era la scusa di fotografare la casa... di fare un fantomatico servizio sulle dimore eleganti e cazzate simili. L'ospedale è una situazione diversa. Se è stato ricoverato è perché sta male... non credo proprio che sia una buona idea la tua.

Stefania non dice nulla e continua a camminare. Forse sono stato sgarbato e troppo diretto. Ma io preferisco essere chiaro. La sua presenza sarebbe un ostacolo, sarebbe un elemento di disturbo.

Per mia fortuna Stefania non polemizza e non utilizza sedimentate polemiche femministe d'annata.

Ha capito che è necessario che da Mauro Giacoboni vada io da solo. Solo con me, il *generale*, potrebbe, forse, parlare.

Circa un'ora dopo il nostro rientro in redazione, un redattore che ha appena fatto il giro telefonico negli ospedali, questura e carabinieri, butta là, a voce alta, che è morto un investigatore privato.

- Si sa già il nome?

- Sì, aspetta che guardo... un momento... ecco, Enrico Scalia, detto Henry.

Stefania ha sentito tutto ed è impallidita e anch'io non debbo avere un'espressione tanto sana visto che il redattore mi chiede se lo conoscevo.

- Hai l'indirizzo dove abitava Scalia?

- Sì, qua dice in un residence di viale Sarca.

Cristo! Un altro morto. Un altro morto attorno a me. Coloro i quali toccano questa vicenda o hanno rapporti con me, muoiono. Decido di andare in viale Sarca. Stefania mi guarda e io faccio segno di venire con me. Il residence è a metà di viale Sarca, sulla destra andando verso il centro. Ha 14 piani e dietro s'intravvede un parco. Ci presentiamo alla reception.

- Buon giorno. Siamo giornalisti. Avremmo bisogno di sapere com'è morto un vostro cliente, Enrico Scalia.

- Non posso dire nulla perché ieri sera non ero in servizio. Da quanto ho saputo, si è sentito male improvvisamente. La mia collega ha chiamato l'ambulanza. Hanno prestato le prime cure di rianimazione, poi l'hanno portato all'ospedale.

- Sa quale Croce è intervenuta per soccorrerlo?

- No, mi dispiace.

- Dove è stato ricoverato?

- A San Donato.

- Come a San Donato? Siamo a un tiro di sputo da Niguarda e lo portano a San Donato?

- Di queste cose non so proprio nulla. Io vi ho detto quello che mi ha riferito la mia collega.

- Grazie. Ha ragione, mi scusi. Buongiorno.

Usciamo frastornati, preoccupati, turbati da ciò che è

avvenuto. Stefania, allibita, non parla. Ci rendiamo conto che siamo all'interno di una vicenda troppo grossa per le nostre esili forze. Attorno a noi, a me in particolare, si sta creando il vuoto. Ho una domanda che mi perseguita, che mi rimbomba in testa e non riesco a scacciare: chi sarà la prossima vittima? Ho io il diritto di coinvolgere altre persone come, ad esempio, Stefania in questo pericolosissimo "gioco"?

Domande senza risposte. Alle quali nessuno può rispondere se non la mia coscienza.

Cap. 16 – Epilogo

Il Centro di riabilitazione di Costa Masnaga si chiama "Villa Beretta". Ho telefonato e mi hanno detto che visitatori e parenti possono entrare dalle 17. Così ora sono in macchina per raggiungere Costa Masnaga che da Nova, dove abito, non è molto lontano, devo percorrere la superstrada che conduce a Lecco.

Mentre guido cerco d'immaginare l'incontro che avrò con Giacoboni. Come mi accoglierà? Come inizio? Sarà in grado di ricordare qualcosa e, soprattutto, dirmi qualcosa? Decido di non crearmi troppi problemi, d'improvvisare e di non lasciare a lui la conduzione dell'incontro.

Seguo le indicazioni stradali che indicano Costa Masnaga ed esco dalla superstrada.

La strada, in discesa, sbuca su una rotonda. Mi immetto e poi devio a destra. La strada, ora, è leggermente in salita. La proseguo per qualche chilometro poi, sempre sulla destra, vi è l'indicazione "Villa Beretta". Piccola salita e arrivo in un centro abitato. Sulla mia sinistra, il Centro di riabilitazione. Posteggio in uno spazio dedicato ed entro nella struttura.

Sono in una vasta sala d'aspetto. Di fronte all'entrata, quella che dovrebbe essere la reception. Mi avvicino e domando all'impiegata che ho bisogno di vedere il signor Mauro Giacoboni, ricoverato da qualche giorno. L'impiegata consulta il Pc poi mi dice che è nella camera 56, in fondo al corridoio. «*Però deve avere pazienza* - afferma l'impiegata - *perché in questo momento ci sono dal generale Giacoboni dei medici*». Può attendere qui, dice l'impiegata e indica le sedie della sala d'aspetto. Sarò avvisato quando potrò andare.

Mi siedo e mi guardo in giro. Non c'è molta gente seduta in questo momento. Sui tavolini vi sono delle brochure su "Villa Beretta"; vengo a sapere che è stata fondata il 15 novembre 1946 grazie a un lascito della signora Teresa Beretta. Poi la brochure continua con le tappe più significative della vita del Centro di riabilitazione: 1949, 1959, 1971 ecc. Le specialità trattate sono la Riabilitazione neurologica, la Riabilitazione neuro-uro-ginecologica e proctologica, la Riabilitazione respiratoria.

Non vedo nulla che riguarda il cuore, come mi aveva detto il portiere. Sarei più propenso a pensare che Giacoboni stia nella Riabilitazione neurologica considerato che, quando l'ho seguito, camminava a piccolissimi passi quindi aveva difficoltà nei movimenti degli arti inferiori. Mentre leggo, si avvicina l'impiegata e mi comunica che posso andare da Giacoboni, camera 56, in fondo al corridoio.

- Mi scusi, è ricoverato in Riabilitazione neurologica?

- Sì. Ma non posso dirle altro. Troverà i medici. Può domandare a loro.

Percorro il corridoio che fa alcune curve. Quasi all'inizio, sulla mia destra, un grande salone adibito a chiesa. È tutto molto pulito. Dai grandi finestroni si intravvedono le colline brianzole e il parco del Centro riabilitativo. Le camere sono tutte sulla sinistra e dopo aver superato uno spazio con tavoli e sedie che penso possa essere la sala da pranzo per i malati meno gravi, ecco la camera 56. Dalla camera, in quel momento, sta uscendo un medico. Avrà più o meno la mia età, occhiali e al collo lo stetoscopio. Mi avvicino, lo saluto e chiedo notizie del *generale* Mauro Giacoboni.

- Lei è un parente?

- No. Diciamo che sono un amico o, meglio, un conoscente di vecchia data.

- Ho l'obbligo del segreto professionale...

- ... certo, lo comprendo. Volevo solo sapere la causa del ricovero e se posso parlare con lui.

- Ha recentemente subìto un danno cerebrale, una emiplegia. Può andare a visitarlo. Assieme a lui, c'è la donna che lo assiste. Non lo stanchi troppo. Buongiorno.

Busso alla porta e sento una voce di donna che dice «*Avanti!*». Entro e vedo la donna che il portiere dello stabile dove abitano, ha detto chiamarsi Johanna, che mi viene incontro. La sua figura, piuttosto massiccia, non mi fa vedere bene Giacoboni. Il suo tono è sgarbato.

- Chi è lei? Cosa ha bisogno?

- Dovrei parlare con il signor Giacoboni. Sono un giornalista.

- Giornalista? Non abbiamo bisogno di nessun giornalista. Il dottor Giacoboni deve riposare. Non è disponibile a parlare con lei.

- Sicura? Provi a informarlo che Massimo Valle vuole parlargli. Poi sarà il signor Giacoboni a decidere.

Ho detto questa frase a voce alta così che Giacoboni – che ora vedo perché la donna si è spostata – possa sentirmi. Infatti Giacoboni alza il braccio sinistro e, con la mano, fa segno di entrare.

La donna va a confabulare con lui poi, stizzita, esce dalla stanza borbottando e lanciandomi uno sguardo d'odio.

Io mi avvicino. Sono emozionato. Finalmente sono di fronte all'uomo che ha condizionato, in parte, la mia vita. È seduto su una sedia a rotelle e muove solo il braccio sinistro; il destro è completamente abbandonato. Gli occhi sono infossati e la mancanza di ciglia lo rendono ancora più spettrale. Il viso è cereo, il naso lucido. Il tipico colorito di chi non ha molto da vivere. La sedia a rotelle è posizionata davanti a una vetrata che guarda sul parco della clinica. Prendo una sedia e mi avvicino. Ci guardiamo per parecchi minuti senza profferire parola da ambo le parti. Poi, con uno sforzo, cerco di rompere lo strato di ghiaccio che esiste fra noi due e, nel contempo, aziono il registratore che ho in tasca

- Ora è diventato anche *generale*?

Risponde molto debolmente, con pochissima voce e, quella poca che ancora tiene, ha un timbro autoritario.

- Solo per una questione pensionistica. Dopo aver tanto lavorato per un'Italia migliore e aver fatto tanti servigi al nostro Paese, penso di meritarmela la pensione. Io sono uno dei pochi ancora in vita fra i patrioti dell'Anello.

- Patrioti? Non dica eresie. Siete stati solo una banda di assassini al soldo del miglior offerente. Comunque non sono venuto qui per sfotterla, ma per capire meglio certi passaggi che non mi sono ancora chiari.

- Lei è fortunato che sono immobilizzato. Se mi avesse detto queste cose in un altro momento, l'avrei strozzata con le mie mani o l'avrei fatta sparire.

- Ci credo e non mi meraviglia affatto questo odio nei miei confronti. D'altronde, la odio anch'io. La disprezzo per tutto il male che ha fatto. Strano che non mi abbia fatto eliminare.

- Non è più il tempo di eliminare i giornalisti scomodi. Oggi è meglio che essi siano funzionali ai nostri disegni.

- Cosa intende dire?

Giacoboni parla molto adagio e per sentirlo mi debbo avvicinare a lui. La cosa non mi fa assolutamente piacere. È un personaggio, Giacoboni, che mi respinge fisicamente, direi epidermicamente. È molto pulito e lindo, eppure la sua figura mi respinge perché puzza di morte e di perversione.

- Non si è domandato perché attorno a lei... avvenivano tanti decessi? Perché coloro i quali avevano rapporti con lei morivano? Perché lei no? Perché lei ci serviva vivo. Era preferibile che lei scrivesse alcune cose, ma non tutte perché non aveva tutti gli incastri, le prove. Così l'opinione pubblica... era soddisfatta, convinta di aver appreso chi ordiva le trame. In realtà, non sapeva nulla.

- Mi sta dicendo che sono stato un vostro strumento? Che mi avete usato?

- Lei era funzionale al nostro disegno di società. Una società dove pochi eletti potessero determinare gli indirizzi economici-sociali.

- Eletti da chi? Lei è solo malvagio.

- Onestà, malvagità... Il solito dualismo che non porta a nulla. Chi per noi sceglie tra bene e male? Tra malvagità e onestà? Lei è fuori dal mondo, Valle. Non capisce nulla. È ancora fermo a vecchi schemi ormai superati, obsoleti... Ma non vede che il mondo è cambiato? Destra e sinistra sono termini superati, il Muro non esiste più da 18 anni. Deve farsene una ragione. Oggi non c'è più il blocco sovietico... che fa paura. Ora ci sono le lobby finanziarie, mondiali. Non ci sono più vecchie alleanze, confini... Ora si vende e si compra tutto, in tutto il mondo. E sa qual è la merce più preziosa? Sono le informazioni. Più ne hai e più sei potente perché attraverso le informazioni puoi capire come si muoverà il tuo avversario e neutralizzarlo in anticipo.

- Con il ricatto? Presumo sia il ricatto la vostra arma vincente. È a un passo dalla fossa, ma continua con la sua prosopopea, la protervia, l'arroganza. Rimane sempre, comunque, uno squallido personaggio, direi un miserabile, un servo.

- Lei Valle è proprio un cretino. Non vuole proprio capire. Noi abbiamo lavorato tanto per un mondo migliore.

- E l'onestà? L'onestà esisterà ancora in questo vostro mondo idilliaco?

Giacoboni ride e tossisce. Rimane silenzioso per alcuni minuti. Beve un po' d'acqua. Poi riprende, molto faticosamente. Spesso s'interrompe per tossire.

- Quanto spreco, Valle! Glielo avevo detto a Sarajevo, ricorda? Lei avrebbe potuto essere con noi, dalla nostra parte e, invece... Peccato. Si ricorda di Marisa Colonna che era con lei a Sarajevo? Oggi, come sa, ha fatto una carriera formidabile e dirige in Tv una trasmissione molto seguita della domenica pomeriggio...

Si ferma e ricomincia a tossire mentre il registratore continua a incidere tutto. Poi, molto lentamente, riprende.

- Quel posto, si ricorda, io l'avevo offerto a lei. Lei, però, è superbo e ha detto di no e questi sono i risultati: un giornalista fallito sempre a caccia di mosche, senza famiglia e affetti, che non riuscirà a pubblicare lo scoop della sua vita, lo scoop sull'Anello. Mi fa pena, Valle!

- E il generale Anzà, non gli ha fatto pena?

- Anzà... quanto tempo. Eravamo nel '75 o prima...

- ... il 12 agosto 1977.

- Sì. Il 1977... quanti anni sono passati... Quello è stato un capolavoro, un capolavoro dell'Anello. Anzà era un illuso, voleva, come diceva lui, fare pulizia, sbattere fuori i "golpisti", come lui li chiamava, da esercito e carabinieri.

- Però avete compiuto un errore. Avete spostato la pistola dal corpo di Anzà alla scrivania.

- Un errore voluto, così da intorbidire le acque. Lo spostamento della pistola è stata anche una sfida ai Servizi segreti militari. Il Sifar... non c'era più, sciolto nel 1966 ed era nato il Sid. Spostare la pistola era un messaggio indirizzato a loro: non illudetevi perché noi possiamo tutto, possiamo anche inquinare le prove di un omicidio senza ripercussioni.

Il registratore che ho in tasca continua a immagazzinare la flebile voce di Mauro Giacoboni. Ho bisogno, però, di portarlo su fatti concreti. Innanzitutto, sugli omicidi avvenuti.

- Io sarò anche un fallito, ma ho scoperto che è stato lei a ordinare di uccidere Leyla Petrović e Zlatan Mohamedovic. E, successivamente, tutti gli altri, dall'ex colonnello Nestore Campanella a Likana Begu che aveva solo 17 anni, da Gianna Gamberini a Italo Covacich e ora anche Scalia. Ma come fa a dormire la notte? Non so se lei sia credente, ma quello che ha fatto le deve pesare terribilmente sulla coscienza, sempre che lei abbia una coscienza. Come si fa ad accettare che in un Paese civile si possa morire in modo violento solo perché non funzionali alle trame di un gruppo di pazzi?

- Facevo parte di un grande progetto che non poteva essere certo fermato da nullità come quelli che mi ha citato. Il suo amico fotografo, contrariamente a lei, è stato sì eliminato... perché era un elemento incontrollabile... un rompicoglioni che fotografava le cose che non doveva. In quanto agli architetti di Sarajevo, hanno pagato perché le hanno fornito gli elementi principali sulle asportazioni degli organi. Campanella era un cretino che parlava troppo. Scalia no... Scalia non era un cretino, era uno dei nostri, un bravo patriota. Ma sapeva troppe cose e quando sai troppe cose diventi pericoloso. Diventi incontrollabile.

- Ha ordinato di uccidere anche Gianna Gamberini e

Likana, una ragazza di 17 anni. Se ne rende conto? È stato capace di nequizie inenarrabili nei confronti dei più deboli.

Giacoboni riprende a tossire lungamente. Passano diversi minuti prima che possa riprendere a parlare. Lo fa con molta fatica.

- La Gamberini l'abbiamo eliminata perché non serviva più. Likana Begu perché aveva deciso di denunciare i fratelli albanesi. Tutte persone insignificanti, inutili. Inutili alla nostra causa. Delle merde.

- Lei è sprezzante verso il genere umano perché odia il genere umano. Lo odia perché è migliore di lei e di tutta la vostra genìa. Straparla di causa. Proprio una "grande causa"! Un'aggregazione di assassini, piuttosto...

- ... no! Ripeto, di patrioti! Noi abbiamo lavorato tanto per impedire ai comunisti di prendere il potere. Se l'avessero fatto, probabilmente, io e lei non saremmo qui a discutere... Sì, ci siamo sporcati le mani rovistando nella merda, perché... in certi momenti pur di salvare la Patria, bisogna agire di conseguenza. E... noi l'abbiamo fatto. È vero. Abbiamo anche ucciso, ma dovevamo impedire che i comunisti andassero al potere. Abbiamo partecipato anche al rapimento di Moro perché dava fastidio all'alleanza mondiale democratica...

- ... chi ha deciso tutto questo?

- Era stato deciso sin dal 1991, a Zagabria. Il nostro piano era quello di causare panico nella società italiana, sgomento. Avevamo capito che c'erano forme di pressione più redditizie piuttosto che uccidere un singolo esponente politico...

Giacoboni parla con difficoltà, s'interrompe frequentemente. Tossisce in continuazione e apre la bocca nel tentativo di assorbire più aria possibile.

- ... Avevamo ipotizzato d'infestare la spiaggia di Rimi-
ni con siringhe contagiate con l'Aids, merendine deteriora-
te per colpire i bambini e tanto altro. Quando la massa è
assalita dal terrore, diventa facile manipolarla. Dopo il terrore... subentra la depressione che rende le persone amor-
fe, disinteressate a tutto, facile da condizionare. Invece si
era optato per mettere le bombe in via dei Georgofili, Vela-
bro e Milano. Le bombe... erano un messaggio chiaro alle
istituzioni...

Giacoboni s'interrompe nuovamente. Apre e chiude la
bocca in continuazione per aspirare più aria possibile.
Sembra un pesce nell'acquario. Si vede chiaramente che
sta facendo una fatica enorme a raccontare queste cose,
ma è sempre autoritario pur con una tenue voce.

- Nel caso di Moro ci siamo inventati la strategia per
delegittimarlo, facendo circolare la maldicenza che le lettere di Moro fossero il frutto della sua cattività, del fatto che
fosse prigioniero. Invece Moro... era lucidissimo così come
erano lucide le sue accuse alla Dc. Piecenik, il collaboratore
di Kissinger, aveva portato avanti questa tesi, questa nostra strategia.

- Per quale motivo, pur avendo Paolo VI raccolto i soldi
del riscatto per Moro, non è riuscito a mediare? Mentre si
riuscì perfettamente, alcuni mesi dopo, trattare, pagare il
riscatto e liberare l'assessore Ciro Cirillo?

- L'ho già detto... Moro non doveva e non poteva essere
salvato. Cirillo sì. Ciro Cirillo, amico di Gava, era deposita-
rio dei segreti della ricostruzione dopo il terremoto. Ci serviva vivo, anche se non attivo politicamente. Ora le do una
notizia...

Un colpo di tosse lo fa interrompere. È tutto rosso in
viso. Con un fazzoletto si asciuga le labbra. Poi riprende
molto lentamente, con sforzo.

- ... i brigatisti volevano trattare e lo dimostra il caso Cirillo. Noi no. Un'altra notizia è che il memoriale del brigatista Valerio Morucci è un falso. È stato scritto da diverse mani. Inoltre, siamo intervenuti per far smettere al suo collega Pecorelli di pubblicare sul proprio giornale, notizie che stavano danneggiando politici di cui ci fidavamo, abbiamo montato scandali nei confronti di altri personaggi politici mettendoli così fuori gioco... abbiamo fatto anche del bene...

- ... del bene? Non si vergogna di ciò che dice?

- Si ricorda della fuga dal Celio di Kappler? L'Italia, in quel momento, aveva assolutamente bisogno... di soldi, di un prestito dalla Germania che però voleva, in cambio, la restituzione di Kappler. Il governo non poteva fare la cosa ufficialmente perché ci sarebbe stata una rivolta fomentata dai comunisti e non poteva, neppure, far gestire la cosa, ufficialmente, ai Servizi segreti.

- E così siete intervenuti voi.

- Sì, esatto. Siamo intervenuti noi dell'Anello... In questo modo sono arrivati i soldi in Italia grazie a noi patrioti. Non è fare del bene, questo? Siamo anche intervenuti nelle varie stragi che sono avvenute nel nostro Paese. Lo abbiamo fatto... fornendo armi e disposizioni logistiche a chi, materialmente, ha messo le bombe. Questi si trovano facilmente... tutta manovalanza. Così come ci siamo trovati in sintonia con le Br. Certo, non tutte. Ma c'è stata una fase in cui i loro obiettivi erano anche i nostri.

- Le Br furono battute dalla stragrande maggioranza dei cittadini quando respinsero la lotta armata, quando scesero in piazza in difesa della democrazia e per il rilascio di Aldo Moro. Quelli stessi uomini, quelle stesse donne che si sono sempre battuti per fare diventare l'Italia un Paese vivibile con un'opposizione civile, democratica. Sono essi che hanno seminato moralità, modernità e, quindi, democrazia. Ma per la sua congrega di assassini, questi cittadini andavano disprezzati, perseguiti, trucidati. Dovevate impedire loro di allargare la democrazia nel nostro Paese. Anche con le bombe.

- È proprio sicuro di quello che dice? Non ha capito nulla, Val...

Aveva cominciato, di nuovo, a tossire, il viso tutto rosso, gli occhi di fuoco. Poi, con calma, aveva ripreso.

- ... Moro era una mina vagante. Se anche fosse uscito indenne dalla prigione delle Br, era ormai politicamente finito. E noi questo volevamo e ci siamo riusciti...

- ... chi ha deciso il tutto?

- Come le ho già detto, era stato deciso sin dal 1991, a Zagabria...

- ... mi fa profondamente schifo, Giacoboni. Lei non è altro che un malavitoso, un fallito. È finito, mio caro *generale*.

- Io e lei, Valle, abbiamo fallito entrambi. Non s'illuda perché anche lei, come il sottoscritto, è un perdente. Abbiamo fatto parte di un gioco più grande di noi...

- ... parli per lei. Io non mi sento affatto un perdente. Voi avete perso perché la democrazia è riuscita a neutralizzarvi. I vostri sporchi piani per far sollevare gli italiani e chiedere governi forti, non sono riusciti anche se avete usato le bombe, anche se avete massacrato persone inermi, bambini, donne che avevano un'unica colpa: essere nel posto sbagliato al momento sbagliato. La democrazia è stata più forte delle vostre oscene trame, dei vostri complotti, dei vostri imbrogli e intrighi. Lei e i suoi sodali siete solo dei volgari assassini.

Giacoboni irrompe con una risata dionisiaca. Probabilmente, per lui, massacrare persone indifese è un atto di saggezza anche se non si crea nulla, se non dolore e afflizione.

- Non mi faccia ridere... Valle e mi stia a sentire. Sa quando mi sono accorto che avevamo perso? È stato all'inizio degli Anni '80. Lei forse lo ricorderà uno slogan apparso sui muri delle città, stampato su manifesti... molto grandi. La frase diceva: «*Corri a casa in tutta fretta, c'è un biscione che ti aspetta*». Ecco, quel biscione, indirettamente, l'avevamo creato noi e ora ci sfuggiva di mano, ci aveva fagocitato... Con la nascita di Canale 5 e poi con l'acquisto di altri due reti, nel 1984, Rete 4 (dalla famiglia Mondadori) e Italia 1 (che si chiamava sino a quel momento Antenna Nord), nasce Mediaset...

- ... non la faccia troppo lunga che conosco perfettamente quella vicenda. Mi sta dicendo che avete brigato per far nascere questo polo televisivo?

- Immagino che conosca quella vicenda... Ma io... le sto dicendo un'altra cosa, le sto dando una notizia. Non direttamente, ma noi dell'Anello abbiamo preparato il clima necessario... affinché la gente chiedesse, a gran voce, libertà d'antenna. Poi la situazione è cambiata, direi scappata di mano e la gente che avrebbe dovuto scendere in piazza... e chiedere un governo autoritario, ha preferito restarsene a casa, sprofondata in poltrona a vedere Dallas... D'altronde, anche i vostri avrebbero dovuto fare la rivoluzione e, invece, preferirono vedere gli spogliarelli e Dinasty. Per questo dico che abbiamo fallito entrambi.

- I vostri chi? Io non appartengo a nessun partito. Lei è pazzo e un assassino. Io scriverò tutto e la porterò in tribunale perché rabbrividisco a pensare che chi ha architettato scientemente, a freddo, di uccidere 85 persone alla stazione di Bologna o 12 persone a Brescia, possa farla franca.

Perché uccidere gli agricoltori che stavano, quel maledetto venerdì 12 dicembre, nella banca dell'Agricoltura di Milano? Cosa c'entravano quelle povere persone con i vostri deliranti piani? Lei è un cialtrone e un assassino, un sanguinario e dovrà finire in galera. Scriverò di lei e dei traffici, sporchi, che ha gestito. E, a questo punto, qualche Pm sarà costretto a intervenire nei vostri confronti perché il Pubblico ministero ha «l'obbligo di esercitare l'azione penale» e per voi sarà la fine. Lei e tutti gli altri banditi e assassini, finirete in galera.

Vedo la faccia di Giacoboni trasformarsi. Gli occhi che mi guardano sembrano più incavati, arrossati, la faccia livida e un tremolio delle labbra.

E ricomincia a tossire. Evidentemente non ha gradito quello che ho detto. Poi beve un po' d'acqua e si calma. Atteggia a un sorriso tra lo schifato e il sardonico. Poi mi si rivolge con pacatezza.

- Mi ascolti bene... Sono alla fine della mia vita, debbo fare la dialisi... tutti i giorni, le gambe non funzionano e il fegato neppure. Ho un braccio paralizzato. Può scrivere quello che vuole, tanto in galera, conciato come sono, non ci andrò. In quanto ai Pm, fra poco la finiranno di rompere i coglioni, di credersi al di sopra di tutto. I nostri amici in Parlamento stanno lavorando bene...

S'interrompe e apre di nuovo la bocca per far entrare aria, tossisce. Poi continua.

- ... fra poco attueremo la separazione delle carriere fra chi indaga e chi giudica e i Pm saranno alle dipendenze del Parlamento guidato da tecnocrati a noi vicini. Lei è solo un illuso... un cretino illuso. Io sono finito, ma anche lei è messo male. E non scriverà nulla. E sa perché? Perché control...

Giacoboni ricomincia a tossire e s'interrompe. Sta zitto

per qualche minuto e io ne approfitto ponendogli un'altra domanda.

- Per quale motivo, senza essere sollecitato, mi ha confermato l'esistenza dell'Anello e i tanti crimini commessi? Domani, dopo il lancio della mia agenzia, lei verrà incriminato, arrestato e passerà gli ultimi suoi giorni in galera, finalmente.

- Valle non ha capito nulla. Noi.. riusciamo ancora a controllare i mezzi d'informazione. La sua agenzia... non sarà interessata a questa vicenda come non lo saranno altri quotidiani o Tv. I proprietari, i padroni come li chiamate voi, hanno bisogno – per continuare a fare affari – che non siano scoperchiate certe pentole... Hanno bisogno di uno scandaletto ogni tanto così da tacitare le anime belle e continuare a vendere e comprare giornali, petrolio... lucrare in Borsa, vendere armi a Paesi sottosviluppati o in guerra... Se dovessero permettergli di scrivere quello che ha appreso in questo periodo, crollerebbe tutto e questo non conviene a nessuno... neppure all'opposizione che, per altro, non vedo. Basta bloccare la pubblicità e subito gli editori se la faranno sotto e il suo articolo finirà nel cestino.

- Per i vostri sporchi giochi, la pagherete. Voi, pur di realizzare i vostri demenziali e criminosi progetti di potere, non vi siete fermati davanti a nulla. Avete sacrificato i più deboli, li avete uccisi solo per i vostri sporchi interessi, per i vostri osceni affari.

- Valle... lei continua a non voler capire. Cosa vuole che siano 80 persone morte davanti alla possibilità di avere una società senza più scioperi... una società guidata da pochi eletti per il bene di tutti con a capo magari non un politico, ma un tecnocrate? Lei si scandalizza per un po' di morti. E Dresda allora? Si è dimenticato cosa hanno fatto gli Alleati nella città tedesca... bombardando i civili senza motivo? Furono distrutte... scuole, ospedali, industrie, teatri, alberghi. Tutto. Ci furono fra i 25 e i 35 mila morti. Lo stesso avvenne a Lipsia e Berlino. E lo fecero, così come dichiararono i loro comandi... *«per fiaccare la resistenza del popolo tedesco»*. Si è forse dimenticato... di Hiroscima e Nagasaki? Si è dimenticato di Montecassino? No. Lei crede di essere migliore, ma è come noi. Anzi, peggio. E poi ha il coraggio di dire che non è un perdente? Si guardi un po' attorno... esamini la sua esistenza: sua moglie l'ha lasciato, ha un figlio down... non ha una relazione sentimentale fissa, all'agenzia dove lavora, ormai, non avrà più nessun avanzamento... È lei che è finito, Valle. Cosa le resta? Noi abbiamo difeso la libertà dell'Occidente... qualsiasi cosa abbiamo fatto, per l'opinione pubblica passerà in secondo piano; presto gli italiani si dimenticheranno degli scandali... dei tentati colpi di Stato, degli affari... Tutto cadrà nell'indifferenza totale. Ripeto: cosa le resta, Valle? Mi risponda, se riesce...

Si vede che è stanchissimo. Ha un tremore diffuso; dalle labbra gli esce un filo di saliva che va a cadere sulla coperta che gli copre le gambe.

Ha fatto molta fatica ad arrivare alla fine del suo intervento. Io, invece, rispondo gridando.

- La dignità, Giacoboni. La dignità! Una qualità che lei non possiede e non la posseggono neppure i suoi sodali. Molti vorrebbero poterla avere, ma non tutti sono capaci di possederla. E lei non ha dignità perché non è un uomo libero, è un servo perché per tutta la sua perfida e disumana esistenza, lei ha eseguito, da servo, gli ordini di altri. Scriverò le cose che ho appreso e lei verrà incriminato per strage. Non solo. Verrà incriminato anche per traffico d'organi umani, uno dei traffici più loschi esistenti. Non mi fa neppure pena, ma schifo sì. Ora la saluto, *generale*, e spero che presto, molto presto, la possa vedere con le manette ai polsi.

Sono indignato, disgustato da questo personaggio. Mi alzo in modo deciso e mi dirigo verso la porta, ma Giacoboni alza un braccio e si mette a gridare e a tossire contemporaneamente.

- Un momento... aspetti. Io le ho concesso di vederci e le ho raccontato alcune cose... Potevo anche non farlo, ma sa perché l'ho fatto? Si ricorda la prima volta... che ci siamo conosciuti? A proposito del Kosovo lei mi aveva domandato cosa sarebbe avvenuto se il Kosovo... non avrebbe guardato verso Occidente...

Io, però, non l'ascolto più. Ho infilato, rabbiosamente, la porta della stanza di Giacoboni e quasi mi scontro con Johanna perché ha sentito gridare il *generale* ed è accorsa.

- Ma cos'ha fatto? Non capisce che se il generale si arrabbia potrebbe restarci secco... È molto malato...

- *Frau* Johanna, quello che lei chiama *generale*, è solo un assassino. Forza... vada a curarlo.

Esco dalla clinica arrabbiatissimo e nervoso. Prima di salire in macchina, cammino nel tentativo di farmi passare l'agitazione, la tensione che mi ha procurato il colloquio con Giacoboni. Un'ansia che ho dentro di me. Guardo le colline brianzole, trovo un muretto dove sedermi e guardando quel dolce panorama mi calmo un po'. L'incontro con Giacoboni è stato doloroso e me lo porterò, dentro di me, per tanto tempo, non sarebbe stato semplice rimuoverlo.

Adesso dovevo assolutamente reagire, non farmi prendere dall'inedia, dalla rassegnazione, dall'autocommiserazione. Dovevo reagire e denunciare pubblicamente tutte le cose che avevo appreso. Era necessario agire subito e non fermarsi.

Ora avevo le prove, la dichiarazione registrata delle malefatte dell'Anello attraverso Giacoboni.

A casa avrei immediatamente scritto dell'incontro avuto con Giacoboni e poi, l'indomani, l'avrei portato in agenzia per farlo pubblicare.

Era l'unica cosa da fare per non far passare sotto silenzio quello che una banda di criminali vigliacchi aveva ordito contro gli italiani e la democrazia. Un cancro per la nostra fragile e debole democrazia.

L'indomani ho il turno dalle 14, ma già alla 9,30 sono in agenzia. Entro immediatamente nella stanza del caporedattore il quale alza la testa da un foglio che sta leggendo.

- Oh, ciao Valle. Sei di turno?

- No, comincio alle 14, ma avevo bisogno di parlarti.

Spiego ad Aldo Nunziante, gli ultimi avvenimenti, gli faccio vedere la chiavetta Usb dove ho trasferito la registrazione con la "confessione" di Giacoboni e gli consegno l'inchiesta che ho preparato. Nunziante inforca gli occhiali e si mette a leggere.

Ogni tanto si ferma, prende il foglio precedente e rilegge il tutto. Quando termina, ha una faccia più preoccupata che persuasa. Sembra invecchiato di colpo. Le guance si sono come afflosciate, improvvisamente. Gli occhi sono appannati.

- Valle, ci conosciamo da tanti anni. Tu sei un buon giornalista e siamo sempre andati d'accordo. Fra poco andrò in pensione e mi sostituirà qualche giovane raccomandato che non sa nulla di giornali e di "cucina" giornalistica, ma sa tutto su come compiacere i potenti. È il segno dei tempi, della trasformazione del nostro mestiere. Cosa dovrei farne della tua inchiesta? Dovrei inviarla a Roma per l'approvazione e la messa in rete? Questo, se me lo chiedi espressamente, lo farò proprio per i rapporti che ci sono stati fra noi in tutti questi anni. Se però posso darti un consiglio, ti dico di lasciare perdere. Ormai l'agenzia ha nuovi padroni e il direttore non è più Gatti che quando aveva una notizia, non guardava in faccia nessuno e la pubblicava. No. Ora è arrivato il nuovo direttore, Claudio Tarquini, che si è fatto le ossa negli uffici stampa governativi. Questo esegue solo gli ordini. È talmente codino che pur di restare direttore, venderebbe la madre a un nano come canta Fabrizio De Andrè. Dimmi tu cosa debbo fare.

- Trasmettila a Roma, Aldo. Tentiamo. Se non la pubblicano, troverò un altro giornale.

Dopo circa un'ora, arriva la risposta da Roma: «*L'inchiesta di Massimo Valle non è stata ritenuta idonea alla pubblicazione perché non in sintonia con la linea editoriale dell'Agenzia*». Nunziante mi fa leggere la mail che ha ricevuto. Ha un viso scuro, abbacchiato. Capisce benissimo che se lui è costretto ad andare in pensione, io non sono messo troppo bene. «*Mi spiace, Massimo - mormora - me l'aspettavo. È finita. È finita per noi, non serviamo più. Se vuoi posso parlare con qualcuno che conosco a L'Espresso...*».

- No, grazie. Qualcuno lo posso trovare anch'io. La cosa che mi dà fastidio è che l'Agenzia per la quale da tanti anni lavoro, mi dice che non sono in «*sintonia con la linea editoriale*». Cosa dovrei scrivere per essere in sintonia? Solo la cronaca degli incidenti stradali? Oppure le lodi a questo governo? E nulla dell'Anello così da non disturbare le manovre del Potere e nascondere le conseguenti malefatte? Basta... sono stanco. Ora vado via, Aldo, vado a casa. Ha vinto Giacoboni.

Riprendo l'inchiesta rifiutata, la chiavetta Usb ed esco dalla redazione salutando, solo alzando un braccio, Stefania. Non ho voglia di parlare in generale e non ho voglia di parlare con lei in particolare, stare a spiegare il colloquio con Giacoboni... Ci sarà modo, in futuro – se ci sarà un futuro – di discutere di tutto questo. Certo, vorrei parlare con qualcuno, potermi sfogare. Ma a parte i colleghi, mi accorgo che, in realtà, non ho un amico con cui potermi confidare.

Forse se ci fosse ancora Italo... Non ricordo più quale scrittore abbia definito l'amicizia un lusso. È vero. Quel sentimento, quel legame affettivo t'avvolge solo quando sei giovane, quando sei convinto che quella reciproca stima, quel legame resterà per sempre.

Con l'età, invece, siamo subissati da numerosi problemi, i figli, il lavoro, le separazioni, le malattie, le morti delle persone care. Un lusso, quello dell'amicizia, che non posso ostentare perché non ho amici. Nel mentre rifletto sull'amicizia, penso, contemporaneamente, all'inchiesta rifiutatami. Penso che diventa inutile anche la norma costituzionale sulla libertà di stampa, l'art. 21, quando afferma che *«La stampa non è soggetta ad autorizzazioni o censure»*.

Ritornando a casa mi rimbomba in testa una frase che mi aveva detto Giacoboni: *«Abbiamo perso tutti e due!»*. Ha ragione. Non ha più senso continuare a lottare, cercare la verità. La verità? Già, ma cos'è la verità e, soprattutto, dove sta la verità? La verità, la mia verità non potrà mai essere quella di Giacoboni. Anche Begu – se non fosse morto – avrebbe voluto la verità sulla morte della figlia Likana, anche i familiari dei morti a causa delle bombe sui treni volevano la verità così come quelli delle bombe di piazza Fontana e di Brescia, di via dei Georgofili. La verità sui morti, sui troppi morti causati per motivi indicibili cominciando dagli undici poveri contadini e tre bambini di Portella della Ginestra, nel 1947. La verità sul perché sia stato assassinato Aldo Moro e tanti altri. La verità? Qual era la verità?

Una battaglia persa e io dovevo dare una conclusione a questa vicenda e lo dovevo fare nel modo migliore senza dar fastidio a nessuno. Sono spossato, una pila con le batterie scariche. Sento che mi sta arrivando addosso un rischioso stato d'animo pieno di vittimismo. Non me lo posso permettere... almeno non ancora.

Arrivato nel piazzale dove abito, vedo il camion del marito di Angelina posteggiato. Sapevo che sarebbe arrivato e, in genere, il giorno dopo il suo arrivo lasciavo libera Angelina. Col marito andava a Milano, si vedeva con le sorelle di lei, anch'esse "badanti", qualche volta andavano al cinema. Io mi prendevo, per quel giorno, la "corta" e restavo a casa con Francesco. Avrei fatto così anche l'indomani.

Come sempre, quando entravo a casa e Francesco mi vedeva, i suoi occhi si illuminavano e batteva le mani dalla felicità. Poi mi abbracciava e mi sbaciucchiava col risultato di *bausciarmi* tutto, come al solito. Ora che si era calmato e sedeva sulla sua solita poltrona, aveva un viso rilassato e malgrado i tratti del viso fossero tipicamente down, era di una dolcezza disarmante.

Non era stato, come mi aveva detto il medico cattolico al momento della sua nascita, «*un dono di Dio*», ma aveva avuto ragione quando aveva affermato che mi sarei affezionato al bambino.

Francesco mi guarda ed esclama: «*Fame!*» Già, è quasi ora di cena.

Mentre Angelina prepara, io e il marito parliamo un po'. Chiedo a lui della situazione in Romania. Non è facile parlare con Constantin, così si chiama, perché io non conosco il romeno e lui poco l'italiano, contrariamente a sua moglie che parla la nostra lingua benissimo grazie ai tanti anni passati nel nostro Paese. Comunque riusciamo a capirci e mi racconta le preoccupazioni che hanno per le due figlie.

Una è già laureata e l'altra lo sarà il prossimo anno. Il lavoro, però manca e, quella laureata è venuta anch'essa in Italia, a Venezia, a fare la cameriera. È una famiglia, quella di Angelina, per bene. Brave persone che sgobbano e fanno immensi sacrifici per un domani migliore, per dare alle loro figlie un avvenire diverso da quello che hanno avuto loro.

Terminata la cena, riassettata la cucina, Angelina e il marito si siedono davanti al televisore. Io su una poltrona leggo, o meglio tento di leggere, ma in testa mi passano i fotogrammi del tempo passato con Giacoboni. Nulla di peggio, per un giornalista: avere una notizia e non poterla dare perché non ci crederebbe nessuno! In testa ho le tante cose apprese. Come potrei mai essere creduto se scrivessi che dietro il rapimento Moro c'era l'Anello e non solo le Br? Così come nei tanti episodi che hanno insanguinato il nostro Paese? Una notizia che l'agenzia per cui lavoro, non pubblicherà.

L'Anello per i lavori sporchi, per quei lavori che neppure i Servizi segreti - più o meno deviati - dovevano e potevano immischiarsi. Guardo Francesco seduto sulla poltrona vicino alla mia. Anch'esso ha un giornale davanti a sé. Questa volta non è al rovescio, ma per lui è come se lo fosse. Non sa leggere. Come sempre, mi imita. La stessa cosa era avvenuta per la scrivania. Mi vedeva seduto che scrivevo, attorniato da pile di giornali. Così, un giorno, mi aveva chiesto una scrivania perché «doveva studiare». Ne avevo acquistata una, piccola, quasi un banco scolastico. Subito Francesco aveva posto una quantità di vecchi giornali ai lati. Non so come facesse, ma se Angelina si permetteva di buttarne via qualcuno - perché ormai troppo numerosi e dall'equilibrio precario - Francesco se ne accorgeva immediatamente ed erano pianti e proteste. Sul piano della scrivania teneva un quaderno dove faceva segni misteriosi, linee e cerchi, solo a lui comprensibili.

Lo guardo intensamente e mi piacerebbe proprio sapere cosa gli passa in quella sua testolina. Lo guardo con affetto per qualche minuto. Poi gli faccio una carezza e dico a me stesso che *debbo* farlo, sì, è l'unica soluzione percorribile.

Sono calmo, una calma che, forse, deriva dall'arrivo della vecchiaia e con questa anche le emozioni vengono meno. Guardando negli occhi Francesco, percepisco un dolore esteso e profondo nel mio animo. Una cosa che i "normali" non possono percepire perché, ovviamente, non riflettono su questi problemi. Un dolore, il mio, perché ho contezza dell'incapacità di Francesco di essere come gli altri bambini, ma nello stesso tempo, partecipare alle sue piccole gioie di tutti i giorni, fare in modo che lui possa essere inconsapevolmente soddisfatto della sua esistenza.

Spesso faccio riflessioni di questo tipo e spesso penso se dovessi improvvisamente morire. Cosa ne sarebbe di Francesco? In una società dove *bisogna* essere belli, dove è *obbligatorio* essere abili in tutto, dove la vecchiaia è stata *abolita* per decreto, dove c'è una cura *spasmodica* nei confronti di cani e gatti, ebbene, in una società siffatta che posto avrebbe Francesco? Perché i brutti, i dementi, i fragili non possono fare parte di questa società. Loro debbono essere rinchiusi, non farsi vedere. Non debbono infastidire, con la loro presenza, i *normali*.

Queste riflessioni rafforzano in me la decisione presa. Non posso lasciare Francesco solo. Se l'Anello, dopo le minacce, gli omicidi perpetrati nei confronti di chi mi stava vicino, decidesse di chiudermi la bocca, per sempre, che ne sarebbe di lui? Il pensiero di lasciare Francesco solo, senza la protezione di una famiglia, per me, è insopportabile. E la sua famiglia sono io.

- Francesco ce ne andiamo a dormire? Ma prima ti racconto una storiella. Ci stai? Francesco applaude felice. Salutiamo Angelina e Constantin e andiamo nella mia camera da letto. Quando arriva il marito di Angelina, Francesco dorme con me, nel "lettone" e per lui è una festa. Lasciando così il suo letto al marito di Angelina.

Durante la notte, Francesco è agitato, continua a rigirarsi nel letto. A me, diversamente che nel passato, la cosa non mi disturba. Anzi, mi fa piacere sentire vicino a me una presenza, una persona cui voglio bene e con cui, fra poco, faremo un *viaggio*, un lungo *viaggio*.

L'indomani mattina, attorno alle 10, Angelina e il marito vanno a Milano. Ritorneranno verso sera. Poi il marito partirà per le consegne in tutta la penisola e passeranno alcuni mesi prima che si rivedranno ancora, prima di poter passare una giornata assieme.

Io e Francesco, invece, dopo aver fatto colazione ed esserci lavati, usciamo e andiamo ad acquistare giornali e pane. Prima ci fermiamo nel vicino Ufficio postale. Ho preparato una busta grande e ci ho scritto sopra l'indirizzo dei genitori di Stefania. All'interno, una busta più piccola indirizzata a Stefania Ravaioli e la dicitura «PERSONALE».

Mentre camminiamo, Francesco saluta sempre tutti coloro che incontriamo, anche se non li conosce. Per i cognomi, poi, ha una memoria prodigiosa: si ricorda tutti i cognomi di coloro che conosco, che si fermano a parlare con noi. Camminiamo lentamente perché Francesco ha difficoltà a camminare velocemente.

Ritornati a casa, lo porto in bagno e comincio a riempire la vasca. Propongo di fare il bagno assieme e, naturalmente, a Francesco gli sorridono gli occhi. È felice della prospettiva di passare una giornata assieme a me, una giornata intera. Nell'acqua calda ci stiamo diverso tempo.

Lui schizza l'acqua, io fingo di arrabbiarmi, di sgridarlo. Poi una proposta da parte mia:

- Francesco, ti andrebbe di mangiare risotto o pasta asciutta?

- *Sarsa!* Pasta *sarsa*.

- Va bene. Oggi ti faccio spaghetti con la salsa. Contento?

Francesco, con un'espressione furbetta, ride felice e d'altronde ci vuole poco per farlo contento. Quando ci sediamo a tavola, faccio la solita raccomandazione che, comunque, Francesco si aspetta. È un piccolo gioco fra noi, un gioco risaputo, di cui lui non si stanca mai.

Ora mi fissa in volto. Attende che io parli. E io lo faccio con una certa gravità.

- Allora Francesco, mi raccomando. Mangia bene gli spaghetti e non schizzare salsa da tutte le parti.

Francesco ride, prende la forchetta, la riempie di spaghetti ben conditi e li aspira in bocca con il risultato che la salsa schizza da tutte le parti e arriva anche alle sue orecchie. Lo guardo in modo burbero ed è felicissimo di quel gioco sempre uguale e, per lui, sempre nuovo.

Sparecchio e assesto la cucina. Poi mentre Francesco sistema, a suo modo, i suoi giocattoli, io apro una piccola cassaforte a muro che ho in corridoio. Non contiene nulla di prezioso. Un orologio avuto in regalo per il mio matrimonio, qualche documento. Poco altro. C'è però un contenitore ed è quello che mi serve. All'interno ci sono tantissime piccole pastiglie. Sonniferi. E anche del Risperidone. Vado in cucina, prendo il batticarne e le frantumo, facendole diventare polvere. Poi prendo due grandi bicchieri. In uno verso Coca Cola, nell'altro cognac. Nei bicchieri faccio sciogliere la polvere dei sonniferi e del farmaco antipsicotico. Con un cucchiaino mescolo il tutto così da raggiungere, dopo aver bevuto l'intruglio, un sonno catalettico.

Quando Francesco mi vede arrivare con i bicchieri, grida «*boicine!*», bollicine e intende la Coca Cola, bevanda che raramente gli faccio bere perché non molto salutare. Ma oggi è una giornata particolare. Oggi, la Coca Cola la può bere.

- Ora Francesco mettiamo un Dvd e ci guardiamo qualcosa. Che ne dici dei Simpson?

Il suo assenso al programma è un inno di gioia. Chissà cosa penserà Francesco. Ieri sera ha dormito nel letto con me, oggi abbiamo fatto il bagno assieme, si è schizzato dappertutto con la salsa, ora Coca Cola e Simpson... Penserà che stiamo facendo una grande festa.

Io, invece, in quel momento penso alla mia esistenza, a Sandra, ai miei e nostri sogni infranti. Ai numerosi rimpianti. Penso alle persone che non ci sono più, che sono morte. Ci vorrebbero i sogni per aiutarmi a superare questi momenti. Il fatto è che io non ho più sogni e neppure desideri.

Metto il video che Francesco ha visto tantissime volte. Siamo seduti sul divano, vicinissimi. Lo accarezzo. Lui volta la testa per guardarmi. Sono sereno. Mi sorride. Si dice che dentro i bambini abiti il paradiso e, forse, è vero.

- Francesco, stiamo bene insieme. Vero? Ora faremo un bellissimo *viaggio*, un lungo *viaggio*. Arriveremo in un posto dove non c'è più dolore, non c'è più sofferenza, né guerre né cattiverie. Arriveremo in un posto bellissimo dove non ci sono differenze, dove non si cerca la giustizia perché la giustizia vige obbligatoriamente in quel Paese, non si cerca la verità, perché la verità è insita in quella società. Dove tu, Francesco, avrai il posto che ti spetta, assieme a tanti bambini. Giocherete tutti assieme e nessuno ti guarderà in modo diverso. Tutti ti accetteranno per quello che sei, appunto, un bambino.

Francesco, ascolta attentamente le mie parole e sorride compiaciuto.

Stefania Ravaioli aveva appreso della morte di Massimo e di suo figlio, la sera stessa.

Era stata avvertita dal commissario Luca Siviero. Subito dopo le aveva telefonato anche Aldo Nunziante. Angelina e il marito, rientrati la sera, avevano trovato i due corpi abbracciati e ormai freddi.

Subito avevano avvertito i carabinieri e Siviero aveva appreso così del suicidio. L'aveva appreso dai "cugini", cioè dai carabinieri.

Quando Angelina e il marito erano ritornati a casa, l'appartamento era in perfetto ordine. Non c'era nessun biglietto che spiegasse il gesto. Solo una busta in camera sua indirizzata, appunto, ad Angelina. Massimo si scusava con lei per i problemi che le stava arrecando, c'erano parole di ringraziamento per ciò che aveva fatto in tutti quegli anni, un ringraziamento, soprattutto, per aver saputo gestire, bene, Francesco.

La breve lettera indirizzata ad Angelina, era accompagnata da un cospicuo assegno.

Stefania era caduta in una crisi profonda. Le dispiaceva non aver potuto aiutare Massimo, non essere riuscita a farsi raccontare, da lui, i suoi problemi, le sue intenzioni. Avrebbe cercato d'infondergli coraggio, avrebbe cercato di fermarlo, di non fargli compiere quell'estremo e terribile gesto. Era rimasto in lei uno sgomento profondo, quasi un senso di colpa, il sapore acido della sconfitta.

Durante la notte, l'agenzia Asn aveva mandato in rete il necrologio sulla morte di Massimo Valle:

ZCZC362

R CRO SOA QBXB

LUTTO DELLA NOSTRA AGENZIA. MORTO
MASSIMO VALLE

(ASN) – MILANO – Abbiamo appreso ieri della
scomparsa del nostro Massimo Valle, 50 anni.
Inviato della nostra agenzia, Valle aveva seguito,
per circa un anno, la guerra nella ex Jugoslavia,
nel 1993. Poi, rientrato nella sede milanese, se-
guiva gli avvenimenti del Nord Italia. Da tempo
aveva accusato problemi d'instabilità psicologi-
ca causati anche da una difficile situazione familiare. Con lui perdiamo un valente giornalista. (ASN)

*La mattina seguente Stefania era arrivata presto in redazio-
ne. La prima cosa fu quella di leggere il necrologio. «Stronzi!»,
aveva gridato Stefania facendo convogliare gli sguardi di tutti i
redattori su di sé. «Stronzi! Tutto qua? Un comunicato strin-*
gato e falso. Massimo ha lavorato per tutta la vita in questa
agenzia e questi se ne escono con quattro penose righe.
Non è vero che fosse psicologicamente instabile. Che merda!».

*Dopo un paio di giorni aveva ricevuto, la mattina presto, una
telefonata da parte di sua madre. La informava che era arrivata
una busta a lei indirizzata da parte del suo collega, Massimo Valle. Stefania si era precipitata nel Pavese. L'aveva aperta e aveva
trovato l'inchiesta di Valle, la chiavetta Usb e un breve scritto di
accompagnamento:*

Cara Stefania, quando leggerai questa breve lettera, ormai la mia esistenza si sarà conclusa. La decisione che ho preso non è stata facile, ma ti assicuro che non ne avevo altre. Sono logorato dai problemi familiari, dalle vicissitudini di questi anni. Sono stanco e deluso. L'*Asn* si è rifiutata di pubblicare la nostra inchiesta e ho capito che la questione di quegli assassinii e, più in generale, la questione democratica del nostro Paese non interessa a nessuno. Giacoboni fra poco morirà di morte naturale e si porterà nella tomba tutti i segreti e le malefatte della sua vita. Partita chiusa. Mi è sembrato inutile continuare. Un grande giornalista aveva detto: «*A che serve essere vivi, se non c'è il coraggio di lottare?*». Per tutta la mia esistenza lavorativa, ho cercato di fare mia questa frase. Adesso, però, sono stanco. Non ho più il coraggio e la voglia di lottare e, inoltre, non posso lasciare Francesco da solo. È un bambino meraviglioso che amo e che è stato, per me, fonte di gioia. Per lui sono tutto il suo mondo. Per questo lo porto via, viene con me. Un abbraccio e grazie. Massimo

P.S. - Ti accludo l'inchiesta che avevo scritto per l'*Asn* con il tuo prezioso aiuto. La regalo a te. Fanne quello che ti sembrerà giusto fare. E se posso permettermi di darti un consiglio, ricordati che per un giornalista la cosa primaria è la libertà. Il non farsi condizionare dal potere significa fare questa professione con dignità. Tu, giornalista, non devi rispondere di ciò che scrivi al direttore o all'editore ma, prima di tutto, alla tua coscienza.

Sotto la testata del *New York Times* c'è la seguente scritta in inglese: «*Tutte le notizie che meritano di essere pubblicate*». A mio parere, quello che abbiamo scoperto sull'Anello, meritava di essere pubblicato dalla nostra agenzia. Purtroppo, questo non è avvenuto.

Stefania nel leggere quelle parole si era emozionata e pianto.
Poi aveva cominciato a leggere l'inchiesta di Valle, circostanziata,
precisa, con tutti i nomi dei responsabili degli assassinii perpetra-
ti da gente senza scrupoli. Faceva il nome di Mauro Giacoboni,
ma scrivendo chiaramente che lui non era al vertice dell'organiz-
zazione criminale, era solo un capo, un generale, *appunto. So-*
pra di lui c'erano i mandanti, c'erano i politici, gli industriali che
avevano foraggiato, in tutti questi anni, le squadre fasciste nel
mettere le bombe per impedire, come aveva spiegato Giacoboni, che
il Partito comunista potesse, democraticamente, prendere il potere
in Italia. Una trama che non si arrestava in Italia, ma che aveva
addentellati e indicazioni da Oltreoceano e non solo.

Alla fine dell'articolo comparivano le firme, in ordine alfabe-
tico, di Stefania Ravaioli e Massimo Valle. Una correttezza. L'ul-
tima correttezza di Massimo nei confronti di Stefania che aveva
partecipato all'inchiesta.

Era rientrata a Milano in tutta fretta. In redazione c'era un
clima plumbeo, opprimente. Non si parlava d'altro che del suici-
dio di Valle e del diniego, da parte della direzione dell'agenzia, di
pubblicare la sua inchiesta. Da lei volevano sapere le novità. Lei,
Stefania, si era infilata, invece, nell'ufficio di Aldo Nunziante e
aveva espresso a lui la decisione di far pubblicare l'articolo su
qualche altra testata.

Poi aveva fatto alcune telefonate e concordato con il manifesto
la pubblicazione dell'inchiesta per il giorno seguente.

L'indomani, il manifesto *riportava la prima puntata della*
loro inchiesta sull'Anello. Il giorno dopo, la seconda e ultima pun-
tata. E lei aveva perso, così, l'opportunità di continuare a fare lo
stage alla Asn.

L'inchiesta pubblicata da il manifesto *non era stata ripresa*
da nessun quotidiano e neppure da radio e Tv nazionali. Solo on-
line, piccole testate avevano ripreso l'inchiesta del manifesto.
C'era stata anche una timida interrogazione parlamentare. Poi

più nulla. Tutto taceva. Agli italiani non importava nulla di quegli avvenimenti sbiaditi dal tempo che avevano messo in bilico la nostra già precaria democrazia. Aveva detto bene il controverso Leo Longanesi, fascista e ottimo giornalista, fondatore di diverse testate importanti come Omnibus: «Quando potremo dire tutta la verità, non la ricorderemo più».

Eravamo alla fine di maggio, gli italiani pensavano già alle prossime ferie, al fatto che l'Inter avesse vinto lo scudetto, al capocannoniere Francesco Totti, della Roma, il quale aveva segnato 26 reti e alla prossima Champions League di Atene. Parafrasando Giacoboni, le persone invece che scendere in piazza per difendere la democrazia, gioivano per le 26 reti di Totti!

D'altronde non era colpa loro. Un Paese senza una vera libertà di stampa, non ha avvenire e impedirà una crescita della coscienza civile. Non è un caso, infatti, che l'onestà ha smesso di essere un valore, i furbi sono ammirati e osannati così come, del resto, chi ha fatto i soldi speculando o evadendo le tasse.

Una società, la nostra, dove si è perso il senso dell'etica, dove vince la furbizia e l'opportunismo, dove l'illecito diventa, troppo spesso, il lecito. Senza princìpi e senza speranze.

Siamo poi sicuri che la verità sia così richiesta? Invocata? La grande stampa e le Tv hanno cloroformizzato l'opinione pubblica; stampa e Tv sono in mano non a editori veri, ma a finanzieri, politici, industriali, faccendieri vari che utilizzano questi organi d'informazione per rafforzare i loro interessi, per appoggiare questo o quel politico che voterà leggi a loro favore, per influire sulle forze governative. Il potere economico ha preso il sopravvento, condiziona tutto e, quindi, anche i mezzi d'informazione.

Di tutto questo dovrà tenerne conto Stefania Ravaioli, se vorrà continuare a fare la giornalista.

Appendice

La memoria, le stragi, le vittime.
Dal 1947 al 1993

→ **Portella della Ginestra, 1 maggio 1947**

Comune di Piana degli Albanesi in provincia di Palermo. Undici morti e più di 30 feriti. Alcuni di questi feriti morirono qualche giorno dopo. La strage fu opera del bandito Salvatore Giuliano e della sua banda.

Queste le vittime: Margherita Clesceri, 37 anni - Giorgio Cusenza, 42 anni - Giovanni Megna, 18 anni - Francesco Vicari, 22 anni - Vito Allotta, 19 anni - Serafino Lascari, 14 anni - Filippo Di Salvo, 48 anni - Giuseppe Di Maggio, 12 anni - Castrense Intravaia, 29 anni - Giovanni Grifò, 12 anni - Vincenzina La Fata, 8 anni.

→ **Strage di Bellolampo, 19 agosto 1949**

Comune di Palermo. La banda Giuliano assalta una caserma dei carabinieri. Sette, i militari morti e undici feriti.

Queste le vittime: Giovan Battista Aloe, 22 anni - Armando Loddo, 21 anni - Sergio Mancini, 24 anni - Pasquale Marcone, 29 anni - Gabriele Palandrano, 23 anni - Antonio Pubusa, 23 anni - Ilario Russo, 21 anni.

→ **Piazza Fontana, 12 dicembre 1969**

Comune di Milano. Una bomba posta sotto un tavolo della Banca dell'Agricoltura causa la morte di 17 persone. Restano ferite 88 persone. Contemporaneamente, scoppiano bombe anche a Roma che causano 18 feriti. La responsabilità dei criminali atti ricade sulla destra in combutta con apparati nazionali e sovranazionali mai perseguiti, così come, del resto, i mandanti della strage.

Queste le vittime: Giovanni Arnoldi, 42 anni - Giulio China, 57 anni - Eugenio Corsini, 65 anni - Pietro Dendena, 45 anni - Carlo Gaiani, 57 anni - Calogero Galatioto, 77 anni - Carlo Garavaglia, 67 anni - Paolo Gerli, 77 anni - Luigi Meloni, 57 anni - Vittorio Mocchi, 33 anni - Gerolamo Papetti, 78 anni - Mario Pasi, 50 anni - Carlo Perego, 69 anni - Oreste Sangalli, 49 anni - Angelo Scaglia, 61 anni - Carlo Silva, 71 anni - Attilio Valè, 52 anni. A questi, va aggiunto l'anarchico Giuseppe Pinelli, 41 anni, "precipitato" dai locali della questura milanese. Il 17 maggio 1972, veniva ucciso il commissario Luigi Calabresi, 35 anni.

→ Strage di Peteano, 31 maggio 1972

Comune di Sagrado (Gorizia) frazione Peteano. Tre carabinieri morti e due feriti. I responsabili dell'attentato furono Vincenzo Vinciguerra, Carlo Cicuttini e Ivano Boccaccio aderenti al gruppo eversivo neofascista Ordine Nuovo. I militari vennero attirati a controllare un'automobile sospetta che si rivelò essere un'autobomba che esplose quando si tentò di aprire lo sportello a cui il suo innesco era collegato.

Queste le vittime: brigadiere Antonio Ferraro, 32 anni, i carabinieri Donato Poveromo, 33 anni e Franco Dongiovanni, 23 anni. Rimasero feriti altri due (il tenente Angelo Tagliari e il brigadiere Giuseppe Zazzaro).

→ Questura di Milano, 17 maggio 1973

Via Fatebenefratelli. Alle 11 del mattino dopo la cerimonia in memoria del commissario Luigi Calabresi, ucciso un anno prima, dove il ministro dell'Interno, Mariano Rumor, aveva scoperto il busto dedicato al commissario, scoppia una bomba causando 4 morti e 52 feriti. L'autore del crimine viene individuato in uno strano "anarchico", Gianfranco Bertoli. I mandanti, Carlo Digilio e altri membri sconosciuti appartenenti a Ordine Nuovo.

Queste le vittime: Felicia Bertolozzi, 61 anni - Gabriella Bortolon, 23 anni - Federico Masarin, 30 anni - Giuseppe Panzino, 64 anni.

→ Piazza della Loggia, 28 maggio 1974

Brescia. Durante un comizio sindacale contro il terrorismo neo-fascista, scoppia una bomba posta in un cestino portarifiuti sotto il colonnato dove i manifestanti si erano rifugiati per la forte pioggia. I morti sono 8 e i feriti 102. Responsabile dell'eccidio, la destra in combutta con i Servizi segreti. Numerose le inquietanti circostanze, cominciando dall'ordine impartito dal vicequestore Aniello Damare ai pompieri di ripulire con le autopompe il luogo dell'esplosione, spazzando via così indizi, reperti e tracce di esplosivo prima che magistrato o perito potessero effettuare alcun sopralluogo o rilievo. Inoltre, la misteriosa scomparsa dell'insieme dei reperti prelevati in ospedale dai corpi dei feriti e dei cadaveri, anch'essi di fondamentale importanza ai fini dell'indagine.

Queste le vittime: Giulietta Banzi Bazoli, 34 anni, insegnante di francese; Livia Bottardi in Milani, 32 anni, insegnante di lettere alle medie; Alberto Trebeschi, 37 anni, insegnante di fisica; Clementina Calzari Trebeschi, 31 anni, insegnante; Euplo Natali, 69 anni, pensionato, ex partigiano; Luigi Pinto, 25 anni, insegnante; Bartolomeo Talenti, 56 anni, operaio; Vittorio Zambarda, 60 anni, operaio.

→ Treno Italicus, 4 agosto 1974

San Benedetto Val di Sambro, provincia di Bologna. L'attentato dinamitardo causa la morte di 12 persone e 48 feriti. Per la strage furono incriminati, come esecutori, diversi esponenti del neofascismo italiano, ma l'iter processuale si è concluso con l'assoluzione degli imputati. Ignoti anche i mandanti. Su quel treno avrebbe dovuto esserci anche Aldo Moro, ministro degli Esteri, ma pochi minuti prima della partenza venne raggiunto da alcuni funzionari del ministero che lo fecero scendere per firmare dei documenti.

Queste le vittime: Elena Donatini, 58 anni - Nicola Buffi, 51 anni - Herbert Kontriner, 35 anni - Nunzio Russo, 49 anni - Marco Russo, 14 anni - Maria Santina Carraro in Russo, 47 anni - Tsugufumi Fukuda, 32 anni - Antidio Medaglia, 70 anni - Elena Celli, 67 anni - Raffaella Garosi, 22 anni - Wilhelmus J. Hanema, 20 anni – Silver Sirotti, 24 anni.

→ Ustica, 27 giugno 1980

Sopra il braccio di mare compreso tra le isole di Ponza e Ustica. L'aereo DC9, era partito dall'aeroporto di Bologna-Borgo Panigale e diretto all'aeroporto di Palermo-Punta Raisi. Alle 20,59 scompare dai radar. A distanza di tanti anni da quello definito "incidente aereo", non si conoscono né colpevoli e neppure mandanti. Certo è che si sono fatti numerose ipotesi, da un attacco missilistico che avrebbe dovuto colpire un altro aereo con a bordo Gheddafi, all'attentato terroristico. Dal punto di vista penale, i procedimenti per alto tradimento a carico di quattro esponenti dei vertici militari italiani si sono conclusi con l'assoluzione degli imputati. Altri procedimenti a carico di circa 80 militari del personale dell'Aeronautica si sono conclusi con condanne per vari reati, tra i quali falso e distruzione di documenti. Morirono tutti i passeggeri e il personale di bordo: 81 persone di cui 13 bambini.

Queste le vittime: Cinzia Andres, 24 anni - Luigi Andres, 32 anni - Francesco Baiamonte, 55 anni - Paolo Bonati, 16 anni - Alberto Bonfietti, 37 anni - Alberto Bosco, 41 anni - Maria Antonietta Cappellini, 57 anni - Maria Vincenza Calderone, 58 anni - Giuseppe Cammarota, 19 anni - Arnaldo Campanini, 45 anni - Antonio Candia, 32 anni - Giovanni Cerami, 34 anni - Maria Grazia Croce, 40 anni - Francesca D'Alfonso, 7 anni - Salvatore D'Alfonso, 39 anni - Sebastiano D'Alfonso, 4 anni - Michele Davì, 45 anni - Giuseppe Calogero De Cicco, 28 anni - Rosa De Dominicis, 21 anni – Elvira De Lisi, 37 anni - Francesco Di Natale, 2 anni - Antonella Diodato, 7 anni - Giuseppe Diodato, 1 anno - Vincenzo Diodato, 10 anni - Giacomo Filippi, 47 anni - Enzo Fontana, 32 anni - Vito Fontana, 25 anni - Carmela Fullone, 17 anni - Rosario Fullone, 49 anni - Benito Gallo, 25 anni - Domenico Gatti, 44 anni - Guelfo Gherardi, 59 anni - Antonino Greco, 23 anni - Berta Gruber, 55 anni - Andrea Guarano, 37 anni - Vincenzo Guardì, 26 anni - Giacomo Guerino, 19 anni - Graziella Guerra, 27 anni -

Rita Guzzo, 30 anni – Giuseppe La China, 58 anni - Gaetano La Rocca, 39 anni - Paolo Licata, 71 anni - Maria Rosaria Liotta, 24 anni - Francesca Lupo, 17 anni - Giovanna Lupo, 32 anni - Giuseppe Manitta, 54 anni - Claudio Marchese, 23 anni - Daniela Marfisi, 10 anni - Tiziana Marfisi, 5 anni - Erica Mazzel, 48 anni - Rita Mazzel, 37 anni - Maria Assunta Mignani, 30 anni - Annino Molteni, 59 anni - Paolo Morici, 39 anni - Guglielmo Norritto, 37 anni - Lorenzo Ongari, 23 anni - Paola Papi, 39 anni - Alessandra Parisi, 5 anni - Carlo Parrinello, 43 anni – Francesca Parrinello, 49 anni - Anna Paola Pellicciani, 44 anni - Antonella Pinocchio, 23 anni - Giovanni Pinocchio, 13 anni - Gaetano Prestileo, 36 anni - Andrea Reina, 24 anni - Giulio Reina, 51 anni - Costanzo Ronchini, 34 anni - Marianna Siracusa, 61 anni - Maria Elena Speciale, 55 anni - Giuliana Superchi, 11 anni – Antonio Torres, 32 anni - Giulia Maria Concetta Tripliciano, 45 anni - Pierpaolo Ugolini, 33 anni - Daniela Valentini, 29 anni - Giuseppe Valenza, 33 anni - Massimo Venturi, 31 anni - Marco Volanti, 26 anni - Maria Volpe, 48 anni - Alessandro Zanetti, 18 anni - Emanuele Zanetti, 39 anni - Nicola Zanetti, 6 anni.

→ Stazione di Bologna, 2 agosto 1980

Alle ore 10,25 scoppia una bomba ad alto potenziale nella sala d'aspetto della stazione di Bologna affollata, in quel momento, da turisti e da persone in partenza o di ritorno dalle vacanze. La bomba era composta da 23 kg di esplosivo, una miscela di 5 kg di tritolo e T4 detta «Compound B», potenziata da 18 kg di gelatinato (nitroglicerina a uso civile). Ci furono 85 morti e oltre 200 feriti. Come esecutori materiali sono stati individuati dalla magistratura alcuni militanti di estrema destra, appartenenti ai Nuclei Armati Rivoluzionari, tra cui Valerio Fioravanti e Francesca Mambro. A lungo gli ipotetici mandanti sono rimasti sconosciuti, sebbene fossero rilevati collegamenti con la criminalità organizzata e i Servizi segreti deviati. Nel 2020, l'inchiesta della Procura generale di Bologna ha concluso che Paolo Bellini (ex Avanguardia Nazionale), esecutore insieme agli ex Nar già condannati in precedenza, avrebbe agito in concorso con Licio Gelli, Umberto Ortolani, Federico Umberto D'Amato e Mario Tedeschi, individuati quali mandanti, finanziatori o organizzatori. Essendo questi ultimi ormai tutti deceduti, non potranno essere intraprese ulteriori azioni giudiziarie nei loro confronti.

Queste le vittime: La vittima più giovane aveva 3 anni (Angela Fresu), la più anziana 86 anni (Antonio Montanari). Di seguito un elenco di tutti i nomi, seguiti dall'età: Antonella Ceci, 19 anni - Angela Marino, 23 anni - Leo Luca Marino, 24 anni - Domenica Marino, 26 anni - Errica Frigerio, 57 anni - Vito Diomede Fresa, 62 anni - Cesare Francesco Diomede Fresa, 14 anni - Anna Maria Bosio, 28 anni - Carlo Mauri, 32 anni - Luca Mauri, 6 anni - Eckhardt Mader, 14 anni - Margret Rohrs, 39 anni - Kai Mader, 8 anni - Sonia Burri, 7 anni - Patrizia Messineo, 18 anni - Silvana Serravalli, 34 anni - Manuela Gallon, 11 anni - Natalia Agostini, 40 anni - Marina Antonella Trolese, 16 anni - Anna Maria Salvagnini, 51 anni - Roberto De Marchi, 21 anni - Elisabetta Manea, 60 anni - Eleonora Geraci, 46 anni - Vittorio Vaccaro, 24 anni - Velia Carli, 50 anni - Salvatore Lauro, 57 anni - Paolo Zecchi, 23 anni - Viviana Bugamelli, 23 anni - Catherine Helen Mitchell, 22 anni - John Andrew Kolpinski, 22 anni - Angela Fresu, 3 anni - Maria Fresu, 24 anni - Loredana Molina, 44 anni - Angelica Tarsi, 72 anni - Katia Bertasi, 34 anni - Mirella Fornasari, 36 anni - Euridia Bergianti, 49 anni - Nilla Natali, 25 anni - Franca all'Olio, 20 anni - Rita Verde, 23 anni - Flavia Casadei, 18 anni - Giuseppe Patruno, 18 anni - Rossella Marceddu, 19 anni - Davide Caprioli, 20 anni - Vito Ales, 20 anni - Iwao Sekiguchi, 20 anni - Brigitte Drouhard, 21 anni - Roberto Procelli, 21 anni - Mauro Alganon, 22 anni - Maria Angela Marangon, 22 anni - Verdiana Bivona, 22 anni - Francisco Gómez Martínez, 23 anni - Mauro Di Vittorio, 24 anni - Sergio Secci, 24 anni - Roberto Gaiola, 25 anni - Angelo Priore, 26 anni - Onofrio Zappalà, 27 anni - Pio Carmine Remollino, 31 anni - Gaetano Roda, 31 anni - Antonino Di Paola, 32 anni - Mirco Castellaro, 33 anni - Nazzareno Basso, 33 anni - Vincenzo Petteni, 34 anni - Salvatore Seminara, 34 anni - Carla Gozzi, 36 anni - Umberto Lugli, 38 anni - Fausto Venturi, 38 anni - Argeo Bonora, 42 anni - Francesco Betti, 44 anni - Mario Sica, 44 anni - Pier Francesco Laurenti, 44 anni - Paolino Bianchi, 50 anni - Vincenzina Sala, 50 anni - Berta Ebner, 50 anni - Vincenzo Lanconelli, 51 anni - Lina Ferretti, 53 anni - Romeo Ruozi, 54 anni - Amorveno Marzagalli, 54 anni - Antonio Francesco Lascala, 56 anni - Rosina Barbaro, 58 anni - Irene Breton, 61 anni - Pietro Galassi, 66 anni - Lidia Olla, 67 anni - Maria Idria Avati, 80 anni - Antonio Montanari, 86 anni.

→ Treno rapido 904, 23 dicembre 1984

Grande galleria dell'Appennino, località Vernio. Il treno era pieno di viaggiatori che ritornavano a casa o andavano in visita a parenti per le festività. Il treno, intorno alle 19,08, fu dilaniato da un'esplosione violentissima, una carica di esplosivo radiocomandata, posta su una griglia portabagagli del corridoio della nona carrozza di seconda classe, a centro convoglio: l'ordigno era stato collocato sul treno durante la sosta alla stazione di Firenze-Santa Maria Novella. Il bilancio fu di 17 morti e 267 feriti. Il 27 aprile 2011 la Direzione distrettuale antimafia di Napoli emise un'ordinanza di custodia cautelare nei confronti del boss mafioso Salvatore Riina (detto Totò) per la strage, precisando che Riina è considerato il mandante della strage. Il 25 novembre 2014 si aprì, a Firenze, il processo. Secondo la Dda napoletana, l'attentato si inserì in un disegno strategico di Totò Riina per far apparire l'attentato come un fatto politico e come risposta al maxiprocesso contro Cosa nostra. Il 14 aprile 2015 Riina fu poi assolto per mancanza di prove.

Queste le vittime: Giovanbattista Altobelli, 51 anni - Anna Maria Brandi, 26 anni - Angela Calvanese in De Simone, 33 anni - Anna De Simone, 9 anni - Giovanni De Simone, 4 anni - Nicola De Simone, 40 anni - Giovanni Calabrò, 67 anni - Susanna Cavalli, 22 anni - Lucia Cerrato, 66 anni - Pier Francesco Leoni, 23 anni - Luisella Matarazzo, 25 anni - Carmine Moccia, 30 anni - Valeria Moratello, 22 anni - Maria Luigia Morini 45 anni - Federica Taglialatela, 12 anni - Gioacchino Taglialatela, 50 anni - Abramo Vastarella, 29 anni.

→ Via dei Georgofili, 27 maggio 1993

Firenze, Torre dei Pulci, nei pressi della storica Galleria degli Uffizi. All'1,04, un'autobomba imbottita con circa 277 chilogrammi di esplosivo provocò l'uccisione di cinque persone. L'attentato è da iscriversi a Cosa nostra: un ricatto nei confronti dello Stato che portò, poi, a quella definita la "Trattativa fra Stato e mafia". Questo attentato, viene inquadrato nella scia degli altri attentati del 1992-1993 che provocarono la morte di 21 persone (tra cui i giudici Falcone e Borsellino) e gravi danni al patrimonio artistico.

Queste le vittime: I coniugi Fabrizio Nencioni (39 anni) e Angela Fiume (31 anni) con le loro figlie Nadia Nencioni (9 anni), Caterina Nencioni (50 giorni di vita) e lo studente Dario Capolicchio (22 anni), nonché il ferimento di una quarantina di persone.

→ Padiglione di Arte contemporanea, 27 luglio 1993

Milano, via Palestro, 16. Come per la strage di via dei Georgofili, anche questo attentato va ascritto a Cosa nostra e alla "Trattativa fra Stato e mafia". Alle 23,14 circa, scoppia un'autobomba che provoca cinque morti e dodici feriti.

Queste le vittime: Carlo La Catena, vigile del fuoco permanente, Alessandro Ferrari, agente della polizia locale di Milano, Driss Moussafir, cittadino del Marocco, Sergio Pasotto, vigile del fuoco permanente, Stefano Picerno, vigile del fuoco permanente.

Inoltre, non possiamo dimenticare l'eccidio delle → **Fonderie Riunite di Modena** avvenuto il 9 gennaio 1950. La polizia spara e uccide 6 operai mentre manifestavano.

→ **Strage di Reggio Emilia**, 7 luglio 1960. Durante una manifestazione sindacale nel centro della città, la polizia spara e uccide cinque civili inermi, tutti operai iscritti al Pci

→ **Strage di Ciaculli** (Palermo), 30 giugno 1963. La mafia uccide cinque carabinieri e due militari a seguito dell'esplosione di un'Alfa Romeo Giulietta imbottita di esplosivi.

→ **Strage di Gioia Tauro**, 22 luglio 1970. 'Ndrangheta e gruppi di destra fanno deragliare il Treno del Sole, 6 morti.

Una lunga scia di sangue che è continuata per anni. Sino agli omicidi di Giovanni Falcone, Salvatore Borsellino e oltre.

CREDITI

Per scrivere questo libro, ho dovuto documentarmi e consultare diversi testi. In particolare, due testi che giudico indispensabili per coloro che vogliono capire bene cosa è stato e cosa ha rappresentato l'Anello. Si tratta di:

Il Noto servizio, Giulio Andreotti e il caso Moro
di Aldo Giannulli – Tropea 2011

L'Anello della Repubblica
di Stefania Limiti – Chiarelettere 2014

Inoltre, altri testi mi sono stati molto utili per capire meglio certi passaggi, soprattutto quelli riferiti alla vicenda della *casa gialla*, alla guerra nel Kosovo e più in generale la guerra nella ex Jugoslavia:

La caccia – di Carla Del Ponte – Feltrinelli 2008

Lupi nella nebbia – di Giuseppe Ciulla e Vittorio Romano – Jaca Book 2010

Enjoy Sarajevo – di Michele Gambino – Fandango 2018

Vite a perdere – di Franca Porciani e Patrizia Borsellino – Franco Angeli 2018

Un aiuto mi è arrivato anche dai seguenti siti:

Osservatorio Balcani e Caucaso Transeuropa, reperibile al seguente indirizzo:
https://www.balcanicaucaso.org/

Storia in Network, reperibile al seguente indirizzo:
http://www.storiain.net

Maestro di dietrologia, reperibile al seguente indirizzo:
http://maestrodidietrologia.blogspot.com

PRECISAZIONI

Per esigenze narrative, ho utilizzato alcuni avvenimenti inserendoli nel romanzo mentre, in realtà, sono avvenuti in altra epoca. Questi gli episodi:

a **pag. 94** si parla del genocidio di Srebrenica con 8 mila musulmani bosniaci annientati. Esso è avvenuto dal 6 al 25 luglio 1999.

a **pag. 133** parlo del massacro di Markale, il mercato cittadino di Sarajevo. In realtà furono due i massacri. Il primo avvenne il 5 febbraio 1994 e causò 68 morti e 144 feriti. Il secondo ebbe luogo il 28 agosto 1995, quando cinque proiettili da mortaio provocarono 43 morti e 75 feriti. I bombardamenti furono compiuti dall'esercito serbo-bosniaco.

a **pag. 139 (sino a fine capitolo)** descrivo la Strage del pane. È avvenuta esattamente il 27 maggio 1992.

a **pag. 151** c'è un cenno ai bombardamenti Nato senza l'approvazione del Consiglio di sicurezza con aerei partiti dall'Italia. I bombardamenti sono avvenuti il 24 marzo 1999.

a **pag. 151** ancora bombardamenti Nato, questa volta contro la sede della Tv serba. Sono avvenuti il 26 aprile 1999.

UNPROFOR è l'acronimo di United Nations Protection Force. Una forza armata di intervento militare dell'Onu. Fu istituita dal Consiglio di Sicurezza delle Nazioni Unite nel febbraio 1992 e smise di operare nel 1995. Essa aveva il compito di «*creare le condizioni di pace e sicurezza necessarie per raggiungere una soluzione complessiva della crisi jugoslava*» (in atto dopo la dissoluzione della Repubblica Federale Socialista di Jugoslavia e la conseguente secessione delle sue repubbliche: Slovenia, Croazia, Bosnia- Herzegovina e Macedonia). L'UNPROFOR è stata coinvolta nel massacro di Srebrenica).

Indice

Nota di edizione

Questo libro

Adriano Todaro

Uno sporco Anello

Romanzo di giornali e giornalisti,
di guerra atroce e pace sofferta, di
trame occulte e delitti inspiegabili.
E un misterioso Anello

Con un'Appendice sulle stragi avvenute
in Italia dal 1947 al 1993.
La memoria, le vittime.

ZeroBook

Sarajevo 1993: un giovane giornalista è inviato, dalla propria agenzia di stampa, a seguire il lungo assedio di Sarajevo a opera dei militari serbi. Lì, in quel Paese dilaniato da una guerra fratricida che avviene a pochi chilometri da casa nostra, il giornalista – oltre all'oscenità di quella guerra, come del resto di tutte le guerre – scopre il più bieco dei traffici, quello degli organi umani.

Milano 2007: dopo 14 anni da quelle tragiche e disumane vicende, il giornalista segue il caso del ritrovamento di una ragazza assassinata. Riaffiorano i fantasmi del passato e con essi le vicende che hanno visto il nostro Paese al centro di una trama ordita per affossare la nostra democrazia. Con un finale sofferto, inaspettato e tragico.

L'autore

Adriano Todaro è nato a Nova Milanese (MB) nel 1942. Ha collaborato a diverse testate giornalistiche e ha lavorato all'*Unità* e all'agenzia *Ansa*. Attualmente collabora al settimanale online *girodivite*. Autore di più di una decina di libri, questo che vi apprestate a leggere è un giallo atipico politico, di ambientazione giornalistica. Prima di questo, nel 2020 ha pubblicato «Delitto a Nova Milanese», sempre ambientato nel mondo giornalistico. In precedenza, sempre per i tipi dell'editrice ZeroBook, ha scritto «Neuroni in fuga» e il «Dizionario politico-sociale di Nova Milanese». Nel 2018, l'editrice ZeroBook ha curato la ristampa di «Autobianchi: vita e morte di una fabbrica», originariamente scritto da questo autore nel 1993.

Le edizioni ZeroBook

Le edizioni ZeroBook nascono nel 2003 a fianco delle attività di www.girodivite.it. Il claim è: "un'altra editoria è possibile". ZeroBook è una piccola casa editrice attiva soprattutto (ma non solo) nel campo dell'editoriale digitale e nella libera circolazione dei saperi e delle conoscenze.

Quanti sono interessati, possono contattarci via email: zerobook@girodivite.it

O visitare le pagine su: https://www.girodivite.it/-ZeroBook-.html

Ultimi volumi:

Sonetti / di William Shakespeare ; tradotti in siciliano da Prospero Trigona

Edifici di città: Roma 2020-2021 / Pierluigi Moretti

Orientale Sicula : Proebbido entrari ed altri racconti / di Alfio Moncada

Perduti luoghi ritrovati : Poggioreale Antica / di Roberta Giuffrida

Enne / Piero Buscemi

Cortale, borgo di Calabria / di Pasquale Riga

Delitto a Nova Milanese : venticinque righe nelle "brevi" / Adriano Todaro

Abbiamo una Costituzione : Ideologie, partiti e coscienza democratica costituzionale / Gaetano Sgalambro

Emma Swan e l'eredità di Adele Filò / di Simona Urso

Otello Marilli / di Ferdinando Leonzio

Autobianchi : vita e morte di una fabbrica / di Adriano Todaro ; prefazione di Diego Novelli

Sei parole sui fumetti / di Ferdinando Leonzio

Sotto perlaceo cielo : mito e memoria nell'opera di Francesco Pennisi / di Luca Boggio

Accanto ad un bicchiere di vino : antologia della poesia da Li Po a Rino Gaetano / a cura di Piero Buscemi

Il cronoWeb / a cura di Sergio Failla

L'isola dei cani / di Piero Buscemi

Saggistica:

I Sessantotto di Sicilia / Pina La Villa, Sergio Failla (ISBN 978-88-6711-067-4)

Il Sessantotto dei giovani leoni / Sergio Failla (ISBN 978-88-6711-069-8)

Antenati: per una storia delle letterature europee: volume primo: dalle origini al Trecento / di Sandro Letta (ISBN 978-88-6711-101-5)

Antenati: per una storia delle letterature europee: volume secondo: dal Quattrocento all'Ottocento / di Sandro Letta (ISBN 978-88-6711-103-9)

Antenati: per una storia delle letterature europee: volume terzo: dal Novecento al Ventunesimo secolo / di Sandro Letta (ISBN 978-88-6711-105-3)

Il cronoWeb / a cura di Sergio Failla (ISBN 978-88-6711-097-1)

Il prima e il Mentre del Web / di Victor Kusak (ISBN 978-88-6711-098-8)

Col volto reclinato sulla sinistra / di Orazio Leotta (ISBN 978-88-6711-023-0)

Il torto del recensore / di Victor Kusak (ISBN 978-6711-051-3)

Elle come leggere / di Pina La Villa (ISBN 978-88-6711-029-2

Segnali di fumo / di Pina La Villa (ISBN 978-88-6711-035-3)

Musica rebelde / di Victor Kusak (ISBN 978-88-6711-025-4)

Il design negli anni Sessanta / di Barbara Failla

Maledetti toscani / di Sandro Letta (ISBN 978-88-6711-053-7)

Socrate al caffé / di Pina La Villa (ISBN 978-88-6711-027-8)

Le tre persone di Pier Vittorio Tondelli / di Alessandra L. Ximenes (ISBN 978-88-6711-047-6)

Del mondo come presenza / di Maria Carla Cunsolo (ISBN 978-88-6711-017-9)

Stanislavskij: il sistema della verità e della menzogna / di Barbara Failla (ISBN 978-88-6711-021-6)

Quando informazione è partecipazione? / di Lorenzo Misuraca (ISBN 978-88-6711-041-4)

L'isola che naviga: per una storia del web in Sicilia / di Sergio Failla

Lo snodo della rete / di Tano Rizza (ISBN 978-88-6711-033-9)

Comunicazioni sonore / di Tano Rizza (ISBN 978-88-6711-013-1)

Radio Alice, Bologna 1977 / di Lorenzo Misuraca (ISBN 978-88-6711-043-8)

L'intelligenza collettiva di Pierre Lévy / di Tano Rizza (ISBN 978-88-6711-031-5)

I ragazzi sono in giro / a cura di Sergio Failla (ISBN 978-88-6711-011-7)

Proverbi siciliani / a cura di Fabio Pulvirenti (ISBN 978-88-6711-015-5)

Parole rubate / redazione Girodivite-ZeroBook (ISBN 978-88-6711-109-1)

Accanto ad un bicchiere di vino: antologia della poesia da Li Po a Rino Gaetano / a cura di Piero Buscemi (ISBN 978-88-6711-107-7, 978-88-6711-108-4)

Neuroni in fuga / Adriano Todaro (ISBN 978-88-6711-111-4)

Celluloide : storie personaggi recensioni e curiosità cinematografiche / a cura di Piero Buscemi (ISBN 978-88-6711-123-7)

Sotto perlaceo cielo : mito e memoria nell'opera di Francesco Pennisi / di Luca Boggio (ISBN 978-88-6711-129-9)

Per una bibliografia sul Settantasette / Marta F. Di Stefano (ISBN 978-88-6711-131-2)

Iolanda Crimi : un libro, una storia, la Storia / di Pina La Villa (ISBN 978-88-6711-135-0)

Autobianchi : vita e morte di una fabbrica / di Adriano Todaro

prefazione di Diego Novelli (ISBN 978-88-6711-141-1)

Dizionario politico-sociale di Nova Milanese : Passato e presente / Adriano Todaro (ISBN 978-88-6711-151-0)

Abbiamo una Costituzione : Ideologie, partiti e coscienza

democratica costituzionale / Gaetano Sgalambro (ebook ISBN 978-88-6711-163-3, book ISBN 978-88-6711-164-0)

La peste di Palermo del 1575 / di Giovanni Filippo Ingrassia (ebook ISBN 978-88-6711-173-2)

Permesso di soggiorno obbligato / redazione Girodivite (ebook ISBN 978-88-6711-181-7, book ISBN 978-88-6711-182-4)

Narrativa:

L'isola dei cani / di Piero Buscemi (ISBN 978-88-6711-037-7)

L'anno delle tredici lune / di Sandro Letta (ISBN 978-88-6711-019-3)

Emma Swan e l'eredità di Adele Filò / di Simona Urso (ISBN 978-88-6711-153-4)

Delitto a Nova Milanese : venticinque righe nelle "brevi" / Adriano Todaro (ebook ISBN 978-88-6711-171-8, book ISBN 978-88-6711-172-5)

Enne / Piero Buscemi (ebook ISBN 978-88-6711-179-4, book ISBN 978-88-6711-180-0)

Orientale Sicula : Proebbido entrari ed altri racconti / di Alfio Moncada (ebook ISBN 978-88-6711-193-0, book ISBN 978-88-6711-194-7).

Querelle / di Piero Buscemi (ebook ISBN 978-88-6711-201-2, book ISBN 978-88-6711-202-9)

Poesia:

Il bambino è il mondo / di Emanuele Gentile (ISBN 978-88-6711-197-8)

Raccolta di pensieri / di Adele Fossati (ISBN 978-88-6711-190-9)

Iridea / poesie di Alice Molino, foto di Piero Buscemi (ISBN 978-88-6711-159-6)

Il libro dei piccoli rifiuti molesti / di Victor Kusak (ISBN 978-88-6711-063-6)

L'isola ed altre catastrofi (2000-2010) di Sandro Letta (ISBN 978-88-6711-059-9)

La mancanza dei frigoriferi (1996-1997) / di Sergio Failla (ISBN 978-88-6711-057-5)

Stanze d'uomini e sole (1986-1996) / di Sergio Failla (ISBN 978-88-6711-039-1)

Fragma (1978-1983) / di Sergio Failla (ISBN 978-88-6711-093-3)

Raccolta differenziata n°5 : poesie 2016-2018 / di Victor Kusak (ISBN 978-88-6711-149-7)

Sonetti / di William Shakespeare ; tradotti in siciliano da Prospero Trigona (ISBN 978-88-6711-203)

Libri fotografici:

I ragni di Praha / di Sergio Failla (ISBN 978-88-6711-049-0)

Transiti / di Victor Kusak (ISBN 978-88-6711-055-1)

Ventimetri / di Victor Kusak (ISBN 978-88-6711-095-7)

Visioni d'Europa / di Benjamin Mino, 3 volumi (ISBN 978-88-6711-143_8)

Cortale, borgo di Calabria / Pasquale Riga (ISBN 978-88-6711-175-6)

Perduti luoghi ritrovati : Poggioreale Antica / di Roberta Giuffrida (ISBN 978-88-6711-191-6)

Edifici di città : Roma 2020-2021 / Pierluigi Moretti (ISBN 978-88-6711-199-2)

Opere di Ferdinando Leonzio:

Una storia socialista : Lentini 1956-2000 / di Ferdinando Leonzio (ISBN 978-88-6711-125-1)

Lentini 1892-1956 : Vicende politiche / di Ferdinando Leonzio (ISBN 978-88-6711-138-1)

Segretari e leader del socialismo italiano / di Ferdinando Leonzio (ISBN 978-88-6711-113-8)

Breve storia della socialdemocrazia slovacca / di Ferdinando Leonzio (ISBN 978-88-6711-115-2)

Donne del socialismo / di Ferdinando Leonzio (ISBN 978-88-6711-117-6)

La diaspora del socialismo italiano / di Ferdinando Leonzio (ISBN 978-88-6711-119-0)

Cento gocce di vita / di Ferdinando Leonzio (ISBN 978-88-6711-121-3)

La diaspora del comunismo italiano / di Ferdinando Leonzio (ISBN 978-88-6711-127-5)

Sei parole sui fumetti / di Ferdinando Leonzio (ISBN 978-88-6711-139-8)

Otello Marilli / di Ferdinando Leonzio (ISBN 978-88-6711-155-8)

La diaspora democristiana / di Ferdinando Leonzio (ISBN 978-88-6711-157-2)

Lentini nell'Italia repubblicana / di Ferdinando Leonzio (ebook ISBN 978-88-6711-161-9, book ISBN 978-88-6711-162-6)

Delfo Castro, il socialdemocratico / Ferdinando Leonzio (ebook ISBN 978-88-6711-169-5, book ISBN 978-88-6711-170-1)

La socialdemocrazia italiana fra scissioni e confluenze (1947-1998) / Ferdinando Leonzio (ebook ISBN 978-88-6711-177-0, book ISBN 978-88-6711-178-7)

Parole rubate:

Scritti per Gianni Giuffrida: La nuova gestione unitaria dell'attività ispettiva: L'Ispettorato Nazionale del Lavoro / di Cristina Giuffrida (ISBN 978-88-6711-133-6)

WikiBooks:

La Carta del Carnaro 1920-2020 (ISBN 978-88-6711-183-1)

Webology : le "cose" del Web / a cura di Sergio Failla (ISBN 978-88-6711-185-5)

English books or bilingual:

Perduti luoghi ritrovati : Poggioreale Antica / di Roberta Giuffrida (ISBN 978-88-6711-196-6) italian-english

Visioni d'Europa - Europe's visions / di Benjamin Mino, 3 volumi (ISBN 978-88-6711-143_8) italian-english

Sonetti / di William Shakespeare ; tradotti in siciliano da Prospero Trigona (ISBN 978-88-6711-203) english-sicilian

Cataloghi:

ZeroBook: catalogo dei libri e delle idee 2012-...

Catalogo ZeroBook 2007

Catalogo ZeroBook 2006

Riviste e periodici:

Post/teca, antologia del meglio e del peggio del web italiano

ISSN 2282-2437

https://www.girodivite.it/-Post-teca-.html

Girodivite, segnali dalle città invisibili

ISSN 1970-7061

https://www.girodivite.it

https://www.girodivite.it

ZeroBook catalogo delle idee e dei libri

bimestrale

https://www.girodivite.it/-ZeroBook-free-catalogo-puoi-.html